BRONWYN SCOTT
Un acompañante de lujo

Editado por Harlequin Ibérica.
Una división de HarperCollins Ibérica, S.A.
Avenida de Burgos, 8B - Planta 18
28036 Madrid
www.harlequiniberica.com

© 2026 Harlequin Ibérica, una división de HarperCollins Ibérica, S.A.
N.º 91 - 9.3.26

© 2014 Nikki Poppen
Un acompañante de lujo
Título original: Secrets of a Gentleman Escort
Publicada originalmente por Harlequin Enterprises, Ltd.

© 2014 Nikki Poppen
Un hombre fuera de su alcance
Título original: London's Most Wanted Rake
Publicada originalmente por Harlequin Enterprises, Ltd.
Estos títulos fueron publicados originalmente en español en 2015

I.S.B.N.: 979-13-7017-044-8
Depósito legal: M-27272-2025
Impreso en España por Liber Digital
Fecha impresión para Argentina: 5.9.26
Distribuidor exclusivo para España: LOGISTA
Distribuidores para Argentina: Interior, DGP, S.A. Pienovi 211 - Avellaneda
Cap. Fed./Buenos Aires y Gran Buenos Aires, VACCARO HNOS.

Él era la fantasía secreta de todas las damas de la alta sociedad. Solo estaba al alcance de aquellas afortunadas que tuvieran recursos para permitírselo, y ella los tenía, aunque por poco tiempo. Así que iba a disfrutar de todos los placeres posibles antes de caer en desgracia. Él sería el hombre perfecto para llevarla de la mano en esos pocos días robados al tiempo. Pero el placer se fue tiñendo poco a poco de otros sentimientos, y el tiempo jugaba contra ellos. Esta es la sugerente historia que tenemos el gusto de recomendaros. Será un placer leerla, os lo aseguramos.

¡Feliz lectura!

Los editores

Uno

Si Nicholas D'Arcy hubiera sido un amante menos extraordinario y su compañera, la pelirroja lady Alicia Burroughs, más discreta, su marido no los habría descubierto. Pero «menos» nunca había sido un adjetivo que pudiera atribuirse a Nick, igual que «discreta» no era un adjetivo que definiera bien a lady Burroughs, que en aquel momento expresaba lo mucho que disfrutaba de sus habilidades con una potencia vocal capaz de impresionar a cualquier diva de la ópera.

¡Santo cielo! La casa entera podría oírla. ¿Por qué parar ahí? Probablemente el vecindario entero estuviera oyéndola. Fue pura suerte que Nick distinguiera las pisadas furiosas acercándose por el pasillo justo cuando lady Burroughs tomó aliento bajo su cuerpo antes de alcanzar el clímax. El clímax fue excelente, uno de los mejores y, dejando a un lado los gritos, la asombrosa lady Burroughs bien lo merecía, tendida como estaba sobre la cama. Sus rizos de color caoba resbalaban sobre el borde de la cama. Tenía la cabeza echada hacia atrás, el cuello al descubierto y la espalda arqueada mientras la penetraba. Le costaba respirar y, en realidad, a él también. Había logrado excitarse bastante también. Lord Burroughs no sabía lo que se perdía, pero estaba a punto de saberlo.

—¡Alicia! —resonó la voz del marido por el pasillo.

—¡Es Burroughs! —Alicia se incorporó con un grito de pánico que hizo que Nick empezara a preocuparse de verdad. ¿Qué tenía? ¿Diez segundos? ¿Quizá quince? Burroughs era un hombre corpulento y no muy buen corredor. Tal vez ni siquiera estuviese corriendo, solo caminando deprisa. Tendría tiempo de ponerse los pantalones, pero nada más.

Saltó de la cama y agarró los pantalones. Metió una pierna en una de las perneras y empezó a saltar por la habitación con un solo pie mientras intentaba recuperar su camisa y su chaqueta.

—¡Dijiste que estaría fuera hasta el lunes! —murmuró mientras colocaba los zapatos sobre la pila de ropa que llevaba en brazos.

—Oh, cállate, ¿quieres? No querrás que te vea. Date prisa —Alicia estaba sentada en mitad de la cama con una sábana cubriéndole los pechos.

Nick miró a su alrededor. No había tiempo para salir por la ventana y su puerta no era una opción.

—¿Por el vestidor se puede salir? —si alguien

iba a pillarle, no iba a ser un hombre pomposo incapaz de mantener a su esposa en su propia cama.

Le guiñó un ojo a lady Burroughs y salió por la puerta del vestidor justo antes de oír a lord Burroughs preguntar:

—¿Dónde está?

«En tu habitación, viejo estúpido», pensó Nick, pero tenía que pensar deprisa. Aquel sería el primer lugar donde Burroughs miraría. Ni siquiera Burroughs era tan tonto como para no darse cuenta de que la única salida era el vestidor. Nick corrió hacia el pasillo y optó por otra habitación situada en el lado de la casa que daba al jardín. Entró y cerró la puerta suavemente tras él. Estaba a salvo por el momento. Dejó la ropa en el suelo y se puso los zapatos.

—Millie, ¿eres tú? —preguntó una voz desde la antesala. Nick se quedó quieto con un zapato puesto y el otro no. Volvió a agarrar su ropa y corrió hacia la ventana. No fue lo suficientemente rápido. Una mujer mayor en bata salió de la pequeña habitación antes de que hubiera podido atravesarla. ¡La condesa viuda!

Iba a soltar un grito. Nick prácticamente pudo verlo subiendo por su garganta. Tenía que silenciar aquel grito y solo disponía de escasos segundos para hacerlo. Hizo lo único que se le ocurrió. Dio dos pasos hacia ella, la estrechó entre sus brazos y la besó. Y ella incluso le devolvió el beso con un poco de lengua. La viuda del anterior conde…

¿quién lo hubiera imaginado? Fue sin duda la sorpresa más agradable de la velada porque, después, ella se aclaró la garganta y dijo:

—Joven, es mejor que salgáis por la ventana. El enrejado es bastante estable —después le guiñó un ojo—. Ya lo han usado antes.

Santo Dios, ¿sabría Burroughs lo que ocurría en su casa? Nick le dio las gracias y no perdió más tiempo. Lo último que necesitaba era que apareciese Millie, la doncella. También tendría que besarla a ella. Pero eso sería mejor que enfrentarse a Burroughs, al cual Nick oía abriendo puertas mientras corría por el pasillo. De nuevo fue cuestión de segundos ser descubierto o escapar sano y salvo. Tiró primero la ropa por la ventana y después sacó una pierna para comprobar la resistencia del alfeizar.

—Volved cuando queráis —le dijo la condesa—. El jardinero mantiene el enrejado en buen estado. Cree que es para las rosas.

Nick simplemente sonrió y salió a la oscuridad justo cuando Burroughs llamaba a la puerta de su madre. La viuda tendría que vivir con su decepción, porque no pensaba volver a casa de los Burroughs en mucho tiempo.

El resto de la huida fue fácil después de aquello. Encontró la salida del jardín y, tras atravesar el laberinto de callejones, se detuvo y terminó de vestirse. Por el momento estaba a salvo, aunque eso era algo relativo. Alicia Burroughs no era precisamente el colmo de la discreción, como había comprobado hacía poco tiempo. Sería cuestión de tiempo que Burroughs supiese que se trataba de él.

Lo pagaría caro, pensó mientras se metía la camisa por los pantalones. Sin embargo lo único que Burroughs sabría sería su nombre. La responsabilidad de la debacle de aquella noche empezaba y terminaba con él. No habría ninguna relación con la agencia, ninguna amenaza para la Liga de Caballeros Discretos, la organización a la que pertenecía y que, como bien decía su nombre, debía seguir siendo discreta a toda costa. A la gente no le importaba contratar los servicios de un acompañante excelentemente cualificado, pero sí le importaba que los demás lo supieran. Si se hacía pública la existencia de la organización, todos quedarían condenados al ostracismo.

Nicholas comenzó a caminar. No estaba preparado para regresar a Argosy House, la sede central de la organización. ¿Qué le contaría a Channing? El fundador de la liga se sentiría decepcionado con él. La discreción era la razón de ser de la organización. Violar esa discreción sería la peor ruina de todas. Significaría el fin de los Caballeros, el fin de sus ingresos, el fin de muchas cosas, por no mencionar el fin de sí mismo; Nicholas D'Arcy, el amante más excesivo de Londres. Las mujeres pagaban sumas escandalosas de dinero para tenerlo en sus camas. Le llenaban los bolsillos de joyas para descubrir lo excesivo que podía ser. Y, como necesitaba las joyas y el dinero, él las alentaba. Al fin y al cabo el excesivo era «Nick».

Le dio una patada a una piedra que había en la acera. Para ser sincero, probablemente alentara las atenciones femeninas por unas razones mucho más oscuras que el dinero y la fama. El sexo era lo único que se le daba bien. Por suerte había logrado convertir su única cualidad en un talento que le otorgaba beneficios. Más que eso, agradecía haber conocido a Channing Deveril, que había hecho posible su éxito. De lo contrario, probablemente seguiría trabajando como empleado en una empresa transportista en los muelles, ganando demasiado poco para compensar las necesidades económicas de su familia.

Ahora, gracias a su reputación, podía enviarle cantidades decentes de dinero a su madre. Podía también escribirles cartas fabulosas a sus dos hermanas describiendo las maravillosas fiestas a las que asistía sin necesidad de inventárselo. Claro, ellas no sabían a qué se dedicaba, solo que ahora era un hombre de negocios. Gracias a la delicada salud de su hermano, nunca averiguarían la verdad. No tendrían oportunidad de viajar a Londres y ver la realidad, por lo cual estaría eternamente agradecido. Un hermano enfermo ya era algo suficientemente malo. No podía además romperle el corazón a su madre.

Las lecheras estaban empezando sus rondas cuando Nicholas subió los escalones de entrada de

Argosy House, que en apariencia era igual que el resto de casas de la calle Jermyn en las que vivían caballeros solteros y adinerados. El resto de ventanas de la calle estaban a oscuras, pero allí las luces estaban encendidas. Los chicos estarían levantados durante una hora más, reviviendo sus historias antes de irse a dormir.

Una lechera que pasaba le dirigió una sonrisa coqueta.

—Buenos días, señor Nick. Habéis estado otra vez toda la noche fuera.

Nick le hizo una reverencia y le lanzó un beso.

—Buenos días, Gracie —conocía todos sus nombres. Conocía a todas las lecheras y a todos los comerciantes que trabajaban en la calle Jermyn. A las mujeres en especial les gustaba ese tipo de cosas.

Gracie le señaló con un dedo amenazante.

—No os atreváis a probar vuestros trucos de caballero conmigo. Me los sé todos —bromeó—. Además, he oído que nunca traéis nada bueno.

Nick estuvo tentado de preguntarle a Gracie qué había oído, pero la lechera ya había recogido sus cubos y seguía su camino calle abajo con el contoneo de sus caderas. De pronto le asaltó una preocupación. ¿El contratiempo en casa de Burroughs ya habría llegado hasta allí? Entró en Argosy House y oyó las risas procedentes del salón. Sonrió. Era agradable conocer la rutina, tener expectativas sobre lo que uno encontraría al llegar a casa. Aquel

11

era el único hogar que tenía, el único lugar donde se sentía a gusto. Hacía mucho tiempo que no se sentía así en su verdadera casa.

En el salón había siete hombres sentados relajadamente en diversas sillas y sofás. Tenían las corbatas desatadas, se habían quitado las chaquetas y desabrochado los chalecos. Junto a ellos había copas de brandy medio vacías. Eran sus compañeros desde hacía cuatro años, miembros todos de aquella liga secreta.

Jocelyn Eisley fue el primero en verlo.

—Vaya, vaya, Nick, muchacho, parece que esta noche han estado a punto de pillarte. Empezábamos a preocuparnos.

Todos se volvieron hacia él. Algunos silbaron y otros aplaudieron.

—Serás la comidilla de los periódicos —le dijo Amery DeHart con su copa a medio beber.

—Tres hurras por nuestro Nick —Eisley se aclaró la garganta y se subió a un taburete con elegancia—. Creo que sería apropiado un poema para conmemorar la ocasión. No sucede todas las noches que uno le dé placer a una dama con su marido dentro de la casa.

Todos lanzaron un grito bienintencionado. Nick se sentó junto a DeHart en el sofá. Los poemas de Eisley se habían convertido en una de sus tradiciones.

—Un poema jocoso, Eisley —gritó Miles Grafton—. Un acto pecaminoso merece un poema pecaminoso.

—¡Adelante! —gritó el coro.

—De acuerdo entonces —el rubio alto y grande llamó su atención—. Os ofreceré mi última creación —su voz de barítono resonó con dramatismo por toda la habitación—. Había una vez un hombre al que Nick todos llamaban, y con cuyo miembro todas las mujeres soñaban. Qué dama no se desvanecía cuando Nick aparecía. Era la envidia de toda la compañía —concluyó con una extravagante reverencia.

—¿Acaso no somos todos la envidia? —preguntó Amery en voz muy alta—. Somos los libertinos que ponen celosos a los maridos.

—Gracias a Dios —dijo el capitán Grahame Westmore desde su rincón junto al fuego—. Si los hombres de la alta sociedad cumplieran como es debido, nos quedaríamos sin trabajo —Westmore, antiguo oficial de caballería, era muy reservado, como el propio Nick. De todos los presentes, de él era de quien menos sabía.

—Bueno, ¿qué os parece? —preguntó Eisley bajándose del taburete—. ¿No es lo mejor que he hecho? Lo recitaré en White's esta tarde y, a la hora de la cena, mi tonadilla sonará en todos los salones de Mayfair; con discreción, por supuesto. Tu popularidad subirá como la espuma, Nick. Lo titularán *Nick, el miembro*.

—Al parecer lo han titulado *Nick, por un pelo*, según mis fuentes —murmuró una voz sombría desde la puerta.

Nick frunció el ceño. No le hizo falta levantar la mirada para saber que Channing Deveril, el fundador de la organización, ya se había enterado de la noticia. Parecía que debía de saberlo bastante gente si se habían enterado las lecheras y los periodistas. Había esperado que no tuviera tanta repercusión.

—Han estado a punto de pillarte esta noche, ¿eh, Nick? —preguntó Channing mirándolo a los ojos.

—Pero solo a punto —respondió él encogiéndose de hombros. Tal vez Channing no estuviese tan enfadado. No era más que un riesgo de la profesión. Al fin y al cabo podía ocurrirle a cualquiera.

Channing esbozó una media sonrisa.

—Todos hemos de dar las gracias por eso. Ven a mi despacho. Allí podremos hablar en privado y decidir qué hacer.

El buen humor de Nick fue reemplazado entonces por una sensación de desconfianza.

—¿Qué tenemos que decidir? —preguntó mientras se acomodaba en un sillón frente al escritorio de Channing.

—Qué hacer contigo, por supuesto —contestó Channing como si fuera idiota—. Puede que esta noche hayas ido demasiado lejos.

—Nunca se va demasiado lejos —respondió Nicholas riéndose, aunque Channing no le acompañó.

—Hablo en serio, Nick, y tú también deberías hacerlo. Esto no se olvidará. Burroughs sabrá que eras tú.

—Yo prefiero pensar que lo sospechará. No sabrá con certeza que era yo.

Channing arqueó una ceja con incredulidad.

—Te engañas a ti mismo. ¿Con tonadillas como *Nick, el miembro* y dibujos titulados *Nick, por un pelo* circulando por toda la ciudad? —Channing tenía razón en eso—. Además, no creo que Alicia Burroughs haya ganado ningún premio por su capacidad para guardar secretos.

Otro punto a favor de Channing.

—La agencia no se verá implicada —le aseguró Nick con la esperanza de tranquilizarlo.

—No me preocupa solo la agencia. Me preocupas tú también, Nick. No quiero que haya ningún duelo —Channing abrió un cajón y sacó una carpeta que le pasó por encima de la mesa—. Por eso tengo una nueva misión para ti.

Nick examinó con el ceño fruncido el documento que había dentro.

—¿Cinco noches de placer? ¿En el campo? ¿Eso es posible? A mí me parece una yuxtaposición bastante improbable —Nicholas D'Arcy volvió a pasarle la carta por encima de la mesa con evidente desdén y con un gesto de escepticismo ante semejante propuesta. Él era un hombre de Londres. Prefería el entorno de la ciudad, con sus mujeres refinadas. No había nada tan fascinante como una mujer de ciudad, con su gusto por la moda y por los perfumes, con su conversación ingeniosa sobre todo tipo de temas y con su actitud descarada. En resumen, una mujer de Londres era alguien que sabía lo que deseaba en todos los aspectos. Pero ¿una mujer de campo? Ni hablar—. No es mi especialidad, Channing.

Tras el escritorio, Channing arqueó una ceja en respuesta a su negativa.

—Tampoco es mi especialidad provocar duelos con maridos engañados. Permite que te recuerde que el objetivo de la liga es complacer a una mujer sin que se produzca un escándalo. Los duelos, amigo mío, no encajan en nuestra política de discreción. Tienes que marcharte de la ciudad y esperar a que cesen los rumores. Ya sabes cómo es Londres en esta época del año. En menos de quince días habrá otro escándalo que eclipse a este, pero no si tú estás aquí recordándoselo a todos con tu presencia. Hasta entonces, no quiero ver cómo un marido celoso te apunta con una pistola.

—Te prometo que no pasará nada —protestó Nicholas—. Burroughs no tiene pruebas —aunque había sido una suerte que lograra salir por la ventana justo a tiempo—. No creo que haya visto más que una sombra.

Channing estaba jugando con un abrecartas.

—Sí, bueno, pues todo Londres sabe lo que le gustaría hacerle a esa sombra. ¿Te has dejado algo allí? ¿Un corchete de la camisa? ¿Una bota? ¿Cualquier cosa que pueda relacionarte con el incidente?

—Nada —respondió Nicholas con vehemencia—. Nunca me dejo nada. Te juro que mi huída ha sido limpia —una huida en la que había besado a la condesa viuda. Aun así, al final no había dejado huellas y eso era lo importante.

Channing soltó una carcajada.

—Para ti y para mí una huida limpia significa cosas diferentes.

Nicholas se llevó una mano al pecho en un gesto dramático y burlón.

—Me hieres —en realidad sí se sentía un poco insultado por la pregunta. Era uno de los mejores hombres de Channing a la hora de cumplir con los requisitos más carnales de la organización. No todas las mujeres acudían a ellos buscando placer físico; algunas acudían simplemente para destacar en sociedad, tal vez llamar la atención sobre sí mismas para recuperar a un marido que las había descuidado durante demasiado tiempo. Pero había algunas que sí iban buscando el placer íntimo que les había sido esquivo hasta aquel momento de sus vidas. Ahí entraba él. Nick esperaba que Channing pasara por alto ese aspecto de la carta.

—Dejando a un lado el posible escándalo, aun así quiero que vayas —Channing dejó el abrecartas y se quedó mirándolo fijamente con sus ojos azules—. La mujer en cuestión busca satisfacción física y esa sí que es tu especialidad.

—Pero no en el campo —respondió Nicholas. Estaba perdiendo la batalla y lo sabía—. Es un mal momento para que me vaya de aquí —señaló la fecha que aparecía en la carta—. ¿Casi una semana entera a mediados de junio? El verano está en pleno apogeo. Ya tenemos más trabajos de los que podemos aceptar —sería una pena perderse todos los eventos; el baile de Marlborough, el baile de disfraces en la mansión de lady Hyde en Richmond, que era justo esa semana, por no mencionar las noches de verano en Vauxhall con los fuegos artificiales.

Channing no pareció muy afectado por aquel razonamiento.

—Nos las apañaremos.

—Podrías enviar a cualquier otro. A Jocelyn o a Grahame. O a Miles, o a Amery. ¿No dijo DeHart que le gustaba el campo? Fue todo un éxito en la última fiesta a la que le enviaste —él no iba a marcharse al campo. Evitaba el campo como un santo evitaba el pecado.

—Todos están ocupados —dijo Channing con rotundidad—. Tienes que ser tú —le dirigió una sonrisa ganadora, la sonrisa que encandilaba a hombres y a mujeres y lograba que hicieran justo lo que quisiera de ellos—. No te preocupes, Nicholas, la ciudad seguirá aquí cuando regreses.

¿Qué podría decir a eso sin decir demasiado? Había aspectos de su vida que ni siquiera Channing conocía. Tomó aliento y dijo:

—En la carta pone que pagará bien. ¿Cuánto? —sabía que con aquella pregunta dejaba claro que aceptaba. Aun así, sería mejor abandonar el campo de batalla con cierta aquiescencia que retirarse cumpliendo una orden directa.

—Mil libras —anunció Channing.

Nicholas sonrió. Haría casi cualquier cosa por mil libras. Incluso enfrentarse a sus demonios. No cabía la posibilidad de no ir, y ambos lo sabían. Esa cantidad de dinero aseguraba su consentimiento desde el principio.

—Bueno, entonces creo que el tema está zanjado —en un momento de lucidez, agradeció el esfuerzo de Channing por intentar al menos hacerle pensar que tenía algo que decir en el asunto.

—Espero que sí. Ahora, ve a hacer la maleta. Partirás en una diligencia a las once. Llegarás allí a tiempo de tomar el té.

Genial, pensó Nick con ironía, aunque veía que Channing estaba decidido. No podría escapar de aquello, así que recurrió a aquel viejo truco mental: siempre podría ser peor, aunque no estaba seguro de cómo. Bueno, siempre podría haber sido por más tiempo, tal vez incluso durante el mes entero.

Dos

Sussex, Inglaterra

A Annorah Price-Ellis le quedaba un mes de vida. De vida de verdad. Lo notaba en los huesos y no era la primera vez. Llevaba con aquella sensación desde abril y ya era incapaz de impedirlo. Iba a ocurrir lo inevitable aunque hubiese pasado años negándolo. Ahora, en la última etapa, lo tenía delante, con una fecha marcada en rojo en su calendario mental.

Claro, había buscado ayuda. Todos los expertos a los que había consultado coincidían en el diagnóstico. No le quedaba otro remedio que aceptarlo. Aquella noticia le había obligado a hacer concesiones y, junto a ellas, preparativos también; razón por la cual estaba sentada en el soleado salón de Hartshaven aquella preciosa tarde de junio, ataviada con un bonito vestido nuevo de muselina amarilla, esperando, algo extraño para alguien a quien estaba acabándosele el tiempo.

Annorah miró el reloj situado sobre la repisa de la chimenea. Eran casi las cuatro. Llegaría en cualquier momento y ella estaba nerviosa. Nunca había hecho algo tan atrevido ni tan definitivo como aquello. A medida que se aproximaba esa temida fecha en rojo, había pensado mucho sobre cuáles serían sus últimos actos, sobre qué placeres deseaba experimentar una última vez. Era rica. Tenía mucho dinero. Podía permitirse cualquier cosa que deseara: París, el continente, ropa cara. Pero, al final, el dinero no la salvaría. No podía llevárselo consigo sin condenar su alma a cierto infierno. Así que la pregunta se cernía sobre ella. ¿Qué era lo que deseaba? En el fondo de su corazón, no le había resultado tan difícil responder a esa pregunta.

Tenía treinta y dos años, al menos durante dos semanas más, y había dejado atrás sus mejores años al menos hacía una década. No se sentía con esa edad. Y esperaba no aparentarla. Tenía poco que enseñar de los últimos diez años, al menos en lo referente a las cosas que una mujer debería tener a su edad; un marido y unos hijos. Había estado a punto varias veces. En una ocasión había logrado que le rompieran el corazón y, en otra, se había echado atrás, pues no quería arriesgarse a que volvieran a romperle el corazón, o quizá hubiera sido la ausencia de aquel riesgo. Después de aquello, se había retirado a Hartshaven, había ido apartándose de la sociedad un poco más cada año y hacía mucho tiempo que no ponía un pie en Londres; y más aún desde que no se interesaba en alguien, ni alguien en ella.

Era una manera muy solitaria de vivir. Sin embargo, lo que sí tenía era una preciosa finca en el campo y mucho dinero para hacerle compañía. Lo que le faltaba socialmente lo compensaba con creces económicamente. En términos de comodidad, tenía todo lo que una mujer pudiera desear, salvo un hombre. Eso estaba a punto de cambiar. En pocos minutos un hombre aparecería en su puerta. Lo había encargado desde Londres igual que una encarga un vestido. Y, si tenía alguna duda sobre el procedimiento, ya era demasiado tarde.

Repasó mentalmente por última vez la carta que había enviado. Había memorizado cada palabra.

Estimados señores,
Busco relaciones con un hombre educado y de buenos modales. Debe ser limpio y estar sano, poder mantener una conversación interesante... en otras palabras, que sea culto... y que disfrute de la tranquilidad del campo. Estoy dispuesta a pagar generosamente por cinco noches de compañía.

Había tardado tres días en redactar esas pocas líneas. A juzgar por el esfuerzo, la carta debería haber sido más larga. Esperaba que la agencia supiera exactamente a qué se refería. El pequeño anuncio que había visto en una revista sugería que a la agencia se le daba bien leer entre líneas y saber justo lo que requería cada situación concreta. Aun así, esas cuatro líneas eran las palabras más audaces que había escrito en toda su vida.

—Es la hora, Annorah. Deja de ser tan cobarde —sentía que el valor empezaba a abandonarla. Si no lo hacía entonces, ¿cuándo si no? Sabía cuál era la respuesta. Nunca. Si deseaba conocer los misterios de la pasión antes de que fuera demasiado tarde, tendría que ocuparse del asunto. Así que allí estaba, esperando a que llegase su regalo de cumpleaños; el hombre perfecto, que no le rompería el corazón, que no fingiría amarla por su dinero, que comprendería que lo que deseaba era una relación temporal en la cual poder experimentar los placeres de la carne sin arrepentirse.

Cinco noches de placer serían suficientes. Entonces aceptaría su destino, un destino que uno de los mejores abogados de Inglaterra le había dicho que no podía evitar: casarse antes de cumplir los treinta y tres años y mantener su finca y su riqueza. Si eso no sucedía, la finca y gran parte de su fortuna irían a parar a la iglesia y a otros organismos benéficos. La casa se convertiría en una escuela y ella se quedaría con una casita y una pequeña parte para vivir de manera sencilla, pero no con grandes lujos. Atrás quedarían los días en los que se compraba vestidos caros y en los que tenía la opción de hacer cualquier cosa que deseara.

Fuera como fuera, estaba a punto de perder su vida tal como la conocía. Casarse significaría que toda su riqueza iría a parar a su marido. Permanecer soltera significaría que el dinero se lo quedaría la iglesia. Y ella con una mínima parte. En respuesta a su desolación, se había ido de compras y había adquirido un sinfín de vestidos con todos los accesorios necesarios, incluyendo un hombre a juego.

Oyó la gravilla en la entrada y se le aceleró el pulso. Se asomó a la ventana y vio una diligencia detenerse frente a la casa antes de desaparecer, pues la entrada quedaba oculta tras las escaleras semicirculares que conducían hacia la puerta principal. Solo podía verse la entrada entera si se estaba de pie junto a la ventana, pero Annorah no quería ser tan evidente.

Plumsby, su mayordomo, apareció en la puerta.

—Señorita, vuestro invitado está aquí. ¿Puedo decir que es demasiado guapo para ser un bibliotecario? —Annorah no había sido capaz de contarles la verdad a sus empleados por miedo a decepcionarlos. En su lugar, había expresado su deseo de catalogar su biblioteca una última vez, una especie de inventario por si acaso decidía dejárselo todo a la escuela.

—Gracias, Plumsby. Enseguida salgo a recibirlo —se le aceleró de nuevo el pulso y empezó a pensar en las últimas palabras de Plumsby: era guapo. Repasó en su mente cómo quería recibirlo. Sería moderna y sofisticada. Se miró por última vez en el espejo de la pared para asegurarse de que estaba bien peinada y de que no tenía manchas en la cara.

Tomó aliento, salió al recibidor y de pronto se sintió demasiado colorida con el vestido de muselina amarilla en comparación con el azul apagado y el mármol italiano del recibidor. Pero ya no tenía tiempo para cambiarse ni para escabullirse por las escaleras de atrás sin ser vista. Él la había visto.

Annorah sonrió y caminó hacia él.

—Estáis aquí. Confío en que hayáis tenido un viaje agradable —se llevó las manos a la cintura con la esperanza de disimular sus nervios, pero sintió el rubor que inundaba sus mejillas. Decir que era guapo era quedarse muy corta y ella ya se había quedado sin palabras. Pensaría que era una idiota incompetente. Se conocían desde hacía menos de un minuto y era incapaz de decir nada.

¡Té! De pronto se le ocurrió.

—Plumsby, sirve el té en el salón. Yo me encargo de nuestro invitado a partir de ahora —en cuanto pronunció aquellas palabras, supo que se había equivocado—. Perdonadme, creo que estoy adelantándome. Estoy pidiendo que sirvan el té y ni siquiera nos hemos presentado. Soy Annorah Price-Ellis.

Le ofreció la mano para estrechársela de manera profesional, pero él se la agarró y se inclinó para darle un beso en los nudillos sin dejar de mirarla mientras convertía aquel gesto en algo más que un saludo. Con aquel beso comenzó un prólogo, una promesa.

—Nicholas D'Arcy, a vuestro servicio.

A su servicio. Annorah tragó saliva. ¡Allí estaba y era increíblemente guapo! Unos ojos de un azul oscuro la contemplaban con intensidad por encima de su mano; un pelo negro echado hacia atrás que dejaba ver sus pómulos marcados y la boca más perfecta que hubiera visto jamás en un hombre; un labio superior fuerte, fino, y un labio inferior ligeramente más grueso, lo suficiente para despertar sus fantasías, para hacer que una mujer deseara recorrer esa boca con el dedo.

¡Santo cielo, sus pensamientos estaban acelerándose! Apenas se conocían y ya se imaginaba acariciando su boca. Recordó sus modales e hizo una reverencia, aunque entonces se preguntó si aquella sería la respuesta correcta. ¿Era normal hacerle una reverencia a un hombre así? Pero esa era la cuestión. ¿Qué tipo de hombre era? ¿Un caballero sin suerte o un sinvergüenza que aparentaba ser lo que no era? Tal vez debiera hacer la reverencia simplemente para continuar con aquella farsa. ¿Y por qué no? Aquella era su fantasía. Podía llevarla a cabo como quisiera.

Lo que no podía hacer era quedarse allí de pie como una idiota. De pronto recordó todos sus años de educación y buenos modales con un solo pensamiento: podría conducirle a tomar el té y después todo se resolvería solo. El té le ayudaría a calmar los nervios. Sería algo lógico preguntarle si lo temaba con leche o con azúcar, si quería un pastelito o un sándwich. Eso daría pie a una conversación y le daría la sensación de estar empezando a conocerlo.

Annorah señaló hacia la puerta situada a su izquierda.

—Plumsby nos servirá el té en la sala de recepciones —dijo con lo que esperaba que fuese una voz sofisticada, y aun a riesgo de sonar repetitiva—. Podréis tomar algo y así hablaremos de negocios —sin duda aquel sería el siguiente paso lógico. Sería mejor quitarse ciertos temas de en medio antes de que las cosas siguieran su curso.

Los ojos azules de Nicholas D'Arcy se arrugaron por los lados cuando sonrió. Se inclinó con una actitud conspiradora y la cercanía le permitió advertir el aroma de su cuerpo; una mezcla de heno y limón que olía a verano.

—¿Esto son negocios? —preguntó.

De pronto a Annorah le resultó difícil pensar. Apenas se dio cuenta de que empezó a divagar sobre clientes y contratistas, y a negociar los acuerdos de su asociación de manera que fuese mejor para ambos. Él le puso un dedo suavemente sobre los labios.

—Annorah, hay un precioso día de verano esperándonos fuera. ¿Por qué no me enseñas los jardines? Podemos hablar mientras paseamos.

—¿Habrá la suficiente privacidad? —preguntó ella educadamente. ¿Hablar de su acuerdo en el exterior, donde cualquiera pudiera oírlos? No había sido del todo sincera con sus empleados al hablarles de su visita.

—Juntaremos las cabezas y susurraremos —parecía reírse con la mirada mientras le ofrecía el brazo, un brazo fuerte envuelto en una delicada chaqueta azul, lo que le recordó que su ropa y su presencia eran inmaculadas. Inclinó la cabeza hacia la suya hasta que casi se tocaron y empezó a susurrarle al oído—. Además, creo que el riesgo a ser descubiertos le añade cierta emoción al más aburrido de los paseos, ¿no te parece?

—Tendré que fiarme de vuestra palabra, señor D'Arcy —un delicioso escalofrío recorrió su cuerpo solo con pensarlo, aunque se serenó ligeramente al pensar que aquel hombre vestido con ropa elegante no podía ser en absoluto un caballero.

—Por favor, llámame Nicholas. El señor D'Arcy siempre fue mi padre. ¿Nos vamos?

Qué poco había tardado en perder el control de la conversación. Era algo casi asombroso la suavidad con la que él se había hecho cargo. Apenas llevaba unos minutos en su recibidor y ya había asumido el control. Ni siquiera sabía dónde estaban los jardines y sin embargo atravesaron las puertas de cristal como si llevara viviendo allí toda su vida. Annorah no había imaginado que mostraría tanta comodidad. Imaginaba que llevaría ella las riendas. Llevarían a cabo el trato en su terreno, literal y figuradamente. Cuando había enviado la carta, había dado por hecho un mínimo de seguridad al saber que él sería el invitado y ella la anfitriona. Pero ahora quedaba claro que los papeles podían alternarse con facilidad.

Los jardines le devolvieron el equilibrio. Él fue haciéndole algunas preguntas, deteniéndose de vez en cuando para admirar ciertas flores, y ella respondía y sentía que iba recuperando el control, que de nuevo volvía a ser la anfitriona.

Nicholas se detuvo frente a una flor.

—Oh, esta es única. Un lirio tropical, si no me equivoco. Un poco perverso, ¿no? Con el estambre que sobresale directamente desde la flor.

Annorah se sonrojó ante aquella referencia directa al falo masculino.

—Todas las flores tienen estambre, señor D'Arcy.

—Sí, pero no todas tienen un estambre que se ve tan descaradamente. Observa esta delicada flor rosa de aquí. El estambre está envuelto entre los pétalos, que se cierran a su alrededor. Pero esta en cambio no —volvió a señalar el lirio—. Esta es descarada y se yergue desde la base con orgullo, para que todos la vean.

—Las flores no son seres sexuales, señor D'Arcy.

—¿Eso crees? No estoy de acuerdo. Puede que sean los seres más sexuales y promiscuos que existen. Piénsalo. Polinizan con múltiples parejas todos los días, todo para lanzar sus semillas errantes al viento sin importarles dónde aterrizan.

El protocolo le obligaba a poner fin a una conversación tan ridícula, pero no pudo hacerlo. Nicholas tenía una voz muy agradable de tenor que acariciaba cada palabra, que creaba imágenes decadentes con cada frase. Si podía hacer que le temblaran las piernas hablando de botánica, era probable que aquella voz pudiera convertir cualquier tema en algo sensual. Aun así, debería intentar comportarse de manera civilizada.

—Señor D'Arcy, este no es un tema de conversación muy decente.

—Insisto en que me llames Nicholas —le reprendió él suavemente—. Y, para ser sinceros, no me has invitado a venir para ser decente.

Fue un comentario de lo más oportuno. No tendría una oportunidad mejor de sacar el tema de su acuerdo. Habían empezado a andar de nuevo y habían dejado atrás el lirio fálico y el jardín de flores. Se habían alejado más de la casa y paseaban por un camino rodeado de árboles en dirección a una torrecilla romana situada a lo lejos. La intimidad era total. Por un momento se le pasó por la cabeza que Nicholas hubiera llevado la conversación hacia allí a propósito.

—No, Nicholas. No te he traído aquí para que seas decente. Pero tampoco te he traído para participar en una orgía —ahí fue donde se acabó su franqueza. No era una mujer tímida a la que le diese vergüenza decir lo que pensaba. Hasta el momento había marcado su propio camino en la vida, pero aquel terreno era nuevo para ella. Nunca antes le había expresado a nadie esa clase de sentimientos, esos deseos, y mucho menos a un hombre guapo que la miraba con tanta atención.

¡Claro que tenía toda su atención! Ese era su trabajo. Debería preocuparse de no ser así.

—Lo comprendo —respondió Nicholas solemnemente, y le cubrió con cariño la mano que tenía apoyada sobre su brazo—. ¿Qué les has contado a los sirvientes?

—Les he dicho que has venido a evaluar mi colección de libros. Es bastante amplia y no ha sido catalogada desde que lo hiciera mi abuelo hace medio siglo.

La sonrisa que le dirigió hizo que se sintiera muy satisfecha. Había pensado largo y tendido sobre la mentira que utilizaría para justificar la presencia de un hombre en la casa.

—Muy bien, Annorah. Me has descrito como un erudito, un hombre culto, lo cual aplacará las sospechas de que pueda tener otro interés oculto en tu persona. Me has asignado un proyecto que exige estar a solas contigo todos los días, y además me has dado la razón perfecta para dejarme ver contigo en el campo. Nadie esperaría que quisieras tener a tu invitado solo para ti —le guiñó un ojo—. Sé cómo funcionan las cosas en el campo; un recién llegado es motivo de excitación y ha de compartirse.

Annorah se sonrojó con sus alabanzas. Se apartaron de la torrecilla y se dirigieron de nuevo hacia la casa mientras él seguía hablando.

—En cuanto a nosotros, Annorah, no volveremos a hablar de nuestro acuerdo. Nos dedicaremos a hacernos amigos. No podemos limitarnos a una simple transacción económica —arrugó la nariz como si la idea le diese asco y eso hizo que ella se riera—. Pero, dejando eso a un lado, debemos ponernos serios por un momento —se volvió para mirarla y la detuvo. Podía ver la casa por encima de su hombro, lo que le recordaba que, cuando regresaran, la farsa comenzaría de verdad. El punto de no retorno comenzaba en la linde del jardín y su cuerpo se estremecía con solo pensarlo.

Nicholas le estrechó las manos con fuerza y la miró con sinceridad.

—Estamos a punto de embarcarnos juntos en un viaje íntimo y maravilloso, Annorah Price-Ellis. Es un honor compartir ese viaje contigo. Nos cambiará a los dos. Probablemente lo hayas pensado mucho, pero debo preguntarlo una última vez. ¿Estás preparada? ¿Es esto lo que realmente deseas? ¿No te ves obligada en modo alguno, ya sea implícito o explícito?

«Esto debe de ser lo que se siente cuando estás frente al altar y miras a los ojos al hombre al que amas, sabiendo que él siente lo mismo», pensó ella. Aquel pensamiento surgió de la nada y sin razón alguna. Sabía que él estaría obligado a preguntárselo para asegurarse de contar con su consentimiento. También sabía que, tras su pregunta, no había amor, ni matrimonio, ni altares de ningún tipo. Pero aquella certeza no le impidió tener la impresión de que estaban jurando los votos de algún modo, entregándose el uno al otro, aunque solo fuera durante un breve periodo de tiempo. Después de aquella noche, siempre le pertenecería, siempre estaría con ella como ninguna otra persona. Durante el resto de su vida, llevaría un pedazo de Nicholas D'Arcy dentro de su alma, siendo su primer y, quizá, su único amante verdadero.

Annorah asintió con la cabeza y su voz sonó tranquila en la serenidad de aquella tarde de verano.

—Estoy preparada.

Nicholas se llevó sus manos a los labios.

—Yo también lo estoy —le dirigió una sonrisa tranquilizadora. Tal vez hubiera advertido el temblor en su voz—. Tranquila, Annorah. Sé exactamente lo que deseas.

Tres

Deseaba la noche de bodas, la luna de miel; el placer de los amantes descubriéndose por primera vez, saboreándose en cuerpo y alma. Era una de las escenas más difíciles de representar. La idea era crear una sensación de intimidad que fuese más allá de lo físico sin exponerse a los sentimientos. En general él prefería el sexo a la intimidad.

En su habitación, Nicholas abrió la maleta, el único equipaje que no le había permitido deshacer al sirviente que le habían asignado como ayuda de cámara. Nicholas contempló sus herramientas con un suspiro y las colocó sobre la mesa del tocador de su habitación como si fuera un cirujano preparando sus escalpelos; los pequeños botes de aceites aromáticos, las carísimas fundas importadas desde Francia y hechas con piel de cordero, las cintas de seda, las plumas. A veces usaba aquello tanto para él como para sus clientes. Todo estaba diseñado con un objetivo en mente: el placer físico. Eran la garantía de que podría satisfacer las necesidades ajenas incluso aunque la mujer no le interesase en lo más mínimo. Sin embargo, con la mujer adecuada, podían ser algo extraordinario.

Sin duda le daría a Annorah la aventura física que buscaba. Lo otro, lo de compartir el alma, sería más difícil. Él era una persona reservada por naturaleza. Apartar de su lado a los demás era una habilidad que había adquirido a una edad muy temprana. Le había servido para observar a los demás y para protegerse a sí mismo. Cuando la gente estaba ocupada hablando de sí misma, no tenía ocasión de pensar en él.

Nicholas metió todos los objetos en un cajón y los escondió cuidadosamente entre las corbatas. Los bibliotecarios no llevaban consigo plumas y cintas. Sonrió. ¿Un bibliotecario? Aquello era nuevo. Había fingido ser muchas cosas antes, lo que necesitaran sus clientas. Entre tanto, se había convertido en un auténtico camaleón. En aquella profesión, una persona fingía mucho, lo cual no estaba del todo mal, sobre todo cuando la fantasía era mejor que una realidad llena de deudas, de preocupaciones e incluso de culpa.

Allí no había sitio para esas emociones. Ignoró aquellos pensamientos y centró sus esfuerzos en planear su estrategia. Aquella noche no necesitaría sus herramientas. Annorah no estaba preparada, a pesar de haber dicho lo contrario.

Había notado su nerviosismo desde el principio,

como si no pudiera creerse que alguien hubiese respondido de verdad a su carta. Desde entonces, la había tocado con frecuencia, le había besado la mano y no había dejado de acariciarla mientras paseaban. Ella se había mostrado inquieta y había temido que pudiera cambiar de opinión, una idea que no podría permitirse después de haber asignado ya mentalmente el dinero antes de salir de Londres.

Nicholas sabía bien el poder que tenía el tacto para garantizar la aceptación. Según su experiencia, las personas se mostraban más dispuestas a hacer lo que deseara si las tocaba mientras se lo pedía. Para cuando regresaron a la casa, ya había obtenido su promesa y ella había empezado a descongelarse.

Tampoco era que estuviese helada o que no se mostrase dispuesta. Había advertido su pulso acelerado al verlo en el recibidor. Había visto el rubor en sus mejillas mientras hablaban del lirio en el jardín. Annorah sabía bien cómo funcionaban las cosas. Pero con los años le habían metido en la cabeza los códigos de la decencia y, por mucho que deseara deshacerse de ellos aunque fuera durante un tiempo, estaría resultando ser más difícil de lo que había anticipado. Él podría ayudarla con eso. Lo que realmente deseaba saber era por qué. Por qué habría escrito la carta.

Nicholas se tumbó en la cama estirado y colocó las manos detrás de su cabeza. Tenía dos horas antes de la cena y necesitaba utilizarlas para pensar. Planeó la velada en su cabeza como un general antes de luchar. El campo de batalla de aquella noche sería la mesa. Eso era fácil. Había muchas maneras de acariciar el pie de una copa, de agarrarla con la mano, de comer y de beber para estimular el interés sexual sin dejar de hablar, logrando así que ella se relajara, que lo viera más como un hombre que como una máquina que estuviera allí para satisfacer una necesidad.

Su objetivo aquella noche era doble. Lograr que ella se olvidase de la parte artificial de su acuerdo y averiguar qué le había llevado a escribir esa carta. Más que eso, entender por qué esa carta era necesaria.

Una proposición de ese tipo no se hacía a la ligera. Pensó en las pistolas que llevaba consigo y repasó las razones habituales. ¿Sería un acto de venganza por su parte? ¿Habría alguien que sufriría con su decisión? No sería la primera vez que una mujer intentaba librarse de ese modo de un matrimonio no deseado.

La carta en sí misma no decía mucho. La había estudiado frase por frase durante el camino, pero no había encontrado ninguna pista. La frase sobre disfrutar del campo le había hecho reír por la ironía. La mención a la tranquilidad le parecía más interesante. ¿Qué significaría? ¿Sería una ermitaña? ¿Realmente prefería la soledad del campo? Una deducción sencilla le hizo descartar aquella posibilidad. Era difícil imaginarse a una ermitaña, alguien que quisiera evitar deliberadamente la compañía de los demás, buscando a alguien con quien conversar. A su llegado había descubierto que tenía razón. Tenía que descartar también esa opción, aunque no le faltara lógica. Tal vez estuviera nerviosa, pero no era ninguna ermitaña.

Nick pensó entonces en otra opción. ¿Se habría visto obligada a aislarse allí? ¿Habría quedado abandonada al anonimato? ¿Sería alguien que ansiaba tener contacto humano? Tal vez eso fuera demasiado extremo. Sussex tampoco era el fin del mundo. Estaba a solo cinco horas de Londres. Una mujer que tenía mil libras para gastarse en cinco noches de placer sin duda podría permitirse ir a Londres si así lo quería.

Esa era otra cuestión que le intrigaba. El motivo. Londres era un buen lugar para mujeres poseedoras de una gran fortuna. Allí era fácil encontrarle un marido a una heredera, sobre todo en junio. La ciudad estaba plagada de hombres buscando dinero y matrimonio. Le hizo recordar la frase de esa novela de Austen de la que hablaban todas sus amantes: «Un hombre soltero que posea una gran fortuna debe también desear una esposa», o algo así. En ese caso, era extraño encontrar a una mujer que poseía una gran fortuna y que, en cambio, no estaba casada.

Si no era ermitaña por naturaleza ni se había visto obligada a aislarse, eso solo dejaba la tercera opción: estaba en el campo por decisión propia. De todas las alternativas, aquella era la más misteriosa.

¿Por qué elegiría alguien vivir en el campo sin estar obligada? ¿Por qué decidiría una mujer pagar dinero para acostarse con un desconocido cuando un posible matrimonio le esperaba a solo cinco horas de camino?

Había pocas razones por las que una mujer con dinero pudiera negarse a vivir en Londres, y ninguna de ellas era buena, sobre todo porque la principal era el aspecto físico y ese no era el caso de Annorah. Podía descartar eso.

Había resultado un problema para él que fuese fea. Era algo egoísta y pretencioso, lo sabía, pero estaba acostumbrado a las mujeres hermosas. La mayoría de las mujeres que podían permitirse sus servicios no eran feas. Simplemente sentían curiosidad por experimentar lo que deberían haber experimentado en su matrimonio, algo que un marido entregado debería haberles proporcionado. Por suerte, Annorah Price-Ellis había resultado ser una mujer atractiva con una belleza discreta. Había llamado su atención de inmediato, como una nota de color en la austeridad de aquel recibidor.

Se le había antojado como una diosa de la naturaleza mientras paseaban por el jardín. Había empleado ese tiempo en observar sus rasgos: la curva de su mejilla, que le otorgaba a su rostro un aspecto delicado; el verde musgo de sus ojos, que recordaba a un campo de hierba en verano; y el rubio de su pelo, que era del color de la miel silvestre. Había advertido también curvas bajo su vestido, con unas piernas largas, una cintura estrecha y un trasero firme. No, definitivamente Annorah Price-Ellis no era una vieja bruja. Lo cual aumentaba el misterio. ¿Cómo llegaba a ese punto una mujer guapa y rica?

Solo había un modo de averiguarlo. Nicholas llamó al ayuda de cámara. Era hora de vestirse para la cena y esa noche deseaba cuidar especialmente su apariencia. El hombre que le habían asignado era un joven llamado Peter que tenía talento para el trabajo, aunque no experiencia. Si al ayuda de cámara le resultaba extraño que un bibliotecario se preocupara tanto por su apariencia, que así fuera. Al final acabó con una elegante chaqueta oscura, un chaleco de cachemir en tonos lavanda y azul y un complicado nudo en la corbata para el que solo había necesitado dos intentos.

Nicholas despidió a Peter y se miró por última vez en el espejo. Comprobó que el alfiler de diamantes de la corbata se viera lo suficiente como para reflejar la luz, que la chaqueta no tuviese arrugas en los hombros, que llevase el pelo bien recogido con un lazo negro. Quizá el pelo largo no marcase tendencia en los salones de baile de la alta sociedad, pero era asombroso lo mucho que les gustaba a las mujeres en el dormitorio.

Satisfecho con su apariencia, cerró los ojos y tomó aliento. Iba a dar comienzo la seducción. Daban igual los fantasmas que el campo pudiera despertar en su interior, porque podría hacerlo. Le haría el amor a la señorita Price-Ellis como si todo dependiera de ello. Porque así era.

Estaba esperándola en la sala de recepciones, pues cumplía a rajatabla el código de caballeros según el cual ninguna dama debería esperar sola y preocupada la llegada de un invitado. Tenía una actitud despreocupada y una copa a medio beber en la mano mientras contemplaba los jardines a través de las ventanas. Se dio la vuelta al oírla entrar.

—Tienes una casa preciosa. Estaba admirando las vistas —señaló hacia las ventanas con la mano que sujetaba la copa, pero no dejó de mirarla a ella, lo cual sugería que estaba admirando otras vistas bien distintas.

Annorah experimentó un intenso calor por todo su cuerpo al oír sus palabras. Había pasado una hora decidiendo qué vestido ponerse antes de llamar a su doncella y decantarse por el de raso de color lavanda. Al parecer el esfuerzo había merecido la pena.

—Gracias. Hartshaven se diseñó para ser admirado. Estaba destinado a ser un escaparate para la belleza.

—Desde luego, lo es —sonrió abiertamente y apareció un hoyuelo en la comisura izquierda de sus labios.

Santo cielo, ¿era capaz de convertir cualquier comentario en un cumplido velado? ¿Qué podía hacer ella salvo seguir hacia delante y tomárselo con calma? Se acercó a la ventana y le hizo un gesto para que se reuniera con ella. Intentó dirigir la conversación hacia un terreno más neutral, un terreno en el que no se sonrojase y no pensase constantemente en la noche que la esperaba.

—Mi bisabuelo hizo que diseñaran los jardines originales Kent y Bridgeman.

—Reconozco el estilo —estaba de pie junto a su hombro. Annorah podía oler su colonia; el olor a hierba y a limón proporcionaba el aroma perfecto para una noche de verano como aquella. No creía haber conocido nunca a un hombre que oliese tan bien. Estaba tan concentrada en olerlo, discretamente, claro, que casi se olvidó de lo que estaba hablando.

—He tenido la suerte de visitar Chiswick House. Los jardines de Burlington son exquisitos, como los tuyos.

¿Chiswick? Eso llamó su atención. No pudo resistirse a mirar de reojo a su acompañante. Chiswick House era la casa del conde de Burlington. Fuera quien fuera, Nicholas D'Arcy se movía por las altas esferas si había ido allí de visita.

Él advirtió su mirada antes de que pudiera apartarla.

—¿Te sorprende? —preguntó con una sonrisa.

—Apenas te conozco. Llegados a este punto, cualquier cosa me sorprendería —respondió con más sequedad de la que pretendía, pero necesitaba defenderse de algún modo. El hecho de no conocerlo apenas no impedía que se le acelerase el pulso ni que se quedase embobada con todas sus palabras. Al iniciar aquella fantasía, había contado con que la lógica le impediría tener una respuesta emocional profunda. Obviamente esa estrategia no iba a funcionar.

—*Touché* —le agarró la mano, la colocó sobre su brazo y aquel gesto le provocó escalofríos—. Resolveremos eso durante la cena —añadió señalando con la cabeza por encima de su hombro—. Creo que tu mayordomo está listo para anunciar la cena.

Plumsby se aclaró la garganta y llamó su atención por primera vez. Annorah había estado tan centrada en Nicholas que no había advertido su llegada.

—La cena está servida.

—He pedido que sirvieran la cena en el comedor informal —dijo Annorah, contenta por tener algo apropiado que decir. A cada minuto que pasaba parecía menos una anfitriona, y no era así como se había imaginado aquello. Al imaginárselo, ella era la sofisticada, la que llevaba las riendas. Era fácil darse cuenta del error de aquel razonamiento solo con ver la elegancia y la sofisticación que él había adquirido en la ciudad. Ella no tenía ni la mitad de elegancia que él. Solo esperaba que su comedor compensara aquel defecto.

Y la estancia estuvo a la altura. Daba a la terraza

de atrás y sus sirvientes la habían preparado a la perfección. Claro, ellos pensaban que se trataba de una cena de negocios para hablar de la biblioteca, pero aun así deseaban que su hogar estuviese impecable. Y así era. Los tonos rosados del atardecer entraban por las puertas de cristal e iluminaban las paredes de color crema, pero era la mesa situada en el centro lo que más llamaba la atención. Dos velas altas y blancas se alzaban como centinelas sobre sus candelabros de plata, colocados sobre un mantel de lino blanco e impoluto. Entre las dos velas había un jarrón con rosas amarillas del jardín. Como complemento a las rosas amarillas, habían colocado su vajilla favorita, con un dibujo de flores azules, junto con las copas y la cubertería de plata. Había una botella de champán en un cubo con hielo.

Dos sirvientes les ayudaron a sentarse y después Plumsby retiró las tapas de las fuentes de comida, pero ese sería todo el servicio que Annorah necesitaría. Ya le había dejado claro a Plumsby que cenarían de manera informal y se servirían ellos mismos de los platos. El mayordomo había protestado, pero ella había respondido que no merecía la pena tanto esfuerzo por un solo invitado. Dado que el invitado en cuestión era un bibliotecario que había ido allí a trabajar, Plumsby había acabado por ceder.

—¿Puedo? —Nicholas alcanzó la botella de champán y la abrió con soltura. Sirvió las copas, después centró su atención en el pollo y mostró la misma destreza al cortarlo que había mostrado con el champán. Llenó los platos de pollo asado y ensalada. Fuese o no un caballero, sabía desenvolverse en un comedor y le ofreció lo mejor de la mesa. Hacía que resultase aún más intrigante y misterioso. ¿Qué clase de hombre visitaba Chiswick House, cenaba con los modales de un noble y se encontraba a sí mismo sentado a la mesa de una mujer aislada de la sociedad en esas circunstancias? Sabía que con una apariencia y con unos modales así, habría sido bien recibido en cualquier parte—. Brindemos, Annorah —dijo alzando su copa—. Por las noches de verano y las nuevas amistades.

Las copas se tocaron con un delicioso sonido. Ella dio un trago y dejó que el champán resbalase por su garganta. Le encantaba el champán y podía permitirse beberlo todas las noches, pero le parecía un pecado beber sola; aunque, pensándolo bien, le parecía un pecado muy pequeño comparado con el que cometería esa noche. Buscó algo que decir. Tal vez debería haber pasado el mismo tiempo buscando temas de conversación que eligiendo un vestido. A ese paso, nunca descubriría nada sobre él. Tenía que intentarlo, así que sacó el primer tema que le vino a la cabeza.

—Entonces, ¿eres aficionado a los jardines?

—Soy aficionado a muchas cosas bonitas, los jardines entre ellas —deslizaba la mano suavemente por el tallo de la copa arriba y abajo. En cualquier otro hombre no se habría fijado en el gesto. Pero con él apenas podía apartar la mirada.

—¿Qué otras cosas admiras?

—Te admiro a ti, Annorah —respondió con una sonrisa.

Ella se quedó mirando su plato, sonrojada. Hacía años que no se sonrojaba tanto. Tal vez estuviese más desentrenada socialmente de lo que había imaginado.

—No tienes por qué decir esas cosas. Además, no me conoces lo suficiente como para llegar a alguna conclusión.

—¿Crees que no hablo en serio? Te aseguro que sí. He pasado la tarde en esta preciosa casa y no estoy de acuerdo con tus palabras. Una finca es con frecuencia el reflejo de su dueño. Puedes saber muchas cosas de una persona por el lugar en el que vive. Siento que hay una historia en ti, Annorah, y me encantaría oírla. ¿Cómo es que has llegado a estar aquí?

Annorah lo miró a los ojos por encima de su copa de champán.

—¿Es una manera educada de preguntarme cómo he llegado a los treinta y dos años estando sola?

Nicholas se rio y se recostó en su silla.

—¡Qué mujer más quisquillosa eres! ¿Siempre eres tan cínica? Desde que nos hemos sentado a cenar me has acusado de ser falso en mis alabanzas y, cuando te pregunto por tu historia, me consideras grosero. Me planteas todo un enigma.

Oh, cielos, era cierto. Se había preocupado mucho por ser la anfitriona perfecta y, a la mínima oportunidad, se comportaba de mala manera. Se quedó mirando su cena a medio comer y recuperó la compostura.

—Debo disculparme. No tengo mucha experiencia en esto.

Él volvió a inclinarse hacia delante, y en esa ocasión le agarró una mano que tenía sobre el mantel.

—No es necesario que te disculpes. Los enigmas me gustan —le guiñó un ojo—. Bebe un poco más de champán. Eso te ayudará y quizá así podamos intentarlo de nuevo —con el dedo estaba dibujando sobre la palma de su mano círculos que resultaban relajantes y estimulantes.

Ningún hombre la había tocado como lo hacía él, ni con la misma frecuencia. Su cuerpo había sido muy consciente de él desde su llegada; cuando le había puesto la mano en el brazo, cuando él le había tocado la espalda, todo completamente legítimo. Los caballeros tocaban a las damas así constantemente. A ella la habían tocado así, pero no con el mismo resultado, no con un agradable calor que se extendía por su cuerpo. No. Nunca así.

—Ahora, Annorah, cuéntame tu historia. Quiero saber cómo has llegado a ser la reina de todo esto —dijo él mientras servía más champán con la otra mano.

—Crecí aquí y nunca he salido, al menos durante mucho tiempo —contestó ella antes de dar un trago a su copa. Nicholas tenía razón; el champán ayudaba. Rara vez hablaba de su familia. En una época había sido una buena familia, pero había ido hundiéndose debido al tiempo y a las circunstancias, y ella se había quedado con un legado que terminaría pronto; algo en lo que odiaba pensar, que le recordaba que estaba a punto de perderlo todo a no ser que le vendiera su alma a un hombre al que no amaba.

—¿Por qué? —preguntó él, alentándola con la voz, con las caricias y con la sinceridad de su mirada. Hasta la estancia conspiraba en su contra, pues la luz de las velas proporcionaba intimidad en mitad de la oscuridad.

—Porque era mi hogar y la gente a la que quería estaba aquí. Hartshaven no siempre ha sido una casa vacía —no había pensado hablar de sí misma ni revelar cosas que no importaban, que no tenían nada que ver con el trabajo que él había ido a hacer allí. Pero, después de empezar, ya no pudo parar.

Las historias se alimentaban solas, estimuladas por las risas de Nicholas y el asentimiento ocasional de su cabeza. Le habló de su familia; de sus abuelos, de sus padres, de sus primos que iban a visitarlos en verano. No le habló de su tía. Su tía no tenía cabida en las historias felices.

Aquellos veranos tenían historias propias; días de paseo por los prados, de pesca en los arroyos, de jugar al escondite en los jardines. Los recuerdos cobraban vida según hablaba. Fantasmas felices del pasado que habitaban sus historias: las risas de sus primos gritando mientras corrían por los jardines, la paciencia de su abuelo mientras les enseñaba a pescar en el río. Todo estaba vivo de nuevo y ella estaba viva también. Ya no estaba sentada a la mesa con un desconocido, sino con un hombre que se había convertido en su amigo en muy poco tiempo; un amigo del que no sabía mucho, pero amigo al fin y al cabo.

—¿Qué ocurrió? —preguntó Nicholas mientras servía lo que quedaba de champán. ¿Ya habían bebido tanto o acaso llevaban sentados a la mesa mucho tiempo?

—Lo que ocurre siempre. Crecimos y pasó el tiempo —los fantasmas felices que había invocado se retiraron. Las velas estaban a punto de apagarse—. Daría cualquier cosa por volver a tener aquello. ¿Y tú? ¿Cómo has llegado a esto? —la pregunta era descarada. Sería el champán quien hablaba, pero llevaba hablando toda la noche.

—Creo que el futuro está cargado de promesas —respondió él antes de terminarse la copa y dejarla sobre la mesa con aire de rotundidad. Se puso en pie y le ofreció una mano—. Ven conmigo.

Annorah dejó lentamente su copa mientras pensaba en sus palabras y en lo que significaban. Había llegado el momento. La llevaría al piso de arriba y se acostaría con ella. Se levantó y le dio la mano con cierta rigidez. Ahora que estaba a punto de suceder, aquel acto inminente le parecía una conclusión vacía para la riqueza de su conversación. El amigo volvió a convertirse en un desconocido y el hechizo se rompió.

Cuatro

Estaba perdiéndola. La magia del champán y de las velas no había logrado hacerle olvidar sus reservas. No era que él hubiese subestimado sus efectos, sino más bien su poder. No había durado mucho. Nick sentía que la magia empezaba a esfumarse, que ella volvía a tener dudas y a cuestionar su decisión de haberlo invitado. Había pensado llevarla al piso de arriba, pero optó por la terraza, el aire fresco y la luz de las estrellas.

Ella se abanicó las mejillas con la mano y soltó una carcajada cuando estuvieron fuera.

—Creo que he roto una de las reglas principales de las relaciones sociales.

Nicholas sonrió y disfrutó del rubor de sus mejillas.

—¿Qué regla es esa?

—La que dicta que debo dejar que el hombre hable. Más concretamente debo dejar que hable de sí mismo haciéndole preguntas para saber cómo es.

Es la primera regla que aprende una debutante. Si una chica no sabe flirtear, al menos debe saber escuchar.

Nicholas echó la cabeza hacia atrás y se carcajeó. Su inocencia resultaba estimulante en muchos aspectos.

—¡En absoluto! He disfrutado con tus historias. Creo que esta es una de las veladas más agradables que he pasado en años.

—Sí que lo es, ¿verdad? —el cinismo de su voz hizo que Nick se detuviese. Annorah estaba mirándolo con los párpados entornados. El hechizo se había roto por completo. Tendría que empezar de nuevo.

—¿Perdón? —Nick fingió estar confuso, aunque sabía bien lo que estaba diciéndole. Si iba a ser descarada, tendría que esforzarse.

—Ya sabes a qué me refiero. La cena, las historias… El objetivo de todo eso era sonsacarme información. Creo que ha sido muy inteligente por tu parte utilizar un sencillo truco de debutante en mi contra.

Era mucho más lista que sus clientas habituales, o mucho menos dócil. Aquello iba a ser todo un desafío. Prácticamente acababa de acusarlo de utilizar con ella una frase hecha. Le agarró la mano y empezó a dibujar círculos en el dorso.

—«Truco» es una palabra muy fea, Annorah. ¿Qué te hace pensar que era una estrategia en vez de la verdad? Es muy agradable estar contigo.

Era cierto. Le había gustado ver cómo cobraba vida mientras contaba sus historias, mientras hablaba de su infancia. Era una infancia parecida a la suya y había visto la libertad en ella mientras hablaba. Era una libertad bien contenida que hacía que se preguntara qué habría pasado para acabar así. También se preguntaba cómo sería ver aquella libertad sin ataduras, sin barreras.

—Soy muy desconfiada —contestó ella—. Sobre todo con alguien que dice que le gusto nada más conocerme.

Y sobre todo si era un hombre, pensó Nick. Había dolor detrás de sus palabras. Empezaban a salir partes de la historia que había omitido durante la cena.

—Algunas personas tienen una afinidad natural entre sí. ¿Acaso lo dudas?

Annorah le dirigió una mirada que prácticamente decía cuál era su opinión al respecto.

—Puede que algunas sí, pero no todas. No la mayoría.

Aquella noche estaba desafiando muchas de sus conjeturas. No había imaginado que su clienta sería tan quisquillosa, tan culta ni tan guapa. Había imaginado que sería una conquista fácil. Pero se daba cuenta de que no iba a ser así. Por unos minutos durante la cena Annorah se había olvidado de todo eso. Podría hacer que volviese a olvidarse, pero tendría que trabajar duro para lograrlo.

Se llevó su mano a los labios y dijo:

—No soy un cazafortunas, Annorah. Soy de fiar y estás a salvo conmigo. No soy como la mayoría.

Ella negó con la cabeza.

—Te he invitado a venir aquí para llenarme la cabeza de halagos que sabía que serían falsos desde el principio. Pienso que podrías ser peor…

—Entonces no pienses —le colocó una mano en la mejilla y deslizó el pulgar por su mandíbula—. No me has traído aquí para pensar. Me has traído aquí para darte placer —comenzó a intercalar sus palabras con besos, comenzando por la mandíbula y bajando hacia el cuello—. El placer no tiene nada de vergonzoso, Annorah. No es malo desearlo. El placer es una condición humana —tenía la boca en la base de su cuello y sentía su pulso acelerado bajo los labios. Estaba empezando a derretirse de nuevo. La acariciaba con palabras, con besos, y notaba que su cuerpo cobraba vida otra vez.

Entonces la besó en la boca. Fue un beso lento, sus labios no tenían prisa en abandonar los de ella y se dedicaron a explorarla con calma. La pegó a él para que notara la firmeza de su cuerpo por debajo de la ropa. La presión de su mano en su espalda hizo que se juntara más, que se amoldara a él para convencerla de que aquello era el cielo y a la vez la tierra.

Nick se dio cuenta del momento en el que logró su aceptación. Annorah le rodeó el cuello con los brazos, echó la cabeza hacia atrás y él murmuró contra su cuello desnudo:

—Ven conmigo —le pidió de nuevo con deseo en la voz.

En esa ocasión Annorah obedeció. Él tuvo cuidado de no romper el contacto, de no soltarle la mano. Habría tenido que funcionar y funcionó hasta cierto punto. Funcionó mientras subían las escaleras, mientras recorrían el pasillo hasta la tercera puerta a la derecha, que sabía que era su dormitorio, pero entonces dejó de funcionar. Al menos para ella.

Él estaba sorprendentemente excitado ante lo que le esperaba. No necesitaría sus trucos habituales, como le gustaba llamarlo. No era fácil excitarse a voluntad, pero aquella noche sí lo había sido. De hecho era lo único que había resultado fácil. Se había excitado nada más verla con aquel vestido de raso de cintura alta y corpiño de corte bajo con lazos diseñados para aumentar el efecto del escote. El vestido se ajustaba a sus curvas a la perfección, aunque Annorah no había presumido de ello, como habría hecho cualquiera de sus clientas de Londres.

Agarró el picaporte de la puerta para entrar, pero ella le detuvo con una mano. Sus ojos parecían sinceros y algo tristes cuando lo miró.

—Lo siento, Nicholas. No creo que pueda esta noche.

Él sonrió y le dio un beso en la mejilla.

—Tal vez pueda convencerte. ¿Un masaje a la luz de las velas, quizá? Tenemos toda la noche, podemos ir despacio —sería un placer pasar las horas con ella, sin miedo a que apareciera un marido furioso.

—No —respondió Annorah con más firmeza dando un paso atrás para marcar la distancia.

—Eres un hombre muy atractivo, Nicholas D'Arcy, pero sigues siendo un desconocido. Creo que cualquier otra cosa que hiciéramos esta noche sería un error. Por mi parte, preferiría esperar un poco con la esperanza de que mejorase.

Abrió la puerta, entró y lo dejó solo en el pasillo, excitado y preguntándose cómo iba a apagar lo que ella sin pretenderlo había encendido. Al planear la velada en su habitación aquella tarde, nunca había imaginado que acabaría pasándola con la única compañía de su mano.

Pero allí estaba, excitado física y mentalmente. Se desnudó sin molestarse en encender la luz. Con un poco de suerte, conseguiría aliviarse y se quedaría dormido poco después. Se tumbó en la cama, agarró su miembro y empezó a deslizar la mano arriba y abajo con movimientos fluidos, primero despacio, después más deprisa a medida que aumentaba su deseo. No tardó mucho, como imaginaba, y sí que se sintió en parte aliviado cuando terminó, aunque solo en parte. Alcanzó una toalla y después esperó a que le venciera el sueño.

Pero su mente no cooperaba. Tumbado en la oscuridad, su cerebro estaba lleno de ideas, pensando en muchas cosas, todas sobre el mismo tema: la señorita Annorah Price-Ellis. ¿Se habría ido a la cama ella también insatisfecha? ¿Seguiría replanteándose su decisión en aquel momento? No era inmune a él. ¿Se habría ido a la cama ella también obligada a buscar su propia satisfacción? Aquello resultaría de lo más irónico; que ambos estuviesen a pocos metros de distancia dándose placer en solitario en vez de hacerlo juntos. Si Channing y los chicos se enterasen, pasarían días carcajeándose. Nunca podría hacer que se olvidaran de aquello.

Tampoco podría olvidar los comentarios de Annorah en el pasillo. ¿Un error? ¿Esperaría con la esperanza de que mejorase? Las mujeres que se acostaban con él nunca pensaban en esas dos cosas. Nick ahuecó la almohada y se puso de costado en busca de una postura mejor para dormir. Pero solo sirvió para hacerle seguir pensando en la pregunta que le había surgido antes. ¿Qué habría ocurrido para que la libertad de Annorah se viese coartada?

Sentía una sorprendente afinidad con ella. Sus historias habían despertado en él los recuerdos. Él también recordaba los veranos en el campo entre risas y juegos. También los había extrañado cuando tocaron a su fin. Pero sobre todo aquellas historias le habían ayudado a conocerla. Había visto encenderse en ella la llama mientras hablaba, una llama que prácticamente estaba extinguida ahora. En eso también se parecían.

Pensaba que su vida había acabado, que no volvería a ocurrirle nada. La vida había pasado y sus mejores años quedaban atrás. Las razones de esa conclusión no estaban claras. Aquella noche se había cuidado bien de no contárselo todo. Nick también comprendía que había creado un lugar seguro dentro de esa realidad. Le proporcionaba cierto consuelo saber qué esperar de aquello.

Él conocía ese tipo de consuelo. Era sorprendente descubrir que, bajo una fachada llena de diferencias, la señorita Price-Ellis y él compartían similitudes. Al llegar a Londres y aceptar la oferta de Channing de ayudarle con la agencia, había sabido que estaba renunciando a ciertas esperanzas y expectativas.

Channing no le pidió que renunciara a esas expectativas. No había renunciado de manera oficial, pero sabía cómo funcionaba la sociedad. Al comprometerse con la profesión de acompañante, tendría su propio mercado, pero nunca pertenecería realmente a ese mundo. Nunca podría casarse. ¿Qué mujer decente querría a un hombre como él como marido? Eso significaba que no tendría familia, algo que había dado por sentado hasta el día en que murió su padre. Ahora tenía un hermano, dos hermanas y una madre que contaban con él. No había dudado a la hora de dejar a un lado sus sueños para mantenerlos por todos los medios que tuviera a su disposición.

Se preguntaba a qué habría renunciado Annorah para llegar hasta allí. ¿Qué le habría ocurrido en la vida para hacerle pensar que ya se había terminado? ¿Lo creería realmente o aún albergaría una

mínima esperanza de que pudiera cambiar? Al fin
y al cabo, allí estaba él, un lobo de verdad en su
propio refugio, amenazando su seguridad porque
ella misma le había invitado.

Para cuando salió el sol, Nicholas había decidido que aquel proceso de seducción podría ir
mejor. No había dormido bien a pesar de la excelente cama y de haberse dado placer a sí mismo. El
rechazo de Annorah le había mantenido despierto
casi toda la noche. Se frotó la cara con las manos y
contempló la salida del sol desde el pequeño balcón
de su dormitorio. La habitación, que daba al este,
le permitía ver los prados que conducían a los establos.

Desde allí podía distinguir las siluetas oscuras
de los mozos de cuadra y de los caballos. Se había
olvidado de lo temprano que empezaba la vida en
el campo. En Londres estaría metiéndose en la
cama en aquel instante; al menos en su cama. Probablemente ya hubiera estado en la cama de alguna
mujer a lo largo de la noche. Aquel era otro asunto
que le inquietaba aquella mañana. Había pasado
toda la noche en su propia cama.

Estratégicamente, había de admitir que Annorah
había tomado una decisión firme al posponer el
sexo. Tal vez le hubiese tratado como a un invitado
y, durante la cena, como a un amigo cercano, pero
seguía teniendo muy presente el hecho de que era

un invitado al que pagaba por estar allí. No lograría obtener ningún placer si no se olvidaba de eso. Tenía que verlo como a ese amigo cercano con el que había conversado durante la cena, como un acompañante sincero, aunque temporal si pretendía encontrar la alegría que estaba buscando.

No era inmune a él. Más bien al contrario; era muy consciente de lo que había ido a hacer allí y de que ella misma le había contratado. Tendría que pasar por ello. En sus ojos color avellana aún veía el debate interno que él había iniciado en el jardín. Así que le había servido más champán, le había pedido que le contara historias y aquello había funcionado hasta cierto punto. Cuando la había besado, había habido momentos en los que Annorah se había olvidado de que le pagaba por sus servicios. Había sentido que su cuerpo cobraba vida, había notado cómo su boca se movía bajo sus labios. Tenía que crear más momentos como aquellos. Ella era más que capaz de disfrutarlos. ¿Cómo lograrlo?

Nicholas apoyó los codos en la barandilla del balcón. El día prometía ser cálido. Un día perfecto de verano. Verano. Recordó entonces parte de las historias que Annorah le había contado la noche anterior. La época veraniega, la fortaleza en la que estaba presa su libertad. Una idea empezó a tomar forma en su cabeza. Nick sonrió para sí mismo. Sabía exactamente lo que debía hacer. Era hora de vestirse y empezar a rebuscar un poco.

Cinco

¡Había un hombre en su casa! Fue lo primero en lo que pensó Annorah al despertarse y siguió pensándolo mientras se vestía. ¿Cómo no iba a pensarlo? Al parecer todos estaban obsesionados con la idea de que hubiera una presencia masculina en Hartshaven. Era la primera noticia que le había dado su doncella. Su invitado se había levantado con los primeros rayos de sol y había estado explorando los establos en busca de algo. Incluso había pedido que preparasen el carruaje para dar un paseo por la finca más tarde.

Su doncella, Lily, le dirigió una mirada suspicaz mientras le preparaba uno de sus vestidos.

—Me parece extraño que un bibliotecario quiera visitar la finca.

—Le ayudará a entender el lugar —contestó Annorah vagamente, y pareció interesarse mucho por el contenido de su joyero. No quería que sus empleados empezaran a cuestionar su presencia allí.

—Bueno… —continuó la doncella mientras preparaba la ropa—… desde luego es guapo. Todas lo comentábamos anoche. No se ven muchos bibliotecarios guapos.

Annorah levantó la mirada del joyero y le dirigió a su doncella una sonrisa educada aunque gélida para que dejase el tema.

—Siempre hay una primera vez para todo. Espero que no avergoncemos a nuestro invitado con demasiadas preguntas mientras esté aquí.

Si tan solo ella pudiera acogerse a las mismas normas. Había un hombre en su casa y deseaba saberlo todo sobre él. Era guapo, encantador y, cuando la miraba, cuando flirteaba con ella, cuando la besaba, resultaba difícil recordar que no era real, que solo estaba haciendo su trabajo. La incapacidad de aceptar aquello le había creado la noche anterior un dilema que no había podido resolver.

Una parte de ella había estado preparada para fundirse con él y vivir al máximo la fantasía; había querido creer que aquellas frases eran solo para ella, que Nicholas no iba por todo Londres diciéndole las mismas cosas a una mujer distinta cada noche. «Es muy agradable estar contigo… Creo que esta es una de las veladas más agradables que he pasado en años». Había estado dispuesta a creerse sus palabras, todas y cada una de ellas. Eso le daba miedo. Ya había apostado sus sentimientos en una ocasión y había tenido resultados desastrosos. Tenía que ir con cuidado. No quería volver a pasar por lo mismo;

era una de las razones por las que había contratado a Nicholas. Placer físico sin implicarse emocionalmente. Pero ahora empezaba a dudarlo. Podría perderse en él igual que se había perdido en más de una ocasión antes, solo para dejarse engañar al final.

Y sin embargo estaba la otra parte del dilema. Si mantenía la distancia y se recordaba a sí misma que solo estaba haciendo su trabajo, no sabía si podría hacerlo. No era de las personas que pensaban que la intimidad física pudiera ser un trabajo. La intimidad debía ser algo más que una tarea diaria. Para sus padres nunca había sido una cuestión de trabajo, y habían vivido y muerto juntos. Años atrás se había prometido a sí misma que para ella tampoco sería una cuestión de trabajo.

En algún lugar habría un término medio y tenía que encontrarlo. Tal vez verlo por la mañana sin el beneficio añadido de la luz de la luna y del champán le ayudase a lograr la perspectiva equilibrada que necesitaba para dar el siguiente paso.

Solo tardó un segundo en darse cuenta de que por la mañana no encontraría tal cosa. Cuando llegó al piso de abajo, Nicholas D'Arcy estaba sentado a la mesa del desayuno, con ropa de paseo y con la misma elegancia que la noche anterior. Apartó la mirada del periódico de hacía dos días y sonrió.

—Buenos días —probablemente fuese el mejor

«buenos días» que le hubiesen dicho nunca. La única manera en que podría ser mejor sería oírlo en la almohada junto a ella.

—Te levantas temprano.

—A veces —respondió él—. Quería encargarme de algunos asuntos —dejó el periódico y señaló la silla que había a su lado para que se sentara.

—¿Ya echas de menos la ciudad? —preguntó ella señalando el periódico con la cabeza. Rara vez leía el periódico. No le importaba que estuvieran atrasados. Aunque a un hombre como él sí le importaría, otra prueba más de lo diferentes que eran. Ella era un ratón de campo frente a su sofisticación urbana. ¿Cómo iba a sentirse cómoda alguna vez con un hombre así?

—Solo estaba poniéndome al día —dijo él, se puso en pie y se acercó al aparador—. ¿Quieres huevos?

Ella asintió, algo sorprendida al ver que estaba sirviéndole el desayuno.

—¿Salchicha? —preguntó Nicholas sin dejar de conversar—. Le he dicho a la cocinera que daríamos un paseo por la finca y que necesitaríamos comida. He pedido que tengan listo el carruaje a las diez. Querremos salir antes de que empiece a hacer demasiado calor.

Le ofreció el desayuno y de pronto Annorah sintió las lágrimas en los ojos. Era perfecto. Se habría comido cualquier cosa que le hubiera servido, aunque hubiera sido un plato lleno de anguilas. Tal vez no hubiera término medio. Tal vez debiera entregarse sin más a la fantasía.

—Podría haberlo hecho yo —murmuró. El plato, el picnic, el carruaje. Podría haberlo hecho todo ella. Llevaba años tomando sus propias decisiones.

—Claro que podrías haberlo hecho —respondió él mientras volvía a sentarse—. Pero esa no es la cuestión.

—No estás aquí para servirme —protestó Annorah mientras probaba los huevos. Aunque era una protesta con la boca chica. El desayuno nunca le había sabido tan bien. Normalmente lo hacía porque era algo que tenía que hacer. Aquella mañana, sin embargo, se dio cuenta de que los huevos estaban calientes, de que la salchicha llevaba especias, de que el pan estaba tibio y la mantequilla derretida.

—Deja que me preocupe yo sobre lo que tengo que hacer y lo que no —dijo Nicholas.

—Me cambiaré después del desayuno para no hacerte esperar.

Nicholas frunció el ceño.

—¿Cambiarte por qué? Estás preciosa con lo que llevas.

—No es un vestido para salir de paseo —contestó ella, aunque de nuevo sin creérselo mucho. Un vestido para montar en carruaje le daría mucho más calor y sería mucho menos cómodo que el vestido ligero de muselina blanca que llevaba. ¿Y quién iba a verla?

Nicholas se inclinó hacia delante y apoyó la barbilla en la mano.

—No creo que nadie nos vea. ¿Por qué no envías a tu doncella a por un sombrero y unos guantes y ya está? —se levantó y le ofreció la mano sin darle opción a negarse. No podía irse con él y además ir arriba a cambiarse. No tenía elección.

Nicholas había sido todo eficiencia aquella mañana, cosa de la que ella se dio cuenta cuando le concedió un momento para apreciar los detalles. En cuestión de minutos estaba sentada en el carruaje con el sombrero, los guantes y el chal. Cuando le preguntó por el paquete que iba atado en la parte de atrás, él se rio y se limitó a decir:

—Lo sabrás cuando lleguemos allí. Ni un minuto antes.

Se sentó a su lado en el asiento, que en realidad estaba hecho para una persona y media, no para dos, sobre todo si una de ellas era un hombre adulto con las piernas largas. Agarró las riendas, azuzó al caballo y se pusieron en marcha, los dos muy pegados, cosa que a Annorah le costaba ignorar. Intentó en vano no rozar su muslo con el de él en el asiento, pero, cuanto más lo intentaba, más se aseguraba él de que su pierna ocupara todo el espacio, hasta que no le quedó más remedio que dejar que su cuerpo se relajara junto a él. Tal vez si dijera algo.

—Estás haciéndolo a propósito —tal vez no se diera cuenta de ello. Pero su mente se rio de ella.

Nicholas sabía bien lo que estaba haciendo y ella también.

—¿Haciendo qué? —pasaron por un bache del camino y su pierna se rozó con la de ella.

—A eso.

Nicholas se rio y aquel sonido inundó el camino desierto a su alrededor.

—Es un asiento pequeño, Annorah. ¿Dónde quieres que ponga la pierna? Además, no creo que sea una sensación desagradable, simplemente nueva —una a la que temía que pudiera acostumbrarse, como al desayuno, y con la misma facilidad.

Todo era fácil con él. No llevaba allí ni un día y ya se había colado en la rutina de su vida. De hecho lo había hecho tan bien que le parecía normal tenerlo a su lado, casi como si se conocieran desde hacía mucho más tiempo.

—No pasa nada si te gusto —Nicholas la miró de reojo y ella se quedó desconcertada por la precisión de sus palabras—. De hecho sería mejor que así fuera.

—¿Cómo sabes que era eso lo que estaba pensando? ¿Sabes leer la mente?

—Sé leer los cuerpos y los estilos de vida. Has sido independiente durante mucho tiempo, demasiado independiente, si quieres mi opinión. No estás acostumbrada a que la gente cuide de ti.

—En eso te equivocas. Tengo sirvientes.

—No es lo mismo. Quiero decir alguien que cuide de ti voluntariamente, sin que se lo pidas.

—¿Qué tiene eso que ver con que me gustes?
—Annorah cambió de posición en el asiento y deseó que hubiera alguna manera de poner distancia y alejarse de aquel interrogatorio.

—Todo. Tu independencia ha hecho que desconfíes de los demás. Deja de pensar en mí como un empleado más y empieza a dejar que te guste, Annorah. No tiene nada de malo.

Tal vez tuviera razón, pero eso no impedía que desconfiara.

—No eres mi amigo —le dirigió una mirada para ver cómo se tomaba aquella frase.

—No, no lo soy. Soy mucho, mucho mejor.

—En mis amigos puedo confiar —respondió ella.

Nicholas arqueó una ceja.

—¿De verdad? Entonces respóndeme a esto. ¿Por qué llevas sola tanto tiempo?

Annorah se quedó mirando el camino. No iba a responder a eso en voz alta. Porque la gente hacía daño a la gente. Intencionadamente o no, el resultado seguía siendo el mismo y no podía volver a pasar por eso. Lo que le habían hecho su tía y sus pretendientes por dinero era imperdonable.

—Todos tenemos la vida que deseamos, Annorah. Nada cambiará eso hasta que no lo hagamos nosotros —dijo él suavemente.

Nada salvo los calendarios y los documentos legalmente vinculantes. Estuvo a punto de decírselo. Daba igual lo que hiciera, porque todo iba a cambiar en cuestión de semanas y aún no había decidido qué hacer. Annorah intentó no pensar en eso. Se había prometido a sí misma que no lo pensaría mientras él estuviera allí. Aquella era su última huida de la realidad. Sus obligaciones no debían interrumpir aquellos últimos días.

El grito de un halcón sobre sus cabezas rompió el silencio del entorno. Nicholas le dio un empujón con el hombro y señaló hacia el cielo, impresionado con aquel súbito intruso.

—No vemos muchos de esos en Londres.

Annorah levantó la mirada.

—Viven en las colinas. Hay una familia entera que lleva aquí desde que recuerdo —sonrió—. Cuando era pequeña, fingíamos que éramos halcones. Fingíamos que podíamos volar —soltó una breve carcajada—. Es una tontería, ¿verdad?

—En realidad no. Yo tenía una cometa cuando era pequeño. Cuando la volaba, deseaba exactamente lo mismo —le devolvió la sonrisa y apartó la mirada del camino el tiempo suficiente para mirarla.

—Me cuesta imaginarte como un niño pequeño —dijo ella. Era difícil pensar en aquel hombre perfecto como un pícaro travieso, correteando por el campo en pantalones cortos volando una cometa.

—¿Por qué? Era adorable —fingió sentirse herido.

Ella negó con la cabeza.

—Es porque tienes una planta impecable. Tu

ropa, tus modales, siempre pareces saber qué hacer y qué decir. Me cuesta imaginar que no hayas sido siempre así.

Nicholas se rio.

—Mi madre no me describiría así. Te lo aseguro, me raspaba las rodillas y mi ropa no siempre estaba impoluta. Yo también tenía una madre, piénsalo —concluyó con una seriedad exagerada antes de guiñarle un ojo.

Después de eso la conversación se había vuelto más fácil. Hablaron de las plantas y de las flores que veían por el camino, de los campos y de las cosechas, hasta que él se salió del camino y condujo el carruaje junto al riachuelo hasta una pequeña laguna ubicada a la sombra de un viejo roble.

—Hacía muchos años que no venía aquí —dijo ella, lo miró y desconfió al instante cuando él se acercó a su lado del asiento—. ¿Cómo sabías de la existencia de este lugar?

Nicholas se encogió de hombros, la bajó al suelo y dejó las manos en su cintura durante unos segundos.

—He preguntado por ahí. Tu jefe de cuadra ha dicho que este era un buen lugar para un picnic —se acercó a la parte trasera del carruaje y reveló al fin lo que había guardado allí—. Creo que es un buen sitio para pescar.

¡Cañas de pescar! Santo cielo, Annorah no había

visto cañas de pescar en años, desde la muerte de su abuelo. Ni siquiera estaba segura de que las cañas siguieran allí. Una parte de ella había dado por hecho que habrían pasado a manos de otros propietarios; tal vez algún mozo de cuadra que se las hubiera llevado algún día para ir de pesca y nunca las hubiera devuelto, o quizá los chicos del pueblo las hubieran tomado prestadas. Pero allí estaban, con el mismo aspecto de siempre.

—¿Te apuntas? —preguntó él ofreciéndole una de las cañas.

Annorah se fijó en sus botas brillantes y caras. El agua las estropearía.

—Tienes que meterte en el agua para pescar.

Nicholas le guiñó un ojo.

—Te confesaré un pequeño secreto. Pienso quitármelas. ¿Y tú? No creo que esas botas corran mejor suerte —se sentó en una piedra que había junto al río y se quitó las botas—. Te contaré otro secreto. Pienso quitarme mucho más que las botas.

Santo cielo, hablaba en serio. A Annorah se le secó la boca cuando se remangó los pantalones y comenzó a quitarse las medias, bajo las que se escondían unas pantorrillas musculosas. Era absurdo que le excitaran las piernas de un hombre, pero dudaba que muchos hombres tuvieran unas piernas así; con los músculos bien definidos y la piel bronceada. Indicaba que gozaba de buena salud. Era un hombre que sabía cuidar de sí mismo, con un cuerpo sin artificios.

No, ningún artificio, confirmó segundos más tarde. Se quitó la chaqueta para demostrárselo. El lino de su camisa se ceñía en torno a sus hombros y desaparecía bajo la cintura de sus pantalones, lo cual llamaba la atención sobre sus caderas.

—¿Y bien? No pierdas más tiempo, Annorah —Nicholas se metió en el río con su caña—. No comeremos hasta que pesquemos.

«Sí, en cuanto consiga cerrar la boca», pensó ella. Estaba siendo ridícula.

Nicholas le lanzó una caña de pescar.

—A no ser que tengas miedo —le dijo.

Con eso logró convencerla. De pequeña había sido una muy buena pescadora. Así que se quitó las botas y las medias, se levantó la falda del vestido y la sujetó con una cinta del pelo.

—Puedo pescar más que un hombre de ciudad como tú sin proponérmelo.

Nicholas sonrió.

—Entonces métete aquí y hazlo.

Seis

Sus dedos tocaron el agua y los años desaparecieron. Todo regresó a ella en cuestión de segundos. Su cuerpo no había olvidado nada. Lanzó la caña con un movimiento fluido y disfrutó sabiendo que Nicholas estaba observándola.

—¡Debía de tener trece años la última vez que hice esto! —exclamó por encima del murmullo del río, y su inseguridad se fue corriente abajo junto con el agua.

—¡Muy bien! —respondió él con una mirada traviesa que indicaba que no pensaba dejarse ganar. Segundos más tarde lanzó también su caña.

—¡Creído! —gritó Annorah en broma—. No está mal para un hombre de ciudad —advirtió un movimiento sospechoso en el agua a su izquierda. ¡Peces! Se apresuró a recoger el hilo. Un lanzamiento sencillo habría sido suficiente, pero no pudo evitar presumir un poco—. Mira esto —agitó la caña hacia atrás, hacia delante y después hacia atrás otra vez.

Después de eso empezó la competición. Él respondió con un lanzamiento lateral. Ella contraatacó con uno de sus mejores movimientos. Siguieron así durante un rato hasta que acabaron riéndose y con la ropa empapada.

Un fuerte tirón en la caña llamó la atención de Annorah.

—¡Tengo uno! —gritó con entusiasmo. Comenzó a recoger el hilo, pero la corriente y el peso del pez conspiraron en su contra. Dio un paso involuntario hacia el centro del río con la intención de acortar la distancia, pero su pez tenía otros planes. Tiró. Ella se deslizó hacia dentro. Sus pies descalzos tocaron el fango del fondo. La caña empezó a doblarse—. ¡No pienso dejar que te escapes, maldito bicho! —iba a necesitar ayuda.

Nada más pensarlo, Nicholas estaba allí, rodeándole las manos con las suyas, envolviendo su cuerpo con el de él, prestándole su fuerza.

—Vaya, vaya, Annorah. Menudo vocabulario para una dama. Nunca lo habría imaginado —se rio en su oído y ella sintió su calor y sus músculos a través de su camisa empapada.

—Tira conmigo. Creo que lo tenemos.

Tiraron y recogieron el hilo riéndose y tambaleándose con la corriente. Al fin consiguieron sacar al pez del agua; era una trucha enorme.

—Hay suficiente para que coman dos —Nick acercó el pez a la orilla y se sentó a su lado—. Sugiero que lo tomemos para la cena.

—¿Y por qué no para la comida?

Nick sonrió y sacó un cuchillo.

—Has demostrado ser la mejor pescadora de los dos. Ve a pescar un par más y yo me encargaré de este.

—¡A ver quién tarda menos! —exclamó Annorah riéndose mientras volvía a entrar en el agua. Tenía el vestido empapado, pero ya no le importaba lo mucho que se mojara. Era una competición que no le importaba perder.

Para cuando regresó con su cesta llena de peces, Nicholas había montado una especie de campamento. Había una manta extendida frente a una pequeña hoguera, y había colocado un espetón sobre las llamas. El día era cálido, pero agradeció el calor del fuego en contraste con el frío del río y la humedad de su ropa.

Nick destripó el pescado mientras ella se entretenía en colocar el resto de los ingredientes para el picnic, con una notable excepción.

—Hablabas en serio al decir que, si no pescábamos, no comeríamos, ¿verdad?

Nick le dirigió una sonrisa mientras se inclinaba sobre el fuego; sus pantalones mojados se ceñían a sus nalgas.

—Yo nunca miento —quitó el pescado del palo y le colocó uno en el plato—. Nos habríamos muerto de hambre. Había pan y vino.

—Eso no es una comida —respondió Annorah con una carcajada. Le cortó una rebanada de pan y él le sirvió una copa de vino. Ella nunca hubiera pensado que cortar pan pudiera ser algo íntimo, pero allí, junto al fuego, con el pescado asándose, sí lo era.

—Oh, las hay peores, te lo aseguro —Nicholas se sentó junto a ella en la manta. Estaba demasiado atractivo con el pelo mojado cayéndole por la cara y la camisa desabrochada, bajo la que podía verse un torso musculoso igual de bronceado que las piernas.

—¿Como qué? —preguntó Annorah antes de morder el pescado. Sacó la lengua para atrapar el jugo que resbalaba por su barbilla.

—Lutefisk. Es un pescado noruego que maceran en sosa cáustica para que adquiera un sabor particular.

—¿Dónde has comido eso? Suena asqueroso —contestó ella riéndose. Desde el día anterior se había reído mucho y resultaba agradable. Hacía que se preguntara si su mundo habría sido tan silencioso antes de su llegada.

—Viví con una familia noruega cuando llegué a Londres. ¿Y tú? ¿Qué es lo peor que has comido nunca?

—No lo sé —Annorah se pasó una mano por el pelo revuelto mientras pensaba—. ¡Ah, sí que lo sé! —de pronto sonrió al recordarlo—. Una tarde me colé en la cocina, decidida a hacer una tarta. Digamos que no salió muy bien.

—Según mi experiencia, la cobertura puede salvar muchos proyectos fallidos.

—Este no —se terminó el pescado y dejó a un lado su plato—. ¿Qué hacemos ahora? —se sentía relajada y quizá un poco eufórica. Era sorprendentemente fácil estar con él; otra cosa fácil que añadir a la lista. Era fácil reírse con él, fácil hablar con él, fácil estar con él. Estaba a punto de decidir que cualquier cosa sería fácil con él cuando se le ocurrió la siguiente idea.

—Voy a nadar. ¿Te apuntas?

Eso no tenía nada de fácil. Nadar podía ser complicado. Annorah levantó las rodillas y las rodeó con sus brazos. Antes le encantaba nadar, pero eso era antes de crecer y de que le dijeran que las damas no nadaban. Una dama no podría nadar con la ropa puesta, lo cual hacía que la actividad fuese indecente y pública.

—El agua haría que mi falda pesase demasiado.

—Entonces quítatela —respondió Nicholas con una sonrisa perversa.

Iba a tener que debatir con ella sobre eso. Nicholas oyó el arrepentimiento en su voz como si simplemente estuviese dando la respuesta apropiada. Vería qué podía hacer con eso. Se levantó de la manta y se quitó la camisa. Tal vez no lo hiciera con la elegancia que le hubiera gustado, pero la camisa estaba mojada y se le pegaba al cuerpo. La dejó colgada en una rama y se llevó las manos a la cintura del pantalón.

—¿Qué estás haciendo? —preguntó Annorah con una mezcla de excitación y miedo en la voz.

—Quitarme los pantalones. No pienso nadar con ellos —respondió él por encima del hombro.

—¿Y con qué piensas nadar?

—Con los calzoncillos. Tú puedes nadar con tu camisola, si lo prefieres —sugirió él.

—No podría —Annorah vaciló mientras se mordía el labio.

—Entonces quítatela también —Nicholas se quitó los pantalones y se quedó solo con los calzoncillos. Se dio la vuelta y Annorah se sonrojó, incapaz de mirarlo directamente—. No me digas que te avergüenzas de mi cuerpo desnudo —Nick estiró los brazos y caminó hacia ella. No pudo resistirse a divertirse un poco. Si algo había aprendido de Annorah aquella tarde era que se podía bromear con ella; la libertad que habitaba en su interior cobraba vida cuando bajaba la guardia. Él disfrutaba haciéndole bajar esa guardia, igual que había hecho en el río.

—No es eso.

—¿No? Entonces quizá te avergüences de tu cuerpo desnudo. Creo que será precioso —le agarró la mano y tiró—. Vamos, Annorah. Estamos los dos solos. Has estado mirando la poza desde que hemos llegado. Sabes que quieres hacerlo —«quieres hacer algo más que nadar y, si me miraras, sabrías que yo también», pensó.

Logró que se levantara, la rodeó con los brazos y empezó a besarla; en el cuello, en los labios. Sabía a vino y su cuerpo se volvió dócil bajo sus besos. Dejó escapar un suave gemido. Él empezó a desabrocharle el vestido. Vaciló antes de bajárselo por los hombros y le dio una última oportunidad para echarse atrás. Si se resistía, la soltaría. Pero no lo hizo. Así que sonrió para sí mismo. A veces una persona solo necesitaba un empujoncito.

Después salieron corriendo de la mano y saltaron a la poza. Cayeron al agua y él soltó un grito. ¡Estaba fría! Volvió a salir a la superficie y se sacudió el agua del pelo. Vio cómo Annorah emergía también con el pelo apartado de la cara gracias a la fuerza del agua. Estaba riéndose e intentando recuperar el aliento.

—¡Deberías haberme advertido! —exclamó—. Está más fría de lo que pensaba.

—¿Yo debería haberte advertido a ti? ¡Es tu poza! —contestó Nick salpicándola. Ella soltó un grito, se sumergió y desapareció bajo la superficie. Segundos más tarde, él notó que tiraba de sus piernas y se hundió también. ¡Iba a hacer que pagara por aquello!

Annorah estaba esperándolo bajo el agua y él fue tras ella. La atrapó y salió con ella a la superficie. Ella soltó un grito y Nick la besó con fuerza en la boca.

—No es menos de lo que mereces por ahogarme —le costaba ponerse serio porque apenas podía respirar. Annorah le rodeó el cuello con los brazos. Él colocó las manos sobre sus costillas, justo por debajo de sus pechos. El lino empapado de su camisola se pegaba a sus pezones oscuros. El tejido mojado no ofrecía ninguna protección, pero sí mucha provocación. Ella echó la cabeza hacia atrás, disfrutando de la emoción del momento. Incluso en el agua helada, ver a aquella mujer disfrutar del juego hizo que se excitara, que se excitara de verdad. Sin artificios ni herramientas, sin necesidad de concentrarse.

En aquel momento Nicholas fue consciente de una gran verdad. ¡Estaba vivo! El poder de aquel día de verano y la potencia de su respuesta corporal enviaron un mensaje de vida que recorrió sus venas. Eran un momento y una sensación que no había creído que recuperaría. No se había sentido así desde que tenía diecisiete años y estaba completamente enamorado, o eso creía él, de Brenna Forsyth, la hija del hacendado. ¡Qué verano más caluroso aquel!

Cuando miró a Annorah y vio aquellos ojos de avellana brillantes de emoción, supo que no estaba solo en aquel momento perfecto. Compartirlo con aquella mujer a la que conocía desde hacía tan poco tiempo era algo casi abrumador. No se parecía en nada a sus mujeres londinenses. Era extraordinaria.

Annorah separó los labios, ladeó la cabeza ligeramente y él se olvidó en ese instante de todos los veranos pasados. La inclinación de su cabeza fue la única advertencia que tuvo. Empezó a besarlo. Suavemente al principio, mordisqueándole el labio inferior, recorriendo los contornos de su boca con la punta de la lengua. Fue posiblemente el beso más sincero que jamás había recibido y disfrutó de él.

—He deseado hacer eso desde que entraste en mi casa —susurró Annorah mientras deslizaba un dedo por sus labios—. Tienes la boca más sensual que he visto en un hombre.

Nicholas se rio.

—Vaya, gracias. ¿Sabes qué es lo que deseaba hacer yo? —no le dio oportunidad de responder. La tomó en brazos y la llevó a la orilla, ignorando sus gritos de sorpresa. La dejó sobre la manta junto a la hoguera y se tumbó sobre ella, apoyado en un codo.

—¿Esto es lo que deseabas hacer? —preguntó ella en tono de broma. Pero Nick se dio cuenta de que aquel gesto le había excitado. El pulso en la base de su cuello palpitaba con rapidez—. ¿Deseabas sacarme empapada de una poza?

—Oh, sí —le dirigió una sonrisa, deslizó un dedo por su esternón y apoyó la mano suavemente en su estómago—. Eras un destello de color vibrante en el recibidor de tu casa, vestida de amarillo como un narciso. Pensé entonces que tu pelo debía de ser del color de la miel cuando estuviera mojado y estaba deseando averiguarlo —le mantuvo la mirada—. Tenía razón. Es del color de la miel. Cierra los ojos, Annorah.

La besó en la boca y fue bajando por su cuello. La tela mojada se pegaba a la curva de su pecho, él se metió el pezón en la boca, lo mordió y succionó. Se movió sobre ella y sintió que su cuerpo se alzaba contra el suyo mientras gemía. Nick tenía ya la boca en su tripa, con la camisola levantada, y le acarició el ombligo con su aliento. Le colocó las manos en las caderas para su próxima incursión, puso los pulgares en la unión de sus muslos y le dio un beso en el monte de Venus.

Ella dio un respingo al sentir la extrema intimidad de aquel contacto.

—¿Nicholas?

—Shh. Mantén los ojos cerrados, Annorah —respondió él—. No pasa nada. Esto te gustará, te lo prometo —sopló contra su vello, como había hecho con su ombligo, y levantó la mirada el tiempo suficiente para ver que una sonrisa se dibujaba en su boca. Siguió hablando en voz baja, como si fuera una caricia—. Eso es, Annorah, déjate llevar. Esto es para ti. Disfruta del momento —le lamió la perla secreta de su cuerpo y sintió que se estremecía con el contacto. Sabía a sal y a deseo, y su propio cuerpo palpitaba con anticipación. Pero eso lo dejaría para más tarde. Aquel momento junto al fuego pensaba dedicárselo solo a ella.

La agarró con la mano y acarició su perla hinchada con el pulgar. Su placer aumentaba con rapidez. Ella presionaba contra su mano, buscando de forma instintiva la satisfacción que la esperaba allí. Empezó a respirar entrecortadamente. Ya le quedaba poco. Y por fin llegó. Nick vio como el éxtasis se apoderaba de ella. Arqueó la espalda, agitó las caderas contra su mano, echó la cabeza hacia atrás y gimió con asombro ante el milagro del clímax.

De pronto Nick sintió la necesidad de capturar el momento. Aquello había ocurrido antes en numerosas ocasiones. Les había proporcionado aquel placer a incontables mujeres. Pero aquella era una nueva variación que era incapaz de definir más allá del hecho de que era diferente.

Annorah abrió los ojos y él adoptó su posición anterior, apoyado junto a ella sobre el codo. Su mirada no parecía somnolienta ni lejana, como había imaginado. Sino más bien agudizada, alerta. De pronto temió las primeras palabras que fuesen a salir de su boca. No quería que esas palabras fuesen: «ha merecido la pena el gasto». No quería hablar de lo que acababa de suceder. Simplemente quería estar así. Otros amantes, los amantes de verdad, no se quedaban tumbados analizando el acto amoroso.

Annorah se llevó una mano a la cara y se apartó un mechón de pelo. Fue un gesto delicado, tal vez algo reticente al darse cuenta de lo que estaba haciendo. Sus primeras palabras no le decepcionaron.

—Gracias por lo de hoy. Hacía años que no me lo pasaba tan bien —soltó una de sus deliciosas carcajadas—. Digo mucho eso últimamente. Suena trillado, pero es verdad. No recuerdo la última vez que me lo pasé tan bien siendo adulta.

Se detuvo y se quedó observándolo con el ceño fruncido.

—¿Por qué crees que los adultos dejan de jugar? ¿Por qué decretaría la sociedad algo así? No creo que eso haga feliz a nadie.

—Nosotros no tenemos que parar, Annorah —respondió él. No quería romper la maravillosa intimidad que había surgido entre ellos. El mundo seguía a su alrededor, interrumpido solo por el murmullo del río y el canto ocasional de los pájaros.

—¿Nos volvemos rebeldes? —preguntó ella con una sonrisa.

—Creo que ya eres más rebelde de lo que imaginas —dijo Nick mientras dibujaba un círculo sobre su vientre—. Has desafiado a las convenciones, Annorah Price-Ellis. Eres una heredera que ha escapado del matrimonio, una mujer que ha definido los términos de su existencia de acuerdo a sus propios deseos. En nuestro mundo, eso no suele pasar.

—Me gusta cómo suena eso. Soy una rebelde —se rieron juntos bajo el calor de la tarde. Era una mujer extraordinaria. No había exagerado al decirlo. Una mujer única que vivía en unas circunstancias únicas. Pensó que, si algo se acercaba a la perfección terrenal, tenía que ser su vida. Y sin embargo no era perfecta. Eso ya lo sabía. Tenía la lengua afilada y era cínica. Esas no eran las cualidades de la perfección, ni eran cualidades que se adquirían viviendo una vida perfecta.

Tenía sus misterios, pero aquel día se había abierto a él. Una parte de él deseaba felicitarse a sí mismo por aquella estrategia tan bien diseñada. Lo había hecho bien. Otra parte de él no deseaba pensar en aquel día como en otra maniobra táctica. Deseaba que aquel día existiera por sus propios méritos porque él también lo había disfrutado.

—¿Me llevo a la rebelde a casa? —preguntó con reticencia cuando dejaron de reírse.

—No. Me gustaría quedarme un poco más —ambos estaban susurrando en un intento por aferrarse a la magia.

Nicholas se quedó tumbado boca arriba, la arrastró hacia él y la acomodó en el hueco de su brazo entre el hombro y el pecho.

—A mí también me gustaría —lo decía en serio. Era difícil encontrarse con la perfección y, cuando eso sucedía, solía ser durante momentos muy breves. Aquel día había estado lleno de momentos así y no quería que acabara. Había sido un día lleno de espontaneidad. Había planeado la excursión con la esperanza de que ir al río ayudase a Annorah a relajarse y a olvidarse de sus dudas. Pero no había contado con la competición de pesca, ni con perseguirse en el agua. Y desde luego no había planeado todos los sentimientos que le abordaban ahora, mientras estaban allí tumbados.

La excursión también era importante por aquello que no había tenido. Por primera vez en siete años, había estado en el campo y no le habían inundado los recuerdos. Claro, que era más fácil mantener alejados a los fantasmas durante una tarde de verano y con una mujer en sus brazos. Tal vez solo fueran las tormentas, le dijo su lado cínico, el lado que estaba decidido a no permitirle olvidar nunca los detalles de la noche en la que la vida que conocía se había esfumado y él no había podido hacer nada para evitarlo.

Siete

La tarde acabó y dio paso a una velada asombrosa mientras Annorah se bañaba. Las ventanas de su habitación estaban abiertas y dejaban entrar una brisa fresca que suponía un contraste agradable con el agua caliente. Sumergió su cuerpo bajo la espuma con olor a lavanda y cerró los ojos. Quería saborear aquella tarde, deseaba grabarla en su recuerdo.

Era una tarde llena de imágenes, imágenes llenas de Nicholas: Nicholas subiéndose los pantalones; Nicholas entrando en el río y desafiándola; Nicholas con los músculos flexionados mientras lanzaba la caña. Había también imágenes más íntimas: Nicholas de pie frente a ella en ropa interior, completamente relajado. ¿Y por qué no iba a estarlo? Tenía un cuerpo magnífico, bello incluso.

Era una belleza que iba más allá de su físico. Residía en su risa, en el brillo de sus ojos, en el modo en que esos ojos se medio cerraban justo antes de besarla. Y había sido algo contagioso.

Se había sentido viva también. En sus brazos había sentido que todo era real, como si estuviera viviendo su vida de verdad. Él la veía de un modo completamente diferente a los hombres a los que estaba acostumbrada. Aquello le resultaba liberador. Tenía palabras para ella que ni ella tenía para sí misma. Annorah repasó mentalmente las frases como si fueran cuentas en un rosario: su pelo era como la miel; era una rebelde. La había llamado «preciosa» de la manera más decadente posible. Antes ya se lo habían llamado otros hombres menos sinceros a los que solo les interesaba su dinero, hombres más superficiales que veían solo su apariencia refinada.

La Annorah que él veía se recogía la falda y pescaba en el río, se quitaba después esa misma falda y nadaba casi desnuda con un hombre. Y sí, la Annorah que él veía se entregaba a los placeres íntimos que habían explorado sobre la manta. Su cuerpo aún se aceleraba al recordarlo.

La mujer que él veía era quien solía ser antes de elegir el exilio frente a la excitación, la desaparición frente a la decepción. Antes le gustaba aquella mujer. Casi se había olvidado de ella. Había sido agradable descubrirla de nuevo aquel día. Él día entero había sido un descubrimiento. Había estado viva.

Se incorporó en la bañera. Si aquel día había estado viva, ¿qué había estado haciendo los últimos años? ¿No vivir? La desaparición de la otra Annorah demostraba que así era. En los últimos cinco años había cambiado, y quizá no para mejor.

Tras el desastre de su última proposición matrimonial, se había aislado en el campo para poder vivir la vida con sus propias condiciones. Pero hacía tiempo que había empezado a sospechar que su decisión de marcharse se debía a algo más. Era un intento por protegerse de su mayor defecto: elegir al hombre equivocado. Había ocurrido en las dos ocasiones en las que un caballero había llamado su atención. Primero con el joven heredero de un vizconde y después con el vecino de sus tíos, Bartholomew Redding. Entre medias había habido incontables pretendientes que habían probado suerte, pero ninguno había despertado su interés. No habían supuesto amenaza alguna.

Viéndolo con perspectiva se había dado cuenta de las similitudes entre los dos hombres que le habían importado. Ambos pretendientes habían sido salvajes a su manera; dispuestos a desafiar a las convenciones, a utilizar a la gente para sus propios fines. El joven heredero no era listo, era simplemente malo. Lo que al principio había parecido agudeza verbal había resultado ser una tendencia a los comentarios crueles. Lo había conocido poco después de su presentación en sociedad, y por entonces sus habilidades tampoco estaban desarrolladas del todo.

Él estaba de visita, que era la manera amable de decir que estaba esperando a recuperar la aprobación de su padre después de unos asuntos de deudas en la ciudad. La había cortejado a conciencia, pues alguien le había informado de su fortuna. Para él debía de haber sido como un milagro. Tal vez incluso hubiera aceptado su proposición; era guapo y astuto, aunque a veces a costa de los demás, salvo por una nota que recibió en el último momento de la hermana de su tío en la que le explicaba con detalle la verdadera personalidad del pretendiente. A sus tíos no había parecido importarles mucho, pero a ella sí. Había rechazado la oferta, para decepción de todos.

Era una conducta que después se repetiría durante los años hasta que Bartholomew Redding lograra finalmente sacarla de casa de sus tíos y de la sociedad. Si aquella era la naturaleza de los hombres, entonces encontraría la manera de vivir sin ellos. Él había sido el peor. Era guapo, encantador y reconfortante. No había despertado su pasión de juventud como lo había hecho el heredero del vizconde, pero se había sentido cómoda con él; conocían a la misma gente, el mismo estilo de vida. Era un vecino y no demasiado mayor para ser un buen marido. Treinta y uno, quizá. Pero había sido un engaño. Iba detrás de su dinero, igual que el resto. Annorah no había confiado en los demás, pero sí en él, y eso había hecho que su traición le doliera más aún cuando se produjo.

Nicholas no era así… Tuvo que pararse allí. Los otros pretendientes no habían sido los hombres adecuados. Pero eso no significaba que Nicholas D'Arcy sí lo fuera. Se suponía que debía serlo. Su trabajo consistía en ser el hombre adecuado. Tenía que ser responsable. Mil libras se asegurarían de ello.

De nuevo tuvo que poner freno a sus pensamientos. No deseaba pensar en Nicholas como en un camaleón que cambiaba de color para adaptarse a su entorno, para ser lo que cualquier mujer deseara que fuera, aunque pudiera ser cierto. No deseaba recordar aquel día como una obra de teatro representada sobre un escenario en el que Nicholas fingía que le gustaba pescar, fingía que deseaba besarla, darle placer; un escenario en el que no hablaba en serio al decirle todas las palabras que le había dicho. Necesitaba que fuese real. Necesitaba que fuese suyo, nada más.

Annorah entendía que había invitado a Nicholas D'Arcy no tanto porque ansiara el conocimiento carnal de un hombre, sino porque deseaba volver a sentirse viva, ser por última vez la mujer que deseaba ser y no aquello en lo que el mundo le había convertido. El sexo era solo un síntoma.

El olor a comida cocinándose ascendió desde las cocinas y le devolvió el optimismo. Sonrió. Había sido un día increíble. Aún quedaba la cena y después la noche.

Entró Lily con una pila de toallas y una caja. Annorah se sentó en la bañera y la miró con curiosidad. Resultaba extraño que Lily llevase eso consigo. La doncella dejó las toallas y se acercó a la bañera con la caja.

—Esto es para vos, señorita —su mirada parecía nerviosa. Un paquete era algo fuera de lo común cuando llegaba por correo y envuelto en papel marrón. Cuando venía metido en una caja blanca, como las que usaban las modistas, y atado con cintas de seda rosa, el paquete se convertía de inmediato en algo extraordinario—. Creo que es de Londres —Lily estaba casi sin aliento por los nervios.

—¿Para mí? —Annorah no recordaba haber pedido nada del pueblo, y mucho menos de Londres, desde su último y maravilloso derroche. La idea de que fuese un regalo era demasiado excitante como para fingir que no lo era. No podía fingir indiferencia ante aquel paquete. Dejó que Lily la envolviese en una toalla y juntas se dedicaron a estudiar la caja.

Sobre la tapa, en letras doradas y grandes, se leía: *Salón de Madame La Tour para mujeres*. En letras más pequeñas, también doradas, podía leerse la dirección: *619 Bond Street, Londres*. Lily soltó un grito cuando Annorah lo leyó en voz alta.

—La caja es demasiado bonita para abrirla —comentó con un suspiro la doncella.

Annorah estaba de acuerdo, pero la curiosidad no le permitió quedarse mirándola durante mucho más tiempo. Desató los lazos rosas y le regaló la cinta a Lily, que no pudo creer su buena suerte.

Dentro de la caja había una capa de papel fino para proteger el delicado objeto que había debajo. Annorah retiró con cuidado el papel y dejó al descubierto la prenda que había dentro.

—¡Oh, señorita! —exclamó Lily mientras Annorah la sacaba de la caja. Eran dos prendas en realidad. La más sustancial, aunque eso no era decir mucho, ya que ambas eran delicadas, era un camisón de seda blanca que no se parecía a nada de lo que había visto hasta entonces. No tenía mangas, solo dos tirantes blancos. El corpiño en forma de corazón estaba cubierto por una preciosa capa de encaje veneciano. Después caía con delicados pliegues de seda por encima de las caderas. Quedaría perfecto. La otra prenda era una bata para ponerse encima del camisón, con las mangas cortas y adornadas con encaje.

La mujer que se pusiera aquello sería cautivadora; un pensamiento de los más lascivo al que pronto sustituyó otro: para ser cautivadora, debía verla alguien. Entonces se dio cuenta. La mujer sería ella y el hombre que la vería sería Nicholas.

—Hay una tarjeta, señorita —el asombro en la voz de Lily era inconfundible.

A Annorah le temblaban los dedos mientras abría la pequeña tarjeta, aunque ya sabía de quién era. Solo uno hombre de los que ella conocía se atrevería a hacerle un regalo así. Probablemente fuese el único hombre que pudiera hacerlo sin que el regalo resultara indecente.

La nota decía: *Para esta noche. Tuyo, Nicholas.* Suyo. Justo lo que deseaba.

—Es del señor D'Arcy —murmuró. Llegado ese punto, resultaba imposible no confesárselo a Lily.

—Es la cosa más bonita que he visto nunca —comentó la doncella mientras acariciaba la tela—. Es una seda muy buena. Una pena que sea solo para dormir. A mí me gustaría ponérmelo siempre para que todo el mundo pudiera verme —se detuvo cuando sus pensamientos alcanzaron a sus palabras—. En realidad no es un bibliotecario, ¿verdad?

—No. No lo es.

Lily tuvo la delicadeza de no preguntar nada más. Pero su idea era tentadora. Annorah pensó que tal vez debiera ponerse el conjunto para la cena. Quizá fuese eso lo que pretendía Nicholas. Pero aquel atuendo no era para comer, sino para otras cosas. Sería una tragedia derramar algo encima. Lo acarició por última vez y lo dejó extendido sobre la cama para más tarde.

Más tarde. La idea le hizo sentir un delicioso calor por todo el cuerpo. Si se parecía en algo a lo que había vivido aquella tarde, merecería la pena repetir.

—¿Queréis el vestido de color ostra? —Lily le ofreció el vestido que normalmente se ponía para la cena. Era bonito, pero también sencillo y eso no serviría. Annorah sonrió para sí misma. Sabía exactamente lo que deseaba; un vestido que recordase a la extravagancia de una suave noche de verano, algo femenino, pero atractivo y provocador—. Quiero uno de los vestidos nuevos. El de raso de color melocotón, creo.

Al comprarlo no se le había ocurrido ninguna ocasión en el campo en la que pudiera ser un vestido apropiado, principalmente porque en Hartshaven no había ningún acontecimiento que lo mereciese. El escote era bajo y ajustado, adornado con pequeñas perlas, lo que hacía que resultase demasiado sofisticado para las asambleas del pueblo o para las cenas ocasionales en casa del hacendado. Pero, junto a esa sofisticación, estaba la extravagancia que buscaba en aquellas faldas que le hacían sentir como una princesa de cuento de hadas. Aquella sensación no sería inapropiada aquella noche.

Annorah se puso un collar de perlas en el cuello y se quedó sentada muy quieta mientras Lily le recogía el pelo.

—Es un nuevo estilo que descubrí en una de las revistas —comentó la doncella antes de ponerle la última horquilla y dar un paso atrás—. ¿Os gusta?

Annorah giró la cabeza hacia la izquierda, después hacia la derecha, para verlo desde todos los ángulos. Sí que le gustaba. Tenía dos trenzas recogidas por encima de las orejas que se juntaban en un moño bajo en la parte de atrás de la cabeza. Parecía más joven; aunque con treinta y dos no era vieja. Pero tal vez su aspecto avejentado fuese también el resultado de su exilio. Quizá hubiese descuidado su apariencia sin darse cuenta. Habría resultado algo fácil de hacer sin nadie que pudiera verla más allá de los sirvientes y los aldeanos. Habría supuesto una armadura eficaz para mantener alejados a los posibles pretendientes.

Se puso perfume en el cuello y las muñecas; era una fragancia floral que complementaba el aspecto de su vestido. La mujer del espejo estaba lista.

Igual que lo estaba la cena. Tan lista, de hecho, que Nicholas no estaba esperándola en el salón cuando llegó. Le llevó unos segundos encontrar su rastro. La luz de una vela brillaba desde la habitación contigua, y más allá otra. Por fin lo entendió. Sintió un escalofrío de excitación mientras seguía el camino de velas, que atravesaba el comedor que habían usado la noche anterior, en dirección a la terraza. Las puertas de cristal estaban abiertas y al otro lado estaba Nicholas, de pie junto a la mesa.

Igual que ella, se había vestido para la cena con sumo cuidado. No quedaba nada del pescador en aquel caballero que tenía delante, pero fue difícil llorar esa pérdida durante mucho tiempo al verse cara a cara con aquel hombre apuesto y gallardo.

—Pensé que podíamos seguir con la tradición de servirnos nosotros —dijo él ofreciéndole una silla.

Privacidad. Más tiempo para estar con aquel hombre intrigante que sabía lanzar una caña tan bien como ella, que había nadado en la poza y le había dado mucho más que experiencias aquel día.

Nicholas alcanzó el champán y ella pensó que estaba en el paraíso. ¿Por qué nunca antes habría comido así? Al aire libre, bajo las estrellas, con una vela encendida sobre la mesa y cubierta por una pantalla de cristal. Era algo sencillo mover la mesa desde el comedor. Pero ella sabía por qué. Las comidas y cenas habían dejado de ser ocasiones especiales. Se llevó la copa a los labios sintiendo la mirada de Nicholas, ardiente y penetrante, por encima del borde de su propia copa.

—¿Qué pasa? —preguntó llevándose una mano al pelo. Quizá se le hubiese soltado una horquilla.

—Nada —contestó Nicholas con una sonrisa—. Solo estaba admirando a la hermosa mujer que tengo delante. El color melocotón te sienta bien.

—La vida en el campo te sienta bien a ti —se atrevió a decir ella, y señaló el tono sonrojado que tenía en el puente de la nariz.

—Esa no es la única parte que ha visto el sol —contestó él guiñándole un ojo.

Annorah se rio.

—¿Siempre eres tan descarado? ¿Tienes por costumbre decir todo lo que se te pasa por la cabeza?

Nicholas se inclinó hacia delante.

—Sí, desde luego. No me gusta tragarme las palabras cuando hay que decir algo.

Annorah jugueteó con el tallo de su copa y le

dirigió una mirada tímida. Aquella noche se sentía atrevida. ¿Por qué no preguntarle las cosas que tenía en la cabeza?

—No mientes, no te tragas las palabras. Sé muchas cosas que no haces. ¿Por qué no me cuentas algo que sí hagas?

—Todo, cualquier cosa —Nicholas le dedicó una sonrisa pecaminosa y se quedó mirándole los labios. Ella negó con la cabeza, no estaba dispuesta a conformarse con la distracción que ofrecían sus palabras. Sin pensar, se inclinó hacia delante y cubrió sus manos con las suyas, algo que no se habría atrevido a hacer el día anterior.

—No, de verdad, Nicholas. Quiero saberlo.

Esquivar, bloquear y repetir las veces necesarias. Esa era su táctica habitual para manejar aquellos interrogatorios. Normalmente se le daba bien, pero Annorah era persistente. Claro que desearía saber. Era ese tipo de mujer; el tipo de mujer cuya belleza no se limitaba al exterior. Era de las que se preocupaban por los demás. Lo había oído en su voz la noche anterior mientras hablaba de su familia, de sus primos, de su abuelo. Era una criatura social que no estaba hecha para el aislamiento, lo cual hacía que su situación allí resultara más intrigante y, al mismo tiempo, incongruente.

—¿No temes que saber algo te estropee la ilusión? —se fijó en ella, en sus rasgos suaves a la luz de la vela. Era etérea y, a la vez, tangible; no una belleza fría e invernal, sino la belleza cálida del verano. Era de las que deberían tener niños pegados a sus faldas, todos riéndose. Se le darían bien los juegos.

Sintió algo en su interior: un dolor, un anhelo. Antes él mismo también se consideraba así; un hombre que quería tener muchos hijos a los que lanzar por los aires. Hacía mucho tiempo que no se permitía pensar en eso. Era uno de los sueños a los que había renunciado.

Annorah deslizó los pulgares por los laterales de sus manos y una sonrisa adornó sus preciosos labios.

—Desde luego que no. ¿Por qué iba a ser así? ¿Por qué iba a preocuparle la ilusión a un hombre que no dice mentiras? —aquello último lo preguntó con cierto aire desafiante en la voz.

Nicholas experimentó un inusual momento de vulnerabilidad. Sabía qué cosas no contarle: que solo había ido al campo porque quería escapar de la ira de un marido furioso que tal vez supiera que se había acostado con su esposa; que era conocido en ciertos círculos por su habilidad para hacer a una mujer gritar de placer.

Pero Annorah ya había dejado claro que no le interesaban los «no». Buscaba verdades y ahí era donde la fantasía se volvía complicada, como bien había imaginado. ¿Cómo podía construir la intimidad sin exponerse a sí mismo?

—¿Qué deseas saber? —le preguntó con una sonrisa sincera. Annorah no deseaba flirteos ni insinuaciones. Las mujeres solían hacerle las mismas preguntas, al fin y al cabo. Sería algo seguro. Casi podía predecir lo que iba a preguntarle.

Annorah se echó hacia atrás, liberó sus manos y, extrañamente, él echó de menos el contacto. Alcanzó su copa y bebió.

—De acuerdo —ella sonrió con malicia y entró en el espíritu de la conversación—. ¿Puedo preguntarte cualquier cosa que desee? —la sonrisa iluminó sus ojos y transformó su cara en una versión más alegre de sí misma—. ¿Cómo es que se te da tan bien la pesca con mosca?

Nicholas estuvo a punto de escupir el champán. Se lo tragó y tosió, sorprendido por la pregunta. No se lo esperaba. Imaginaba que le preguntaría cómo había llegado a trabajar en eso, pero su pregunta no tenía nada que ver con el sexo.

Annorah se acercó a él de inmediato y le dio palmaditas en la espalda.

—¿Estás bien?

Nicholas se secó la boca con la servilleta.

—Estoy bien. He dado un sorbo demasiado largo.

—Un trago —le corrigió ella—. Has dado un trago. La gente no se ahoga con los sorbos.

Él se rio.

—De acuerdo, un trago.

Annorah volvió a sentarse en su silla. Se inclinó hacia delante y esperó a que respondiera. El amplio escote de su vestido dejó ver generosamente sus pechos. ¿Sería consciente? Sintió que su deseo crecía. Tenía unos hombros preciosos y el raso de color melocotón los realzaba igual que realzaba la curva de sus pechos.

—La pesca con mosca —insistió cuando él vaciló durante varios segundos.

—Bueno, nací en Mere. Me crie pescando en el río Stour. Era algo natural.

—Debió de gustarte mucho criarte allí. Estás sonriendo.

—Oh, sí que me gustó —respondió sin dudar—. Mi hermano y yo pescábamos todas las tardes después de las clases de verano. A veces mi padre tenía que enviar a uno de los sirvientes a buscarnos. Aunque en algunas ocasiones nos permitían acampar para pasar la noche —aquella noche le tocó a él contar historias de su infancia. No era esa su intención, pero Annorah fue sacándoselas una por una: los árboles que a los que había trepado, los senderos que había recorrido, los ponis que había montado—. Mi poni era Alfy y era muy testarudo —explicó entre risas mientras repartía entre los dos lo que quedaba del champán—. Un día estábamos en las colinas buscando un tesoro.

—¿Un tesoro? —le encantó ver cómo sus ojos se iluminaban—. Tu casa debía de ser un lugar muy excitante.

—Oh, lo era. Estábamos rodeados de leyendas. Había oro en las colinas. Lo habían dejado allí los seguidores de un aspirante a rey. Stefan y yo siempre

101

íbamos a buscarlo cuando los peces no picaban. Un día estábamos en las colinas y fuimos a cruzar un arroyo. El testarudo de mi poni, que nunca había tenido problemas para cruzar arroyos, decidió que no cruzaba. Stefan ya estaba al otro lado. Alfy corrió hacia el arroyo y se detuvo en seco —Nicholas chasqueó los dedos—. Sin más. Se detuvo, yo salí volando por encima de su cabeza y caí directo al agua.

Annorah se carcajeó.

—Espero que solo te mojaras y no te hicieras daño.

—Así fue. Hace falta mucho para hacerle daño a un niño. Los niños son duros. Pero Alfy también lo era. Tardamos media hora en lograr que cruzara el arroyo. No encontramos oro aquel día.

—¿Y lo encontrasteis alguna vez? —la voz de Annorah se había vuelto casi un susurro y el momento se convirtió en algo más potente, más peligroso.

—Puede que mi respuesta te sorprenda —le mantuvo la mirada mientras hablaba—. Con los años encontramos algunas monedas; doblones españoles. A día de hoy sigo pensando que ahí arriba hay un tesoro escondido, en alguna parte —empezaba a ser consciente de la magnitud de lo que había hecho. Había hablado de su infancia, había hablado de Stefan y se había sentido bien al hacerlo, sin la culpabilidad habitual. Solo sentía el brillo de la felicidad en su interior mientras recordaba aquellos veranos.

—Deberías regresar para buscarlo —dijo Annorah. Él sabía que no lo decía por nada, era imposible que tuviese doble sentido. Estaba hablando del oro. Él era el único que pensaba en buscar un pasado perdido hacía tiempo. Tenía que poner fin a aquello.

—Es un deseo infantil nacido de los cuentos a la hora de acostarse, Annorah, nada más, pero me gusta aferrarme a él de todas formas —se puso en pie y le agarró la mano para acercarla a él—. Esta noche tengo otros deseos para la hora de acostarme —la besó y saboreó el champán en sus labios, sintió que su pasión aumentaba, alimentada por los recuerdos de aquella tarde y por la intimidad de su conversación. El deseo de Annorah hacia él era sincero y, por una vez, el suyo también podría serlo—. Annorah, mi amor, es hora de acostarse.

Ocho

Annorah encendió la última vela y se apartó para contemplar el efecto; la iluminación justa y la sombra justa. No estarían completamente a oscuras. Era una conjetura por su parte. ¿Qué sabía ella de seducciones? ¿Debería estar ya en la cama? ¿Debería sentarse en la silla junto a la ventana? Tenía que dejar de pensar. Le iba mejor cuando no lo hacía.

Se alisó nerviosamente los pliegues sedosos del camisón. Le quedaba perfecto. Al cambiarse se había preocupado por un momento. ¿Y si no le quedaba bien? Habría sido una pequeña tragedia si la bonita bata no le hubiera quedado bien, pero no fue así. Se la puso y miró el reloj que había sobre la mesita de noche. Nicholas había dicho que iría en veinte minutos al dejarla en las escaleras. Le quedaban cinco minutos para cualquier otro preparativo que quisiera hacer. Se había cepillado el pelo, había encendido las velas, se había puesto el cami-

són. No se le ocurría nada más. Tal vez debiera…
«No», se dijo a sí misma. «No lo pienses demasiado. Ve a sentarte en la silla y lee un libro hasta que llegue, o al menos finge que lo lees».

No tuvo que esperar mucho. Nicholas llegó puntual. Llevaba el pelo suelto sobre los hombros e iba vestido con un sencillo *banyan* de cachemira y un cinturón negro. Tenía el cuello ligeramente abierto, lo cual dejaba claro que debajo no llevaba más ropa.

Sonrió al detenerse junto a la mesilla y colocar algunos objetos pequeños encima. Su sonrisa le hizo olvidarse de los nervios y los reemplazó por excitación. Aquello iba a ocurrir e iba a ocurrir con él, con Nicholas D'Arcy, que había logrado en poco tiempo cautivarla con su elegancia, con sus historias, con sus caricias, con su interés por ella. Era una combinación embriagadora, aunque no tanto como verlo de pie frente a ella, con las manos en los bolsillos de su *banyan*, mirándola con cariño y con una sonrisa.

—Daría una libra por saber lo que estás pensando, Annorah.

Ella se rio.

—Creí que era un penique.

Nicholas se encogió de hombros y ocupó la silla que tenía delante.

—Así es, pero tus pensamientos valen más que

eso. Cuéntamelo —a la luz de las velas estaba irresistible, pero eso era solo una excusa. Sabía que estaba irresistible en cualquier parte.

—Estaba pensando que siento como si te conociera desde hace más tiempo. Sé que es una estu-
pidez. Nunca te había visto antes. Es una tontería,
lo sé —negó con la cabeza. Una tontería, sí, pero
también era la verdad.

—Hay religiones primitivas que creen que las
almas se conocen en los sueños incluso antes de que
se encuentren en la vida —explicó Nicholas—. Tal
vez nos hayamos conocido allí.

—¿Crees en esas cosas?

—Creo que deberíamos tener cuidado con lo
que desechamos apresuradamente solo porque nos
parece improbable, sobre todo cuando tanta gente
lo creía.

Annorah se inclinó hacia delante, intrigada, y
apoyó los codos en la mesita que había entre ellos.

—¿De verdad?

Él también se inclinó hacia delante. Su seriedad
estaba atrayéndola.

—Que nosotros estemos juntos es improbable y
sin embargo aquí estamos. Algo deseaba que esto
ocurriera. Han tenido que suceder muchas cosas
para que estemos aquí esta noche. No creo que sea
algo meramente accidental —Nicholas abandonó
su silla, se arrodilló ante ella y le estrechó las
manos—. Estábamos destinados a encontrarnos,
Annorah.

Sus manos transmitían fuerza y calor mientras ella le mantenía la mirada.

—¿De verdad crees eso? —nunca había oído a nadie hablar así. A su religiosa familia le habría resultado tan escandaloso como lo que había hecho al invitarlo allí. Fue consciente de que había llevado las manos hasta su pelo y estaba deslizando los dedos por entre los mechones que había dejado sueltos sobre sus hombros.

—Lo creo, Annorah —su voz sonaba aterciopelada y sus ojos estaban oscurecidos por el deseo mientras hablaba, lo cual no dejaba lugar a dudas. Entonces se apartó de ella, se levantó y la arrastró consigo como había hecho durante la cena. Le pegó los brazos al cuerpo y la contempló de arriba abajo—. El encaje blanco te sienta bien —murmuró.

Tenía la boca en su garganta, y fue cubriéndole de besos el cuello hasta llegar al punto en el que su pulso palpitaba aceleradamente. Ella le rodeó con los brazos como si fuera un movimiento de lo más natural, arqueó su cuerpo hacia él y dejó caer la cabeza hacia atrás con abandono. Le dejó succionar, le dejó lamer, le dejó avivar el fuego que ardía en su interior. Permitió que el dulce calor de ese fuego la envolviese y, en esas llamas ardieron todas las inhibiciones, todas las dudas, y fueron reemplazadas por el deseo incontenible.

Primero cayó la bata transparente. Apenas lo notó. Él tenía las manos en sus pechos y los masajeaba a través de la seda, con la respiración entrecortada. La instó a volver a sentarse y se arrodilló ante ella. Colocó las manos en sus caderas y llevó la boca a su lugar más íntimo a través del fino tejido. Después empezó a levantarle el camisón con las manos hasta más arriba de las pantorrillas, después pasadas las rodillas, hasta que quedó arrugado alrededor de su cintura y ella quedó desnuda y expuesta; sensación que resultaba a la vez deliciosa y decadente.

Tuvo solo un momento para contemplar a la mujer lasciva que había en ella antes de verse invadida por una nueva sensación; su boca directamente en su zona más íntima. Una parte de ella, una parte muy pequeña, le decía que debía sentirse avergonzada por aquello, pero esa vergüenza no se produjo. Solo sintió su aliento caliente sobre su vello húmedo, su lengua acariciándole un lugar secreto entre sus pliegues. ¡Deseaba sentir sus caricias en ese lugar! Todos los nervios de su cuerpo estaban reducidos a ese punto.

Annorah experimentó una intensa ola de placer y su cuerpo se deslizó hacia delante en la silla. Hundió las manos en su pelo oscuro para no perder el equilibrio. Aquel era el mismo placer de la tarde repetido, pero aun así existía un nivel totalmente nuevo de anticipación. En esa ocasión sabía lo que la esperaba, lo buscaba y saber aquello le proporcionaba una tortura deliciosa. Se arqueó hacia él una última vez cuando llegó a la cresta de la ola del placer y se dejó llevar hacia el éxtasis.

Recuperó los sentidos uno por uno y sin prisa. El mundo recuperó su aspecto habitual salvo por el hecho de que Nicholas seguía arrodillado frente a ella, con los ojos encendidos y la mano apoyada en su muslo. Ligeramente cohibida ahora que la ola de pasión inicial había pasado, Annorah se bajó el vestido.

—Te lo permitiré por ahora, Annorah. Pero no por mucho tiempo —sonrió, se puso en pie y se apartó de ella—. Ahora te toca a ti mirar —se llevó la mano al cinturón de satén de su *banyan* y deshizo lentamente el nudo. La prenda cayó al suelo y Nicholas quedó ante ella completamente desnudo—. Mírame.

Sí, le miraría. La tentación era demasiado fuerte como para resistirse a ella.

—Sí —contestó ella con un susurró rasgado. Cada centímetro de su cuerpo estaba esculpido a la perfección. El mapa de su musculatura era un atlas de cordilleras y llanuras diseñadas para guiar el camino por el suave bronce de su pecho hacia su parte más masculina, donde la península de su falo emergía con orgullo de su cuerpo.

Nicholas estiró una mano y la arrastró hacia él.

—Ahora tú —le puso las manos en los hombros sin dejar de mirarla y deslizó los pulgares bajo los tirantes del camisón hasta que la prenda cayó al suelo. Después acarició sus pechos con las manos y estimuló sus pezones con los pulgares—. Eres preciosa. Perfecta para mí —susurró. La llevó hacia atrás hasta que dio con la cama. La tumbó sobre el colchón y se situó encima, con el pelo cayéndole hacia delante por la cara. Parecía un príncipe guerrero de la antigüedad que había llegado para reclamar su premio.

Annorah sintió su falo acariciándole el muslo, en busca de una invitación que ella le concedió. Deseaba ser el premio, deseaba ser reclamada. Nicholas colocó los brazos a ambos lados de su cuerpo y se incorporó. Después la penetró lentamente, pero con decisión. Aquello también fue una tortura exquisita, tanto placentera como dolorosa. Ella sintió que su cuerpo se amoldaba a su miembro, se acomodaba a él, descubriendo a aquel nuevo intruso hasta que, con una última embestida, la penetró por completo y dejó de ser un intruso.

Annorah se movía instintivamente bajo su cuerpo mientras el dolor inicial iba dando paso al placer. Comenzó el ritmo; el vaivén, el movimiento hacia delante y hacia atrás, entrando y saliendo de ella una y otra vez hasta hacer que se volviera tan loca de placer como en el río. Pero, en esa ocasión, por poderoso que fuera el placer, no fue suficiente.

Se encontraba sola en el placer cuando lo alcanzó. En esos momentos desgarradores de descubrimiento, supo que no debería estar sola. Nicholas debería estar allí con ella y no estaba. Nicholas se había apartado mentalmente mucho antes de apartarse físicamente. Aquella certeza fue como un cuchillo que se clavó en su cuerpo y rasgó el delicado tejido de su fantasía.

Nicholas estaba en un lugar maravilloso. La luz del sol se encontraba al otro lado de sus párpados y tenía a una mujer hermosa junto a él. No había nada como el sexo perezoso de por la mañana para empezar el día de buen humor. Estiró el brazo en busca de Annorah, recordando sus respuestas ardientes la noche anterior, pero descubrió que la cama estaba fría donde debería haber estado su cuerpo caliente. Abrió los ojos con los sentidos alerta. Algo iba mal.

Escudriñó la habitación y vio que no estaba allí. Annorah no solo le había dejado en su cama, sino que había abandonado la habitación. Aquello no se lo esperaba.

Se destapó y agarró su bata. Regresó a su habitación y se vistió deprisa. No se libraría tan fácilmente.

La encontró en las escaleras momentos antes de poder escapar.

—Annorah, te has levantado temprano —al menos era temprano para haber pasado la noche entre sus brazos. Las diez y media era una hora temprana. Adoptó un tono de voz despreocupado, pero las señales hablaban por sí solas. Annorah se había vestido para salir con un atuendo de color azul. Pretendía abandonarlo. Él la había sobresaltado y, al verlo bajar por las escaleras, había visto la culpabilidad en el brillo de sus ojos.

—Tengo una cita en el pueblo. Se me había olvidado —sonrió para disipar cualquier duda sobre la veracidad de su afirmación.

—Iré contigo —se ofreció él. ¿Qué habría ocurrido durante la noche? El modo en que retorcía sus guantes indicaba que estaba nerviosa y se sentía incómoda. Él pensaba que la noche anterior había ido bien. Ella había notado cierto dolor al principio, pero después había sentido placer. Nicholas no estaba seguro de qué había ido mal. ¿Qué se había perdido? Le había dado una experiencia casi perfecta. De hecho había estado a punto de dársela también a sí mismo. Había tenido que hacer uso de toda su disciplina para no dejarse llevar. No había sentido verdadero placer con el sexo desde hacía mucho tiempo y la noche anterior había sido toda una sorpresa. Por suerte se había detenido a tiempo. De lo contrario, solo encontraría problemas.

—No es necesario. Te aburrirías. Ayudo a los niños del pueblo a aprender a leer —contestó Annorah para declinar su oferta educadamente, pero él se negaba a aceptarlo, aunque tuviera que insistir.

Terminó de bajar las escaleras y la agarró del brazo.

—Resulta que a mí se me da muy bien leer. Les pasa a casi todos los bibliotecarios. Son los gajes del oficio, o eso dicen —le dirigió una sonrisa encantadora y salió con ella por la puerta para dirigirse hacia el carruaje.

Cuando ya estaban en camino, Nicholas adquirió un tono más serio.

—Ahora dime qué es lo que ocurre realmente.

—No ocurre nada. Creo que no entiendo lo que quieres decir —Annorah mantenía la mirada fija en el camino vacío.

—Entonces, a juzgar por la cama vacía y tu intento de dejarme solo durante gran parte del día, he de suponer que tiene que ver con anoche.

—¡Oh, no! —le aseguró ella con demasiada rapidez como para sonar convincente, pero al menos Nicholas había logrado hacerle sentir cierta culpa por su intento de abandono.

—Bien, porque pensaba que la noche había sido prácticamente perfecta —dijo. Y eso provocó una respuesta. Giró la cabeza para mirarlo y entornó los párpados.

—Fue perfecta —respondió con cierta indiferencia en la voz.

—¿Y eso es un problema? —Nicholas entendía a las mujeres mejor que la mayoría y a veces seguían resultándole todo un misterio. ¿Qué podía tener de malo la perfección?

—Fue demasiado perfecta, Nick. Fue una representación exquisita. No tengo nada con lo que compararla, pero estoy segura de que tu técnica fue impecable como probablemente lo sea siempre. No esperaba que fuese así. No esperaba encontrarme sola al final, cuando más importaba.

Se sentía decepcionada. Recordó entonces las palabras que había utilizado la primera noche: un error. Pensaba que lo de la noche anterior había sido un error. Sintió herido su orgullo profesional al saber que había dejado insatisfecha a una mujer en la cama. Apretó los labios y se concentró en el caballo. El placer de Annorah debería haberle servido para ignorar aquella pequeña ausencia. Pero al parecer no había sido así. Había querido que estuviera allí con ella para alcanzar juntos el clímax. ¿Acaso no sabía que lo único que no podía darle era un pedazo de su corazón? En su trabajo, la vulnerabilidad emocional era un auténtico riesgo. Ni siquiera podía imaginarse lo que ocurriría si lo intentase. Los bibliotecarios lo tenían más fácil en ese sentido.

Nueve

No iba a ser fácil enfrentarse a los niños en la clase de lectura semanal. Annorah tragó saliva e intentó ignorar el nudo que tenía en la garganta cuando el pueblo apareció ante sus ojos. Tal vez fuera la última vez que los viera. Si no se casaba, perdería todo aquello. La casita que le había sido asignada, en caso de que decidiera seguir soltera, se encontraba en el norte.

No había planeado enfrentarse a aquel día con Nicholas como testigo. Tampoco había planeado enfrentarse a él con la última carta de su tía en la cabeza. Había planeado enfrentarse sola igual que se había enfrentado a muchas otras cosas en su vida adulta. Pero Nicholas se había levantado antes de que pudiera salir de casa, y en el correo había visto la última misiva de su tía, que le recordaba todo lo que perdería si no asistía a la fiesta y aceptaba casarse con el pretendiente que su tía le tenía reservado.

Su tía estaba más desesperada por quedarse con el dinero que por quedarse con Annorah. No podía imaginarse qué clase de pretendiente le habría encontrado en esa ocasión. Durante los años había habido muchos. Su tía no se había rendido ni siquiera después de haberlo hecho ella. Dos corazones rotos eran demasiado para ella. Se había retirado del mercado, pero nunca había creído que pudiera llegar a aquel extremo. Siempre había creído que los abogados encontrarían una solución.

Nicholas detuvo el carruaje junto a la vicaría y rodeó el vehículo para ayudarla a bajar. No había dicho gran cosa desde que ella prácticamente le acusara de haber hecho una representación vacía. No le importaba. Tenía demasiadas cosas en la cabeza en aquel momento como para darle conversación.

—¿Te encuentras bien, Annorah? —le preguntó—. Estás pálida. ¿Estás cansada?

Su tono fue tan solícito que ella se sintió mal por cómo lo había tratado aquella mañana. Se obligó a sonreír y aceptó su brazo.

—Puede que un poco —estaba cansada. Cansada de sentirse muerta por dentro, cansada de enfrentarse a un enemigo al que no podía vencer. No era justo pagar su frustración con Nicholas, que, como el resto de aldeanos, no sabía nada de su situación. La noche anterior se había limitado a hacer su trabajo. Sin duda su sofisticada clientela londinense afrontaría aquel hecho con más criterio que ella.

—¡Señorita Norah, señorita Norah! —un niño de pelo negro corrió hacia ellos y la agarró de la mano—. Me he aprendido el pasaje que nos disteis la semana pasada. ¿Puedo leerlo yo primero? —se fijó entonces en Nicholas—. ¡Habéis traído a un amigo!

Annorah sonrió con más entusiasmo. Podría superar aquello. Se permitiría disfrutarlo y no pensar en todos los finales.

—Thomas, este es Nicholas.

Nicholas le ofreció la mano al niño.

—He venido a ayudar a la señorita Annorah con sus libros —fue una manera inteligente de exponerlo sin mentir al niño directamente.

Thomas fue su comité de bienvenida personal. Corrió por delante de ellos hacia el árbol donde estaban reunidos los niños, anunciando a gritos la noticia de que la señorita Norah había llevado a un amigo. Se produjo el caos inicial de las presentaciones mientras Annorah intentaba presentar a todos los niños y a Nicholas al mismo tiempo.

El vicario Norton se mostró encantado de conocer a Nicholas y declaró que tener a tres adultos haría que los círculos de lectura fuesen mejores.

—Siempre he pensado que los grupos pequeños son mejores para el aprendizaje. Uno no puede depender tanto de los demás. Estimula la responsabilidad de lo que uno sabe y a veces de lo que no sabe —confesó mientras separaba a los niños en grupos.

Annorah le dirigió a Nicholas una mirada disimulada para ver cómo aceptaba todo aquello. Probablemente no se hubiera levantado esa mañana pensando en pasar el día bajo un árbol leyendo con niños. Independientemente de lo que hubiera pensado que haría, no pareció importarle aquel cambio de planes. Sonreía y asentía a todo lo que decía el vicario, y dos niños, Danny y Esme, ya se habían agarrado a sus manos.

Poco después los tres grupos ya se habían acomodado a la sombra. La pequeña Annie estaba sentada en el regazo de Annorah y todo iba como siempre, salvo porque ella no podía dejar de mirar el lugar donde se encontraba Nicholas, que parecía completamente relajado. De vez en cuando le oía decir cosas como: «Intenta repetir esa frase otra vez. Casi la tienes». Y a veces con un poco más de severidad, pero nunca con impaciencia. «Jack, tienes que estarte quieto. Aún no hemos terminado».

Verlo y oírlo trabajando con los niños le produjo a Annorah un sentimiento extraño en el estómago que nada tenía que ver con su inminente dilema. Habría sido un buen maestro; estricto, pero amable.

Cuando terminó la clase, jugó al pilla-pilla con algunos mientras Annorah hacía coronas de margaritas con otros. Él era quien la ligaba y daba vueltas a los niños por el aire cada vez que los atrapaba, para deleite de estos.

Annorah estuvo entonces a punto de perder la

compostura. Verlo así era casi tan potente como la fantasía que había construido la noche anterior. Se le había soltado el pelo con tanto alboroto, se había quitado la chaqueta, se había remangado la camisa y una amplia sonrisa se dibujaba en su cara mientras jugaba con los niños. Parecía estar pasándoselo bien, bien de verdad, como el día anterior en el río. Había habido momentos mientras pescaban, mientras nadaban, en los que se había mostrado así, como Nicholas, una persona.

Claro, aquella era una conclusión ridícula. Era Nicholas, siempre se parecía a Nicholas. Pero aquel Nicholas era diferente en cierta manera. Aquel Nicholas era real. Sintió un vuelco en el corazón por el poder de aquella revelación. El Nicholas que se sentaba a su mesa, el que había paseado con ella por el jardín haciendo insinuaciones eróticas y le enviaba camisones de seda también era un hombre simpático, muy simpático. Pero había cierta destreza en ese hombre que le situaba más allá de la realidad. Era una fantasía hecha realidad, en algunos aspectos un producto de su imaginación. No era ese el caso del hombre que jugaba en la hierba con los niños. Aquel Nicholas era tan real que se le llenaban los ojos de lágrimas solo viéndolos disfrutar. Aquel Nicholas sería un padre magnífico que dedicaría tiempo y amor a sus hijos. Era fácil encariñarse del otro Nicholas. Pero de este sería demasiado fácil enamorarse. Era un hombre al que podría desear.

Finalmente Nicholas llevó a sus niños junto a ella y se dejó caer a su lado.

—¿Me has hecho una? —estaba sudando y con brillo en la mirada cuando ella le puso una corona de margaritas en la cabeza.

—Sois divertido, señor Nick —dijo Thomas sentándose en su regazo. No se había separado de él desde su llegada—. ¿Volveréis a vernos? Por favor —el niño miró a Annorah con actitud suplicante y su carita le rompió el corazón—. Por favor, decid que volveréis a traerlo.

Annorah se mordió el labio y le lanzó a Nicholas una plegaria silenciosa. ¿Qué podía decir? ¿La verdad? ¿Sería mejor contar una media verdad y crear falsas esperanzas?

—Thomas, no sé si volveré —dijo Nicholas—. Solo estaré aquí durante poco tiempo para ayudar a la señorita Annorah con sus libros. Después tendré que volver a Londres. Me gustaría volver, pero no sé si podré —antes de que Thomas pudiera protestar, Nicholas se puso en pie—. ¿Quién quiere venir conmigo? Tengo un recado que hacer antes de que la señorita Annorah y yo nos vayamos —segundos más tarde, se alejó rodeado de un grupo de niños y dejó a Annorah recogiendo los libros y charlando con el vicario.

—Vuestro amigo es bueno con ellos —dijo el vicario Norton mientras la ayudaba a recoger los libros y las pizarras. Era un hombre simpático de cincuenta y pocos años. Su esposa y él llevaban cinco años en el pueblo, desde que muriera el anterior vicario—. Es una buena influencia para ellos. Con frecuencia los hombres no tienen tiempo para dedicarles a sus familias.

Annorah sonrió. Era uno de los temas favoritos de Norton en el púlpito; la idea de que los padres en las familias no eran solo los que llevaban el pan a casa.

—Creo que él también se lo ha pasado bien hoy —se preguntaba qué diría el vicario si supiera a qué se dedicaba Nicholas en realidad. ¿Cómo era posible que un hombre al que se le daban tan bien los niños optara por la vida que él había escogido?

Nicholas y los niños regresaron. Nicholas llevaba algo consigo y se detuvo junto al carruaje para atarlo a la parte de atrás. Annorah sintió las mariposas de la excitación revoloteándole en el estómago. ¿Habría planeado algo para ellos? ¿Era eso lo que ella deseaba después de la noche anterior? ¿Se conformaría con el regreso de ese otro Nick? De pronto se le ocurrió una idea; tal vez pudiera mantener al verdadero Nick un poco más si se esforzaba lo suficiente.

Se despidieron de los niños y se marcharon, pero no a casa. Hacía sol y volver a casa significaría enfrentarse a verdades incómodas.

—¿Adónde vamos? —preguntó Annorah.

Nicholas le guiñó un ojo.

—Al fuerte de las hadas. Según los niños, no hay nada mejor que hacer un picnic allí. Confío en que sepas dónde está si nos perdemos. He de decir que sus indicaciones eran un poco confusas.

Annorah se rio y él empezó a describir dichas indicaciones.

—No te preocupes. Sé dónde está. Odio tener que decir esto, pero no tenemos un picnic.

—Sí que lo tenemos. Los niños me han ayudado a encontrar la posada y a convencer al señor Witherby para que nos preparase una comida deliciosa.

Annorah sintió que sus preocupaciones disminuían. Se recostó en el asiento, cerró los ojos y permitió que el sol calentase su cara. No había nada mejor que aquello, un día cálido, un paseo por el campo y un picnic a solas en el viejo fuerte.

—Es imposible que lo supieras, pero el fuerte de las hadas es uno de mis lugares favoritos.

—Entonces me alegro de que los niños lo sugirieran —había una suavidad conmovedora en su voz que le hizo abrir los ojos. Estaba mirándola con una sonrisa en los labios.

Ella hizo una pausa antes de su siguiente pregunta.

—¿Te ha importado venir aquí con ellos?

Nicholas negó con la cabeza; había entendido perfectamente lo que quería decir.

—En absoluto. Me gustan los niños.

Un acompañante masculino al que le gustaban los niños. Eso sí que era raro. Tendría que pensar en lo que significaba. Nicholas D'Arcy era un hombre lleno de sorpresas y ella tenía toda la tarde para averiguarlas. Qué pasatiempo tan maravilloso sería, además de importante, si deseaba mantener al verdadero Nick con ella.

«Así debe de ser una luna de miel», pensó Annorah mientras se acomodaba sobre la manta y veía a Nicholas correr por la hierba con una cometa frente a las ruinas del fuerte, intentando hacer que volara. Hasta el momento no habían tenido mucha suerte con la cometa, pero no le importaba. Le gustaba demasiado ver a Nicholas correr descalzo. Las botas eran lo primero que se había quitado nada más llegar. Llevaba solo la camisa y los pantalones, y tenía un aire infantil con el pelo atado de manera descuidada.

Ella le hizo sugerencias cuando pasó por delante.

—Suelta un poco más de cuerda. No, no demasiada —la cometa se elevó durante unos instantes por el aire, Nicholas la miró exultante y ella sonrió, tratando de ignorar el hecho de que una simple mirada era capaz de acelerarle el pulso.

La cometa cambió de dirección y cayó al suelo. Nicholas la recogió y lo intentó una vez más. Al segundo intento se rindió y se dejó caer junto a ella sobre la manta con un gesto dramático.

—¡Me rindo! No hace suficiente viento.

Le brillaba la frente por el sudor, resultado del calor del día y de sus esfuerzos. Ella deseaba recordarlo justo así; con el pelo medio suelto, vestido de manera informal, tumbado de costado, con una pierna desnuda levantada. Cerró los ojos e intentó capturar la imagen del verdadero Nick.

—¿Qué estás haciendo?

Abrió los ojos y le vio sonreír.

—Estoy intentando quedarme con tu imagen —le confesó solo una parte. Deseaba en realidad recordarlo todo de aquel día: la última clase de lectura, los niños reunidos a su alrededor, lo que habría sido tener una familia, ser una familia. Para alguien con el trabajo de Nicholas, satisfacer una fantasía de ese tipo habría resultado extraño. Probablemente no le pidieran con frecuencia que jugara a las casitas—. Solo deseaba recordar…

Nicholas no le permitió terminar y le puso un dedo en los labios, se acercó a ella y la besó suavemente. ¿Se acostumbraría alguna vez a su modo de tocarla? ¿A lo que le hacía sentir con un simple beso? «Ni te atrevas a acostumbrarte», le dijo una parte de su cerebro. «No es real y se irá de todos modos». Pero aún no. Aún había tiempo de dejarse llevar por sus besos, por sus brazos, por su amor. Eran palabras peligrosas.

No, amor no. No le importaba. Lo miró a los ojos. Aquello solo se parecía a una luna de miel, pero no lo era. No era el principio de una vida en común. Era el final de la vida tal como la conocía. Pero era un buen final. Allí, bajo el sol, se alegraba de haberlo hecho, aunque la noche anterior le hubiera mostrado los límites de lo que podía ser una fantasía.

—Siento lo que he dicho esta mañana, sobre lo de anoche —no se disculparía por desear más, solo por esperarlo.

Sus palabras parecieron pillarle por sorpresa.

—¿De verdad?

—Sí. Me alegro de que estés aquí —allí, en el final de todo lo que le era conocido. Claro, ya se habría marchado cuando llegase el verdadero final, cuando su tía enviase el carruaje que la llevaría a Badger Place, a la temida fiesta y al odioso pretendiente que esperaba allí su decisión final: el norte asilvestrado o su libertad a cambio de Hartshaven.

—Yo también me alegro de estar aquí —Nicholas sonrió y la acercó a su cuerpo sobre la manta. Había visto la sombra en su cara, lo que le recordaba que, a pesar de la aparente perfección de su vida, había oscuridad en ella. Había visto esa oscuridad con los niños. Le había parecido un momento extraño para que apareciese. Era evidente que se sentía feliz con los niños y además se le daban bien. Pero la oscuridad había estado allí de todos modos.

Él estaba ansioso por disipar aquella oscuridad. Annorah era una mujer veraniega, con sus ojos de musgo y su pelo de miel. No debería verse asediada por la oscuridad. No creía que nadie más se diese cuenta. Lo disimulaba admirablemente y la gente no estaba acostumbrada a ver la diferencia en aquellos a quienes veía todos los días. La gente tampoco veía lo que no estaba buscando. Nadie tenía razones para buscar la oscuridad en Annorah Price-Ellis, una mujer que parecía llevar una vida de cuento. Pero un hombre como él sabía que no existían las vidas de cuento; tal vez por eso él lo veía y los demás no.

Sintió que su cuerpo empezaba a alterarse. Conocía una manera de ahuyentar los pensamientos oscuros. Tal vez, si volviera a intentarlo, lograría comprometerse más con ella. Quizá sí pudiera darle una parte de él. Si deseaba tocar su corazón, que así fuera. Era una mujer extraordinaria, desearía cosas extraordinarias. Él podría echarse atrás cuando así lo quisiera.

Al menos eso fue lo que Nick se dijo a sí mismo sobre la manta del picnic en mitad de ninguna parte, al oeste de Sussex.

—Me lo estoy pasando muy bien, Annorah —comentó entre risas—. Has despertado al niño de campo que hay en mí. Mis amigos de la ciudad se quedarían asombrados. ¿Sabes qué otras cosas son divertidas en un picnic? —le preguntó al oído.

Era una pregunta retórica. La desnudó, se desnudó, se puso encima y la besó mientras la penetraba. No conocía mejor manera de hacer el amor que sobre una manta de picnic, al aire libre durante una tarde de verano; no había nada como sentir el aire cálido en la piel desnuda para librarse de inhibiciones, para sentirse en armonía con la naturaleza. Con aquella lentitud y aquella ternura, estaba prometiéndole que estaría ahí al final, que aquel día no haría sola el viaje hacia el placer.

Annorah gemía mientras se amoldaba a su cuerpo y Nicholas dejó que el placer del coito le envolviese. En mitad de aquella maravillosa tarde de verano, perdió el control y alcanzó al fin el clímax; fue como una ola lenta e infinita que los transportaba a ambos hasta dejarlos en la orilla lejana. Lo supiera Annorah o no, acababa de darle todo lo que podía darle, todo lo que no le había dado a nadie en mucho tiempo, desde luego no desde que llegara a Londres. Era uno de los muchos secretos de un acompañante masculino: evitar la implicación emocional a toda costa. Como en cualquier negocio, no había que mezclar los sentimientos con el dinero.

Tras hacer el amor, no estaba seguro de por qué lo había hecho. Ni siquiera estaba seguro de haberlo planeado al empezar. Llevado por la pasión, simplemente se había visto sobrepasado.

—Creo que quizá sea cierto que este lugar está encantado —murmuró Annorah, acurrucada a su lado, mientras le rodeaba un pezón con el dedo. Él disfrutó de la caricia y de lo que significaba. Empezaba a sentirse cómoda en su presencia.

—¿De verdad? —Nicholas se sentía adormilado a su lado. Estaría encantado de responsabilizar a las hadas de la decisión que había tomado aquel día. Era mejor que la alternativa.

—Todos los fuertes de la Edad de Hierro están encantados por aquí. Son considerados como la morada natural de las hadas —Annorah soltó una carcajada suave—. Nosotros no tenemos oro de los piratas como en tu casa, pero tenemos hadas, sobre todo en el oeste de Sussex.

—Yo no dije que fuera oro de los piratas —respondió él—. ¿Y qué tipo de hadas hay aquí?

—De todo tipo —Annorah se incorporó sobre un codo, alentada por el tema—. Hay hadas que te ayudan con el trabajo, hadas demoníacas, duendes. En realidad hay hadas para todo. Si conoces los cantos, puedes llamarlas. Hay uno que me enseñó mi niñera: «ven en la oscuridad, ven en la noche, ven pronto y tráeme placer» —se sonrojó un poco, quizá porque viese las palabras de forma diferente tras la noche anterior.

—Suena prometedor —contestó él riéndose—. Tendremos que ver si funciona.

Pasaron el resto de la tarde mirando a las nubes y buscándoles formas. Ella le enseñó cantos para llamar a las hadas y fabricó coronas con flores silvestres, pero, mientras pasaba aquel día idílico, Nick fue consciente de la tensión que iba creciendo bajo la superficie. Empezaba a preocuparse. No había contado con aquello: con sentirse cercano a ella, con querer preguntarle a qué se debía aquella oscuridad que guardaba dentro. Eso era peligroso. Si se lo preguntaba, entonces lo sabría y desearía ayudar. ¿De dónde salían aquellos sentimientos? Llevaba cuatro años tratando con mujeres y con sus necesidades sin haber experimentado una reacción así. Tal vez fuese el resultado de haber sobrepasado la barrera mientras hacían el amor. O quizá solo fuese por el clima.

Para cuando volvieron a montarse en el carruaje para regresar a casa, el cielo azul se había nublado. Las nubes grises se habían apoderado de las blancas y se había levantado viento.

—Ahora sí que podríamos volar la cometa —bromeó Annorah sujetándose el sombrero con una mano.

Nicholas miró al cielo con desconfianza.

—Esta noche habrá tormenta de verano.

—Puede que llueva —le dijo Annorah, riéndose por su seriedad—, pero no creo que haya tormenta. Aunque me alegro de que fuéramos a pescar ayer. Mañana el río será demasiado profundo.

Lluvia, tormenta, lo que fuera. Supondría una complicación para él. No dormía bien con las tormentas; demasiadas pesadillas, demasiados recuerdos cobraban vida.

Diez

Al llegar la noche, Nicholas pensaba que ambos se habían equivocado. El cielo seguía nublado, pero no había llovido. Cenaron dentro y después pasearon por la galería del segundo piso, donde estaban expuestos todos los antepasados de los Price-Ellis. Nicholas había llevado una segunda botella de champán e iba rellenando las copas mientras paseaban.

Habían vuelto a reírse mientras ella compartía historias sobre su familia. Estaba el tío abuelo August, que había invertido sabiamente en los canales; la tía Flora, que se casó con un magnate de los transportes y heredó sus millones cuando este se ahogó en un accidente de barco. Y el abuelo George, quien le había enseñado a pescar y había jugado incansablemente con sus nietos.

—¿Quiénes son estos? —preguntó Nicholas señalando una serie de retratos situados al final.

Ella vaciló y Nicholas se preguntó si tal vez hubiera querido poner fin a la visita antes de llegar tan lejos.

—Esos son mis padres —no quería decir más. Él advirtió el tono decisivo en su voz, pero no quería dejarlo ahí. Su instinto le decía que estaba cerca, cerca del misterio y cerca tal vez de la oscuridad que ella guardaba dentro.

La curiosidad le hizo preguntar:

—¿Qué les pasó?

—Hace quince años hubo unas fiebres por aquí. Afectaron a muchas familias del pueblo, a pobres y a ricos por igual.

Nick captó el mensaje. Incluso los Price-Ellis habían sucumbido; su enorme fortuna no podía librarles de la muerte.

—Para entonces el abuelo ya había muerto, igual que Flora y August. Habían tenido una vida larga, pero mis padres eran jóvenes. Mi madre murió primero, ya que estaba más expuesta a la enfermedad porque cuidaba a los enfermos del pueblo. Mi padre murió dos días más tarde, supuestamente por esa misma fiebre, pero yo siempre he pensado que simplemente no tenía voluntad para vivir sin ella. Mi tía Georgina se marchó después de eso. Nos fuimos con mis primos a vivir con la familia de su marido.

—¿No vivías aquí? —preguntó Nicholas mientras recorrían los últimos retratos.

—Durante unos años no. Mi tía lo intentó. Se encargó de que tuviera una bonita puesta de largo, de que conociera a hombres solteros, pero fui toda una decepción para ella y, pasado un tiempo, volví a vivir aquí.

Había algo más que eso en la historia. Nick apostaría el alfiler de diamantes de su corbata. Nadie volvía a casa para vivir sola cuando tenía familia dispuesta a cuidar de ella.

—Entiendo —dijo pensativo mientras servía más champán. Había más que saber, pero Annorah había terminado de contar sus historias por esa noche—. Bueno, yo por lo menos me alegro de que lo hicieras. De lo contrario, no habría podido aprender los cantos de las hadas. Me ha gustado el que has cantado hoy.

Le quitó la copa y la dejó a un lado. Annorah protestó.

—¿Qué sentido tiene llenarme la copa si no dejas que me la beba?

—Vaya, vaya, Annorah —dijo él con una sonrisa—. No pensé que tu imaginación fuese tan limitada. El champán sirve para otras cosas además de para beberlo —era el momento de ver si estaba dispuesta a aventurarse más allá en la sensualidad que había entre ellos. Nicholas había estado mirando los bancos tapizados con terciopelo que había en mitad de la galería desde que habían subido. Esos bancos ofrecían infinidad de posibilidades y posiciones—. Ven, Annorah —le dijo desde los bancos, con las manos apoyadas en la cintura de sus pantalones; una técnica infalible para llamar la atención hacia aquel lugar al que ninguna mujer decente miraría. Vio cómo ella abría los ojos, al principio con sorpresa y después con placer al darse cuenta de qué otro uso podía tener el champán.

Le ofreció una mano y la estrechó entre sus brazos para susurrarle al oído el canto de las hadas.

—En la oscuridad, en la noche, ambos encontraremos nuestro placer.

Fue dándole esos besos largos y lentos que tanto le gustaban, y su excitación fue creciendo bajo sus labios. La empujó suavemente hacia el borde del banco, pero Annorah tenía otras ideas, ideas provocadas por la botella de champán.

—He disfrutado bien de mi placer —susurró con voz aterciopelada—. Ahora te toca a ti disfrutar del tuyo.

Su placer. Ya estaba excitado, pues las palabras eran un afrodisíaco muy potente. Nicholas no recordaba una sola ocasión en la que su placer hubiera sido importante para su compañera. Aquel era un territorio desconocido y de lo más inesperado. En los dos últimos días había llevado a Annorah a cotas increíbles de placer. ¿Qué podría ella hacerle a él? ¿Sería posible que le condujese a los mismos abismos? Aquella tarde había experimentado su propio placer. Era la única excusa para lo que había sucedido. ¿Qué le quedaría si ella era capaz de hacerle lo mismo?

Annorah tiró de su corbata y se la soltó con un

movimiento fluido. Después fue el turno de la camisa, que le sacó de debajo del pantalón con manos ansiosas. Se la desabrochó, deslizó las manos por su torso musculoso y acarició sus pezones con los pulgares. Él sintió que se le endurecían en respuesta a sus caricias y tomó aliento.

—Eso me gusta —y era cierto. No estaba actuando.

El roce de sus caricias sobre su piel desnuda hizo que se le encendiera la sangre. Su cuerpo ardía de deseo por ella y su miembro estaba rígido y preparado. ¿Hasta dónde pensaba llegar con aquello? Nicholas tanteó el terreno con un beso. Si estaba preparada para que él tomase las riendas, lo notaría. Pero ella le devolvió el beso de manera rápida y le reprendió.

—Aún no he terminado contigo. ¿Por qué no te sientas?

Nicholas obedeció. Annorah se arrodilló ante él y, mientras le desabrochaba los pantalones, sus intenciones quedaron claras. Pensaba darle placer como había hecho él en el río. Nicholas se recostó sobre sus brazos para que tuviera mejor acceso. Ella le dirigió una sonrisa perversa y agarró su miembro con la mano. Nicholas lanzó un gemido con la primera caricia. Su Annorah de pelo de miel se había convertido en una seductora, pero también había asombro en su mirada. Estaba explorándolo, descubriendo su cuerpo al mismo tiempo que le seducía, y la combinación resultaba embriagadora.

Deslizó el pulgar sobre la sensible cabeza de su miembro, casi de manera reverencial, y extendió la humedad por toda su erección. La presión del placer que le producía iba creciendo lentamente dentro de él. Entonces subió la apuesta.

Con la otra mano, Annorah agarró sus testículos y los apretó suavemente. Él soltó un gemido.

—Oh, Dios —no duraría mucho a ese paso—. Usa las uñas —murmuró. Y eso hizo, deslizar las uñas de los dedos por la suave piel de sus testículos. Él apretó las nalgas para posponer el clímax, pues deseaba que aquello durase. No estaba preparado para dejarse llevar aún. Pero Annorah no había terminado todavía. Lo miró a los ojos con deseo y con el entusiasmo de haber descubierto el poder de una mujer. Alcanzó la botella de champán con una mano. La idea de lo que pensaba hacer estuvo a punto de provocarle un orgasmo, apretara o no las nalgas.

Dejó caer el champán sobre la punta de su falo y le dirigió la más perversa de las miradas.

—Y tú que pensabas que tenía una imaginación limitada.

—Me equivocaba —consiguió decir Nicholas justo cuando ella cerraba la boca sobre su parte más masculina. Después de eso, apenas pudo pensar más. Cuando alcanzó el clímax, lo abarcó todo y le hizo perder el control de la situación. Se retorció fuertemente contra ella y apenas le dio tiempo a advertirle antes de derramar su semilla. Ella estaba preparada, se echó hacia atrás sobre sus talones y agarró su miembro mientras él se convulsionaba, por ella, para ella.

¿Alguna vez le habían venerado tanto? Fue lo primero que pensó después del clímax, ese momento perfecto en el que el mundo tenía sentido. Su placer había dependido por completo de ella. El orgasmo que había tenido no había sido por voluntad propia, sino de ella; algo de lo más extraordinario para un hombre que se enorgullecía de estar al mando en todos los aspectos del acto sexual, desde el principio hasta el final. Así no había sorpresas.

Acercó a Annorah hacia él. Tenía la cara sonrojada y el pelo suelto. Olía ligeramente a las esencias del sexo. En aquellos momentos le pareció preciosa. Eso no era nuevo. Le había parecido preciosa desde el principio de una manera discreta, pero esa noche su belleza procedía de algún lugar muy profundo en su interior. Aquella era una belleza que no podía duplicarse con vestidos, peinados ni joyas caras. Aquellos momentos íntimos la habían completado tanto como a él. Se dijo a sí mismo que ya había visto a las mujeres así cuando les daba placer. No tenía por qué preocuparse.

Le haría el amor, le daría placer más tarde. Por el momento, simplemente deseaba tumbarse en aquel banco, medio vestido, y abrazarla hasta que recuperase las fuerzas. Estaba agotado. Ni siquiera tenía energía para subirse los pantalones, pero no

tenía prisa. Cuando regresaran la fuerza y la conciencia, estas le privarían de la serenidad que estaba
experimentando en aquel instante.

Al final regresaron. Annorah se agitó contra él.
Se había quedado dormida con una mano sobre su
pecho, justo encima del corazón. Nicholas la tomó
en brazos y la llevó a la cama pensando en múltiples maneras de despertarla. Cuando el primer
trueno sonó en el cielo, él no lo oyó.

Nick estaba de pie junto a los ventanales abiertos de la habitación de Annorah, disfrutando de la
mañana.

Fuera brillaba el sol. El verano había regresado
a Sussex, pero su breve interrupción era evidente
en el porche mojado, aunque él había permanecido
dormido. Nunca dormía bien durante las tormentas.
El champán y el sexo le habían salvado la noche
anterior. La magia de las hadas también. No podía
olvidarse de eso. Su lista de explicaciones estaba
volviéndose ridícula. Iba a tener que enfrentarse a
los hechos, pero todavía no.

En la cama, Annorah se revolvió y se incorporó
un poco. Él se volvió para mirarla. Estaba preciosa
a medio vestir, con el pelo revuelto cayéndole sobre
un hombro y los ojos brillantes mientras contemplaba su cuerpo desnudo.

—Veo que al final ha llovido —comentó él señalando con la cabeza hacia fuera.

—Así es, y también hubo algunos truenos sobre la una de la mañana —Annorah le dirigió una sonrisa burlona—. Aunque tú no te enteraste. Estabas profundamente dormido.

—Deberías haberme despertado si no podías dormir —se acercó a la cama y se metió con ella bajo las sábanas. Aún le costaba trabajo digerirlo. ¿Había dormido durante una tormenta? A juzgar por el tono de Annorah, ese tiempo no podía considerarse tormenta, según su opinión. Aun así, había habido truenos. Dormir durante una tormenta, aunque fuese ligera, era algo que no había podido hacer durante años.

Esas eran las noches en las que aparecían las pesadillas. La única manera de evitarlas era mantenerse despierto, pero con frecuencia eso resultaba igual de tortuoso, porque su mente se veía invadida por innumerables posibilidades. ¿Y si lo hubiera sabido antes? ¿Y si hubiera corrido más deprisa? ¿Y si no se hubiera detenido a ponerse las botas? ¿Habrían bastado esos preciados segundos? ¿Y si no hubiera estado haciendo lo que estaba haciendo? Tal vez nada de aquello hubiera sucedido.

—No tardé en dormirme —respondió Annorah acurrucada junto a él, pegando el trasero a su ingle—. ¿Qué haremos hoy? ¿Buscamos tesoros?

Nicholas se rio, contento de que no pudiera verle la cara mientras desechaba esos pensamientos.

—Todo, cualquier cosa —muy pronto tendría

que poner fin a su parte de la fantasía. Aquel era el cuarto día. El tiempo había volado. Pronto se marcharía, tal vez eso fuera lo mejor. Ella ya había obtenido su placer. Él había hecho su trabajo y más.

Había perdido el control de la situación. Se había permitido alejarse demasiado del camino que normalmente recorría. La noche anterior se había entregado por completo a la fantasía como un regalo para sí mismo, pero ahora tenía que volver al trabajo. Era hora de empezar a alejarse suavemente, poco a poco, para que al día siguiente Annorah pudiese dejarle marchar. Pero primero, no estaría mal un juego de amor por la mañana. Ya habría tiempo para despedirse más tarde. Le dio un beso en el pelo y la levantó de la cama.

—Espera aquí. Enseguida vuelvo.

Era maravilloso ver a Nicholas alejarse desnudo. A la luz del día, sin nada de ropa, Annorah pudo apreciar su excelente forma física: su espalda musculosa, su cintura estrecha, la perfección de sus nalgas prietas. Lo único mejor era ver regresar a su hombre.

Su hombre. Al menos sería suyo durante un poco más de tiempo. El encuentro sexual del día anterior en el fuerte de las hadas había sido más satisfactorio que el de la noche anterior. Algo había cambiado a mejor. No solo le había satisfecho físicamente, sino que le había conmovido. Había arriesgado mucho con aquella última aventura y había merecido la pena. Eso bastaría para sustentarla, tomara la decisión que tomara, y le consolaba ligeramente pensar aquello.

—¿Qué tienes en la mano? —le preguntó al ver la bolsa de satén que llevaba.

Nicholas le dedicó una sonrisa perversa y se sentó sobre la cama.

—Todo lo que necesitamos para buscar un tesoro sin salir de la habitación —abrió la bolsa y sacó un rollo de seda blanco que parecían vendas—. Tú vas a ser la guía. Para eso, necesito que levantes los brazos por encima de la cabeza.

Annorah obedeció, y se sorprendió un poco cuando él empezó a atarle las muñecas a los postes de la cama.

—¿Qué estás haciendo?

Nicholas sonrió y siguió atándole las manos.

—La guía sabe dónde está el tesoro, pero no puede llegar hasta él. Sin embargo puede decirle al buscador dónde mirar. Hemos de asegurarnos de que juegas según las normas. Al fin y al cabo, eres un poco rebelde —le guiñó un ojo y ella se relajó. No era más que un juego y los nudos estaban flojos. Era más por una cuestión de crear efecto.

Nicholas sacó dos cintas más.

—¿Me permites que te ate las piernas?

A Annorah se le secó la boca y sintió el calor entre las piernas al oír su sugerencia y pensar en cómo lo conseguiría. Para que las cintas llegaran hasta los postes de la cama, no tendría las piernas juntas, sino separadas. Estaría abierta de piernas y completamente expuesta. La antigua Annorah, la que se había refugiado en Hartshaven, se habría negado. Las manos ya eran aventura suficiente. Pero la nueva Annorah, la que se arriesgaba, contestó:

—Sí. Puedes atarme las piernas.

Incluso las dobló mientras su amante deslizaba las cintas por sus tobillos. Cuando le ofreció la venda para los ojos, no lo dudó.

—Es mejor para tus sentidos que tengas los ojos cerrados —murmuró Nicholas con tono seductor mientras se la ataba—. Así no hay distracciones ni interrupciones visuales que alteren tu placer —ella respiró profundamente. La venda olía ligeramente a él, como si hubiera estado guardada en un cajón junto a su ropa.

—Si yo soy la guía, ¿tú quién eres? —preguntó con un susurro, sorprendida por la gravedad de su voz.

—Yo soy el buscador, el cazatesoros. Pero solo puedo ir donde tú me digas que vaya —Nicholas cambió de posición y ella sintió que la cama se movía. Él se sentó a horcajadas a la altura de sus caderas, con las nalgas apoyadas sobre sus muslos y el roce de sus testículos sobre su pierna. Nicholas tenía razón. Podía sentirlo todo mucho mejor y sin sentirse cohibida. Con los ojos cerrados, estaba en un mundo que ella misma había creado. Oyó el suave roce de la tela y supo que Nicholas estaba rebuscando de nuevo en la bolsa.

—Toda búsqueda del tesoro necesita un mapa —dijo él suavemente. Se oyó el sonido de un corcho o del tapón de una botella. El aroma a lavanda mezclado con algo más inundó la habitación. Annorah le oyó respirar profundamente.

—Me hacen esta loción especialmente para mí en Londres. Estoy calentando la loción con las manos antes de ponerla sobre tu cuerpo —sus palabras le produjeron un torrente de calor que atravesó todo su cuerpo—. Ya está preparada.

Nicholas le tocó la barbilla con los dedos y dejó que el aroma de la loción se le colase por la nariz. Fue bajando lentamente el dedo por su cuello.

—El tesoro puede estar en cualquier parte. Aquí, en la cascada del río, o en el valle —apoyó la mano entre sus pechos—. Tal vez esté en las montañas —con ambas manos dibujó círculos alrededor de sus pezones—. Quizá el tesoro esté en la cumbre.

Annorah sintió que se le endurecían los pezones cuando se los acarició con los pulgares. Incluso la más leve de las caricias resultaba estimulante. Él deslizó sus manos calientes por su vientre, dándole un masaje con la loción. Annorah deseó tener libres las piernas. Deseaba más que nada frotarse la una contra la otra, proporcionase cierto alivio frente a aquel deseo que crecía en ella. Estaba increíblemente excitada, con los nervios a flor de piel. Arqueó la espalda e intentó luchar contra los nudos que ataban sus extremidades.

—No, no —le dijo Nicholas en tono burlón. Todavía no —colocó las manos en sus muslos y acarició brevemente los pliegues húmedos que había entre medias—. Solo podrás gritar cuando hayamos encontrado el tesoro.

Annorah por fin entendía el juego. ¿Cuánto duraría? Y era evidente que, cuanto más durase, mayor sería la excitación que conseguiría y, por tanto, mayor sería el orgasmo.

Empezó entonces a sentir sus manos bajando hasta llegar a los pies.

—El mapa está completo —Nicholas le dio un beso suave detrás de cada rodilla y fue subiendo. El mapa también le había excitado a él. Annorah podía sentir su erección palpitante contra su pierna—. Dime dónde buscar, Annorah.

Estaba encima de ella, acariciándole los labios con su aliento.

—¿Se encuentra aquí, en la cueva de las maravillas? —la besó. Ella abrió la boca y dejó que su lengua acariciase la punta de la suya y la saboreara.

—Prueba en las montañas —sugirió pasados unos segundos, y entonces Nicholas se dirigió hacia el sur. Podía hacer cosas maravillosas con la lengua. Tal vez pudiera incluso apaciguar el fuego de su piel. Sus «montañas» eran más bien volcanes y su piel era sensible a cada caricia. El calor no era desagradable, pero el ardor constante del placer estaba volviéndola loca con la necesidad de alcanzar el éxtasis que sabía que le esperaba.

Nicholas succionó y estimuló cada pezón hasta

que ella creyó que iba a explotar. Solo le impidió gritar el deseo de sentir su boca en un último punto.

—El manantial prohibido —murmuró.

Por fin Nicholas llegó hasta allí, llevó la boca a su centro del placer y exploró con la lengua su perla, el tesoro escondido entre los pliegues. Annorah gritó al fin. Nicholas se movió entre sus piernas y su boca fue reemplazada por su falo erecto y caliente, no en su clítoris, sino en la entrada. Empezó a penetrarla. El clímax fue rápido y poderoso cuando se produjo. Annorah sintió que todo el placer que había estado creciendo en su interior había sido liberado de golpe, con una fuerza explosiva y agradable. Nicholas se dejó caer sobre ella, agotado, con el corazón desbocado, y la abrazó contra su pecho. Qué manera más extraordinaria de comenzar la mañana. Sentía que podría vivir con aquel momento para siempre. Tal vez tuviera que hacerlo.

Once

Durante el desayuno, Nicholas repasó la despedida que tenía pensada. Al día siguiente, harían el amor una última vez al despertarse, y también comerían algo. No quería darle la impresión de que tenía prisa por marcharse. Se marcharía probablemente a última hora de la mañana para no alargar demasiado la despedida. Tendría que irse a las once si deseaba llegar a tiempo de ir a la ópera con lady Burnham, que estaba esperándolo en Londres. Le había contratado para esa noche con semanas de antelación.

Annorah estaba sentada frente a él, espléndida y radiante tras la búsqueda del tesoro, ataviada con un vestido de muselina rosa estampado con flores blancas. Llevaba el pelo recogido de manera sencilla. Parecía feliz, contenta, incluso relajada. ¿Tendría ese mismo aspecto al día siguiente? Se entristeció ligeramente al pensarlo. Después del día siguiente, no volvería a ver a Annorah Price-Ellis.

No era un sentimiento con el que estuviera familiarizado cuando terminaba un trabajo. Pero aquella breve semana había sido algo completamente diferente.

Durante un breve periodo de tiempo había tenido la perfección. No era tonto. Comprendía la importancia de la palabra «breve» en esa frase. La perfección era un fuego que costaba mucho alimentar y que no podía mantenerse durante largo tiempo. Al final aquello también se estropearía. Sería mejor marcharse cuando todavía quedaba la chispa. Pero una idea le asaltó mientras desayunaba. ¿No volver a verla nunca?

A no ser que ella fuera a Londres y lo buscara. Esperaba que no lo hiciera. Inmediatamente descartó esa idea. Deseaba que Annorah lo recordarse como había estado allí, no como al hombre al que veía en Londres: el acompañante que cobraba dinero, el hombre que ponía celosos a los maridos prestando atención a sus desatendidas esposas.

Tampoco quería que Annorah lo conociera más allá de aquel contexto. Estaba lleno de imperfecciones. Conocerlo mucho mejor solo lo estropearía a sus ojos y llevaría consigo todo tipo de implicaciones. Sin duda se preguntaría cómo podía haberse relacionado con un hombre así. Nicholas había descubierto que para las mujeres era mucho más fácil querer la fantasía que la realidad que se escondía tras él.

—¿En qué piensas? Parece como si tuvieras la

cabeza a kilómetros de aquí —Annorah lo miró por encima del borde de su taza de té. ¿Estaría pensando «ya se ha marchado»? Se equivocaría. No tenía prisa y, en muchos aspectos, no tenía ganas de marcharse. El palco en la ópera de lady Burnham ya había perdido gran parte de su atractivo.

—Lo siento, no era mi intención —estuvo a punto de preguntarle qué harían aquel día, pero Plumsby entró con la bandeja de plata del correo.

—Señorita, han llegado unas cartas —el mayordomo le ofreció la bandeja a Annorah y después se volvió hacia él—. También hay una carta para vos, señor.

Nicholas aceptó la carta con preocupación. Sería de Channing. Nadie más sabía que estaba allí. Pero ¿qué tendría que decirle que no pudiera esperar otras veinticuatro horas? Se guardó la carta en el bolsillo de la chaqueta. Esperaría a leerla en privado. En su lugar, agarró el periódico que tenía junto al plato y se levantó.

—Te dejaré tiempo para que leas tus cartas. Estaré fuera leyendo y disfrutando del sol de la mañana.

—No tienes por qué irte —protestó Annorah demasiado deprisa. De modo que ella también lo sentía; la desesperación del último día, el deseo de hacer que cada segundo de su tiempo fuese memorable. Él no deseaba eso, no deseaba que pensara que se había enamorado de él. No se lo deseaba a ella ni se lo deseaba a sí mismo.

147

—Solo serán unos minutos —contestó él con una sonrisa tranquilizadora, pero no cedió en su decisión. Le gustase o no, era hora de empezar a poner distancia entre ellos. Había pequeñas formas de hacerlo, como había aprendido durante esos años. Ese era otro de los secretos de un acompañante. Lo lograría con la ligera rigidez de su postura y la leve condescendencia de su sonrisa. Era la manera que tenía su cuerpo de decir lo que resultaría demasiado cruel oír: «Es hora de empezar a recordar que esto es un negocio. Tú y yo tenemos lazos que cortar».

Cuando regresara a Londres, le diría a Channing que no volvería a aceptar un encargo largo. Aquel le había afectado demasiado. Le había permitido dormir durante las noches de tormenta y alcanzar un verdadero orgasmo durante la cópula. La noche anterior le había asustado en muchos sentidos. Si era listo, lo dejaría en eso y no analizaría esos sentidos. No sacaría nada bueno.

Salió al porche, abrió la carta de Channing y leyó lo poco que ponía. Channing debía de tener prisa por enviarla. No eran más que unas líneas y el mensaje estaba claro: no podía regresar. Burroughs seguía con la hostilidad. Aunque cada vez menos gente hiciera caso a sus acusaciones, Burroughs estaba cada vez más convencido de sus sospechas de que el hombre de la casa había sido él. Probablemente lady Burroughs hubiera avivado ese fuego, pensó Nicholas. Su sentido de la fortaleza y de la perseverancia siempre habían brillado por su ausencia. En la carta también le aseguraba que la agencia no sufriría mientras él no estuviera. Amery llevaría a lady Burnham a la ópera y se encargaría de sus otras citas.

Nicholas se quedó mirando la nota. No podía regresar. Solo unos pocos días más, según le había escrito Channing. Nicholas era consciente del doble riesgo. Corría peligro no solo él, sino también la agencia. Si descubrían a uno de ellos, todos quedarían expuestos.

No todos ellos podían permitirse ser descubiertos; Channing Deveril menos que los demás. Era hijo de un conde. Jocelyn Eisley era heredero de un conde. Mientras que Nicholas hacía aquello por dinero, Jocelyn lo hacía por la emoción y la aventura. No necesitaba el dinero. Jocelyn y Channing sufrirían por ello, pero acabarían por recuperarse. Nick no estaba tan seguro con respecto a Grahame Westmore y a sí mismo. Siendo un antiguo oficial que había ascendido hasta lograr su mención, Westmore necesitaba desesperadamente los contactos sociales que le proporcionaba la agencia de Channing. Sin la agencia, Westmore sería destituido y, peor aún, expulsado. Lo mismo le pasaría a él. Su situación últimamente se parecía mucho a la de Westmore.

Oyó el roce de una falda detrás de él. Annorah había terminado de leer su correspondencia. Nicholas se guardó la nota en el bolsillo y sonrió antes de darse la vuelta.

—¿Qué tal tus cartas?

Su mirada respondió antes de que pudieran hacerlo las palabras. Estaba disgustada por algo. Nicholas sintió un vuelco en el estómago y dejó de fingir que estaba distanciándose de ella. Annorah estaba pálida y tenía las manos entrelazadas con fuerza a la altura de la cintura.

—Tenemos que hablar.

Normalmente, cuando una mujer decía eso, podía significar dos cosas: deseaba declararle amor eterno o pensaba que estaba embarazada. Lo segundo era imposible. Había tenido cuidado con los preservativos, además era demasiado pronto para saber algo así. En cuanto a lo primero, estaba preparado para ello; era un riesgo de su profesión. Ya había tenido que enfrentarse a ello en varias ocasiones. Sabía cómo rechazarlas de manera elegante.

—Annorah, ¿qué sucede? —dio un paso hacia ella y le agarró las manos.

—Tengo que proponerte un acuerdo de negocios. Sé que no debemos hablar de esas cosas, pero esto no puede esperar. Mi tía Georgina me ha invitado a una fiesta en su casa —le mostró la invitación que tenía en la mano—. De hecho, lleva semanas invitándome. ¿Quieres venir conmigo? Te pagaré —se apresuró a añadir.

La oferta habría sido un regalo divino de no ser por la última parte, según las noticias de Channing. Nicholas se pasó una mano por el pelo. Annorah parecía desesperada, pero no deseaba que tuviera que rogarle, igual que no deseaba sentirse degradado por el dinero que había acompañado a la propuesta. Al menos le hubiera gustado fingir que el dinero no tenía nada que ver con el hecho de que aceptara, como había hecho con Channing.

No le sentaba bien que Annorah pensara que podría comprarlo. Aunque aquello era una tontería. Ella ya sabía que podía comprarlo. Al fin y al cabo le había pagado para que fuese allí. La idea de que pudiera ir a cualquier parte o hacer cualquier cosa siempre y cuando recibiese dinero a cambio sugería que no tenía ningún código moral. No era ese el hombre que deseaba ser a sus ojos.

«No debería importarte lo que piense», le dijo una voz en su cabeza, la misma voz que le ayudaba a mantener el equilibrio práctico cuando su equilibrio emocional se veía amenazado. Últimamente no solía ocurrirle, pero ahora estaba asomando la cabeza mientras ella lo miraba en el porche, con ansiedad en sus gestos. No toda la ansiedad se debía a que él aceptara la oferta. Sin duda el acontecimiento que había provocado dicha oferta también influía. Sintió la necesidad primaria de protegerla. Nada invadiría su santuario si él podía evitarlo, y al diablo las reglas del juego.

— ¿Quién necesitas que sea?

Annorah le mantuvo la mirada mientras pronunciaba las palabras que estuvieron a punto de hacer que cayera al suelo por la sorpresa.

—Necesito que seas mi marido.

—No es tan fácil —comenzó Nick, intentando pensar con claridad, pero tenía tantos pensamientos en la cabeza que le resultaba imposible. ¿Por qué necesitaba un marido tan de repente? ¿Qué tenía aquella fiesta que tanto miedo le daba? ¿Qué podía responderle? Marido era lo único que no podía ser, temporal ni permanente.

—Sí, sí que es así de fácil —respondió Annorah con rapidez y fiereza. Agarró con fuerza la invitación y dejó las marcas en el papel blanco—. Londres está a medio día de camino. Puedes marcharte esta mañana, conseguir una licencia especial y haber vuelto mañana. Podemos casarnos al día siguiente, antes de irnos a la fiesta.

Nicholas pensó dos cosas en aquel momento. Una, Annorah había pensado todo aquello en el escaso tiempo que había estado a solas. Dos, quería que aquel fuese un matrimonio legal. No estaba pidiéndole que se hiciera pasar por su marido. Estaba pidiéndole que fuese su marido, para siempre y jamás hasta que la muerte les separase.

—Por favor, Nicholas. Estoy quedándome sin tiempo. Eres mi última esperanza. Sé que esto es precipitado y parece una locura. Por favor, piénsalo. Te juro que te pagaré bien. No te faltará de nada.

—Salvo quizá mi libertad y mi orgullo. Dos cosas que para un hombre son sagradas, te lo aseguro —sus palabras fueron desagradables y le hicieron daño; pudo verlo en sus ojos. Aquello empeoraba por momentos. Debería hacer las maletas y marcharse de inmediato. Detrás de aquella oferta solo habría problemas. Además, ni siquiera debería pensarlo. No podía ser su marido. Ya había traicionado a su familia. No traicionaría también a la de Annorah al emparentarlos con su turbio pasado. Su acuerdo con ella no podía llegar más lejos. Sin embargo, sus botas parecían haberse quedado pegadas al suelo del porche.

Oh, Dios, iba a rechazar la oferta y ¿por qué no iba a hacerlo? Acababa de ofrecerle el mismo acuerdo que le habían ofrecido a ella: dinero a cambio de su libertad. Durante años se había resistido a esa situación. ¿Por qué iba a ser diferente Nicholas D'Arcy? Le devolvería su libertad con el tiempo, si podía. Pero, por el momento, no estaba segura de poder prometerle eso legalmente.

Annorah esperaba no parecer tan desesperada como se sentía. No deseaba su compasión, pero la toleraría si era necesario. Si alguien iba a ayudarle a enfrentarse a aquello, sería él. Su tía le había enviado un amable recordatorio diciendo que el carruaje iría a buscarla pasados dos días y que llevase consigo todo lo que fuese a necesitar. El señor Bartholomew Redding estaba deseando volver a verla y todos esperaban que, en esa ocasión, pudieran llegar a un acuerdo. Recordaba al señor Redding. La había cortejado en una ocasión y aún la tenía en alta estima.

Eso había hecho que le entrara el pánico. Redding le producía pesadillas, era el mismo hombre que había estado a punto de obligarla a casarse años atrás. Todo se reducía a casarse o rendirse y, aquella mañana, esas opciones no le parecían lo suficientemente buenas. Debía de haber un término medio.

Entonces había pensado en Nicholas. Él podría ser su término medio, el marido que salvase Hartshaven. Sería un marido mucho más soportable que Redding, que sospechosamente ya había enterrado a dos esposas adineradas y que ya había intentado llamar antes su atención.

—Annorah, ¿qué sucede? —Nicholas le quitó la tarjeta. Al menos aún seguía allí. Eso tenía que ser una buena señal.

Ahora tendría que darle una respuesta sincera.

—Mi tía Georgina celebra su fiesta anual y tiene a alguien a quien quiere que vea. Y yo preferiría no verlo —directa y al grano.

Nicholas se cruzó de brazos y se apoyó contra un macetero de ladrillo.

—Podrías quedarte en casa sin más.

Annorah negó con la cabeza.

—Sé que parece una invitación, pero en realidad es una orden disfrazada. Todos los años celebra una fiesta en casa con la esperanza de emparejarme con alguien —era una fiesta diseñada para hacerla sentir culpable por decepcionar a la familia. Sabía bien que su tía celebraba la fiesta cerca de su cumpleaños para recordarle que el tiempo pasaba. Cada año que permanecía soltera se acercaba un año más la muerte de la familia, o así lo veía su tía.

—Este año está especialmente decidida. Lleva escribiéndome desde abril —había gran parte de la historia que no deseaba desenterrar.

Nicholas le devolvió la invitación.

—Yo haría que viniera aquí —le dijo con picardía en la mirada.

—¿Y arriesgarme a no poder deshacerme de ella? —Annorah tenía una respuesta clara para eso—. Me parece que no. Preferiría poder marcharme y librarme de ella cuando quisiera —aunque aquello no fuese más que la superficie. Ella sabía mejor que Nicholas que no se trataba de la pequeña lucha de una mujer para ver quién podía obligar a quién a hacer qué. O tal vez no. Nicholas pareció advertir que sus respuestas estaban incompletas.

Le ofreció un brazo.

—Ven a pasear conmigo, Annorah, y cuéntame lo que sucede realmente.

—¿Qué te hace pensar que sucede algo? —preguntó ella enfadada.

—Bueno, para empezar, quieres convertir en marido a tu bibliotecario consorte secreto al que conoces desde hace cuatro días. Perdóname por pensar que hay algo más —lo dijo amablemente, ambos se rieron y el sol regresó a la mañana. Nicholas le cubrió la mano con la suya y se puso serio—. Desde el principio he sabido que una mujer como tú no contrata a un hombre como yo a no ser que esté desesperada. Cuéntamelo todo, Annorah. ¿Qué ha hecho que una mujer guapa y con dinero piense que no le queda otra salida más que casarse conmigo?

Annorah giró la cara para mirarlo a los ojos, conmovida por sus palabras y por la preocupación que notaba en su voz. Sintió un nudo en la garganta al pronunciar las palabras.

—Solo tengo dinero si me caso antes de cumplir los treinta y tres años. Si no lo hago, la semana que viene perderé todo esto.

Doce

—¿Qué? —Nicholas levantó la cabeza y frunció el ceño. Seguramente la hubiese entendido mal. Pero no. En el fondo sabía que esa era la verdad. Aquella era la respuesta a la oscuridad y hacía pedazos la perfección de Hartshaven.

—Si sigo soltera al cumplir los treinta y tres, la fortuna de los Price-Ellis irá a parar a la iglesia y a la beneficencia —explicó ella sin más.

Tal vez la respuesta fuese sencilla, pero sus implicaciones no lo eran. A Nicholas se le agolpaba un sinfín de preguntas en la cabeza. ¿Por qué no se había casado? Seguro que había tenido pretendientes. Cualquiera de ellos podría haber evitado que aquello sucediera, que llegara hasta ese extremo. Pero ese era el misterio. ¿Por qué había llegado tan lejos?

—¿Has impugnado el testamento? —era la pregunta cuya respuesta menos le interesaba, pero también la más inofensiva de las muchas que le rondaban por la cabeza.

—Por supuesto que he hecho que lo revisen —respondió ella con una mirada pesarosa—. He hecho que los mejores abogados de Inglaterra lo examinen parte por parte. Ninguno encontró nada que invalidara la petición de mi padre. A los ojos de Inglaterra, no tiene nada de extraño que un padre ponga condiciones sobre cómo y cuándo entregar una fortuna a su única hija —se encogió de hombros—. Visto así, no puedo ir contra la palabra de la ley. La gente pone condiciones similares a esa constantemente cuando se trata de una herencia.

—¿Y qué me dices del espíritu de la ley? —preguntó Nicholas.

—Tampoco puedo decir mucho sobre eso. Mi padre no quería que estuviese sola. Creía que el hecho de que mi herencia dependiera de eso aseguraría que me casaría algún día. Cuando, de hecho, ha servido para lo contrario. Las fortunas atraen a los hombres menos atractivos.

Nicholas se imaginó una sala de recepciones llena de caballeros cuestionables: mentirosos, engreídos, jugadores y libertinos.

—Pero tu fortuna habría atraído a algún noble —señaló. Conocía a varios barones e incluso vizcondes a los que no les importaría ver a sus hijos casados con ella, aunque fuera sin un título.

La respuesta de Annorah fue cortante.

—Tener un título no impide que un hombre sea un cazafortunas. Hubo muchos títulos que buscaban dinero. Yo simplemente no quería casarme porque sí. Y tampoco quería que me quitaran mi dinero. Pensaba esperar. Pensaba que aparecería algo mejor, algo sincero. Cuando tienes dieciocho años, quince te parecen una eternidad.

Había dolor en sus palabras. Sus ojos verdes estaban llenos de tristeza. Nicholas fue encajando más piezas del rompecabezas. Se imaginó que a una mujer como Annorah, con unos padres que se habían amado tanto, le resultaría muy triste la idea de casarse solo para proteger su dinero. Estaría harta, desilusionada, quizá destrozada. Sin duda destrozada. Joven e impresionable, se habría lanzado a los brazos del amor, pensando que cualquiera a quien cortejara sentiría lo mismo. Por eso le había exigido a él que el acto sexual fuese algo más que una representación. No se conformaría con medias tintas de nadie, ni siquiera de sí misma.

—¿Y ahora buscas un marido en el último momento? —preguntó él. Sus principios le habían traicionado al final. No había ningún caballero de armadura brillante.

—Sí. De lo contrario tendré que reunir el valor para enfrentarme a una nueva vida en el norte —contestó ella mientras cruzaba y descruzaba los dedos—. He tenido todo este tiempo para decidir algo y sigo sin poder hacerlo. Si no me decido, decidirán por mí.

El exilio. Eso sería la nueva vida en el norte. Dejaría atrás la vida tal como la conocía tanto en términos familiares como económicos. A Nicholas no le cabía duda de que su familia no toleraría esa decisión y se alejaría de ella.

—¿No dice tu tía que tiene a alguien a quien presentarte? Un pretendiente —lo dijo para animarla. Había un marido de última hora esperándola, aunque no soportaba pensarlo. Pero tenía que pensar en lo que era mejor para ella.

—Bartholomew Redding es el hombre que mi tía ha elegido. Sé quién es y preferiría poder elegir yo a mi marido. No es un hombre al que quiera unirme legalmente.

Pero sí se uniría a él, un hombre a quien apenas conocía, sin saber nada de él, lo cual decía muy poco a favor de la personalidad de Bartholomew Redding. Por supuesto, si lo conociera realmente, estaría menos dispuesta a entregarse a él. Tal vez entonces el norte empezase a parecerle una alternativa mejor.

—Yo no estoy hecho para casarme, Annorah —respondió con tono de disculpa.

—No te estoy pidiendo que seas un marido en el sentido tradicional. Haré que valga la pena. Te abriré un fondo fiduciario y, tras un determinado periodo de tiempo, te dejaré que sigas tu camino. Temo que no podré concederte el divorcio, pero puedo darte algo de libertad. No te pediré mucho —estaba rogándole. No soportaba verla tan desesperada y saber que no podía hacer nada por ayudarla.

Nick negó con la cabeza. Si no podía concederle

el divorcio, quedaría vinculada a él para siempre sin esperanza de escapar de sus pecados.

—Piensa en lo que me estás pidiendo, Annorah. Te casarías con un hombre del que no sabes nada, al que conoces desde hace solo cuatro días, y lo poco que sabes de él es que le pagan por acostarse con mujeres. Por si no lo sabías, tengo mala fama.

—Tu peor secreto es mejor que una sentencia en vida con Redding.

—Eso no lo sabes.

—Sí lo sé. Te he visto jugar con los niños, te he visto pescando, volando una cometa y, cuando te he pedido la única cosa que deseaba, me la has concedido.

Estaba hablando de como él también había alcanzado la plenitud con el sexo que habían compartido. Le conmovía que Annorah se diese cuenta de lo mucho que eso le había costado.

—Eres un buen hombre, Nicholas. Entiendo que puede que no me ames, pero no me harás daño. Tampoco creo que fueses a decepcionar a esos niños haciéndoles perder Hartshaven cuando podrías salvarlo.

¡No jugaba limpiamente!

Nicholas veía al pequeño Thomas y a los demás tirándole de la mano para que jugara con ellos. Sin duda Annorah le sobrestimaba. No era bueno en absoluto. Pero estaba empezando a ceder de todos modos. Channing le reprendería por aquello. Estaba a punto de renunciar a las normas del desapego emocional que Channing le había inculcado.

—¿Te valdría con un prometido, Annorah?

Un pequeño brillo de esperanza iluminó sus ojos mientras le exponía las condiciones con reticencia.

—Tendrás que firmar papeles y negociar un acuerdo con mi tío. En el testamento pone específicamente que, si solo estoy prometida cuando cumpla los treinta y tres, el compromiso ha de ser oficial y la boda debe celebrarse en menos de un año.

Nicholas sonrió.

—Pondré un anuncio en los periódicos de inmediato —era una media tinta, pero al menos así le daría algo más de tiempo. Un año era mucho tiempo. ¿Quién sabía lo que podría suceder? Si así la salvaba de las garras de Redding, merecería la pena.

—¿Lo harás? —preguntó Annorah—. Sé que es mucho lo que pido.

—Lo haré —Channing iba a matarlo. Significaría que no podría trabajar. Los acompañantes prometidos sin duda perdían parte de su atractivo. Nicholas le ofreció un brazo—. ¿Por qué no damos un paseo y nos inventamos la historia de tu maravilloso prometido mientras hablamos de tu cumpleaños?

Annorah aceptó su brazo y fue como si el sol hubiera regresado. Intentó decirse a sí mismo mientras caminaban que su decisión se debía solo al dinero. Aquello le haría rico, quizá lo suficiente como para dejar de trabajar y de preocuparse. Se dijo que estaba haciéndolo por su familia. Incluso se dijo que lo estaba haciendo por ella porque le conmovía de una manera diferente. ¿Y por qué no hacerlo? No era permanente, solo un poco más de lo que había anticipado. Pero, en el fondo, sabía que lo hacía por él, porque no estaba preparado para dejarla marchar, sobre todo si eso significaba dejarla en manos de otro hombre, de otro destino.

—Serás el hijo de un caballero con grandes perspectivas —comenzó Annorah a describir su personaje.

—No demasiado acaudalado para llamar su atención, pero no tan pobre como para despertar sospechas —añadió Nicholas—. El hijo de un caballero que vive cómodamente. ¿Crío ovejas o me gano la vida con el cambio de divisas?

—Con las ovejas, sin duda. El cambio de divisas es demasiado arriesgado para los gustos de mi familia —contestó ella riéndose.

Nicholas se detuvo y arrancó una margarita del suelo. Se la puso detrás de la oreja con una sonrisa.

—Entonces ovejas. Creo que esto se está convirtiendo en una ficción de lo más agradable.

Pasaron el resto de la tarde riéndose, paseando por los jardines y embelleciendo aquella ficción, pero la pregunta que Annorah tenía en la cabeza iba creciendo con cada nueva historia. ¿Cuánto se alejaba aquello de la verdad? ¿Quién era Nicholas D'Arcy? O, mejor dicho, ¿quién había sido antes? ¿Sería Nicholas su verdadero nombre? No tenía por qué serlo. Pero su nombre no importaba tanto como quién sería realmente.

Ella tenía algunas pistas, claro. Tenía el porte de un hombre bien criado. Sus modales tenían una suavidad que no podía enseñarse. Todo aquello sugería que hacerse pasar por el hijo de un caballero no le resultaría difícil. Había hablado de paseos por el campo, como uno hablaba de una finca. Sin darse cuenta había indicado que los sirvientes habían formado parte de su vida desde pequeño al hablar de los largos días de verano que pasaba pescando hasta el anochecer. Pero, ¿cómo acababa el hijo de un caballero recibiendo dinero por acostarse con mujeres, comiendo lutefisk con inmigrantes noruegos en Londres y al mismo tiempo relacionándose con gente como Burlington? Esas eran las piezas que no encajaban del todo en el rompecabezas de Nicholas D'Arcy.

Se detuvieron bajo un árbol y ella se atrevió a hacer la pregunta con una sonrisa.

—Menudo pasado hemos elaborado para tu personaje. ¿Cuánto se acerca a la realidad?

Nicholas no se dejó engañar por su tono despreocupado. Agarró un palo del suelo y empezó a jugar con él.

—¿Acaso importa?

—Supongo que no —Annorah vaciló unos segundos. No debería haber cedido a la curiosidad. Debería haberlo dejado estar. Ya era suficiente que estuviera dispuesto a hacer aquello por ella.

—Entonces, ¿por qué me lo has preguntado? ¿Te da miedo que alguien pueda reconocerme?

No era ese el motivo, aunque era mejor que confesar la verdadera razón: le gustaba. Deseaba saberlo todo sobre él. Se había convertido en una obsesión.

—¿Alguien lo hará? —tuvo un momento de pánico. Debería haber pensado en eso y no lo había hecho. No conseguiría su propósito si alguien lo conocía. De hecho, sería vergonzoso si su tía descubriera que había contratado a un acompañante.

—Lo dudo, a no ser que tu familia se mueva en los círculos de la alta sociedad —dijo Nicholas con desprecio—. No te preocupes, no te avergonzaré —Annorah tardó unos segundos en darse cuenta de que el desprecio que notaba era hacia él mismo, no hacia ella.

Le estrechó la mano.

—Nunca me avergonzarías. Siempre me sentiré orgullosa de estar a tu lado en cualquier salón.

Nicholas relajó los músculos de la cara y le dirigió una media sonrisa.

—Es un sentimiento muy bonito, pero quizá debas guardarte las palabras —lanzó el palo todo lo lejos que pudo.

—Eres tú quien me preocupa. Aún no has conocido a mi familia.

—¿Por qué? ¿Todos son como tú? —puso cara de horror fingido ante la posibilidad. Pero ya los había conocido gracias a los retratos y a las historias que Annorah había compartido. Antes le parecían agradables. Pero ya no; la compasión que pudiera haber sentido hacia su padre, sufriendo de amor por su madre y dejando sola a Annorah, se había esfumado al enterarse de las condiciones que le había puesto a su hija en aquel diabólico testamento. Y la tía de Annorah no era mucho mejor, con su insistencia codiciosa en casar a su sobrina a toda costa, solo para salvar su parte de la herencia.

—¡No! —Annorah le dio un puñetazo cariñoso en el brazo, contenta de que se táctica hubiese funcionado.

Él la agarró de la cintura, le dio la vuelta y ella soltó un grito por la precipitación del movimiento. Tenía el roble a su espalda cuando Nicholas la soltó.

Había apoyado un brazo en el tronco por encima de su cabeza y tenía el cuerpo pegado a ella. Pudo oler su fragancia cuando sonrió.

—Me alegro. Solo debería haber una como tú.

La besó y regresó entonces la ficción. Quizá para ambos. Annorah deseaba creer que podría mantenerla a salvo y él deseaba creerlo también, aunque eso significara mantenerla a salvo de él mismo. Quizá lo viese como a un caballero con armadura, pero él sabía lo manchada que estaba esa armadura y deseaba que siguiera siendo así. Era egoísta. Había cosas de sí mismo que no deseaba que Annorah supiese jamás.

Trece

La seguridad económica era algo maldito, pensó Nicholas tras haber disfrutado de una distancia de veinticuatro horas para valorar lo que acababa de hacer. Empezaba a darse cuenta de la enormidad del asunto. Annorah se había marchado al pueblo a hacer algunos recados de última hora. Nicholas tenía Hartshaven y todos sus pensamientos para él solo durante toda la tarde. Habría preferido no tenerlos. Esos pensamientos eran sobrecogedores.

Por primera vez en años, podía permitirse mirar hacia el futuro y ver que la seguridad económica le había provocado otras inseguridades. Annorah había insistido en asignarle una cuantiosa suma de dinero por su papel como prometido y él había tenido que aceptarla; la logística lo exigía. La logística también tenía otras consecuencias: no tendría que volver a trabajar cuando todo eso terminara. Era una manera educada de verlo. La otra manera de verlo era que no podría volver a trabajar. Sus días como Nick, el miembro, tocarían a su fin.

Nick recorrió el porche perezosamente mientras pensaba en esa idea. Channing se quedaría perplejo. Siempre había predicho que acabaría marchándose a lo grande, exiliado por culpa de algún duelo. Nadie, ni siquiera él mismo, había imaginado que se convertiría en un respetable caballero económicamente estable. Eso era lo que parecería. Estaba prometido y lo estaría durante un año. Podría volver a Londres, pero no continuaría donde lo había dejado. Los hombres acomodados no trabajaban como acompañantes de pago.

Y Londres lo sabría también. De hecho la ciudad entera lo sabría al día siguiente. El anuncio del compromiso aparecería en *The Times* para que todos lo vieran. Era necesario para hacer que el compromiso pareciese legítimo. A todos los efectos, el compromiso sería legal; tenía que serlo para pasar el examen. Solo Annorah y él sabrían que ese compromiso sería temporal. Tal vez lo que habían inventado en los jardines la tarde anterior fuese una ficción, pero las implicaciones serían reales.

Nick suponía que podría volver a trabajar pasado un año, pero no le haría falta. Annorah había hecho posible que no tuviese necesidad de volver a trabajar así. Lo que le inquietaba era la pérdida de la emoción de acostarse con mujeres. En realidad eso había empezado a disminuir antes de Annorah. Ya no le suponía un desafío. Todas las noches comenzaban con la misma conclusión inevitable. Era la pérdida de la identidad lo que le preocupaba. ¿Quién era él sino Nick, el miembro? ¿En quién se convertiría? Tenía la oportunidad de volver a crearse una imagen y la idea le daba miedo.

Ser un acompañante de pago siempre había sido su excusa para no volver a casa. Ahora ya no tendría ninguna. Podría volver a casa y convertirse en granjero de ovejas de verdad si eso era lo que deseaba. Podría enfrentarse a su madre, a su hermano y a su pasado. ¿Lo haría? ¿O seguiría siendo un cobarde?

Tenía muchas cosas que asumir y eso era solo la mitad. ¿Qué haría con Annorah? Se había metido en un compromiso falso para concederle un año de tiempo. Pero ¿entonces qué? ¿Qué ocurriría cuando terminara el año? No era como si pudieran cortejarla otros pretendientes durante su compromiso. Era improbable que hubiese otro pretendiente esperando al finalizar ese año. A no ser que él pudiera ayudar discretamente con eso. Suponía que podría pedirle a Channing que le enviase algunas recomendaciones; hombres agradables y con título que la tratarían bien.

Sintió un vuelco en el estómago al pensarlo. Le gustaba esa idea tan poco como la idea de que se casara con un desconocido para salvar su herencia. No sería la primera vez que una mujer hacía algo así. Pero no deseaba que Annorah fuese una de ellas. «¡Maldita sea!», pensó con un suspiro mientras arrancaba una peonía. Esa mujer le había calado hondo y él estaba con el agua al cuello.

Era difícil pensar en el futuro. Mejor regresar a su método habitual de ir paso a paso. Por la mañana se marcharían a Badger Place, la casa de su tía. Esa noche sería la última en Hartshaven y Nicholas sabía exactamente cómo quería pasarla: una velada de cumpleaños privada solo para dos, una oportunidad quizá de despedirse sutilmente de sus días en el paraíso.

Daba igual cómo terminara la fiesta, porque todo estaba a punto de cambiar para Annorah y para él. Como mínimo él regresaría a Londres y se separarían. Prometidos o no, no podría seguir viviendo en Hartshaven y a saber qué tipo de acuerdos se verían obligados a mantener para proteger la mentira. Pero ya pensaría en eso más tarde.

Si quería tener una fiesta, lo mejor sería empezar. Annorah no estaría fuera todo el día. Había visto un cenador en uno de sus paseos y una idea había empezado a tomar forma en su cabeza, sobre todo si el cenador estaba tan bien cuidado como el resto de la finca. Nick llamó a Plumsby y comenzó a reunir a sus tropas.

Tres horas más tarde, Nicholas dio un paso atrás para contemplar su obra. El interior del viejo cenador había quedado transformado en una rústica y romántica pérgola. El mayor trabajo había sido colocar los muebles del cenador. Había decorado la mesa con flores recién cortadas y un juego de platos que había encontrado en la cocina. Había llevado la tumbona de mimbre y la silla a juego a la parte delantera del cenador, que daba al lago, y había cubierto los muebles viejos con colchas para disimular el desgaste; también serían perfectas para acurrucarse debajo cuando la noche refrescara y salieran las estrellas. Lo mejor de todo era que, detrás de un biombo, estaba la cama, hecha con sábanas limpias y mantas y aromatizada con rosas para una noche de placer. El camisón y los objetos personales de Annorah estaban ordenadamente colocados sobre un tocador improvisado.

Todo estaba preparado. La cocinera y un par de sirvientes llevarían la cena más tarde. El champán ya estaba enfriándose. Incluso había encargado una tarta de cumpleaños.

Era sin duda su mejor trabajo. Ni siquiera la velada que había planeado para lady Carruthers en el observatorio de Greenwich se parecía a aquello. Posiblemente porque aquello no era trabajo. Al menos no quería pensar en ello como trabajo. Deseaba darle un cumpleaños que no olvidara nunca. No había querido que Annorah celebrase su día especial de viaje o, peor aún, en casa de su tía, un lugar en el que no deseaba estar. Su familia siempre había pensado que los cumpleaños debían ser ocasiones alegres celebradas en lugares alegres con los seres queridos. En ausencia de nadie más, Annorah tendría que conformarse con él.

«Tranquilo, chico», se dijo a sí mismo para

poner freno a sus pensamientos. Necesitaba un poco de perspectiva. Nunca era buena señal empezar a usar palabras como «alegre» y «queridos» en la misma frase. Annorah tenía perspectiva. Para ella aquello era otra parte del acuerdo. Sí, al hacerle la proposición estaba alterada, pero eso no significaba que estuviese enamorada de él, o que se hubiera olvidado de quién era. Le pagaba dinero. Para ella seguía siendo un negocio. Un negocio desesperado. Se había lanzado de cabeza a aquello, ajena a las dificultades más evidentes en su intento por evitar «la maldición». Esperaba que pudiera perdonarlo si ocurría la peor. Pero eso se vería en el futuro. Lo solucionarían cuando llegara el momento.

Por ahora lo único que quedaba era regresar a la casa e invitar a Annorah a dar un paseo nocturno en carruaje. Y decidirse por un regalo. Eso era lo único que aún no había conseguido. Sabía bien lo que le gustaría regalarle, si fuese lo suficientemente valiente. Sus amigos de Londres, Amery y Jocelyn, se reirían con la idea de que tuviese miedo de hacerle a alguien un regalo tan pequeño que cabía en un bolsillo. En los círculos en los que se movía en la ciudad, no era más que una muestra del afecto de un caballero. Pero esa noche significaría algo más.

Annorah estaba esperándole en los escalones de entrada de la casa cuando regresó del cenador. Le saludó con una mano en la que llevaba uno de sus grandes sombreros de paja. Mientras él se acercaba por el camino con el carruaje, fantaseó con la idea absurda de que estuviera llegando a su hogar, de que los niños saldrían corriendo escaleras abajo en cualquier momento, de que su esposa les gritaría para que no se acercaran al caballo. Su esposa. ¿De dónde había salido esa idea? Las fantasías tenían peligro. Le hacían a uno creer en lo imposible.

Nicholas bajó del carruaje y subió los escalones de dos en dos.

—¿Estás lista para salir a pasear esta noche? —preguntó mientras le daba la mano y tiraba de ella hacia el carruaje.

—¿Y qué pasa con la cena?

Nicholas se rio y la ayudó a subir. Era muy típico de Annorah preocuparse por alterar el horario de otra persona.

—Ya me he encargado de la cena. Hace una noche preciosa y vamos a disfrutarla —se sentó a su lado y azuzó al caballo—. Cuéntame qué tal en el pueblo. ¿Has hecho tu recado?

Dejó que le contara todas las noticias del pueblo a pesar de no conocer a nadie salvo a los niños. Se había encontrado con Thomas mientras estaba allí. Thomas había preguntado por él. Nicholas sonrió. El niño le había causado una gran impresión también, y sintió un dolor en el corazón por todo aquello que no tendría nunca. Era otra señal más de que se había creído su propia ficción. Nunca pertenecería a un lugar como aquel, o a una mujer como ella, tan buena y decente. Pero podría ser suya durante un tiempo, si se atrevía. Un hombre cauteloso se habría marchado aquel día, que era cuando debía hacerlo.

—¿Qué es esto? —su cara era una mezcla de entusiasmo e incredulidad cuando la bajó al suelo. Tenía las mejillas sonrojadas por el paseo y los ojos le brillaban como si sospechara algún tipo de travesura por su parte.

Nicholas sonrió y le tapó los ojos con las manos.

—Ya lo verás. Mantén los ojos cerrados y yo te guiaré —la guio escalones arriba para entrar en el cenador. Le hizo esperar mientras encendía las lámparas y las velas—. De acuerdo, ya puedes mirar.

—¡Oh! ¡Es precioso! —Annorah se quedó con la boca abierta intentando fijarse en todo, pero daba igual dónde mirase, porque al final acababa volviendo a él—. ¿Has hecho tú esto? ¿Todo esta tarde? —si le quedaba alguna duda sobre el lugar que ocupaba él en aquella fantasía, se disipó en aquel momento. Cuando aquellos ojos le miraron con gratitud y alegría, se perdió. Era probable que Annorah Price-Ellis hubiera logrado seducirlo cuando menos lo esperaba.

—Feliz cumpleaños —dijo Nicholas antes de darle un beso en la mejilla—. La cena llegará enseguida, pero tal vez te interese contemplar las vistas con una copa de champán —la condujo hasta las sillas que daban al lago y sirvió dos copas. Debía darle ya el regalo, antes de perder el arrojo—. Creo que esto merece un brindis —alzó su copa—. Feliz cumpleaños a una mujer preciosa en una noche preciosa. Que cumplas muchos más —fue lo mejor que pudo hacer.

El otro brindis que se le ocurrió era una de las rimas inapropiadas de Jocelyn: «otro año queda atrás, un año nuevo por delante, que haya siempre en tu cama una mujer deslumbrante». Daba igual que aquello describiese bien las esperanzas que tenía puestas en esa velada. ¿Qué esperanzas? No era ningún muchacho enamorado. Si deseaba llevársela a la cama, eso haría. ¿Se había creído su fantasía hasta el punto de olvidarse de que era Nicholas D'Arcy, extraordinario seductor?

—Esto es mejor que cualquier cosa que pensara hacer esta noche —dijo ella al brindar. A Nicholas no le hizo falta preguntar a qué se refería. Habría estado haciendo las maletas, encargándose de los preparativos de última hora, despidiéndose—. Tú te habrías marchado. Me alegra que no lo hayas hecho.

—A mí también —Nicholas sonrió y se quedó mirando su boca. Hablaba en serio. Se lo había pasado mucho mejor preparando aquella celebración de cumpleaños para Annorah de lo que se lo habría pasado en la ópera.

Ella levantó su copa.

—Creo que lo habitual es que quien recibe el brindis se encargue del siguiente. Por ti, Nicholas. Esto es mejor de lo que podría haber imaginado.

Se sentía conmovido. El agradecimiento de Annorah por sus esfuerzos era mucho más significativo que el deseo de lady Burnham de presumir de él ante sus amigas.

—Si esto es mejor de lo que podrías imaginar, espera a después de la cena, querida. La noche es joven y nosotros también.

Había esperado que se riera con aquella broma, pero Annorah ladeó la cabeza y se quedó mirándolo con seriedad.

—Cumplo treinta y tres años. ¿Cuántos años tienes tú?

—Veintiocho —respondió él con sinceridad, aunque por un segundo pensó en mentir y decir que tenía treinta y tres.

Ella se quedó mirando su copa.

—Yo ya no soy tan joven.

—¿Treinta y tres son muchos?

—La sociedad piensa que sí —respondió Annorah encogiéndose de hombros—. Mi tía lo piensa. Significa que nunca tendré mis propios hijos. Con suerte cazaré a un viudo y criaré a sus hijos.

La similitud que había experimentado con ella aquella primera noche volvió a emerger. Él sabía lo que era renunciar a esperanzas de esa magnitud.

—No hablaremos más de eso —dijo estrechándole la mano—. No sabemos lo que nos deparará el futuro. No sirve de nada preocuparnos por ello —preocuparse no cambiaría el futuro.

Nicholas se metió la mano en el bolsillo con la esperanza de usar su regalo como distracción. Agarró la cajita con fuerza.

—En el lugar de donde vengo, los cumpleaños suelen conmemorarse con un regalo —le dejó la caja en el regazo.

—¿Cómo? —preguntó Annorah con asombro—. ¿Cómo has podido preparar todo esto y hacerme un regalo? No he estado fuera tanto tiempo.

—¿No te han enseñado a no hacer preguntas? —preguntó él con una sonrisa—. Deja que lo imposible se resuelva solo. No tienes que saberlo todo, porque eso echa a perder la diversión. Además, aún no lo has abierto.

Contuvo la respiración mientras Annorah abría la tapa. Vio que sus ojos se iluminaban y sonrió con ella. Tenía el colgante con el camafeo balanceándose ante ella, y la filigrana de la cadena reflejaba la luz.

—Es precioso —Annorah se detuvo y observó con atención los grabados del camafeo—. Es demasiado. No puedo aceptarlo.

—Sí que puedes —Nicholas le quitó el camafeo y se colocó detrás de ella. Abrió el cierre, sorprendido al ver que le temblaban un poco los dedos, se lo puso y apoyó las manos en sus hombros—. Es de mi madre. Me lo dio cuando me marché de casa y ahora quiero que lo tengas tú, como regalo personal, al margen de cualquier otro acuerdo que tengamos —le dio un beso en el cuello y aspiró su aroma a limón. Sintió que se le aceleraba el pulso bajo sus labios.

Ella cubrió el camafeo con la mano.

—No sé qué decir —murmuró con voz temblorosa. Estaba conmovida por el regalo. Nicholas se alegraba de haberse arriesgado.

—Entonces no digas nada. Quiero que esta noche sea solo para nosotros, una noche al margen de todo lo demás. ¿Puede ser así, Annorah, o he supuesto demasiado?

Annorah tenía los ojos cerrados cuando se apoyó en él y giró el cuello para darle un beso en la mejilla. El camafeo de su madre nunca había quedado tan bien como en el cuello de Annorah.

—Sí, Nicholas —susurró—. Podemos tener esta noche para nosotros —aún no estaban fuera de peligro y ambos lo sabían. Un prometido no era lo mismo que un marido. Pero no podía quedarse con ella permanentemente sin contarle todo lo que era.

Cada vez que se imaginaba fantasías decadentes, se imaginaba algo como aquello, pero aquello era mejor, mucho mejor. Cenaron, bebieron champán, Nicholas le dio fresas y tarta a la luz de las velas con la luna como testigo. No era de extrañar que las mujeres quedaran extasiadas con él. Podía lograr que incluso la fantasía pareciese real.

Cuando se puso en pie y le dijo sus palabras favoritas, «ven conmigo», ella no lo dudó un instante.

Pero no la llevó a la cama, como había imaginado. La llevó al porche del cenador que daba al lago.

—¿Alguna vez has nadado desnuda a la luz de la luna? —su voz fue como una caricia decadente en su oído—. Esta noche podrás hacerlo.

La desnudó y ella no se avergonzó. Estaba orgullosa de que sus ojos brillaran como zafiros oscuros al mirarla, de que su cuerpo le gustara. La sexualidad sincera era algo glorioso y espléndido. Era uno de los muchos regalos que le había hecho. Nicholas se quitó la ropa en tiempo record y le guiñó un ojo.

—El último es un huevo podrido —se zambulló desde el porche y ella lo siguió.

Nadaron y se salpicaron. Ella disfrutó del reflejo de la luz de la luna sobre sus músculos mojados. Él la estrechó entre sus brazos y sus juegos adquirieron un tono más sensual. Ella le rodeó con las piernas y dejó que la llevara de vuelta al porche para incorporarla.

—Ahora viene la segunda parte —murmuró Nicholas—. El momento de hacerlo a la luz de la luna.

—Creí que era lo que acabamos de hacer.

—No, así no lo hemos hecho. Rodéame con las piernas —le ordenó con voz aterciopelada. La levantó y pegó su espalda a la pared. Ella empezaba a hacerse una idea de lo que quería hacer a la luz de la luna y la idea le hacía sentir cosquilleos por el cuerpo. Habían hecho el amor al aire libre antes, pero no así, no con aquel calor y aquella precipitación.

La penetró con fuerza y rapidez, aprisionándola contra la pared. Ella gimió y se aferró a sus hombros. Era el más delicioso de los éxtasis. Su poder y su fuerza estaban a su disposición y la luz de la luna se reflejaba en su pelo oscuro.

—Grita para mí, Annorah —le susurró mientras la embestía una y otra vez, hasta que no le quedó más remedio que hacer justo eso—. Aúllale a la luna.

Y aulló. Alcanzó el clímax y dio rienda suelta a sus gemidos en la noche, una celebración de la vida y quizá incluso una celebración del amor, o de algo que se le parecía mucho. Por esa noche aquello bastaba. Nicholas le había dado justo lo que necesitaba. Podría aullarle a la luna y, durante un tiempo, mantenerse alejada de la locura de su mundo.

Catorce

Aquello era una locura. ¡Una absoluta locura!
Un pánico irracional se apoderó de ella cuando el
carruaje se detuvo frente a la casa de su tía. Estaba
a punto de hacer pasar a Nicholas D'Arcy por su
prometido con la esperanza de salvar sus tierras y
su libertad. Si descubrían el engaño, las consecuencias serían devastadoras. Supondrían el final de
cualquier esperanza matrimonial en el futuro, o la
posibilidad de salvar las tierras. En las cuarenta y
ocho horas que habían transcurrido desde que le hiciera la proposición a Nicholas, no se había permitido a sí misma pensar mucho en las consecuencias.
Pero ahora se daba cuenta de la magnitud.

Tomó aliento para calmar sus nervios y repitió
en silencio el mantra que había formado: estaba a
salvo, no estaba arriesgando nada salvo su orgullo.
No la descubrirían. Era cierto. Podía creérselo.

Nicholas sabía hacer su trabajo. Desempeñaría su
papel de manera excelente. Nadie le reconocería.

Ella tendría que encontrar la manera de explicar por qué no se casarían durante un año, y además debería encontrar respuesta al dilema que resurgiría entonces, pero aquello le parecía un pequeño detalle comparado con la idea de evitar a Bartholomew Redding. El pasado no había sido amable con ella en lo referente a los asuntos del corazón, y Bartholomew era uno de esos ejemplos. No había sido del todo sincera con Nicholas con respecto a su situación. Bartholomew Redding no era un nuevo pretendiente que su tía quisiera presentarle, sino parte de su pasado, un viejo pretendiente que había vuelto a reclamarla. Redding no era lo único de lo que no le había hablado. No le había hablado tampoco de los acuerdos. Esperaba que no la odiase cuando descubriese lo valiosa que resultaba para cualquier marido.

—¿Nerviosa? —le preguntó Nicholas. Ella oyó al cochero bajarse de su asiento y colocar la escalerilla. Quedaban solo unos segundos para que aquello se volviese real.

—Un poco. ¿Y tú?

Nicholas sonrió perezosamente.

—No. Tú tampoco deberías estarlo. La gente se creerá lo que le contemos y verán lo que les digamos que vean —Annorah deseaba tener la mitad de su optimismo. Hizo un chiste en su cabeza: él solo sabía la mitad de la historia. Si lo supiera todo, su optimismo no sería el mismo. No sabía lo de Redding, no sabía lo de los acuerdos y no conocía a su tía. La tía Georgina se quedaría muy decepcionada al ver aquel último obstáculo que retrasaba sus planes.

Colocaron la escalerilla y la puerta se abrió. Nicholas le guiñó un ojo, salió primero y se dio la vuelta para ofrecerle la mano. Annorah miró a la casa y se llevó una mano al estómago. Badger Place nunca le había inspirado una imagen positiva. Era el hogar del marido de su tía y era más pequeño que Hartshaven, aunque sí lo suficientemente grande como para celebrar grandes fiestas. Su tío la había heredado poco antes de que se marcharan de Hartshaven, pero para ella nunca había sido un hogar. Los peores años, las peores escenas de su vida, habían sucedido entre aquellas paredes.

—Supongo que no está mal, si te gustan este tipo de cosas —murmuró Nicholas mirándola de reojo.

Ella sonrió y sintió que el nudo de su estómago se aliviaba. No entendía cómo podía saber lo que estaba pensando, pero le estaba agradecida por ello, igual que la noche anterior.

—¡Annorah, estás aquí! —exclamó su tía Georgina mientras corría escaleras abajo para recibirla con los brazos abiertos y realizar una buena imitación del cariño familiar. El tío Andrew apareció tras ella, con su rigidez habitual. Al tío Andrew no se le abrazaba, lo cual a ella le parecía bien. Era un hombre gruñón que se mantenía apartado de los demás, aferrándose a cualquier migaja de estatus social que

pudiera lograr gracias a su posición como terrateniente y magistrado de la comunidad.

Annorah permitió que su tía le diera un abrazo
y un beso en la mejilla.

—¡Mírate, querida! ¿Ya ha pasado un año? Oh
eso me recuerda, feliz cumpleaños —su tía sonrió—. Y, hablando de cumpleaños, tengo un regalo
para ti, alguien a quien quiero que conozcas. Te
hablé de él en la carta. El señor Bartholomew Redding…

Annorah interrumpió a su tía educadamente.

—Yo tengo a alguien a quien quiero que conozcas. Mi propia sorpresa de cumpleaños —empezaban a dársele bien aquellas verdades a medias. No
había nada de falso en sus palabras. Señaló a Nicholas, que había tenido el detalle de apartarse
mientras conversaban. Se acercó con una sonrisa y
dejó a su tía en absoluto silencio—. Tía Georgina,
tío Andrew, este es el señor Nicholas D'Arcy, mi
prometido.

Un gesto de incredulidad enturbió momentáne-
amente el rostro de su tía Georgina antes de ser sus-
tituido por una respuesta más apropiada.

—Annorah, querida, ¿cuánto hace que estás prometida? ¿Por qué no habías dicho nada? Habríamos
celebrado un baile de compromiso —«lo dudo»,
pensó Annorah. «Tú no ganarías nada con ello». Debería haber estado pensando en una respuesta. No
sería bueno empezar a vacilar tan pronto, pero se le
había quedado la mente en blanco.

Fue Nicholas quien respondió colocándole una mano en el codo.

—Lo hemos decidido hace poco, ¿verdad, Annorah?

—Sí —su cerebro empezaba a funcionar de nuevo—. No tenía sentido escribirte cuando nos veríamos en persona tan pronto —sabía que su tía estaría haciéndose un millón de preguntas y trazando un sinfín de planes. Aquel giro en los acontecimientos dejaba fuera de juego al favorito de Georgina, Redding.

—Bueno, menuda noticia —el tío Andrew se acercó al fin y le estrechó la mano a Nicholas, aunque con reticencia—. Deberíamos entrar para no descuidar a los demás invitados. Ya habrá tiempo para que nos lo cuentes todo, Annorah —observó a Nicholas con atención—. Y para conoceros mejor también. Bienvenido a Badger Place, señor D'Arcy.

Los invitados habían ido llegando a lo largo de la tarde y estaban distribuidos en pequeños grupos por toda la sala de recepciones, bebiendo té y comiendo pasteles. Decorada en tonos verde lima con molduras en blanco, la sala de recepciones era el orgullo y la alegría de su tía. Los suelos de madera estaban adornados con dos enormes y carísimas alfombras de Thomas Whitty. La situada junto a la chimenea mostraba el dibujo del escudo de armas de la familia del tío Andrew; un tejón armado con una espada y un hacha, y el lema escrito sobre él: *Audemus jura nostra defendere.* «Nos atrevemos a defender nuestros derechos». De pequeña, Annorah disfrutaba pisoteando la cara del tejón cuando se sentía frustrada.

Conocía a algunos de los presentes. Sus dos primos, Eva y Matthew, habían ido con su esposo y con su esposa; sus hijos probablemente estuvieran en el cuarto de los niños. Otros eran vecinos. Estaban el vicario Stewart y su esposa, encantados por haber sido invitados a la fiesta, y los Hadley, que eran vecinos de la alta burguesía. El resto de sus nervios empezó a desaparecer cuando ya se habían hecho casi todas las presentaciones. Nicholas tenía razón. Nadie le reconocería. Aquel grupo de gente rara vez iba a Londres.

Sin embargo su tía había reservado lo mejor para el final. Había un hombre alto y rubio de constitución fuerte junto a la chimenea. Tenía la mano apoyada en la cadera y, con ella, echaba ligeramente hacia atrás ese lado de la chaqueta, lo cual dejaba ver el chaleco y la cadena del reloj de oro que llevaba debajo. Nada más verlo, se quedó paralizada. Se arrepintió de no habérselo contado a Nicholas. Pero no tenía de qué preocuparse. Nicholas le puso la mano en la espalda mientras avanzaban, señal de que él también sospechaba quién era aquel hombre.

—Annorah, ¿recuerdas al señor Bartholomew Redding? —¿recordar? Esa palabra se quedaba corta. Lo que le había hecho seguía atormentándola. Había cambiado su manera de ver el mundo.

En muchos aspectos, él había sido la causa por la que se había marchado al campo y la razón por la que se encontraba en aquella posición aquel día.

—Annorah, ha pasado mucho tiempo —dijo Redding volviéndose hacia ellos con las manos estiradas, como si esperase que se las fuese a estrechar. Annorah se detuvo a una distancia prudencial. No toleraría sentir sus manos encima, nunca más.

Redding continuó como si el desaire de Annorah fuese el más cariñoso de los saludos, como si no hubiese abusado de su hospitalidad años atrás.

—Tu tía ha estado poniéndome al corriente de todos los detalles de tu vida. Yo he estado apartado de la vida social desde que mi segunda esposa falleció hace un año.

Annorah se ahorró la respuesta. Había oído que se había tratado de una muerte bastante sospechosa, al producirse poco después de la muerte de su primera mujer y de su precipitado matrimonio posterior. Nicholas presionó su espalda con la mano para darle coraje. Annorah estiró la espalda. No estaba sola en eso.

—Os presento a mi prometido, el señor Nicholas D'Arcy.

—¿Prometido? —Redding arqueó una ceja en un gesto de incredulidad—. No estaba al corriente de algo así —le dirigió una mirada significativa a la tía Georgina—. Veo que tu tía no me lo ha contado todo sobre tu vida.

—Eso es culpa nuestra —intervino Nicholas,

pegándola más a él—. Es bastante reciente. Tanto, de hecho, que ni siquiera habíamos escrito para contárselo a la familia, porque era probable que llegáramos nosotros antes que la carta —le dirigió a la tía Georgina una sonrisa deslumbrante—. Además, este tipo de noticias es mejor compartirla en persona con la familia, no mediante una carta impersonal. El anuncio saldrá publicado en *The Times* mañana.

Fue un golpe maestro y era difícil no presumir. Su tía palideció al oír hablar de The Times. Annorah no pudo evitar sonreír abiertamente. Nicholas había logrado responder a las acusaciones de Redding y reprender a la tía Georgina sin dejar de ser encantador.

—¿Habéis hecho las proclamas matrimoniales? —preguntó Redding.

Nicholas puso cara de desprecio ante aquella sugerencia.

—Esa es la manera pobre de llegar al altar. Nosotros nos casaremos con una licencia especial.

¿Lo harían? ¿Se había gastado veintiocho guineas para casarse con ella? Annorah se sonrojó como si la ficción fuera verdad. La mención de una licencia especial diría mucho sobre el tipo de hombre que era Nicholas para aquellos que se atrevieran a escuchar. La respuesta era perfecta para un caballero acomodado. Annorah se relajó. Todo saldría bien. Nicholas podría llevarlo a cabo y ella también. Él tenía que ser una persona completamente diferente; ella solo tenía que ser ella misma. ¿Qué dificultad podía tener eso, sobre todo después de haber superado los primeros obstáculos?

Se sentía segura de sí misma cuando Nicholas y ella subieron al piso de arriba a cambiarse para la cena. Le habían asignado su antigua habitación, que daba al jardín, pero Nicholas era un invitado inesperado. Su habitación estaba al otro extremo de la casa. Era difícil saber si aquello había sido planeado. Le habían encontrado una habitación mientras tomaban el té, y Annorah le estaba agradecida a su tía por haberse encargado. Aun así, podían haberle encontrado una habitación un poco más cerca si su tía hubiese querido hacerlo. Tal vez Annorah se sintiera segura en su papel, pero también estaba segura de que su tía no cedería terreno sin luchar, y menos cuando había dinero de por medio.

Y sí que lo había. Al casarse, su fortuna pasaría a ser de su marido, según la ley inglesa. Cualquier marido que eligiera su tía le estaría siempre agradecido por ello. A Annorah no le cabía duda de que su tía esperaba tener un acceso privilegiado a esa fortuna. Ya había ocurrido antes. No tenía razones para imaginar que no volvería a pasar, sobre todo si Redding estaba implicado.

Su tía ansiaba ese dinero. Su prima pequeña, Mary, tendría su puesta de largo al año siguiente. Su sustancial dote la convertiría en un premio muy atractivo. Con el estímulo apropiado, Georgina y

Andrew podrían asegurarse subir el siguiente escalón social: un barón para Mary, o quizá el hijo de un conde. No el primer hijo, sino el segundo o el tercero, y sus nietos serían conocidos como los nietos de un conde.

Annorah revisó sus vestidos. Aquella noche tenía que parecer más una reina que una princesa, una mujer sofisticada. El dinero que la esperaba después de casarse nunca le había importado. Siendo la única heredera de Hartshaven, no tenía un gran deseo por quedarse con la otra porción de la fortuna, lo cual estaba bien. Sus padres nunca habían pretendido que se casara por dinero.

Annorah suspiró. Lily había colgado sus vestidos de manera eficiente y ella deseaba escoger el adecuado. Nicholas se había mostrado increíblemente encantador aquella tarde. Había llamado la atención de todos sin ni siquiera intentarlo. Ella había visto cómo las demás mujeres lo miraban por encima de sus tazas de té o de sus abanicos. Una pequeña parte de ella había empezado a pensar que era suyo, aunque fuese algo planeado. Pero no le parecía así. Nicholas había desempeñado su papel con la afabilidad de un novio orgulloso y ella deseaba estar a la altura aquella noche.

Eso bastó para que se decidiera. Tendría que ser el vestido de seda azul pálido con flores y pañuelo amarillo. Le gustaba cómo le quedaba con su corpiño ajustado y el encaje amarillo a juego con el pañuelo. Luciría sus mejores galas. No quería que nadie sentado a la mesa esa noche la mirase y se preguntase: «¿cómo habrá hecho una ratoncita de campo para cazar a un hombre como él?». Eso sería lo único que necesitaría su tía para pensar que había gato encerrado.

—Aquí hay gato encerrado —gruñó Redding mientras daba vueltas de un lado a otro de la sala personal de Georgina Timmerman. No sabía exactamente dónde estaba el gato. ¿Le habría engañado Georgina para ir hasta allí con la excusa de volver a intentarlo con Annorah después de haberla fastidiado doce años atrás? ¿O estaría su anfitriona realmente sorprendida por el compromiso de su sobrina? De ser así, eso significaba que el gato se escondía en Annorah y el supuesto prometido.

—Yo también lo creo —convino Georgina—. No me creo que sea de verdad. Annorah está intentando manipularnos, y también a los abogados. Quiere quedarse con todo el dinero, la muy desagradecida. Lleva sola demasiado tiempo. Necesita un marido que la ponga a raya.

Redding empezó a sentirse excitado. Disfrutaba poniendo a raya a una mujer. Tenía algunos trucos que no le importaría probar con Annorah. Lo tendría merecido por rechazarlo la primera vez, por hacerle tener que soportar a dos herederas mediocres hasta llegar a ella.

La respuesta de Georgina Timmerman era lo

que Redding esperaba. Era la única que podía dar que le hiciese pensar que era de fiar. No podía confesar que desde el principio sabía que su sobrina estaba prometida a otro hombre. Eso no significaba que no fuese inocente, como decía. Redding era todo un cínico. No creía en nadie, nunca.

—¿Qué razones tenemos para pensar que no es real?

—Mi sobrina no quiere que yo me quede con el dinero. Nunca le he caído bien. Lleva años echando por tierra mis esfuerzos. Ya le encontré buenas propuestas anteriormente y siempre las rechazaba. Nada es lo suficientemente bueno para ella. Tú deberías saberlo mejor que nadie. Fuiste una de las propuestas.

—Parece que tendremos que acelerar nuestros planes. Sea de verdad o no, el señor D'Arcy supone un obstáculo. No puedo jugar a ser el pretendiente encantador si ya tiene uno —desde el principio había sospechado que aquello sería más difícil de lo que parecía. Cualquier cosa que pareciera demasiado buena para ser cierta probablemente lo fuera. Pero el premio era magnífico; si se casaba con Annorah, tendría el resto de su vida resuelta.

—Puedo ponerla en un compromiso —sugirió Redding. Eso sería delicioso, tenerla contra la pared, con la falda levantada cuando entraran todos. Podía imaginárselo demasiado bien—. Puedo hacer algo que siembre dudas sobre ella en la cabeza del señor D'Arcy. Tal vez pueda convencerlo de que no es la chica que él cree —dividir y vencer siempre era un juego divertido. El amor, o lo que se hacía pasar por amor, era algo veleidoso y fugaz, un sentimiento que se rompía fácilmente cuando se ponía a prueba, sobre todo para una pareja nueva.

La cara de Georgina se iluminó con una sonrisa cruel.

—Mientras tanto, podemos pensar en hacerle lo mismo a ella. Deberíamos investigar al señor D'Arcy y descubrir todo lo que podamos, por si acaso va detrás de su dinero. No me gustaría que un cazafortunas se aprovechara de mi sobrina —dijo tímidamente—. Enviaré una carta a Londres. Tal vez podamos sembrar las mismas dudas en ella.

Redding asintió. Él también enviaría una carta a Londres. Quizá los Timmerman fuesen astutos, pero no conocerían a la gente adecuada para conseguir la información que Georgina deseaba, si acaso existía. Tal vez D'Arcy fuese el caballero que decía ser. Redding lo dudaba. Nadie era algo sin más. En su experiencia, todo el mundo tenía complicaciones. A veces esas complicaciones eran una madre, en otras ocasiones eran contactos menos agradables. De ser así, les haría un favor a todos si le ahorraba a Annorah descubrir esos contactos antes de que fuera demasiado tarde. También había aprendido que la gente agradecida tendía a ser… bueno, agradecida. Sobre todo con su dinero.

Quince

Había apostado por Nicholas. El corazón le dio
un vuelco cuando él levantó la mirada desde el pie
de las escaleras, donde la esperaba para llevarla a
la sala de recepciones antes de la cena. Cuando la
miraba así, era fácil olvidarse de la ficción y abra-
zar la fantasía de que era suyo. Estaba resplandeciente con aquel traje negro de noche, recién
afeitado y con el pelo echado hacia atrás. Todo en
él era perfecto. Aquella noche no habría un hombre
con mejor planta en el comedor.

—Annorah, estás preciosa, como siempre. El
azul te sienta muy bien —le hizo una reverencia
mientras le agarraba la mano y después le dio un
beso en ella, a pesar de no tener que hacerlo—.
¿Vamos a cotillear con la familia política? —preguntó con risa en la mirada. Eso era lo mejor,
pensó Annorah mientras le mantenía la mirada.
Además de ser elegante, tenía sentido del humor.
Quizá fuese muy guapo, pero no presumía de ello.

No pensaba que su aspecto le diese derecho a nada.

—No creo que tengamos otra opción si queremos cenar —respondió Annorah mientras pasaba el brazo por el suyo—. Es maravilloso que hagas esto por mí. Te lo agradezco.

Nicholas se inclinó hacia su oreja como si fuese a contarle un secreto con una sonrisa.

—Yo estoy encantado de hacerlo.

Eso le hizo sentir culpable. Era fácil ser valiente sin comprender del todo las circunstancias. Nicholas pensaba que simplemente estaba haciendo el papel de prometido que conocía a la familia. No tenía ni idea de que se trataba de mucho más que eso. Un auténtico prometido habría estado al corriente de las circunstancias cuando se reuniera con el abogado para negociar los contratos matrimoniales. Pero no se lo había contado todo a Nicholas. Se había dicho a sí misma que no necesitaba saberlo para desempeñar su papel. Saberlo no cambiaría nada para él. Se preguntaba si habría cometido un error.

En sonido de las conversaciones llegaba hasta el recibidor. Casi todos los invitados ya estaban reunidos. Nicholas se inclinó para susurrarle algo gracioso y privado al oído mientras atravesaban la puerta para unirse a la fiesta, pero de pronto se detuvo. Annorah sintió la reticencia en sus pasos, la tensión en el brazo donde ella tenía apoyada la mano. Algo le había alterado.

Fue casi imperceptible. No era que estuviese pálido o temblando. Ella no se habría dado cuenta en absoluto si no hubiera estado tocándole, o si no hubiera llegado a conocerlo a lo largo de la última semana. Pero sí había llegado a conocerlo. Conocía sus estados de ánimo, su manera de aislarse si algún comentario se acercaba demasiado a los temas que deseaba mantener en privado.

Annorah lo miró de reojo. Estaba aislándose. No tanto con palabras como con los ojos. Eran como diamantes, la sustancia más dura que la naturaleza podía ofrecer; diamantes azules irrompibles e impenetrables. Estaba poniéndose la armadura, aunque ella no entendía para qué. Siguió su mirada en busca del enemigo.

La supuesta amenaza se encontraba junto a uno de los ventanales. El hombre en cuestión miraba hacia la puerta y estaba rodeado de un pequeño grupo de hombres, todos con bebidas en la mano. Incluso en la distancia, Annorah supo que aquel hombre era peligroso. Alto y de hombros anchos, su traje de noche no lograba disimular lo poco que le importaba el protocolo. Llevaba el pelo suelto y la barbilla sin afeitar. No poseía la elegancia de Nicholas y aun así no le faltaba masculinidad. Annorah no sabía qué podía estar haciendo un hombre así en casa de su tía. Parecía encajar mejor en ambientes más toscos. A juzgar por la cara de Nicholas, él estaba preguntándose lo mismo.

Ambos hombres se miraron desde extremos

opuestos de la habitación. Nicholas maldijo en voz baja. Entonces Annorah se dio cuenta de la realidad y recordó su miedo inicial con respecto a aquella fiesta. Nicholas conocía a aquel hombre y, por lógica, eso significaba que el hombre le conocía a él. Los pensamientos empezaron a acelerársele. Si conocía a Nicholas, sabría a qué se dedicaba y eso le otorgaba el poder de revelar su secreto. La amenaza que representaba Bartholomew Redding no era nada comparada con el peligro que suponía aquel desconocido. No. Desconocido no, al menos para Nicholas. Junto a ella, Nicholas pareció recuperarse. Habían empezado a moverse de nuevo y caminaban como si no hubiera ocurrido nada hacia sus tíos, de pie junto a la chimenea.

Por el rabillo del ojo, Annorah seguía observándolo, pero él no hizo nada más que volver a la conversación anterior. El desconocido no parecía tener interés en ellos. No intentó seguirlos. Claro, él era el cazador. Podría acecharlos toda la noche. No había lugar donde pudieran esconderse. Podría tomarse su tiempo, lo cual le hizo plantearse otra pregunta: ¿Cuánto tiempo tendría antes de que se destapara su secreto? Se le ocurrieron todo tipo de posibilidades horribles. ¿Lo haría durante el primer plato? ¿Esperaría al postre y le haría sufrir durante toda la cena?

Nicholas estaba haciendo un gran trabajo, hablando con sus tías sobre el precio de la lana, pero él también debía de estar preocupado. Annorah tuvo que hacer un esfuerzo por no sacarlo a rastras de la habitación y preguntarle qué pasaba, quién era aquel hombre, qué estaba haciendo allí y qué peligro representaba. Pero eso era imposible. Aunque pudiera lograrlo, solo serviría para llamar la atención del desconocido.

Nicholas sonreía y asentía, haciendo todo lo posible por dar la impresión de estar escuchando con atención. Hablar sobre el precio de la lana exigía toda su concentración, sobre todo cuando lo que realmente deseaba hacer era acercarse a la ventana y preguntarle a Grahame Westmore qué diablos estaba haciendo allí.

Además usaría esas mismas palabras. ¿Habría ido a propósito para darle alguna noticia sobre la situación en Londres? ¿Estaría trabajando? Lo primero le parecía probable, lo segundo más dudoso. Nicholas recordaba de las presentaciones que casi todas las mujeres invitadas habían acudido con sus maridos. Ese hecho no impedía que las mujeres de Londres utilizasen los servicios de la agencia, pero dichos servicios eran caros. No pensaba que las mujeres de campo del oeste de Sussex tuvieran tanto dinero, menos cuando tendrían que pagar los gastos del viaje además de las tarifas habituales.

Eso dejaba la opción de que algo había ocurrido en Londres. Aun así, la velocidad con la que Westmore se había movilizado era asombrosa. Nicholas le había comunicado su destino a Channing antes de salir de Hartshaven, pero la carta no podía haberle llegado a tiempo para que Westmore estuviese allí. Si no era eso, entonces ¿qué otra explicación había? Con Westmore, podía ser cualquier cosa. Era como un comodín. Lo único que Nicholas sabía sobre él era que resultaba de utilidad en una pelea y que le era fiel a Channing. Hasta el momento eso era lo único que había necesitado saber. Además era lo único que le impidió acercarse a él y pedirle hablar en privado.

—En Escocia prefieren los carneros castrados —dijo Nicholas—. Claro, que allí las ovejas pastan en las montañas, así que tienen que ser más resistentes.

—Muy cierto —respondió el tío Andrew poniéndose una mano bajo la barbilla para reflexionar sobre ello. Nicholas quería estremecerse. Ojalá nunca tuviera que criar ganado para vivir. Quizá supiera algo sobre ovejas, pero no podía tomárselas tan en serio como aquella gente—. Estoy pensando en comprar algunas ovejas para cruzarlas con mis carneros esta temporada, para ver qué obtengo.

Nicholas esperaba que la conversación acabase ahí, pero el tío Andrew empezó a asentir con la cabeza.

—Sí, cuanto más lo pienso más me gusta la idea. A mis merinas les vendría bien. Los cruces pueden dar como resultado lana más fina de pelo corto.

Aquello era demasiado. Nicholas tuvo que plantarse ahí para no seguir hablando de la vida sexual de las ovejas.

—¿Puedo robaros a vuestra adorable esposa un instante? Veo que hay un nuevo invitado que se ha unido a nosotros desde la hora del té —señaló con la cabeza en dirección a Westmore y le ofreció un brazo a la tía Georgina—. Annorah y yo deberíamos conocerlo. Confieso que me resulta familiar. Tal vez nos hayamos visto antes, pero no recuerdo su nombre —de ese modo no delataría a Westmore si estuviese usando un nombre diferente.

—Será un placer —respondió la tía Georgina. Segundos más tarde ya habían atravesado la habitación y se habían metido en el círculo de Westmore—. Capitán Westmore, aún no conocéis a mi sobrina, Annorah Price-Ellis, ni a su prometido, el señor D'Arcy.

Nicholas sonrió y miró a Westmore a los ojos. Sin saberlo, la tía Georgina había resuelto numerosos misterios. Ya sabía que Westmore había ido allí usando su propio apellido y que había ido solo. Georgina no le había relacionado con ninguna de las mujeres presentes. Si estaba allí por alguna de ellas, sería con discreción. Por supuesto, aquello daba pie a otros misterios. ¿Qué estaba haciendo allí por voluntad propia? Nicholas no se imaginaba a Westmore asistiendo a una fiesta al oeste de Sussex por diversión cuando podía hacerlo por trabajo. Del mismo modo, Westmore sabía cuál era el papel de Nick. Estaba haciéndose pasar por el prometido de Annorah.

—Me habíais parecido vos cuando he entrado —dijo Nicholas amablemente. Westmore iba a dejarle decidir hacia dónde quería que fuese aquella conversación. Tenía que aprovecharlo al máximo.

—¿Os conocéis? —preguntó Georgina.

—Nos conocemos de Londres —contestó Nicholas despreocupadamente—. No somos íntimos, pero tenemos algunos amigos en común. Tal vez nos conozcamos mejor este fin de semana —todo aquello era cierto. No conocía bien a Westmore. No sabía el tipo de cosas que otros hombres sabían sobre sus amigos. No sabía qué whisky bebía, dónde se compraba las botas o a qué clubes iba. Al menos ahora no resultaría extraño que le vieran con él.

Westmore le hizo una reverencia a Annorah y se quedó mirando durante demasiado tiempo ciertas partes de su cuerpo que sería mejor ignorar en la prometida de otro hombre.

—Enhorabuena, D'Arcy. Habéis atrapado a una buena.

Nicholas quiso borrarle a Westmore aquella sonrisa engreída de la cara. Annorah no era débil, pero Westmore estaba fuera de su alcance. Era demasiado ordinario cuando se descuidaba. Al parecer había muchas damas refinadas de Londres que preferían un poco de mano dura en la intimidad de sus dormitorios. Westmore era de los más demandados.

Anunciaron la cena y Nicholas aprovechó la oportunidad para llevarse a Annorah. Iría a buscar a Westmore más tarde para aclarar qué hacía allí.

—¿Es amigo tuyo? —le preguntó Annorah en voz baja mientras iban a cenar.

—Más o menos. No tienes de qué preocuparte —murmuró Nicholas mientras apartaba su silla de la mesa. Le alivió ver que les habían sentado juntos en el extremo de la mesa donde se encontraba su tía. Él estaba a la izquierda de su tía, algo obviamente improvisado después de su inesperada llegada. Annorah estaba sentada a su otro lado y, junto a ella, Bartholomew Redding.

Nicholas frunció el ceño. Redding debería haber cambiado de sitio, dado que todas las partes interesadas sabían que estaba en la casa expresamente como pretendiente para Annorah. Hizo que se preguntara a qué estaría jugando su tía. Le dirigió una mirada inquisitiva a Georgina cuando esta se sentó. Ella supo lo que estaba preguntándole con los ojos.

—No ha habido tiempo para redistribuir los asientos —contestó encogiéndose de hombros.

Era mentira y Nicholas estuvo tentado de desafiarla. Si había habido tiempo de sentarlo a él junto a la anfitriona, también lo habría para situar a Redding en el otro extremo. Se contuvo. Un conflicto con la tía de Annorah solo le crearía un enemigo potencial. Tendría más probabilidades de cazar a la mosca utilizando un poco de miel.

Le pusieron delante el primer plato, una sopa de fideos, y aquello marcó el comienzo de la conversación. La tía Georgina parecía estar deseándolo.

—Ahora os tengo solo para mí —dio un sorbo

a la sopa y sonrió. Pero la sonrisa no pareció sincera, lo cual le hizo desconfiar—. Tenéis que contármelo todo. ¿Cómo conocisteis a mi sobrina?

Así que la sopa iba a suponer un interrogatorio. Estaba preparado para ello. Ya habían planeado aquella parte de la ficción.

—De hecho fue por correspondencia —eso también era medio verdad—. A los dos nos interesaba una organización y finalmente decidimos conocernos —chasqueó los dedos—. El resto es historia. Cuando nos conocimos, supimos que encajábamos bien.

—La historia necesita tiempo —comentó Georgina—. A mí esto me parece más bien un torbellino —se inclinó hacia delante y le puso una mano en la rodilla por debajo de la mesa, en parte a modo de invitación y en parte como el gesto de alguien que daba información privada.

Nicholas arqueó una ceja y dio por hecho que sería por lo primero. Pero ella no captó la indirecta y apartó la mano. Las mujeres atractivas nunca captaban la indirecta. Estaban demasiado seguras de sus encantos como para creer que pudieran ser rechazadas. Incluso mujeres con edad suficiente como para saber lo que hacían. Georgina Timmerman encajaba en ambas categorías. Tenía cuarenta y pico años y aún era guapa. Su pelo todavía brillaba y apenas tenía canas. Su cuerpo mantenía la firmeza de la juventud. Pero eso no significaba que la deseara.

—Debo advertiros que Annorah es tendente a la

fogosidad. Ha tenido romances fugaces en el pasado que no han acabado bien —negó tristemente con la cabeza, pero había algo de coqueteo en sus gestos. Empezó a deslizar la mano por su muslo—. Mi sobrina se deja llevar y se olvida de las consecuencias a largo plazo —al parecer no andaba descaminado. La tía Georgina estaba dejándose llevar allí mismo antes de llegar al pescado, buscando algo completamente diferente—. ¿No ha dicho nada al respecto? ¿Nada sobre su pasado? —sus ojos parecían llenos de preocupación, pero agitó un tenedor para restarle importancia—. Bueno, quizá no sea para tanto. Fue hace años, cuando acababa de ser presentada en sociedad. Probablemente no signifique nada y vos sepáis lo que os conviene. Ambos sois adultos. Sabréis qué cosas es mejor contaros el uno al otro —enfatizó la última parte apretándole el muslo.

Nicholas agradeció enormemente que los sirvientes empezaran a servir el pescado. Significaba que podría hablar con Annorah. Significaba que la tía Georgina tendría que buscar otra cosa que hacer con la mano.

—¿Qué tal nuestro amigo, el señor Redding?

—No es nuestro amigo y colecciona monedas. Tiene quinientas cuarenta y dos.

Nicholas tuvo que contener la risa. Era evidente que Redding le había hablado de todas ellas.

—Mejor las monedas que las caricias.

Annorah se atragantó y tuvo que llevarse la servilleta a la boca para no escupir el vino.

—¿Quieres excusarte? Quizá estés mareado del viaje y te apetezca retirarte.

Nicholas se rio y le cubrió la mano. Su excusa era completamente inverosímil, pero le encantaba que lo hubiese intentado.

—Puedo aguantar a tu tía. No es la primera vez que tengo que lidiar con insinuaciones no deseadas.

—¡Pero eres mi prometido! Es una cuestión de principios. Está insinuándose al futuro marido de su sobrina. Eso es despreciable. Y sentada a la mesa, además.

—¿Sería mejor si ocurriese en el cenador? —bromeó Nicholas.

—Esa no es la cuestión. No debería hacer eso en absoluto —Annorah era adorable con su enfado. Se le habían sonrojado las mejillas y sus ojos verdes brillaban. ¿Hacía cuánto tiempo que alguien no se ponía de su parte? ¿Cuánto desde que alguien le defendía? Channing lo había hecho, claro. Channing siempre actuaba en su favor, como había hecho con el asunto de Burroughs. Pero eso eran negocios. ¿Cuándo se había interesado una mujer en su bienestar más allá del placer que pudiera darle?

Llegó la ternera, la conversación volvió a cambiar y la tía Georgina deslizó un zapato por su pierna. Nicholas no podía hacer nada salvo tolerarlo sin arriesgarse a crearse una enemiga. No paraba de hablar y empezaba a quedar claro cierto patrón. Deseaba que él supiera cosas sobre su sobrina. Y las cosas que deseaba que supiera eran raras. No eran las típicas historias que a los parientes les gustaba contar. No eran anécdotas de rodillas raspadas y bromas infantiles. Se trataba de otra cosa, y era algo malicioso, a pesar del aire despreocupado con que lo contaba.

¿Por qué iba una tía a calumniar a su adorada sobrina, que por fin había encontrado un marido? Él pensaría que sería justo al contrario. La tía Georgina y el tío Andrew deberían mostrarse encantados por la idea de que fuese a casarse. Comprendía que Georgina pudiera estar un poco desconcertada por lo inesperado de la noticia, sobre todo después de sus esfuerzos por buscarle un pretendiente, pero esa decepción no debería provocar esas calumnias, sobre todo cuando, al casarse, el dinero se quedaría en la familia. Ni siquiera la egoísta de su tía podría quejarse de eso.

—Pero, claro, vos la conocéis —estaba diciendo Georgina cuando retiraron el último plato.

—Sí que la conozco —respondió él con una sonrisa. Pero empezaba a preguntarse cosas. Algo no iba bien.

—Necesitará mano dura —en ese momento el zapato de Georgina realizó un contacto íntimo por debajo de la mesa.

Nicholas estuvo a punto de dar un brinco. Se echó hacia atrás de manera brusca y Westmore, sentado en el otro lado de la mesa a dos sillas de distancia, le dirigió una mirada burlona.

—Perdonad, creía haber derramado algo —improvisó.

Para cuando subieron las escaleras para irse a la cama, era evidente que algo no encajaba. Le habría gustado hacerle una visita nocturna a Annorah y resolver parte de ese misterio, pero en aquel momento Grahame Westmore era la prioridad, sobre todo si Channing había enviado un mensaje.

Dieciséis

Grahame estaba en la biblioteca, el punto de encuentro acordado por la organización para cualquier ocasión, siempre que fuera necesario.

—Ya era hora de que aparecieras —dijo su compañero tras apartar la mirada de su libro—. Te ha sorprendido verme.

—No te esperaba. Has de admitir que este no es el tipo de evento donde se solicitan nuestros servicios —Nicholas se acercó al aparador y se sirvió una copa. Levantó una copa vacía para preguntarle, pero Grahame negó con la cabeza—. ¿Estás aquí por negocios o por placer?

—Un poco por ambas cosas —Grahame estiró las piernas frente a él—. No tengo un encargo concreto, si es eso lo que quieres saber —soltó una carcajada—. Londres está muy aburrido esta temporada. La nueva cosecha de debutantes es deprimente. Todas unas tímidas. Te juro que cada año son más jóvenes.

Nicholas dio un trago largo a su copa de brandy.

—Tal vez si sonrieras más, la cosecha te parecería menos deprimente —Westmore no era precisamente el más accesible de los hombres de Channing. Pero las mujeres no le pagaban para que fuera simpático.

—No necesito tus consejos —por mucho protocolo social que le faltara a Westmore, tenía mucho éxito como tipo oscuro y atormentado, y a muchas damas les gustaba ese tipo de cosas.

Nicholas dio otro trago con la esperanza de que Westmore llenase el silencio con información. Cuando no hubo nada, se vio obligado a seguir con la conversación.

—¿Deduzco entonces que tienes un mensaje para mí?

—Sí, y Channing ha insistido en que viniera a verte cuanto antes. Lord Burroughs no se ha calmado aún. Pide tu cabeza en bandeja. Incluso se enfrentó a Channing en el baile del duque de Rothburgh la otra noche. Quería saber dónde estabas. A Channing no le hizo gracia la nota en la que decías que te ibas de Hartshaven. Temía que pudieras volver a Londres, o que Londres te encontrara accidentalmente. Imagino que Channing no conoce estos últimos detalles.

—No. No tenía tiempo de escribirle una carta larga y hay cosas que es mejor explicar en persona —respondió Nicholas con inquietud. La desaprobación de Westmore era evidente.

—¿No se suponía que iban a ser solo unas noches?

—Decidimos mutuamente prolongar nuestro tiempo juntos. Ella me necesitaba en esta fiesta y yo necesitaba un lugar al que ir —Westmore no tenía por qué saber que no le había contado a Annorah esa segunda parte. Le parecía lo más práctico. Westmore se lo creería. Era el tipo de explicación que para él tenía sentido.

—Supongo que te pagará por el tiempo extra.

—Sí —contestó Nicholas con un suspiro.

—Bueno, entonces estás ganando mucho con este trabajo. Es rica y guapa. Bien por ti.

Pero a Nicholas le daban igual el tono cínico y las palabras de Westmore.

—¿Qué estás insinuando?

Westmore se inclinó hacia delante y apoyó los codos en sus rodillas.

—¿Para qué te necesita aquí exactamente? Obviamente no es por sexo, dado que estás aquí abajo hablando conmigo pasada ya la medianoche.

—Eso es bastante evidente, ¿no? Necesitaba un prometido —Nicholas miró su copa con el ceño fruncido. Las preguntas de Westmore empezaban a ser demasiado personales. Él había empezado a preguntarse lo mismo después de la conversación con su tía durante la cena. Redding era un hombre atractivo. ¿Qué tendría Annorah contra él como para necesitar un prometido que la protegiera?

—¿Y has aceptado esa respuesta sin más? —preguntó Westmore—. ¿Qué te ha dicho? O, mejor aún, ¿qué ha hecho para persuadirte y arrastrarte hasta esta fiesta?

—Necesitaba un lugar al que ir. No tenía muchas opciones —le recordó Nicholas, pero ya estaba reviviendo en su mente la escena del porche. Annorah no había hecho nada, al menos nada de lo que Westmore estaba insinuando. Annorah simplemente se había plantado ante él, con la cara pálida y la invitación en la mano. Él no había tenido el valor de rechazarla—. Me dijo que esta era una fiesta anual que organizaba su tía para intentar casarla, y estaba cansada de conocer a los pretendientes de su tía —pero, tras conocer a Bartholomew Redding, no entendía por qué, salvo que Annorah se sintiera tensa en su presencia.

—Mmm —fue la única respuesta de Westmore.—

—¿Piensas explicarte? —preguntó Nicholas. Hablar con Westmore era un trabajo tedioso.

—¿Tengo que hacerlo? El aire del campo parece haberte ablandado el cerebro —Westmore suspiró y se acomodó en su sillón—. Muy bien. Tal como yo lo veo, tu dulce Annorah oculta algo y te ha metido a ti en medio.

—No es de esas —empezó Nicholas, pero Westmore le quitó importancia al comentario agitando una mano.

—¿Cómo lo sabes? La conoces desde hace una semana y habéis pasado esa semana aislados, ¿verdad? Has estado encerrado en su finca, jugando a los recién casados, y la única prueba que tienes de cómo es ella es lo que te haya contado —Westmore arqueó las cejas—. Una mujer guapa y adinerada, sola en el campo, debería resultar sospechosa, D'Arcy. ¿Qué te contó? ¿Se ha cansado de estar sola? ¿Está harta de cazafortunas que solo van detrás de su dinero? Santo Dios, seguro que sí. Lo veo en tu cara. Lo que es peor, te lo creíste. Esto es increíble. Creo que, en vez de seducirla tú a ella, te ha seducido ella a ti. Lo que has de preguntarte es: ¿con qué objetivo?

Nicholas empezaba a enfadarse. ¿Cómo se atrevía Westmore a criticar a Annorah, que solo estaba siendo sincera? Era la bondad personificada y no pensaba quedarse allí y contarle a Westmore lo de la «maldición familiar» que la obligaba a casarse.

—No tengo por qué justificarla ante ti —respondió.

—No, pero veo que has pasado mucho tiempo justificándola ante ti mismo. Al final, ¿qué más da? Tú seguirás tu camino, ella seguirá el suyo y eso será todo —Westmore le señaló con un dedo—. Nunca mezcles los negocios con el placer. No es justo ni para ella ni para ti. Espero que tengas un plan para romper el compromiso. Se volverá complicado si no tienes cuidado.

Era difícil contradecir aquello. Ya era complicado. La tía Georgina intentaba seducirlo por debajo de la mesa y le contaba historias que no encajaban. No ayudaba que Westmore tuviera dudas, y además su instinto estaba alerta. No iba a quedarse allí y a hablar con Westmore de las intenciones de Annorah, sobre todo cuando no estaba seguro de tener pruebas que demostraran lo contrario.

—Me voy a la cama.

—¿A la tuya o a la de otra persona? ¿A la de la tía Georgina, quizá? Su mano ha pasado mucho tiempo bajo la mesa esta noche —Westmore ya había devuelto la atención al libro.

—A la mía. Ha sido un día muy largo —sin embargo, cuando llegó al recibidor, estuvo tentado de meterse por el otro pasillo y dirigirse hacia la habitación de Annorah. La deseaba, deseaba estrecharla entre sus brazos y sentir su cuerpo caliente contra el suyo. Deseaba poner todas las preguntas a sus pies. Pero al final se fue a la cama solo y con las preguntas sin respuesta.

No iba a aparecer. Annorah por fin admitió la derrota y apagó el candil. Al menos intentaría dormir un poco. Las fiestas por naturaleza eran acontecimientos agotadores en su opinión; días llenos de actividades y vestidos que ponerse. Veladas llenas de juegos y de bailes, siempre con la presión. Todo el mundo miraba la ropa de los demás, observaba todos sus movimientos y juzgaba cada palabra.

Ya había comenzado. Después de que las damas abandonaran la mesa para irse a la sala de recepciones, habían empezado los cotilleos. Todas querían saber cosas de Nicholas. Algunas de las más jóvenes la habían escuchado extasiadas mientras hablaba de él, como si sus palabras fuesen perlas.

—Le gusta el color amarillo, disfruta con el champán, pesca… —siguió hablando hasta agotar todo lo que sabía de él. Bueno, casi todo. Había muchas cosas que no compartiría: «prefiere que la mujer esté encima, le cae el pelo hacia delante como si fuera un dios cuando se pone encima de ti, te hace desear gritar hasta que finalmente permite que estalles en mil pedazos, le gusta que acaricies sus testículos con las uñas».

Su tía intentó en una ocasión meter el tema del señor Redding en la conversación.

—El señor D'Arcy no es el único que tiene propiedades. Bartholomew Redding ha heredado la propiedad de su segunda esposa, y no está lejos de aquí. Sus perspectivas son prometedoras.

Pero ninguna parecía interesada en las perspectivas de Redding. Estaban demasiado interesadas en Nicholas. Annorah se sintió aliviada cuando la conversación se orientó hacia otros temas. Había pensado que sabía mucho sobre Nicholas, pero, al empezar a hablar, la lista le había parecido muy corta y pronto se había quedado sin cosas que decir.

Había querido hablar con él y saber más sobre Grahame Westmore, pero no había habido tiempo. Basándose solo en eso, había imaginado que Nicholas iría a verla. Incluso aunque no pudiera quedarse a pasar la noche, probablemente quisiera hablarle de Westmore. Pero había pasado ya la medianoche. Había pasado también la una. De hecho eran casi las dos de la madrugada y no había ni rastro de él. Sus preguntas tendrían que esperar.

Aparentemente el sueño también tendría que esperar. Pronto descubrió que apagar la luz y tumbarse en la cama no garantizaba quedarse dormida. Tenía la cabeza demasiado despejada como para dormirse y, cuando lo logró, faltaba poco para el amanecer y sabía que se despertaría con sueño.

Y de mal humor. Annorah gruñó al sentir la luz del sol entrando por la ventana. Lo único malo de aquel dormitorio era que daba al este y recibía toda la luz del amanecer. Lily ya estaba allí, descorriendo las cortinas y canturreando.

—Va a ser un día precioso, señorita. He oído abajo que va a haber un picnic en el fuerte de la colina. Os he traído chocolate caliente. Vuestra tía ha organizado las bandejas para las habitaciones de todas las damas.

El chocolate caliente le hizo sonreír un poco. Aquel ritual del chocolate matutino era una de las afectaciones londinenses que su tía reconocía. Aunque, que ella supiera, su tía solo había estado en Londres dos veces en toda su vida, y eso no era tiempo suficiente para adquirir afectación alguna.

Annorah se incorporó y agarró la taza de chocolate caliente.

—¿Has sabido algo del señor D'Arcy esta mañana? —tal vez hubiera dormido mejor que ella y ya se hubiera levantado o hubiese salido a dar un paseo. Se dio cuenta de que no conocía sus hábitos matutinos. Los hábitos que había llevado en Hartshaven habían sido en parte dictaminados por ella: había dormido en su cama, había desayunado con ella, habían planeado el día juntos. Le había echado de menos la noche anterior. ¿La habría echado él de menos? Por su parte, la cama le había parecido vacía y fría. Con qué rapidez se había acostumbrado a aquello. No había imaginado que dormir con otra persona pudiera ser tan agradable y deseable.

Lily negó con la cabeza y preparó un bonito vestido de verano en color verde con botas a juego, un atuendo perfecto para pasear por el campo.

—Probablemente esté abajo con los hombres desayunando.

Ahí era donde deseaba estar ella, y no solo para obtener respuestas. Deseaba estar con él. Sin embargo tardó casi una hora en prepararse.

Para cuando Annorah bajó las escaleras, el recibidor estaba lleno de invitados que charlaban entusiasmados mientras esperaban a que llegaran los carruajes y los caballos.

Nicholas la encontró de inmediato, antes incluso

de que hubiera terminado de bajar. Iba vestido para la excursión también, con pantalones de color beis, botas y chaqueta deportiva en color marrón. Parecía algo cansado, aunque, si lo estaba, lo llevaba bien, probablemente mejor que ella.

—Me has salvado de las garras de tu tía —le susurró al oído mientras aceptaba su brazo, pero Annorah creyó detectar cierta tensión detrás de su comentario.

—Buenos días a ti también.

—Ahora sí que lo son. Estaba esperándote —Nicholas sonrió y ella sintió el calor bajo los rayos de su encanto. Tal vez se hubiese imaginado la tensión—. Siento no haber podido ir a verte anoche. Tenía asuntos de los que encargarme —giró la cabeza hacia la izquierda y Annorah advirtió a Grahame Westmore entre un pequeño grupo de hombres. Era lo que una llamaría «un hombre hecho y derecho». Probablemente encajaría en el campo y sería un gran tirador. En general haría bien cualquier cosa que se desarrollara al aire libre.

—Espero que no fueran asuntos malos —lo miró a la cara en busca de algún signo de preocupación, pero no encontró ninguno.

—Todo va bien. Ha venido por asuntos propios —Nicholas le apretó la mano sobre su brazo—. Hablaremos luego —le prometió.

Annorah se aferró a esa promesa durante toda la mañana. Había imaginado que un picnic le proporcionaría un sinfín de oportunidades para hablar con Nicholas en privado. No podría haber estado más equivocada. No había podido hacerlo durante el trayecto hacia el fuerte, pues iban en un carruaje abierto con otras tres chicas que intentaban llamar la atención de Nicholas. Y él se la prestó, siempre encantador, aunque recordándoles de manera sutil que era un hombre prometido. Lo hizo de manera tan cortés que Annorah apenas sintió la punzada de los celos. Nicholas podía reír y sonreír todo lo que quisiera, pues estaba claro que no tenía intención de abandonarla. «Claro que no, idiota. Estás pagándole para eso». Pero no era esa realidad la que la convencía. Era él. Nicholas era un hombre leal. No estaba segura de cómo lo sabía ni de por qué lo creía, pero así era. Tal vez fuera por su manera de hablar de su hermano y por las historias que le había contado sobre su infancia, cuando lo hacían todo juntos.

Al llegar al picnic, la situación no mejoró. Se formaron grupos para subir andando al fuerte y se dejaron llevar por la marea social. Aunque no iba pegada a él, tampoco se alejó en ningún momento. Nicholas le dirigía alguna sonrisa ocasional, como para decirle que todo iba bien. Tenía que reconocer que lo llevaba con deportividad. Encajaba a la perfección y ella estaba disfrutando de la conversación con sus primos, hasta que Bartholomew Redding se metió en su grupo.

—D'Arcy es muy popular, ¿verdad? —preguntó

con una sonrisa en lo que probablemente le pareciese un tono de lo más amable. A ella no se lo parecía. Sabía bien lo que quería decir.

—Sí, triunfa allí donde va —respondió. No quería darle a Redding la impresión de que deseaba conversar con él.

Redding no captó la indirecta.

—Entonces eres una mujer generosa. Yo no sé si estaría dispuesto a compartir a alguien a quien quisiera, sobre todo si llama tanto la atención.

A Annorah no le gustó su mirada lasciva ni el tono de su voz.

—¿Qué estáis insinuando? —el enfado que sentía ante aquella sugerencia era muy real, a pesar de que el acuerdo fuese ficticio. Había algo de irreal en tener que defender la fidelidad de un acompañante de pago.

—Tu prometido es un hombre guapo. Las mujeres se interesarán por él allá donde vayáis. Aunque tal vez pienses llegar a un acuerdo con él.

Ya estaba harta de la conversación. Redding la había separado del grupo y estaba poniéndola nerviosa.

—Nuestra vida privada no es asunto vuestro —respondió secamente, y se giró para marcharse, pero Redding no había terminado.

—¿Qué crees que ve en ti, Annorah? Ser guapa no es suficiente para un hombre como él. Puede tener mujeres guapas cuando quiera. Claro, que tu hermosura va acompañada de dinero. Tal vez puedas retenerlo con tu dinero. A veces eso puede resultar una correo de lo más útil, una manera de mantenerlo atado —le guiñó un ojo. ¿Crees que eso le gustaría, o prefiere las cuerdas de verdad?

—Os habéis excedido —le dijo Annorah. Si ella hubiera sido un hombre, le habría desafiado a un duelo por aquel lenguaje vulgar. Pero no le quedaba más remedio que escucharle hasta que pudiera marcharse.

—Lo que tú llamas vulgaridad, yo lo llamo sinceridad. Probablemente hubiese más matrimonios felices si alguien le hubiese contado a la gente la verdad desde el principio —se acercó a ella y ella dio un paso atrás—. Y hay algo de verdad entre nosotros. Tenemos un pasado. Nos entendemos. Ya no eres una niña. No he dejado de pensar en ti en todos los años que hemos pasado separados.

—Habéis tenido dos esposas, señor —le recordó Annorah. No le permitiría ver el miedo que le producía. Sin duda no le pasaría nada. Estaban rodeados de gente y Nicholas estaba por allí.

Redding se encogió de hombros.

—No eran más que sustitutas, querida. Siempre te he deseado a ti. Te he esperado durante mucho tiempo y ahora estás prometida a otro hombre. Estoy seguro de que podremos hacer algo al respecto.

—¡No! —exclamó Annorah ferozmente, y entonces tuvo miedo no por ella, sino por Nicholas—. No os atreváis a ponerle la mano encima.

—O, si no, ¿qué? —preguntó Redding con desdén—. ¿Cómo puedes protegerlo? No lo sabe, ¿verdad? No sabe lo nuestro.

—Nunca hubo nada nuestro. Os limitasteis a acorralar a una joven y ponerla en una posición comprometedora.

—Son matices —respondió Redding—. ¿Y si le busco la ruina? ¿Entonces te casarías con él? Todo hombre tiene sus debilidades. Encontraré la suya y entonces, ¿dónde quedarás tú? —se inclinó hacia ella—. Sé lo de la fecha límite, Annorah. ¿Estás dispuesta a perderlo todo por él? Piénsalo. Estoy dispuesto a ofrecerte un buen trato para salvarlo y para salvar tu fortuna. Solo puedes negociar con tu cuerpo, pero, por suerte, eso es justo lo que yo busco.

—Que tengáis un buen día, señor Redding —ya no le importaba lo maleducada que pudiera parecer. Deseaba ir a buscar a Nicholas. Debería habérselo contado. No había imaginado que Redding pudiera ir detrás de él, pero debería haberlo hecho. Ahora le parecía algo evidente. Ella no era la única que tenía una fecha límite. Él también la tenía. Se arriesgaba a perder si volvía a rechazarlo.

Debía de llevar sus emociones escritas en la cara, porque Nicholas se apartó de su grupo y se acercó a ella. Le estrechó la mano sin preguntar.

—Vamos. Tenemos una hora hasta que esté lista la comida. Nadie nos echará en falta. Hay un pequeño camino a la derecha. Podemos caminar un poco y que todos nos vean, pero no podrán oírnos. ¿Qué es lo que sucede? Parece como si quisieras destruir algo.

—Algo no, a alguien —contestó ella con voz temblorosa.

—¿A Redding? Te he visto con él. Estaba intentando prestar atención —le pasó el pulgar por el dorso de la mano para tranquilizarla—. ¿Qué te ha dicho?

—Te odia.

—Porque te tengo.

—En parte. Creo que te odiaría de todos modos. No creo que le gusten los hombres atractivos.

Nicholas arqueó una ceja.

—Probablemente eso sea lo mejor.

Annorah se rio por primera vez aquella mañana.

—No me refería a eso. Ha intentado convencerme de lo mal marido que serás y, como eso no le ha servido de nada, ha amenazado con hacerte daño.

—Eso me resulta de lo más interesante, porque tu tía se pasó la noche intentando convencerme de lo terrible esposa que serás tú. ¿Por qué crees que será? —Nick le levantó la barbilla para que lo mirase a los ojos—. ¿Qué es lo que no me has contado, Annorah?

Diecisiete

—No sé —Annorah apartó la mirada, señal de que ocultaba algo. Él sintió un nudo en el estómago. Recordó las palabras de su tía Georgina, junto con las especulaciones de Westmore. ¿Para qué estaría utilizándolo? La defensa que le había hecho a Westmore en su nombre la noche anterior le parecía endeble a la vista de aquella confesión por su parte. ¿Cómo podía haberse equivocado tanto? Normalmente se le daba bien juzgar a las personas. Era capaz de descifrar su código moral y su manera de comportarse con una precisión asombrosa.

Nicholas dio un paso atrás y se cruzó de brazos.

—Creo que sí lo sabes. ¿Por qué no empiezas a hablar y averiguamos la verdad desde ahí?

—¡Yo no te he mentido!

Él se lo creía hasta cierto punto.

—No has tergiversado ni alterado los hechos, pero creo que te has callado determinadas verdades poco convenientes —ahí la había pillado. Annorah dejó caer los hombros y se llevó la mano a la frente.

—Por favor, no es eso.

—Sí que lo es. Es exactamente eso —se acercó a ella y le quitó la mano de la cara. Le dio un beso en la frente y deslizó las manos por sus brazos—. No dejes que te vean triste. Pensarán que hemos discutido. No creo que sea eso lo que queremos —de pronto se le ocurrió una cosa—. No quiero que piensen que es tan fácil separarnos en cuestión de un día.

Annorah levantó la cabeza, sus ojos estaban humedecidos por las lágrimas y el corazón se le encogió. Estaba mezclando los negocios con el placer, como le había advertido Westmore que no hiciera.

—Eso les gustaría.

—Entonces, dime, ¿qué estoy haciendo aquí realmente? No puedo ayudarte si no sé cómo. ¿Qué es Redding para ti? Lo conocías de antes, ¿verdad? Ayer, al hacer las presentaciones, tu tía preguntó que si recordabas a Redding.

Empezaron a caminar de nuevo y ella volvió a ponerle la mano en el brazo. Nicholas intentó no pensar en lo a gusto que se sentía teniéndola al lado, ni en lo acostumbrado que estaba a que así fuera. Necesitaba toda su atención para seguir su historia.

—Redding me cortejó hace años. Era la elección de mi tía. Se habían aliado. Ella le facilitaría el camino para cortejarme y él la recompensaría cuando nos casáramos con acceso a la fortuna familiar, que él pasaría a administrar cuando fuera mi marido —Annorah se encogió de hombros—. Digamos que Redding se esforzó al máximo.

Nicholas sintió que empezaba a crecer su ira. Sabía bien lo que «esforzarse al máximo» significaba en aquel contexto.

—¿Te forzó? —obviamente Redding no había logrado su objetivo. Él había sido el primer amante de Annorah. Sabiendo eso, se enorgullecía del hecho de que hubiera sido por petición de ella, y lo había hecho lo mejor posible, mucho mejor que cualquier encuentro que hubiera podido tener con Redding.

—Lo peor de todo es que fue culpa mía —respondió Annorah negando con la cabeza—. Al principio yo le creía. Pensaba que sus sentimientos eran reales, que yo le importaba. Era un vecino. No era como los demás pretendientes, que eran desconocidos a los que había conocido en bailes. En esa época, me parecía atractivo. Un día salí a pasear con él. Llevaba casi todo el verano yendo a visitarme y mi tía pensaba que esa privacidad entre nosotros era aceptable. Cuando nadie nos veía, me besó. Yo le dejé. Confieso que sentía curiosidad. Pero no se detuvo ahí. Quería algo más que besos.

Nicholas veía que los recuerdos le hacían daño. Odiaba a los hombres que no conocían sus límites. Le hubiera gustado poder desafiar a ese bastardo.

—No tienes que decir nada más —le aseguró a Annorah.

Ella dejó de andar y se giró para mirarlo.

—Sí que tengo. Es malo y vengativo. Has de entender lo despiadado que es. Ha amenazado con buscarte la ruina si no me iba con él.

—Sé cuidar de mí mismo, Annorah. No puede ser peor que cualquier marido celoso.

—No puedo permitirlo —estaba pálida y la preocupación era tangible en sus ojos verdes—. Te libero. No debería haberte metido en todo esto. Debería haberte contado lo de Redding para que pudieras tomar una decisión mejor. No pensé que fuese a ir a por ti. Pensé que la cosa quedaría entre nosotros dos.

—Y yo no puedo permitir eso —respondió Nicholas con severidad—. Accedí a meterme en esto y ahora no quiero salir —no podía dejar a Annorah enfrentarse sola con aquel fantasma del pasado. Sabía lo potentes que podían ser esos fantasmas, y el suyo era de carne y hueso.

Comenzaron a subir la pendiente que les llevaría hasta la cima.

—No querrás verte mezclado conmigo, Nicholas. Puede que pienses que soy perfecta, pero no lo soy. Redding no fue al único al que rechacé, solo el último. Mis tíos no lo le dieron importancia. Cuando les conté lo sucedido, me dijeron que no era más que lo que merecía por insinuarme. Un hombre tenía derecho a satisfacer sus necesidades.

Nicholas iba a matar a ese bastardo y después

227

mataría a la tía Georgina. Pero entendía mejor a Annorah, entendía qué la había llevado a escribir esa carta, qué la había llevado a aislarse en su casa. Bartholomew Redding no era el primer pretendiente que abusaba de sus sentimientos, pero sí había sido la última prueba que necesitaba para creer que ningún hombre se interesaría por ella, solo por su dinero.

—¿Fue entonces cuando regresaste a Hartshaven? —preguntó Nicholas. Las piezas del rompecabezas encajaban por fin. Por entonces Annorah no debía de tener más de veintiún años, tal vez veintidós. Era una edad muy temprana para administrar una finca tan grande ella sola. También era una edad muy temprana para aislarse del mundo.

—Sí. Y, cada año que pasaba allí, iba necesitando menos la vida social más allá del pueblo. Mis tíos sentían que empezaban a perder el control sobre la fortuna de los Price-Ellis.

Nicholas vio hacia dónde iba aquello.

—Y por eso te habían convocado a la fiesta.

—Exacto.

Habían llegado a lo alto de la colina. Annorah sonrió y contempló las vistas. Estaban lo suficientemente arriba para poder ver las tierras a su alrededor. A lo lejos, los asistentes al picnic parecían pequeños; simplemente un grupo de gente pasando una tarde agradable.

—Todo parece más inofensivo desde lejos. Uno

no imaginaría el nido de víboras que hay ahí abajo, y eso sin contar al señor Westmore.

Nicholas se encogió de hombros.

—Westmore no tiene importancia —eso no quería decir que no fuese un incordio, pero no representaba una amenaza para sus planes, y esa era la mayor preocupación de Annorah—. Trabaja para la agencia, pero no está aquí por trabajo. No va a delatarnos —vio el alivio en su cara. Él también se sentía algo aliviado. Si llegaban a tener problemas con Redding, Westmore les ayudaría.

—Bueno, una cosa menos de la que preocuparnos, porque mi tía y el señor Redding ya suponen suficientes problemas sin necesidad de que interfiera una tercera persona.

Nicholas no quiso corregirla en eso. No había dicho que Westmore no fuese a interferir. Su compañero ya le había hecho bastantes preguntas personales la noche anterior, algunas de las cuales habían obtenido respuesta aquel día. Toda historia tenía dos versiones y, después de haber oído la de Annorah, podía volver a pensar lo que pensaba de ella al principio. Annorah tenía la desgracia de ser una mujer a la que utilizaban por su dinero. Había decidido proteger sus principios apartándose de la sociedad, decisión que había despertado la ira de sus familiares. Su decisión había sido difícil, pero admirable, y aquello mejoraba la opinión que tenía de ella. Había tomado el camino del éxito a pesar de que le saliese caro. Para él no había existido ese camino.

—Creo que deberíamos regresar. Están preparando las mantas para el picnic —Annorah giró la cabeza con un movimiento rápido y él tuvo que dar un paso atrás para que no le golpeara el ala de su sombrero. Los nuevos sombreros de ala ancha eran bonitos, pero peligrosos. Los hombres debían mantenerse alerta si querían evitar que les golpearan. Y él debía mantenerse alerta también si deseaba robarle un beso. Lo deseaba. Lo deseaba con una desesperación sorprendente. Besaba a muchas mujeres porque era lo que tenía que hacer, pero rara vez porque lo deseara.

—Espera —le agarró la mano y tiró de ella—. No nos vamos hasta que no haga esto —le puso una mano en la mejilla y le dio un beso largo y dulce—. Hacía demasiado tiempo que no hacía eso —solo un día, en realidad, pero le parecía que hubiesen pasado años desde aquellas mañanas perezosas en la cama en Hartshaven, o las largas tardes, o las noches apasionadas. Igual de sorprendente que su deseo de besarla fue lo mucho que añoraba Hartshaven. Deseaba volver a estar allí con ella. Deseaba que estuvieran los dos viviendo en su propio mundo sin tías manipuladoras ni pretendientes arrogantes.

—¿Cuándo crees que podremos marcharnos? —preguntó él despreocupadamente. Le salieron las palabras de la boca antes de que pudiera pensar en su importancia y en las suposiciones que implicaban; la principal suposición era que Annorah deseara que regresara con ella a Hartshaven.

—Después del baile. Es mañana por la noche. Podríamos marcharnos al día siguiente —sus palabras hicieron que ambos se detuvieran. Aquella conversación inocente les había acorralado en un rincón en el que se verían obligados a hablar del futuro y de cómo proceder con aquel falso compromiso.

Annorah se enderezó y dio un paso atrás. Se alisó nerviosamente la falda con las manos.

—¿Tú puedes regresar?

Nick pensó en lo preocupado que estaba Channing por la ira de Burroughs.

—De momento tengo tiempo —Nicholas le agarró la mano y le dio un beso en ella. Annorah ya tenía suficientes problemas sin tener que preocuparse por los suyos—. Quizá encuentre un lugar donde quedarme en el pueblo, así que no me quedaré en la calle.

Ella sonrió.

—A Thomas le encantaría.

—Desde luego —convino él. El futuro se resolvería solo. Aquello bastaría por el momento, así que entrelazó el brazo con el de ella.

Annorah estaba a punto de decir algo más y él temió saber cuáles serían sus palabras. No quería oírlas. Así que actuó con rapidez y la silenció con un beso. La velocidad la sorprendió, pero esa había sido su intención. No quería oírle decir «te pagaré».

Mientras bajaban la colina en dirección al picnic, Nicholas se resistía a la certeza de que aquello hubiera dejado de ser una cuestión de dinero. No sabía cuándo había ocurrido. Tal vez hubiera sido algo gradual desde que llegara la carta de Channing. Tal vez hubiera sido algo inmediato tras las acusaciones que Westmore había hecho sobre Annorah. También era bastante posible que se hubiese debido a un arranque de testarudez por su parte. Nunca le había gustado equivocarse y solía ponerse firme cuando se encontraba con una opinión contraria. Quizá pudiera culpar a Westmore de eso. Aquel cambio había sucedido porque le había llevado la contraria.

Pero esa era la respuesta fácil. La respuesta más difícil era que, mientras representaba una ficción en la que fingía amar a Annorah Price-Ellis, había caído presa de su propia fantasía. Una pena para él. Eran ideas que no podría compartir. No podría decírselo a ella. Una relación real implicaría la necesidad de contarle otras cosas también. ¿Qué sentido tendría eso? Al final todo aquello terminaría. Marcharse cuando llegara el final no era algo optativo. Era un requisito. Tendría que hacerlo sin importar cuáles fuesen sus emociones. Uno de los principios básicos de la agencia era la creencia de que siempre se estaba mejor siendo un recuerdo.

Annorah le apretó la mano al acercarse al prado del picnic.

—Prométeme que estarás en guardia.

Nick soltó una carcajada.

—Me preocupan más las manos de tu tía que

Redding. Sí, tendré cuidado —pero no estaba teniendo cuidado y lo sabía. Sus emociones habían quedado al descubierto, había comprometido sus sentimientos y eso representaba un peligro. Aceptaría ese peligro y dejaría que siguiera su curso sin importarle las consecuencias.

Siguió su curso durante la tarde. Comieron sándwiches de jamón y fresas, y hubo muchos momentos dorados en los que Nicholas pudo apoyar la cabeza en el regazo de Annorah y quedarse mirando sus ojos verdes. Disfrutó de aquellos momentos como se había prometido a sí mismo, hasta que llegaron a la casa y, al entrar en el recibidor, el tío Andrew los recibió con unas palabras ominosas.

—Como el prometido de mi sobrina, creo que ya es hora de que hablemos en privado. Si sois tan amable, señor D'Arcy.

Nicholas le dirigió a Annorah una mirada tranquilizadora para que supiera que no tenía nada que temer. En cuanto a él, solo le quedaba confiar en aquello de «hombre precavido vale por dos».

¡Santo Dios, sí que era rica! A Nicholas le daba vueltas la cabeza con las cifras que le había dado su tío cuando salió del estudio dos horas más tarde, sin apenas tiempo para cambiarse para la cena.

Después de ver las cifras, no era de extrañar que

su puesta de largo hubiera estado llena de decepciones. No era la fortuna de un caballero, cierto. Era una fortuna creada gracias al comercio y a las inversiones, una fortuna sucia quizá a los ojos de la alta sociedad. Aunque, cuando había suficiente dinero, tal vez no importara tanto de dónde sacaba su fortuna una mujer. «A ti te da igual de dónde haya sacado el dinero. En realidad no eres su prometido. No verás un solo penique», le recordó su conciencia. «Tú tienes tus dos mil libras y puedes dar gracias por ello».

—¿Qué tal el suegro? —preguntó Westmore, que apareció de la nada en lo alto del rellano—. Habéis estado ahí metido un buen rato. Solo hay una posible razón para eso. Acuerdos.

—Es así como funcionan las cosas —respondió Nicholas lentamente, intentando averiguar qué querría Westmore—. ¿Qué tal tú? ¿Alguien ha llamado tu atención?

—Puede ser. Pero me preocupas tú. Deveril no me ha enviado para vigilarte, pero me alegra estar aquí para hacerlo.

—No hay nada de lo que preocuparse. Lo tengo todo bajo control —dijo Nicholas en voz baja. No lo tendría tan controlado si alguien los oía.

—No es verdad. Puedo ver los billetes en tus ojos. Estás empezando a pensar que podrías hacer que fuese de verdad.

—Eso es ridículo. He estado con muchas mujeres y nunca se me había pasado eso por la cabeza.

Westmore se limitó a reírse.

—Casi todas estaban casadas. Nunca te había gustado una tanto como te gusta ella. Admito que la señorita Price-Ellis es guapa y natural. No es como tus mujeres de Londres. La naturalidad puede resultar atractiva, sobre todo cuando sabes que has sido el primero. Apuesto a que ahora mismo sientes que debes protegerla, o al menos eso te dices a ti mismo.

—Déjalo ya —su compañero era capaz de leerle el pensamiento. Sí que deseaba proteger a Annorah. Ella era fuerte, pero no quería que tuviese que ser fuerte ella sola cuando él podía estar a su lado.

En cuanto a lo otro, no quería confesar que había pensado en el dinero. Habría preferido no conocer las cantidades concretas. Una cosa era saber que tenía dinero. Eso lo había sabido desde el principio. Saber exactamente cuánto tenía cambiaba las cosas. Era imposible que no fuese así. Pero no como pensaba Westmore. El dinero no le atraía. Le ahuyentaba. Había habido momentos en los que había pensado que Annorah lo necesitaba no solo en su cama. Había empezado a creer que tenía algo más que ofrecerle además de su cuerpo. Pero, después de saber la cantidad de dinero que tenía, sabía que no era así.

Nicholas pasó frente a Westmore. Deseaba que el tema del dinero no hubiera salido, lo cual, pensándolo bien, era un deseo un tanto extraño para un hombre con deudas que pagar y una familia que alimentar, muestra de lo mucho que estaba cambiando su mundo.

Dieciocho

El mundo se había vuelto loco y Annorah era incapaz de olvidarse de ello. Se suponía que debía estar vistiéndose para la cena, pero lo único que podía hacer era dar vueltas de un lado a otro en su habitación, pensando en Nicholas y en el dinero. ¿Qué pensaría de todo aquello? ¿Le molestaría que no le hubiese ofrecido más después de ver la cantidad de dinero que tenía? ¿O se quedaría demasiado perplejo? ¿Le ahuyentaría el dinero? ¿Sería tentación suficiente para ofrecerse a formalizar el compromiso? Le daba miedo la idea. Deseaba que él fuera diferente.

Agarró el cepillo del tocador y comenzó a cepillarse el pelo para quitarse las ramitas y las hojas que pudieran quedarle después del picnic. Se lo cepilló con vigor, como si las pasadas enérgicas pudieran borrarle los pensamientos incómodos de la cabeza. ¿Cómo podía desear que él fuera diferente? No lo conocía y no podía conocerlo. El dinero siempre sería un problema, siempre lo había sido. Le resultaba tentador incluso a ella. Tal vez ella pudiera utilizarlo para persuadirlo para que quisiera hacer real el compromiso.

¿Era eso lo que deseaba? ¿Casarse con un hombre que era una ilusión? ¿El hombre al que veía cada día era realmente Nicholas o una fachada? ¿Se había enamorado de un hombre que no era más que una ilusión creada para su placer, o se había enamorado del hombre de verdad? No sabía qué era peor: amar la ilusión de alguien que no existía o amar algo que nunca podría ser. Con Nicholas era difícil de saber.

Y aun así, en la colina, aquel día, en ocasiones había sentido que era tan real como con los niños en el pueblo, como en el cenador; había sentido que su cariño era auténtico, que su preocupación por ella traspasaba la promesa del dinero. Annorah dejó el cepillo y llamó a Lily, desesperada por librarse de sus pensamientos. Se suponía que contratar a Nicholas debería haber sido fácil. Se suponía que serviría para resolver sus problemas y saciar su curiosidad sin pasar por las complicaciones de una relación real; no habría dudas sobre el dinero, no habría vínculos emocionales porque era todo temporal. Iba a ser una cuestión de sexo. Y así había sido, hasta que había dejado de serlo. Ya no estaba segura de cuándo había llegado a ese punto, pero sabía que lo había dejado atrás.

Se vistió cuidadosamente con la ayuda de Lily tras seleccionar un vestido de raso color aguamarina. Dejó que Lily le recogiese el pelo y colocase una tira de perlas entre sus mechones entrelazados. Necesitaría toda su fuerza para enfrentarse a Nicholas, sin importarle el efecto que hubiera tenido la conversación con su tío.

Estaba esperándola en el recibidor antes de entrar en la sala de recepciones, como había hecho la noche anterior, pero las invitadas estaban demasiado impacientes para esperarlo allí, así que se habían reunido con él fuera. La miró con una sonrisa y ella sintió que las palabras de Redding le atravesaban el corazón. Tenerlo nunca sería suficiente si él no la deseaba. Las mujeres ricas siempre podrían tener un trofeo. Era la razón por la que ella no se había casado aún, el principio que se escondía detrás de aquella situación. Ella nunca había deseado el trofeo, igual que nunca había deseado ser el trofeo de nadie, algo tan insignificante para ellos como una taza de plata en una estantería, algo de lo que presumir solo en las ocasiones especiales.

Aceptó su brazo, plenamente consciente de que cualquier mujer de las allí presentes ocuparía su lugar si pudiera. Esa noche les demostraría que no podían y tal vez le demostraría a Nicholas que no querría que lo hicieran, por razones que no tenían nada que ver con el dinero asociado a su nombre, incluso aunque fuera un esfuerzo inútil.

Aquello resultaba muy interesante. Desde su extremo de la mesa, Nicholas vio cómo Annorah deslumbraba al caballero que tenía a su derecha. Esa noche las parejas se habían sentado separadas para la cena. Aunque para él suponía un alivio poder estar lejos de las manos de su tía, también implicaba estar lejos de Annorah. Aun así, era agradable contemplarla en la distancia. Era muy diferente a la mujer que le había saludado en el recibidor de su casa con las manos en la cintura. El cambio había sido a mejor. Entonces le había parecido guapa. Pero ahora le parecía resplandeciente. Parte de ese resplandor era literal; llevaba unos pequeños pendientes de diamantes, algo no lo suficientemente grande para un baile de Londres, pero tampoco demasiado ostentoso para el campo. En la muñeca llevaba una pulsera a juego que reflejaba la luz de las velas. Llegaba hasta sus oídos el sonido de su risa y, en ocasiones, la miraba directamente a los ojos. Era algo muy seductor y tenía la impresión de que estaba flirteando con él en la distancia. Estaba dando resultado, porque estaba ligeramente excitado y no podía dejar de pensar en llevarla a la cama antes de que sirvieran el queso y la fruta.

Ella lo miró a los ojos, agarró una fresa de la bandeja, la mordió y lamió el zumo de sus labios con un rápido movimiento de su lengua. Aquello fue suficiente. Estaba completamente excitado y buscaba una excusa para retirarse temprano cuando las mujeres se levantaran para dejar solos a los caballeros.

Nicholas sonrió. Tenía un plan. Fingiría que le dolía la cabeza tras beber un poco de oporto y lograría escapar. Ella se daría cuenta de que faltaba cuando los hombres se reunieran con las mujeres e iría a buscarlo. De hecho, esa era la mejor parte del plan. No tendría que hacerlo.

Nicholas estaba esperándola cuando Annorah subió una hora más tarde. No solo esperándola, sino esperándola en su cama, con el *banyan* abierto. No le daría la oportunidad de echarse atrás e incumplir las promesas implícitas que había estado haciendo durante la cena. ¿Lo quería como postre? Muy bien, entonces lo tendría.

Dio un respingo al verlo y él se rio.

—¿Esperabas a otra persona?

—No, claro que no —Annorah cerró la puerta tras ella y echó el pestillo—. ¡Podría haber entrado cualquiera y haberte visto!

—Pero ¿por qué? Esta es tu habitación. Solo tú deberías entrar aquí —contestó él entre risas. Se levantó de la cama y la ayudó con los botones de la parte trasera del vestido. Le hizo cosquillas en el cuello con la nariz—. Echaba de menos esto —era cierto. Era absolutamente cierto. No le había gustado tener que dormir separados la noche anterior, otra señal más de que su mundo estaba del revés. Annorah olía a limones y a azúcar; a eterno verano. Nunca más podría volver a oler limones sin pensar en ella. Westmore se reiría de él por aquella sensiblería. Pero Westmore dormiría solo aquella noche.

Le bajó el vestido y las prendas interiores, y sus ojos se dieron un festín contemplando su espalda desnuda.

—Túmbate. Tengo una sorpresa para ti —susurró con voz rasgada. Había pensado seducirla con las manos. Ahora se preguntaba si duraría lo suficiente para poder hacerlo—. Boca abajo, Annorah.

Después se sentó a horcajadas sobre ella y se incorporó un poco para quitarse el *banyan*. Sacó un bote del bolsillo y quitó el tapón. El olor a lavanda y tomillo inundó la habitación a su alrededor.

—Respira profundamente, Annorah. La lavanda es relajante.

Ella se rio mientras se echaba el aceite en las manos y notaba sus nalgas rozándole los testículos.

—¿Qué estás haciendo?

—Estoy calentando el aceite —contestó Nicholas antes de soplar el líquido de sus manos.

—¿Aceite? ¿Para qué? —intentó darse la vuelta, pero él la mantuvo atrapada entre sus muslos.

—¿Alguna vez te han dado un masaje? —empezó a frotarla, primero por los hombros, y disfrutó del roce de su piel firme bajo las manos.

—No —contestó ella riéndose—. Salvo en nuestra búsqueda del tesoro, ¿dónde crees que podría haber encontrado una experiencia tan decadente?

—¿Decadente? Me alegro. Entonces debo de

estar haciéndolo bien —bajó la mano hasta la parte inferior de su espalda y empezó a masajearle los músculos. Los tenía tensos, lo que demostraba la presión a la que estaba sometida en aquel lugar—. Según las prácticas orientales, un masaje tiene propiedades medicinales y sensuales —se inclinó hacia delante para alcanzar su oreja—. Yo prefiero las sensuales —su miembro estaba completamente erecto, prueba de que un masaje podía ser igual de excitante para quien lo daba que para quien lo recibía.

Le agarró las nalgas y se deslizó hacia abajo para darle un beso en cada una antes de empezar a masajearle las piernas.

—Mmm, qué agradable —murmuró Annorah. En ese momento se dio la vuelta, estiró los brazos y lo atrajo hacia ella. Él se acomodó entre sus piernas. El masaje había logrado su objetivo. Estaba relajada y preparada para él. Se tomarían su tiempo. Aquella noche era lo que prefería; una despedida larga y relajada, algo que pudiera quedarse grabado en su memoria para siempre.

La besó y se colocó en posición, pero ella le detuvo con los ojos.

—Tal vez primero deberíamos hablar sobre lo de esta tarde. Quería habértelo preguntado en el recibidor antes de la cena, pero estábamos rodeados por tus admiradoras.

—Ha servido para abrirme los ojos. Ahora entiendo mejor a lo que te enfrentabas. No eres una simple heredera —estaba abrumado por todo lo que recibiría su marido después de casarse. Pero, más que eso, estaba abrumado por lo que debía de haber significado para ella tras ser presentada en sociedad. Debía de haberse sentido acosada por gente que solo pedía su mano para acceder a su fortuna. Él no podía ser ese hombre.

—¿Entiendes ahora por qué tengo que ser yo quien elija a mi marido?

Nicholas asintió. Su tía elegiría a un pretendiente que se mostraría encantado de darle acceso al dinero como muestra de agradecimiento por conseguirle una esposa rica. Si elegía Annorah, podría negociarlo en privado antes de que el marido viese los acuerdos, como había hecho con él.

—Bien —Annorah se incorporó sobre sus codos y lo miró a los ojos con seriedad—. Ahora que lo entiendes, quiero preguntarte otra cosa.

Nick aguantó la respiración, porque no le gustaba hacia dónde iba aquella conversación.

—Puedes preguntarme lo que quieras —pero eso no era cierto. Había al menos tres o cuatro cosas a las que no quería responder.

—¿Siempre es así? Lo que hay entre tú y yo. La pasión, el placer, el deseo. Como si nunca tuviera suficiente.

Esa era una de ellas. No quería responder a eso, pero no le mentiría. Negó con la cabeza.

—No, no siempre —hizo una pausa para ordenar sus ideas—. Supongo que normalmente es divertido, pero ¿cómo lo explico? —se colocó a un lado. Su erección iba a tener que esperar—. Si estás preguntándome cómo es con otras clientas… —frunció el ceño al emplear esa palabra. Annorah era mucho más que una clienta—… no es así. Y no creo que tenga por qué ser así para ti con otro hombre, si es lo que deseas saber —no soportaba pensar en ella con otro.

—Gracias, Nick —respondió Annorah suavemente. Se incorporó para mirarlo y empezó a dibujar círculos con el dedo sobre su pecho—. ¿Has pensado en convertir nuestro compromiso en algo real después de ver todo el dinero que tengo? Porque yo sí.

—Oh, Annorah —esa era otra de las cosas que no deseaba que le preguntara.

—¿Por qué no? —pareció alegrarse con la idea y a Nicholas se le encogió el corazón—. Acabas de decir que al menos en la cama encajamos bien. Necesitas el dinero y creo que podríamos hacernos felices el uno al otro si lo intentáramos. Tengo que casarme con alguien, Nick, ahora o dentro de un año. ¿Por qué no contigo? Puede que seas la mejor opción que me he encontrado en quince años.

Nicholas se incorporó y apartó su mano.

—No, Annorah. No deseas casarte conmigo. Te prometo que no soy tu mejor opción.

Ella también se levantó, el pelo le cayó hacia delante y las mejillas se le sonrojaron con rabia. Supo entonces que aquella noche no haría el amor con ella.

—¿Por qué? Dime por qué no eres mi mejor opción.

Nick salió de la cama y se puso de nuevo el *banyan*.

—¿Qué crees que ocurrirá cuando vayamos a Londres? No podremos evitar encontrarnos con antiguas clientas, y no todas son agradables, Annorah. Serán crueles y algunas te dirán: «Yo he estado en la cama con tu marido». Peor aún, podrían dar pie a rumores desagradables. Los rumores vuelan. ¿Puedes imaginarte lo que pensará tu vicario? O la cara de Thomas cuando en Hartshaven se enteren de lo que realmente soy. Entonces no pensarás que soy tu mejor opción, Annorah.

—Deberías dejarme a mí decidir eso —respondió ella con tranquilidad, aunque era evidente que estaba alterada. No le gustaba tener que hacerlo, pero era necesario para hacerle entrar en razón.

—Eso es solo el principio. También está la cuestión del dinero. Correrá el rumor de que solo me he casado contigo por la fortuna. Pasado un tiempo, puede que tú también empieces a creer eso. Dirán que lo conseguí con sexo, que lo único que tenía para ofrecerte era mi miembro.

Ella le lanzó una almohada.

– No seas grosero. Odio cuando haces eso, cuando piensas que no eres más que un objcto sexual. Puedo hacer caso a todos tus argumentos menos a ese. Eres un buen hombre, Nicholas D'Arcy. Ojalá tú también te dieras cuenta de ello.

Eso le hizo sentirse humilde. Pensaría de otra forma si conociera sus secretos, claro. Si supiera que una noche de tormenta le había fallado a su familia, que su padre había muerto por su culpa y que su hermano se había quedado paralítico.

—Cumpliré con nuestro acuerdo, Annorah. No porque me pagues, sino porque deseo hacerlo. Pero eso es todo. No puedo casarme contigo.

Ella apretó la mandíbula con determinación.

—Hay más, ¿verdad? No es solo el dinero o el escándalo. ¿Quieres contármelo?

—Sería mejor que no lo supieras —pero Nick sabía que no había escapatoria. El camino hacia su libertad dependía de que contara su historia. Annorah podría despreciarlo y dejarlo marchar para que no la relacionaran con él, o podría aceptarlo con sus defectos y todo. Lo segundo era demasiado bueno para ser cierto.

—Deja que lo decida yo, Nicholas —susurró, le estrechó las manos y tiró de él hacia el borde de la cama—. ¿Qué ocurrió?

Nicholas empezó a hablar. No le había contado a nadie lo de aquella noche, ni siquiera a Channing.

—Durante una tormenta un rayo partió un enorme roble cerca del establo. Cayó sobre el tejado del establo. Stefan y mi padre estaban dentro intentando calmar a los caballos. La tormenta les había alterado terriblemente. Yo iba un minuto por detrás. Cuando llegué, ya estaban dentro. Vi cómo el rayo alcanzaba al árbol, vi cómo el árbol se partía y supe lo que iba a ocurrir. Ocurrió todo muy despacio, como en un mal sueño. Corrí y grité, pero no fui lo suficientemente rápido, no grité lo suficientemente alto. El árbol cayó, atravesó el tejado y no logré alcanzarlos.

Annorah le apretó la mano.

—No fue culpa tuya.

Él soltó una carcajada rasgada.

—En eso te equivocas. ¿Quieres saber por qué se cayó el tejado? ¿Quieres saber por qué yo no estaba allí? —esa era la peor parte de la historia. Podría haber aceptado que los accidentes ocurrían. Pero aquello era otra cosa. Aquel accidente había sido culpa suya.

Annorah estaba mirándolo expectante, así que continuó.

—Se suponía que yo debía reforzar las vigas del establo aquella semana. Pero me había tomado un descanso aquella tarde para quedar con una chica que me gustaba. Dejé la última viga sin terminar, porque nunca imaginé que habría una tormenta de verano esa misma noche. Pasé la tarde con ella en una cabaña que había en la propiedad. Seguía allí cuando se desató la tormenta —negó con la cabeza—. Tal vez, si hubiera estado en casa, podría haberles advertido que la viga no estaba lista. Pero tuve que correr casi un kilómetro hasta llegar allí. No puedes decir que no fue culpa mía. Lo fue. Mi padre murió al instante. Stefan quedó atrapado bajo la viga. Yo lo saqué, pero no fue suficiente. Había quedado paralítico y así sigue. Preso en una silla de ruedas porque yo no estaba donde se suponía que debía estar, y lo pagaron ellos.

Vio que Annorah relajaba la mandíbula y estiraba un brazo hacia él.

—Es una historia terrible, pero tienes que perdonarte a ti mismo. Puede que yo no sepa exactamente lo que sientes, pero sí sé lo que es sentirse culpable.

Nicholas se dio cuenta de que era cierto. Ella se enfrentaba a la culpa de saber que sus decisiones afectarían al resto de su familia. Eso no le consolaba. Tal vez ella entendiera un poco lo que sentía.

—Ahora no podré volver a Hartshaven contigo, pero cumpliré con nuestro acuerdo si quieres que lo haga —dijo él. Se levantó para irse, pero Annorah le detuvo con una mano en la muñeca.

—Quiero cumplir algo más que el acuerdo, Nick —sus ojos estaban llenos de palabras silenciosas. Deseaba tenerlo en su cama una vez más y él podía darle eso, podía dárselo a sí mismo. Le dio besos en los ojos. Les quedaba un día y una noche. Sería tiempo suficiente para almacenar recuerdos, para grabar su tacto en su cuerpo. Y comenzó a hacerlo cuando Annorah le rodeó con sus brazos con fuerza, como si no quisiera soltarlo nunca.

Aquello iba bien. Eso era lo que pensaba Bartholomew Redding. Tal vez otros no estuvieran de acuerdo. Para alguien que lo viera desde fuera, podría parecer un pretendiente sin importancia, un puesto de lo más patético, para ser sinceros. Pero él sabía que no era así.

Silbaba para sí mismo, balanceándose sobre sus talones mientras contemplaba la casa desde los jardines, intentando averiguar cuál sería la habitación de Annorah, aunque no fue necesario pensar mucho. En la ventana del centro la luz estaba apagada; era la única habitación completamente a oscuras. Las demás habitaciones de ese lado de la casa seguían iluminadas, principalmente porque seguían todos en el salón o jugando al billar. Los empleados de Georgina Timmerman tenían por costumbre dejar un candil encendido en las habitaciones de todos hasta que se fueran a dormir.

Aunque dudaba que estuvieran durmiendo mucho en aquella habitación. Se encontraba con los caballeros cuando D'Arcy había alegado un dolor de cabeza y se había retirado temprano. Y estaba también con el resto de los invitados cuando Annorah había abandonado discretamente el salón. No hacía falta tener una gran imaginación para saber lo que se encontraría en su habitación. Durante la cena se había comportado de manera descarada, flirteando con toda la mesa. Dudaba que D'Arcy fuera el único que se había excitado cuando se había comido aquella fresa.

Redding palpó la carta doblada que llevaba en el bolsillo. Les concedería aquella noche de paz.

Podía permitirse ser generoso cuando la victoria estaba tan cerca. Además, deseaba que Annorah le sacase partido a su inversión económica.

Oh, sí, ya lo había descubierto todo. Sus contactos de Londres habían sabido dónde buscar la información que deseaba. Lo que le sorprendía era por qué no lo habría adivinado antes. La historia estaba muy trillada. Una mente verdaderamente cínica nunca creería que Annorah, que había logrado mantenerse soltera durante diez años, hubiese aparecido con un prometido después de haber pasado cinco de esos diez años completamente aislada. Que ese prometido fuese deslumbrante, guapo, bien educado y no tuviese un pasado turbio era demasiado sospechoso para no llamar la atención.

Los Timmerman habían visto aquello como un obstáculo. Él lo había visto como un misterio y eso lo cambiaba todo. Ellos no se habían parado a cuestionar la autenticidad de sus palabras. Pero él sí.

La siguiente pregunta era cómo y cuándo utilizar esa información. Porque la noticia se sabría y, cuando eso sucediera, la señorita Price-Ellis se mostraría desesperada por encontrar un refugio en mitad de la tormenta. En un intento por recuperarse del escándalo, estaría encantada de casarse con cualquier hombre que le ofreciera esa protección, incluso con él. Y ese era el plan, claro.

Redding sacó un puro y lo encendió. La llama de la cerilla resplandeció en la oscuridad. Después dio una calada profunda. Sabiendo lo que sabía ahora, la actitud descarada de Annorah durante la cena ya no resultaba sorprendente. Las mosquitas muertas no contrataban acompañantes masculinos. Pero Annorah lo había hecho. Eso hacía que se preguntara qué otros premios tendría reservados para él con el estímulo adecuado.

Diecinueve

¡Nada echaría a perder aquella noche! Annorah se sentía casi tan emocionada como una colegiala en su primer baile, ataviada con un vestido de seda con flores naranjas y turquesas bordadas en el dobladillo de la falda, que le acariciaba los tobillos mientras bajaba las escaleras.

Al menos casi nada. No podía ignorar la realidad de que había llegado su última noche con Nicholas. Era un momento que había sido inevitable desde que enviara la carta, pero un momento en el que se negaba a pensar aquel día. Ya habría tiempo después para entristecerse. Sería mucho más eficaz centrarse en el tiempo feliz que aún le quedaba.

Se quedó sin respiración al entrar en la sala de recepciones, que aquella noche hacía las veces de salón de baile. Había sido transformada en una especie de fantasía de una noche de verano. Habían quitado la alfombra y los muebles habían sido almacenados en otras habitaciones, o simplemente arrinconados contra la pared a modo de asientos. Había flores y velas por todas partes, el techo estaba envuelto en telas ondulantes y oscuras adornadas con brillantes para dar la sensación del cielo en una noche de verano. Al otro extremo de la habitación, los ventanales estaban completamente abiertos para que los invitados tuvieran la impresión de no saber dónde terminaba el salón y comenzaba el exterior. Era un escenario excelente. Sin importar la opinión que le mereciese su tía, Georgina sabía cómo dar una fiesta.

—Es precioso, ¿verdad? —susurró cuando Nicholas se acercó. Resultaba sorprendente que siempre supiera en qué momento aparecía en la sala y se acercaba a ella de inmediato.

Le hizo una reverencia.

—Un entorno precioso para una preciosa dama. No te mereces menos. Esta noche serás mi Titania y yo seré tu Oberón.

Annorah se rio.

—¿Ellos no se pelean? ¿No se hacen todo tipo de trastadas?

Nicholas se encogió de hombros y la condujo hacia el centro de la sala.

—Eso son solo detalles. Lo más importante es que son el rey y la reina del bosque en una noche de verano.

Estaban formándose los grupos para el primer baile, una cuadrilla tradicional, así que se unieron a uno que estaba cerca de los ventanales abiertos.

—Me gusta más tu versión —murmuró Annorah mientras ocupaban sus posiciones.

—A mí también —Nicholas le dirigió una sonrisa traviesa y comenzó el baile. La cuadrilla era un baile largo, lleno de movimientos en los que se juntaban y se separaban, y él la entretuvo con pequeños retazos de conversación que siempre le dejaban con ganas de más.

Durante el primer paso le dijo:

—Cuando pensaba en mediados de verano, nunca me imaginé a mí mismo en un lugar así.

—¿Dónde te imaginabas? —preguntó ella, pero se dio cuenta de que no había tiempo para responder antes de tener que cambiar de compañero.

—Si estuviera en Londres, estaría en Richmond, en el baile de disfraces de lady Hyde —volvieron a separarse, pero con más ansiedad por parte de Annorah. ¿Con quién habría estado? ¿Qué habría estado haciendo? Habría preferido que no hubiera compartido esa información si iba a llegar a contarle aquello. No quería imaginárselo con otra, riéndose, sonriendo, hablando.

Terminó el baile y comenzó de inmediato una polca muy animada que no les dio más oportunidad de hablar. Nicholas se mostró soberbio en aquel baile y ella sintió como si volara mientras la conducía por la pista de baile, esquivando a las demás parejas sin esfuerzo. Con otro compañero de baile, le habría preocupado chocarse con alguien, pero con Nicholas esa idea nunca se le pasó por la cabeza, no cuando había tantas otras cosas en las que pensar: el poder elegante de su cuerpo mientras bailaba, la presión cálida de su mano en la espalda, sus ojos azules que la miraban con humor mientras giraban. Las dudas sembradas por sus comentarios quedaron olvidadas en favor del baile. Nicholas estaba pasándoselo bien.

Ambos se quedaron después sin aliento y Nicholas la condujo hacia el jardín a través de los ventanales abiertos. El lugar estaba lleno de farolillos de papel y había ya varias personas allí disfrutando de la apacible noche veraniega.

—¡No había bailado así en años! —exclamó él con entusiasmo.

—¿En Londres no bailan así?

—En realidad no. Tenemos valses y polcas, claro, pero es todo más tranquilo. Tal vez pensemos que nosotros somos demasiado sofisticados para dar rienda suelta a nuestras pasiones públicamente.

«Nosotros. Nuestras». Lo notaba en sus palabras. No lo decía con mala intención, pero cada vez se alejaba más de ella. Tal vez aquella noche fuese eso, un distanciamiento. Nicholas estaba recordando su otra vida, su vida real. ¿Por qué no iba a hacerlo? Ella ya había planeado cómo iba a pasar las primeras horas lejos de él. Su mente se había adelantado, había hecho listas con todo lo que tenía que hacer en Hartshaven cuando regresara. Era un mecanismo de defensa para no echarlo de menos. Tal vez él estuviese haciendo lo mismo.

—Entonces, ¿echas mucho de menos Londres? Sé que has estado fuera más tiempo del que habías planeado. Pero te lo agradezco —pensó en la carta que había recibido en Hartshaven. No había llegado a contarle de qué se trataba, pero procedía de Londres. Pensó también en los periódicos que había leído durante el desayuno. Parecía ansioso por enterarse de las noticias. Leía metódicamente como si buscase algo. Eso indicaba que estaba muy conectado a la ciudad. Su vida estaba allí, sus vínculos sociales estaban allí.

Se detuvieron junto a una rosaleda cubierta de pequeños capullos rosas. Nicholas estiró la mano para arrancar una de las flores.

—Es más difícil de lo que piensas responder a esa pregunta, Annorah —examinó cuidadosamente la rosa en busca de espinas y se la puso detrás de la oreja—. Cuando pienso en Londres, pienso en todas las cosas que me gustaría enseñarte allí. Es una ciudad fabulosa si le das una oportunidad. No me refiero a las cosas típicas, como el anfiteatro de Astley o la Torre de Londres. Quiero enseñarte mi Londres.

Annorah sonrió.

—Como tu pescador noruego y su *lutefisk*.

—Ah, te acuerdas —el comentario pareció alegrarle. Claro que se acordaba. Qué tonto, no sabía que se acordaba de todo lo que le había dicho y hecho.

—También hay otros lugares. Quiero enseñarte el Soho. Es como una pequeña Europa llena de inmigrantes que han hecho su vida en Londres. El Soho está lleno de restaurantes y comidas de todo tipo.

Annorah podía imaginárselo. El Londres de Nicholas sería como él mismo: vibrante, lleno de vida. Deseaba ver ese Londres.

—Creo que tu Londres sería maravilloso —fue lo único que pudo decir. Decir más habría resultado incómodo. Él no podría enseñarle su Londres igual que ella no podría ir a Londres. La farsa no llegaba hasta ese punto—. ¿Qué harás cuando regreses? —le preguntó. Ambos sabían que no podía quedarse para siempre en la posada que había cerca de Hartshaven. Le dolía preguntárselo, pero a largo plazo tal vez se alegrara de saberlo. Así podría imaginárselo, podría mantenerlo a su lado un poco más. Su mentira no implicaba que estuviese con ella todo el año. Era posible que él fuese a Londres y nunca volviera cuando se cansara de Hartshaven. Al menos así ella podría mirar el reloj y pensar: «Son las seis. Nicholas estará preparándose para la cena. Son las ocho, Nicholas estará yendo a la ópera».

—No lo sé —la respuesta de Nicholas hizo que se sintiera culpable. No tendría nada que hacer en Londres debido a su acuerdo con ella. No trabajaría.

—Bueno, hagas lo que hagas, no creo que eches de menos a Westmore —dijo ella riéndose.

—¿Westmore? No es que me caiga mal, es que es muy difícil conocerlo. Sus circunstancias son un tanto diferentes a las circunstancias del resto de nosotros.

—El resto de nosotros —Annorah imaginó que aquella frase debía de decir mucho sobre Nicholas y sobre la agencia, pero ella no lo entendía, no sabía lo suficiente como para comprender la referencia. Eso le recordó que Nicholas no era todo lo que parecía ser, o era más de lo que parecía. Tenía otra vida—. ¿Vas a decirme lo que significa eso?

—Te diré esto. La mayoría de nosotros hemos caído en desgracia. Westmore está intentando salir de eso.

—¿Y alguna vez me hablarás de tu caída, Nicholas? —era lo que deseaba saber sobre él. ¿Quién era y cómo había llegado a aquel punto? ¿Qué le motivaba? Había algo más que el accidente. Estaba segura de que podría responder a todas esas preguntas si supiera toda su historia.

—Preferiría besarte —Nicholas le levantó la barbilla con el pulgar y el índice. La besó como si fuera lo más natural del mundo y, como siempre, sus besos la hicieron olvidarse de todo. La necesidad por conocer su historia fue sustituida por otra necesidad completamente diferente—. Hay una pérgola más allá de los setos —susurró Nicholas—. Allí tendremos intimidad.

Una última vez. Sería un recuerdo perverso que atesorar; Nicholas y ella al aire libre, durante un baile, con el riesgo a ser descubiertos. Tampoco era que a la gente fuese a importarle demasiado, teniendo en cuenta que estaban prometidos, pero a su tía sí que le importaría un poco. Todos esos elementos juntos hicieron que resultara más delicioso aún.

Se apartaron sigilosamente del camino y se adentraron en las profundidades sombrías de la pérgola, donde no llegaba la luz de los farolillos. Había un banco y Nicholas la sentó sobre su regazo a gran velocidad. Ella tenía ya la falda levantada alrededor de los muslos y sentía la brisa nocturna en las piernas. Nicholas se desabrochó el pantalón y su miembro erecto quedó libre, palpitando contra sus pliegues mientras, con una mano, sacaba un preservativo del bolsillo de su chaqueta.

—¿Siempre vas preparado? —bromeó ella, y le sopló en el oído mientras él se ponía el preservativo.

—No es tanto ir preparado como ir esperanzado, Annorah —respondió él contra su cuello—. Esperaba que tuviéramos la oportunidad de estar juntos. No quería echar a perder esa oportunidad.

Se oyó un ruido a la entrada de la pérgola. Ella sintió la intrusión al notar que Nicholas la estrechaba entre sus brazos con fuerza, para protegerla.

—Siento estropearos la diversión —dijo Westmore—. Pero creo que es mejor que regreséis al salón de baile. Redding está a punto de causar problemas. Puede que ya lo haya hecho. He tardado un rato en encontraros —lo último lo dijo con tono de reproche—. No puedo protegeros si no sé dónde estáis.

Nicholas la ayudó a levantarse y se colocó frente a ella para darle unos segundos para recolocarse la falda, aunque probablemente Westmore ya hubiese visto demasiado. Tenía la sensación de estar de más. La conversación había pasado de palabras de amor a pistolas. Westmore le preguntó a Nicholas si había llevado sus pistolas.

—Yo también tengo las mías, claro —dijo Westmore cuando Nicholas contestó afirmativamente—. No hace falta que te preocupes por eso.

¿Nicholas tenía pistolas? Había estado con ella todo ese tiempo ¿e iba armado?

—¿Qué crees que sabe Redding? —preguntó Nicholas mientras se metía la camisa por debajo del pantalón. Su expresión tranquila había desaparecido y había dado paso a algo mucho más sombrío.

Annorah se sujetó la falda con una mano y se esforzó por seguir los pasos acelerados de los hombres. Se habían olvidado de ella, como sospechaba. Podría haberse quedado en la pérgola arreglándose el pelo. Nicholas había dicho que no estaba unido a Westmore y ahora actuaban como si fueran íntimos amigos.

—Puede ser una de las dos cosas, o las dos —respondió Westmore—. O sabe lo de la agencia o sabe lo de la esposa de lord Burroughs. No hace falta que te diga que sería mejor que fuese lo de Burroughs.

Annorah vio desde atrás cómo Nicholas asentía con la cabeza.

—Entonces el escándalo caería sobre mí sin poner en peligro a la agencia ni a todos los que trabajan en ella.

¿La esposa de Burroughs? ¿De qué se trataba todo aquello? Echó a correr y se interpuso entre ellos.

—¿La esposa de Burroughs? ¿Qué quieres decir? ¿Qué sucede? —no debería haberle sorprendido. Sabía a lo que se dedicaba. Aun así, era diferente enfrentarse a esa realidad en la teoría y en la práctica.

Westmore le dirigió una mirada de impaciencia, como si fuera idiota.

—El marido de su última clienta se puso un poco celoso y ha estado removiendo todo Londres para encontrarlo desde que Nicholas escapara por su ventana. ¿Qué pensabas que estaba haciendo aquí?

Annorah sintió náuseas. Apenas podía respirar.

—Nicholas, ¿eso es cierto? —le agarró la manga de la chaqueta para obligarle a detenerse. Deseó no haberlo hecho. Lo miró a la cara bajo la luz de los farolillos de papel, intentó encontrar en su rostro la negación, pero solo encontró compasión. Compasión por ella, la pobre chica rica que se había comprado un amante y ahora se sorprendía al descubrir que su amante tenía un pasado.

—Sí, es cierto, pero puedo explicarlo, aunque ahora no. Tenemos que regresar, hemos de ver lo que podemos salvar.

Salvar. Era una manera agradable de decir que tenía que esperar y ver qué ocurría para poder planear su próxima estrategia, una estrategia que probablemente la incluyese a ella. ¿Qué tendría que contarle? ¿Qué partes se creería ella? ¿Qué respuestas necesitaría? Annorah se quedó atrás y dejó que los dos hombres siguieran su camino.

Aquello no debería suponer una sorpresa, pero repetirlo una y otra vez no hacía que fuese mejor. No sabía nada sobre él. Nicholas había deseado que fuera así y ella le había permitido que guardase sus secretos, pensando que eso no cambiaría nada. Tal vez no cambiara nada. Todo aquello habría ocurrido de todos modos.

O tal vez no. Tal vez no le hubiera pedido que fuera a casa de su tía, no se hubiera arriesgado a ponerlo en evidencia delante de más gente. Se dejó caer sobre un banco de piedra situado frente al salón de baile. Todas las piezas empezaban a encajar, todas las cosas a las que debería haber prestado atención. Se había dejado llevar por sus besos, por el placer que le había proporcionado.

Pero las pistas habían estado allí desde el principio: los periódicos, la carta, su aceptación a quedarse más tiempo. Viéndolo con perspectiva, podía ver las respuestas. Había leído los periódicos en busca de información sobre su escándalo, en busca de algo que indicara que era seguro volver a casa. La carta también había sido un indicador, solo que probablemente le hubiera dicho lo contrario de lo que esperaba. En la carta debían de haberle dicho que se mantuviera alejado. Sumada a esa advertencia, su invitación a la fiesta, junto con otras mil libras, seguramente le hubiera parecido un regalo divino.

Que ella supiera, Nicholas había cambiado de opinión sobre la idea de regresar a Hartshaven porque había recibido noticias de que podía regresar a Londres. Había sido una idiota y él no era el único culpable. Ella también lo era. Nicholas le había advertido en más de una ocasión sobre lo que podía ocurrir si se relacionaba con él. Ella se había negado a creerlo, o no había imaginado que pudiera ser tan horrible.

Nicholas no le había mentido. La situación era tan mala como le había advertido y eso ni siquiera era lo peor. Se había engañado a sí misma para crear la ilusión más peligrosa de todas: creer que alguien la amaba. Otra vez. Era algo que creía que con Nicholas nunca sucedería. Se había sentido a salvo demasiado pronto y ahora se veía recompensada con la más oscura de las traiciones. Su mente empezó a detenerse y sintió que se le entumecía el cuerpo. Su mundo se había hecho pedazos. Tendría que encontrar la manera de levantarse de aquel banco y seguir hacia delante. Habría repercusiones, se produciría un escándalo y tendría que tomar decisiones que no sabía cómo tomar.

Un ruidoso grupo de jóvenes salió del salón de baile. Todos hablaban a la vez.

—¡Va a haber un duelo! —exclamó uno de ellos—. ¡No puedo creerlo!

—Bueno, aún no —contestó otro—. No es oficial.

—¡Redding prácticamente le ha desafiado! —agregó un tercero.

—Le ha llamado prostituto, si se me permite la expresión. Ningún hombre puede llevar esa etiqueta sin pelear —argumentó el primero—. Si Redding me llamara eso a mí, le dispararía en el acto. D'Arcy ha de desafiarlo.

¿Nicholas en un duelo? Annorah quería creer que aquella idea era ridícula, pero no lo era. Había estado a punto de enfrentarse a otro hombre en Londres. Los duelos formaban parte del Nicholas que no conocía, pero eso no cambiaba el papel que ella había desempeñado en aquella debacle. Ella le había llevado hasta allí, había construido una fantasía que podía ponerle en peligro. Se puso en pie sin abandonar las sombras. No deseaba entrar en el salón, pero no tenía elección. Aquello era culpa suya. Tenía que entrar allí y proteger a Nicholas, aunque estuviera rompiéndosele el corazón. ¿Qué importaba ya si se retiraba a vivir a la pequeña casita situada al norte? La batalla estaba perdida. Tal vez siempre lo hubiera estado. Sin duda aquel era el momento más oscuro de su vida.

Veinte

Proteger a Annorah. Proteger a Westmore. Proteger a Channing. Proteger a la agencia. Pero, sobre todo, proteger a Annorah. La mejor manera de lograrlo era seguir el protocolo de Channing para situaciones difíciles: aislarse y apaciguar. Esas eran las ideas que le pasaron a Nicholas por la cabeza cuando entró al salón de baile seguido de Westmore. Los demás tenían mecanismos de defensa para esas situaciones. Annorah no.

Había visto su cara al dejarla fuera intentando digerir la información que le había dado Westmore con tan poco tacto, agobiado como estaba por alcanzar a Redding cuanto antes. Westmore no era conocido por su sensibilidad y Annorah había pagado por ello. No los había seguido hasta el salón de baile. Tal vez eso fuera lo mejor. Cuanto más alejada estuviera del escándalo que estaba a punto de desatarse, mejor. Porque el escándalo se desataría de manera inmediata. Lo único que él podía controlar era dónde se desataría.

Había grupos reunidos en torno a los Timmerman, y Redding se quedó callado cuando pasó. Andrew Timmerman parecía furioso. Redding, el muy canalla, parecía triunfante. Georgina no sabía qué cara poner. Seguía teniendo la oportunidad de acceder a la fortuna, pero su sobrina había sido víctima otra vez de un desagradable giro de acontecimientos.

—Quiero hablar con vos, señor D'Arcy —comenzó Timmerman.

—Aquí no —respondió Nicholas, y aprovechó la primera oportunidad que tuvo para llevar el conflicto a su manera. Aislarse. La primera norma para manejar una situación difícil era mantenerla contenida. Conseguiría eso con un poco de privacidad. Airear los trapos sucios delante de todos los invitados no serviría de nada. Si Timmerman estaba tan enfadado como para no darse cuenta de eso, Nicholas haría que se diese cuenta.

—Tiene razón —intervino Westmore—. Pase lo que pase, no será un asunto público hasta que no se aclaren las cosas. Vamos a vuestro estudio.

Timmerman empezó a darse cuenta de lo sensato de la idea y pareció relajarse. Nicholas interpretó aquello como una buena señal, pero Redding intervino al darse cuenta de que estaba perdiendo la ventaja. La información solo era valiosa si la gente tenía acceso a ella.

—Quiere acallarlo, Timmerman. ¿No te das cuenta de su estrategia? Es como si estuviera admitiéndolo —dijo Redding—. Si no hubiera nada de lo que preocuparse, querría limpiar públicamente su nombre donde todos pudieran oírlo.

—¿Ya lo has difamado? —preguntó Nicholas—. No hace falta ser muy valiente para hacer circular rumores sobre alguien que no está presente para defenderse.

—Tranquilo —murmuró Westmore.

Pero Nicholas siguió provocando a Redding un poco más.

—La privacidad no es por mí. Es por Annorah, que debería ser vuestra primera preocupación —miró a Redding y después a Georgina—. A no ser que vuestro plan sea humillarla públicamente para poder después rescatarla del fango —no hacía falta ser muy inteligente para entender cómo pensaba un hombre del calibre de Redding—. Eso sería beneficioso para ambos, ¿verdad? Tú tendrías tu dinero y tú —miró a Redding— tendrías una fortuna a tu disposición —una fortuna de cuya magnitud él se había enterado aquella tarde.

Su comentario tuvo el efecto deseado. Georgina palideció y Redding dio un paso atrás. Sería bueno dejar que probaran de su propia medicina. Al igual que él, ellos tampoco deseaban que sus motivos personales se airearan en público. Que se dieran cuenta de que él no era el único allí con algo que perder. Los bastardos mojigatos como Redding se olvidaban con frecuencia de lo transparentes que eran.

—Tal vez ahora queráis ir al estudio —le dijo a Timmerman, que se había quedado mirando a su esposa y a Redding. La distracción de Nicholas había funcionado. Ahora la rabia de Timmerman iba dirigida hacia ellos dos. Al parecer había funcionado demasiado bien.

—Redding, estás aquí por expreso deseo de mi mujer, no por el mío. Quiero que hagas las maletas y que salgas de mi casa en menos de una hora por todos los problemas que has causado.

«No, no. No hagas eso», quiso decir Nicholas. Habían estado a punto de irse al estudio para aclarar las cosas. Pero ahora eso no sucedería. Redding no toleraría que le echaran de allí. A su lado, Westmore se enderezó para confirmar su sospecha. En su cabeza comenzó la cuenta atrás antes del estallido de Redding. «Tres, dos, uno… oh, sí, lo vas a gritar bien alto para que lo oigan todos».

—Eres idiota, Timmerman. Estás alojando a un prostituto bajo tu techo y en cambio echas a un terrateniente legítimo y vecino. Él no es más que un acompañante de pago que ha venido al olor del dinero de tu sobrina. Puede que quieras preguntarte cómo ha llegado hasta aquí. ¿Ha venido porque puede oler el oro o porque tu querida sobrina le ha invitado? Aunque he usado el término «invitar» muy a la ligera. Tal vez deba decir que le ha contratado.

Aquello era más que suficiente. Nick explotó.

—¿Cómo te atreves a poner en duda el honor de

una mujer? —la multitud se había arremolinado en torno a ellos. Ya no había privacidad. Aquello se había convertido en algo público, justo lo que deseaba evitar. Debía ir con cuidado. El peligro de los acontecimientos públicos era que sometían la valentía de un hombre al juicio de sus semejantes. Aun así, podría inclinar la balanza a su favor si actuaba con rapidez. Podría proteger públicamente a Annorah, quizá exculparla públicamente.

Redding sabía que, por el momento, llevaba ventaja.

—¿El honor de una mujer, pero no el tuyo? —se volvió hacia Timmerman—. ¿No te parece interesante la manera que tiene D'Arcy de lanzar el desafío? No ha negado ser lo que decimos que es.

—Recuerda cuál es tu lugar, Redding. Tú y yo somos hombres —recitó Nicholas casi de memoria—. Podemos zanjar nuestras diferencias a nuestra manera. Una mujer no tiene ese recurso, solo cuenta con lo que le permitan sus defensores masculinos —era una de las principales lecciones que Channing enseñaba en la agencia. Oyó toser disimuladamente a Westmore. Al menos su compañero podría informar en la agencia de que había defendido admirablemente el código.

—No has respondido a mi pregunta. Está divagando, Timmerman. Pero no podrá salir de esta —Redding levantó una hoja de papel doblada—. Un conocido de Londres me ha escrito diciendo que corre el rumor de que Nicholas D'Arcy es un cortesano de pago masculino —se carcajeó con malicia—. Mi amigo tiene un vocabulario más educado que la mayoría —miró de nuevo a Nicholas—. Eso ha quedado claro. Lo único que queda por saber es cómo has llegado aquí. ¿Te ha pagado la señorita Price-Ellis?

Todos a su alrededor comenzaron a murmurar, pero después quedaron en silencio. Nadie quería perderse aquello. En el silencio se oyó el murmullo de una falda y la gente empezó a echarse a un lado. No, no quería que fuese Annorah, no quería que apareciese en aquel momento porque solo podría empeorar las cosas. Pensaría que podía salvarlo, que debería salvarlo cargando ella con la culpa. Eso era lo que haría. Era una criatura demasiado literal para pensar más allá del momento. El momento exigía un sacrificio y ella se sacrificaría sin pensar en el daño a largo plazo que le causaría esa verdad. Él no lo toleraría. No tenía nada en contra de la verdad, pero era un arma poderosa que debía usarse con cautela. Miró de reojo a Westmore, el único aliado que le comprendería. Westmore se movió con sigilo y se mezcló con la multitud para llevarse a Annorah. A ella no le gustaría, pero Nicholas tendría que confiar en que Westmore le explicara sus argumentos en su nombre. No volvería a verla. No tendría la oportunidad de despedirse y mucho menos de la manera que había planeado.

Convencido de que Annorah ya habría salido del salón, Nicholas estiró los hombros. Si no podía apaciguar la situación, podría evitarla.

—La señorita Price-Ellis no me pagó para asistir a esta fiesta. Decidí acompañarla por voluntad propia —era cierto. Había decidido asistir tras recibir la carta de Channing. Además, Annorah aún no le había pagado. Oficialmente no había aceptado dinero de ella todavía, y no lo haría en el futuro. Si enviaba el dinero a la agencia, le diría a Channing que lo devolviese.

Timmerman pareció tranquilizarse un poco al ver que limpiaba el nombre de su sobrina. La multitud pareció desinflarse. El escándalo no era tan asombroso como podría haberlo sido. Era bueno que la gente empezara a pensar que Redding les había engañado con sus insinuaciones y con la carta de Londres, pero Nicholas sabía que aún quedaba otro obstáculo. Cuanto antes lo presentase Redding, antes terminaría todo.

—¿Sabe ella a lo que os dedicáis? —el último obstáculo no lo presentó Redding, sino Timmerman. Aquella era la más condenatoria de todas las preguntas, la más peligrosa. Una mentira apenas servía de protección para Annorah. Nicholas no quería que aquel sórdido asunto salpicara la belleza de Hartshaven. Solo haría falta que alguien viajase hasta allí para descubrir la verdad; que había pasado allí toda la semana y que no era un bibliotecario. No habían mirado un solo libro.

—Ella no sabe todo lo que soy, señor —contestó mirando a Timmerman a los ojos—. Nos conocimos por correspondencia y le tengo mucho aprecio, pero nunca habíamos hablado de mi pasado con detalle. No podéis culparla por esto. Nadie puede —aquella última parte iba dirigida al público en general—. Si queréis culpar a alguien, culpad a Redding por haber tenido la poca delicadeza de airear sus sospechas en público en vez de acudir a mí en privado. Incluso podéis culparme a mí por atreverme a venir aquí. Pero no la culpéis a ella.

«Es guapa y divertida, y está sola porque gente como vosotros, todos los que estáis en esta sala, la ha presionado con sus ideas sobre lo que debe hacer con su vida una mujer con dinero, y sobre con quién debe hacerlo. No es de extrañar que acudiera a mí».

Nicholas se había marchado y casi todos los invitados con él. Annorah estaba sentada con Westmore en el estudio, viendo las horas pasar en el enorme reloj. El baile se había disuelto poco después de que terminara el enfrentamiento, aunque ella no lo hubiese presenciado ni tuviese ningún testigo de primera mano que pudiera contarle lo que sin duda se convertiría en una gran leyenda en aquella parte de Sussex. Westmore la había sacado del salón de baile y su tío había ido al estudio media hora más tarde para informarle de que Nicholas se había marchado. Después había vuelto a irse para despedir a los invitados con su tía como si nada hubiese ocurrido.

Se habían oído pisadas en el recibidor mientras otros invitados se retiraban a sus habitaciones, y finalmente la casa había quedado en silencio. Los sirvientes se levantarían temprano para recogerlo todo.

—¿Quieres subir a tu habitación? —le preguntó Westmore en un momento dado—. Debes de estar cansada.

Annorah negó con la cabeza. No estaba cansada, estaba paralizada. Sus tíos regresaron cuando los demás se hubieron marchado. Ella esperaba que no se quedaran mucho, pero no tuvo suerte. Ambos se sentaron y señalaron el inicio de una conversación más larga. Tal vez fuera mejor terminar con todo cuanto antes.

—Annorah, el señor D'Arcy no se ha portado bien contigo y lo sentimos —comenzó su tío—. No te contó todo lo que era. Su vida en Londres era cuestionable, y eso es quedarse corto —era evidente que el tema de la conversación no le agradaba—. No era un acompañante digno de ti ni de cualquier mujer con educación —extendió las manos sobre sus muslos y se quedó mirándose las uñas—. No te obligaré a escuchar los detalles —le dirigió entonces una mirada de súplica a su tía.

Sorprendentemente, la tía Georgina parecía agotada por los acontecimientos de la velada. Estaba pálida y, por primera vez, Annorah vio los signos de la edad en ella.

—Querida, has tenido muy mala suerte con

estas cosas. Ya deberías saber que debes dejarte guiar por aquellos que mejor te conocen. De haberlo hecho, ya estarías casada. Pero ahora vas a perderlo todo.

—Todo no. No creo que la situación sea todavía tan desesperada —aquella voz hizo que Annorah mirase hacia la puerta. Redding entró en el estudio con actitud decidida e intimidante—. Aún queda una solución.

Annorah se quedó helada. Sus tíos miraron a Redding con ojos esperanzados mientras este explicaba el plan que, sin duda, su tía y él habrían tramado antes de que llegara Nicholas.

—Hace mucho tiempo que somos vecinos. Quizá yo podría ofrecerme como marido. Annorah y yo podríamos casarnos a tiempo de satisfacer a los abogados y salvar la fortuna familiar. No es necesario que sufráis.

Annorah palideció. Aquella era la pesadilla que desde el principio había intentado evitar. Ahora, a pesar de todos sus esfuerzos, estaba haciéndose realidad. Tal vez fuera cierto, tal vez nadie pudiera escapar a su destino. La había alcanzado y tendría que enfrentarse sola a él, sola como siempre había estado. Sus tíos ya habían empezado a darle las gracias a Redding por el ofrecimiento.

Pero a ella aún le quedaba un aliado silencioso y olvidado. Grahame Westmore cambió de posición en su sillón y llamó la atención de todos.

—Aún queda el asunto del compromiso que

sigue vigente. Hoy ha salido publicado en *The Times* y creo que el señor D'Arcy ha firmado el acuerdo de compromiso.

—¿Qué has hecho? —Georgina corrió hacia Andrew y, por un momento, Annorah se compadeció de su tío.

—Eras tú la que estaba ansiosa por asegurarnos tener un compromiso a tiempo —respondió Andrew mientras conducía a su furiosa esposa hacia la puerta del estudio. Le dirigió una mirada censuradora cuando esta se preparaba para contestar—. Lo discutiremos arriba.

Redding había regresado discretamente al pasillo tras aquella rabieta doméstica y había dejado a Annorah a solas con Westmore. Ella se levantó y empezó a dar vueltas de un lado a otro de la habitación. Sentía que parte de su entumecimiento por los acontecimientos de la velada empezaba a desaparecer, aunque no estaba segura de si alguna vez podría librarse por completo de esa sensación. Deslizó los dedos por los cachivaches que adornaban el escritorio de su tío.

—Nicholas se ha marchado sin despedirse —antes había pensado que la tristeza que había sentido en la terraza había sido su momento más oscuro, pero eso había sido superado por la desaparición de Nicholas y por la oferta de Redding. Aquello servía para demostrar el proverbio de que las cosas siempre podían ir a peor. Se preguntaba si ya habría tocado fondo. Probablemente no, pues aún tenía que entregar Hartshaven a la beneficencia.

—No tenía elección —respondió Westmore cruzando las piernas y acomodándose en su sillón—. Vuestro tío no podía permitir que Nicholas se quedara. Tenía que pensar también en su reputación. Si los acontecimientos de esta noche hubieran transcurrido en privado, vuestro tío habría tenido más libertad para decidir.

—Yo podría haberle salvado si me hubierais dejado hablar —le dijo Annorah.

Westmore resopló.

—Un sentimiento muy noble, aunque estúpido, señorita Price-Ellis. ¿Qué habríais dicho? Sí, contratasteis a Nicholas para cinco noches de placer al precio de mil libras. ¿Cómo habría podido eso exculparos a alguno de los dos? Os habría condenado a ambos. Él ha hecho un gran esfuerzo para protegeros delante de todos. Yo no podía permitir que todos esos esfuerzos se fueran al traste por culpa de un momento de sacrificio innecesario.

Annorah negó con la cabeza.

—No lo entiendo. Una vez le dije que estaría orgullosa de que me vieran a su lado en cualquier salón. Y, a la primera oportunidad que he tenido de demostrarlo, he salido huyendo, aunque fuera por obligación. Debería haber encontrado la manera.

No iba a conseguir el apoyo de Westmore. Era un hombre práctico en apariencia y también de temperamento. No empatizaba con los sentimientos, algo que había demostrado en tres ocasiones a lo largo de la noche. Aquella era la cuarta. Su siguiente comentario lo confirmó, por si acaso quedaba lugar para la discrepancia.

—¿Por qué querríais demostrar algo así? —preguntó ladeando la cabeza y con las cejas arqueadas—. Creo que vuestros sentimientos hablan bien de vos, pero van en la dirección equivocada. No querréis oír lo que tengo que decir, pero deberíais hacerme caso. Nicholas es un hombre guapo y encantador, mucho más encantador de lo que yo lo seré jamás. No hay una sola mujer en Londres que quisiera echarlo de su cama, pagando o sin pagar. Es como un sueño. Así que permitid que os diga que os ama y todas esas tonterías románticas y después dejadlo marchar, porque eso es lo que hacemos con los sueños. Nos despertamos y nos enfrentamos a nuestro día a día, si somos listos.

—O si nos han hecho daño —respondió Annorah. Westmore tenía razón; no quería oír una sola palabra de lo que le decía—. A mí ya me han hecho daño antes, señor. Hombres que solo me querían por mi dinero. Redding es el peor de todos. Pero a vos os han hecho más daño aún y os habéis negado a recuperaros. Esa es la diferencia entre nosotros.

Una sombra oscureció el rostro de Westmore y le confirió a sus rasgos un aspecto amenazante. Annorah temió haber ido demasiado lejos con aquel hombre al que apenas conocía más allá de lo que le había contado Nicholas. Dio un paso hacia ella.

—¿Consideráis que pagar a un hombre para que os dé placer sexual es estar recuperada? Yo considero que es ser cobarde. Pensabais que sería un juego seguro con el que saciar vuestra curiosidad; todos los beneficios de una relación íntima, pero sin ninguno de los sacrificios. No seríais la primera en hacerlo, pero eso no significa que estéis recuperada.

A través de los cristales de la ventana, Annorah vio que empezaba a clarear. Podía marcharse.

—No me agradan vuestras insinuaciones, señor Westmore.

—¿Mis insinuaciones o yo? No mezclemos las palabras, señorita Price-Ellis.

—Quizá ambas cosas, para ser sincera. Por favor, disculpadme. Voy a decir que preparen mi carruaje —estaba decidida a marcharse con dignidad y estuvo a punto de hacerlo, pero Westmore tuvo la última palabra justo cuando alcanzaba la puerta.

—Las peores mentiras son las que nos decimos a nosotros mismos.

Annorah le lanzó una mirada de reprobación y dejó que el silencio hablara por ella. Se marchaba a su casa, a Hartshaven, donde podría separar la debacle de la belleza de las últimas dos semanas y recomponerse. Solo le cabía esperar que estuvieran allí todas las piezas cuando hubiera terminado.

Aún tenía esa idea en la cabeza cuando despertó a Lily, cuando cargaron su equipaje y el carruaje se alejó de Badger Placer mientras el sol empezaba a asomar por el horizonte. Jamás regresaría a aquel lugar. Apoyó la cabeza en el lateral acolchado del carruaje y se entregó al cansancio, convencida de que, cuando despertara, estaría en Hartshaven, donde todo seguiría como lo había dejado.

Veintiuno

—No te has quedado donde te dejé —Channing juntó las puntas de los dedos y se recostó en el sillón de su despacho. Sobre el escritorio yacía un periódico abierto. Nicholas no necesitó pensar mucho para saber lo que estaba leyendo.

—Me dijiste que no regresara a Londres, que me quedara en el campo —respondió él malhumorado. No había dormido en casi dos días.

—Veo que tampoco has cumplido esas órdenes. En vez de eso, te has prometido con tu última clienta —dijo Channing—. Esto es serio, Nicholas. Burroughs está buscando tu escondite y no fuiste nada discreto en la fiesta de los Timmerman. No es solo tu seguridad la que está en juego, aunque eso debería haber bastado para que tuvieras un poco de cuidado.

Nunca antes había visto a Channing tan enfadado. Se pasó una mano por el pelo.

—¿Qué quieres que haga? Me batiré en duelo con Burroughs si eso arregla las cosas.

—Santo Dios, ¿te estás escuchando? —Channing se puso en pie de un salto y empezó a dar vueltas por la habitación—. ¿Cómo crees que un duelo va a ayudar en algo? Un duelo es como una confesión. La organización corre peligro. No podemos permitírnoslo —tal vez la gente supiera o sospechara a qué se dedicaban los hombres que trabajaban para Channing, pero nadie sabía que trabajaban para la misma agencia ni que Channing Deveril, hijo de un conde, lo coordinaba todo. Era un negocio levantado en secreto. Las clientas necesitaban la misma discreción que los trabajadores de Channing.

—Entonces, ¿qué quieres de mí?

—Quiero saber qué ocurrió en Sussex.

Nicholas se quedó mirándolo fijamente. ¿Cómo iba a explicárselo a Channing si no era capaz de explicárselo a sí mismo? Sí que tenía una explicación, pero la explicación parecía improbable y, aunque fuera cierta, provocaría una situación imposible.

—Es complicado.

—Será mejor que lo sea.

—Te aseguro que es el típico nudo gordiano —respondió Nicholas. Igual que el nudo que sentía en el estómago. No podía dormir, no podía comer, no podía hacer nada que no fuera pensar en Annorah. ¿Se habría ocupado Westmore de ella? ¿Estaría enfadada con él? ¿Le habría perdonado? Probablemente no. Dos días no eran mucho tiempo cuando se trataba de la furia de una mujer.

Channing puso los ojos en blanco.

—Creo que esa es una referencia mitológica de un libro que nunca he leído —Channing era listo como un zorro, pero no un erudito—. ¿Puedes al menos intentarlo?

—No es nada fuera de lo común. Ya sabes lo que pueden ser estos acuerdos a largo plazo —Channing entendería su comentario, aunque su expresión no revelara nada. Durante las vacaciones de Navidad había hecho un encargo y, desde entonces, no había sido el mismo. Nicholas sospechaba que algo había ocurrido, o tal vez no había ocurrido—. Estaré bien —eso era dudoso, pero ¿por qué admitirlo? Eso haría que fuese demasiado real.

Channing le miró con escepticismo.

—¿Y el compromiso? ¿Tampoco pasará nada con eso? Permite que lo dude. Tienes muy mal aspecto. No creo que el compromiso corra mejor suerte.

—Durará un año. Es lo que acordamos —respondió Nicholas incondicionalmente. Era la última lealtad que podía demostrarle a Annorah.

—Supongo que eso significa que no vas a trabajar. Sería extraño para un hombre prometido. ¿Qué harás entonces?

Nicholas se encogió de hombros. Annorah le había preguntado lo mismo. No tenía ni idea.

—Londres es una ciudad entretenida. Seguro que encontraré algo que hacer.

—Burroughs sabrá que has vuelto —le advirtió

Channing—. ¿Has pensado en volver a tu casa? Sería más seguro —se metió la mano en el bolsillo de la chaqueta y sacó un sobre—. La señorita Price-Ellis ha enviado el dinero del acuerdo.

—No puedo aceptarlo —pero era difícil no hacerlo, no pensar en los billetes y en lo que representaban. Ya había empezado a gastarlos mentalmente: cuidaría de Stefan, compraría vestidos para sus hermanas, supondría un alivio para su madre. Pero le debía más a Annorah. Ella tendría su compromiso, pero, si los rumores llegaban hasta Hartshaven, ese compromiso quedaría eclipsado por el escándalo después de la fiesta en Badger Place.

Channing le lanzó el sobre.

—Entonces devuélveselo tú.

Nicholas subió las escaleras hacia las habitaciones privadas. Cada miembro de la organización tenía allí su propio dormitorio, pero las habitaciones no eran para trabajar. Al fin y al cabo aquello no era un burdel. Las habitaciones eran para tener intimidad. Casi ningún empleado de Channing tenía otro sitio al que ir. Necesitaban un techo bajo el que dormir y comida que llevarse a la boca. Desde luego él había necesitado ambas cosas al cruzarse con Channing en el East End.

Vació su baúl y guardó los gemelos y los alfileres de corbata en una pequeña caja que tenía en la cómoda. Desde entonces había recorrido un largo camino. Al llegar a la ciudad, no tenía un solo alfiler de corbata. Cualquier cosa de valor que tuviera la había vendido y había enviado el dinero a su casa mientras intentaba ganarse la vida trabajando para una empresa de transporte en los muelles.

Guardó las camisas en el cajón de la cómoda. Aquella época en los muelles había supuesto un duro despertar para el hijo de un caballero acostumbrado al campo y a la libertad de horarios. Por entonces tenía veintiún años y acababa de abandonar el estilo de vida que había llevado desde su infancia. Pero había dejado a un lado su orgullo, había ido a trabajar y había ahorrado todo lo posible para su madre y para sus dos hermanas. Había vivido encima de la tienda de los pescadores, había compartido sus comidas y había descubierto con sorpresa cómo sobrevivía el resto del mundo. Había conocido a Channing al ir a hacer una entrega a Deveril House en Mayfair. En cuestión de una semana, había aceptado el ofrecimiento de Channing de unirse a su negocio en la calle Jermyn.

Eso había sido seis años atrás. Ahora vivía cómodamente bajo las normas de Channing y, gracias a Annorah, estaba libre de deudas, algo que no habría conseguido si se hubiera quedado en los muelles. Nunca se había arrepentido de su decisión. Su trabajo no era muy diferente a lo que habría sido su vida social si su padre hubiera vivido. Habría ido a Londres y habría hecho muchas de esas cosas a veces. La única diferencia era que él las hacía todas las noches, durante todo el año, en vez de durante la temporada veraniega. Channing no le había obligado a pasar de ser acompañante a compañero de cama. Eso había sucedido con el tiempo de manera natural y a él no le había importado. Hasta ahora.

Hasta que apareciera Annorah y le recordara otros placeres, que la vida podía ser más que pasar de una actividad a otra. Nicholas metió en el armario su maleta de artilugios sexuales. Le daba miedo vaciarla y arriesgarse a sacar también todos sus recuerdos. Habían utilizado bien todos los objetos: el aceite para masaje, la búsqueda del tesoro, las cintas de seda, los preservativos. Pensó en la última conversación real que habían mantenido la noche antes del baile. ¿Comprendería Annorah que el interés era mutuo? ¿Sabría que él también se había dejado llevar por la fantasía?

Se miró en el espejo que había sobre la cómoda. Channing tenía razón. Tenía mal aspecto. Al menos eso se solucionaba con un baño y rodajas de pepino. Llamó a uno de los sirvientes de Channing para que le llevase agua caliente. Fue William quien respondió a la campana. Estaba ansioso por complacer; era otra de las personas que debían su seguridad económica a Channing. Los sirvientes que trabajaban en Argosy House solían ser jóvenes a los que Channing había rescatado de las calles. Los formaba allí, les enseñaba a llevar una casa grande y a ser buenos ayudas de cámara. Cuando cumplieran los dieciocho, Channing les recomendaría y así tendrían la oportunidad de encontrar un trabajo.

—Me alegra que hayáis vuelto, señor —dijo William mientras vaciaba el último cubo de agua caliente—. ¿Lo habéis pasado bien? Tengo aquí también los pepinos.

Nicholas se sumergió en el agua.

—Sí, lo he pasado bien. Y gracias por los pepinos —cerró los ojos, pero volvió a abrirlos y se incorporó—. William, una cosa más antes de irte. Hay un sobre en la cómoda. ¿Puedes asegurarte de que se lo devuelvan a la mujer que lo ha enviado? —volvió a sumergirse en el agua y se puso las rodajas de pepino sobre los ojos con la esperanza de dejar de pensar en todo lo que había perdido. No funcionó.

No había funcionado. Annorah contemplaba los jardines de Hartshaven, agarrada con fuerza a la barandilla de piedra del porche. Nicholas estaba en todas partes. Habían pasado semanas y no había logrado librar a Hartshaven de su presencia. Había recuerdos allá donde miraba y allá donde iba. No podía pasear por el jardín sin recordar su conversación sobre los estambres. No podía salir a aquel mismo porche sin recordar su primer beso, o comer sentada a la mesa sin pensar en sus largas conversaciones.

Y esos lugares ni siquiera eran los peores. Su dormitorio se había convertido en un lugar inhabitable. Se había cambiado de habitación con la excusa de querer redecorar y se había instalado en el cuarto de invitados. Estaba bastante segura de que sus empleados empezaban a sospechar, porque aún no había encargado la pintura, ni el papel ni las muestras de tejidos.

Había intentado olvidarlo. Se había integrado en los círculos de mujeres del pueblo y había hecho más que de costumbre. Había limpiado los áticos y había donado muebles viejos a un proyecto de restauración que estaba llevando a cabo el vicario. Continuó con la escuela de verano para los niños del pueblo. Eso era lo que más le había gustado, aunque estaba llena de recuerdos de Nicholas. Le encantaba cuando los niños se sentaban en su regazo para leer la *Biblia*, o cuando le mostraban sus intentos por escribir sobre sus pizarras. Se prometió pasar más tiempo con ellos en otoño. Había muchas cosas que hacer para ayudar al vicario en sus esfuerzos por instruir a los pequeños, y ella podría hacerlo.

—Señorita, hay una carta para vos —dijo Plumsby al presentarse en la terraza con la bandeja.

Annorah agarró la misiva con cierto entusiasmo ante la idea de volver a tener contacto. Incluso una carta, una breve nota de agradecimiento de Nicholas sería suficiente. Pero el entusiasmo pronto dio paso a la rabia.

La carta era suya. Nicholas no había aceptado el dinero. Dio la vuelta al sobre entre sus manos y su ira aumentó. ¿Por qué? ¿Sería porque ya no quería tener nada más que ver con ella y esa era su manera de decirle que el trabajo había terminado? ¿O porque estaba siendo fiel a las verdades que había dicho para protegerla en el salón de baile de su tío? Westmore le había dicho que Nicholas había asegurado que no había aceptado dinero por acompañarla al baile.

Al final Nicholas no había sido muy diferente del resto de sus debacles amorosas. Simplemente había sido la peor. Los otros al menos la habían deseado por su dinero. Nicholas ni siquiera había deseado eso.

«¡Eso no es justo!», gritó su corazón ante aquel comentario cruel. Tal vez hubiera una tercera opción: Nicholas habría devuelto el dinero porque había deseado acompañarla, no porque necesitara hacerlo. Era una opción improbable. Ella sabía bien que las circunstancias le habían impedido regresar a Hartshaven, pero era difícil de aceptar.

Sería fiel a su acuerdo aunque él no lo fuera. Estaba demostrando ser muy testarudo, pero le resultaría más difícil rechazar el dinero en sus narices. Una idea empezó a tomar forma en su cabeza. Golpeó la barandilla con los dedos mientras elaboraba un plan. Iría a Londres y le daría el dinero en persona. Nadie devolvía mil libras por un trabajo para el que había sido contratado sin una buena razón. Le vería una última vez y sabría de una vez por todas si había algo real entre ellos.

Annorah sabía que la respuesta podría hacerle

daño. Sabía que iba a ir a Londres a entregarle no solo el dinero, sino a entregarse a sí misma también. Se plantaría ante él y le desafiaría a rechazar su corazón y su dinero.

Cuando Nicholas D'Arcy la había despertado, había despertado a una tigresa. Durante trece años, había afrontado su situación de manera pasiva. Había esperado a los abogados, había esperado a su tía, había esperado a los pretendientes, había esperado lo inevitable. Tal vez incluso hubiese esperado a que llegase aquel momento en el que no le quedara nada más, nadie más. Solo ella frente a su destino.

Golpeó el sobre contra la palma de su mano. Dependía de ella.

—Plumsby, dile a Lily que haga mi maleta. Voy a Londres a por pintura y muestras de tela.

Veintidós

Londres estaba lleno de vida allí donde miraba. Era casi abrumador, y eso solo desde la habitación de su hotel. Annorah no recordaba que la ciudad fuese tan bulliciosa la última vez que había estado allí, pero se había desenvuelto bien. La rabia era una fuente de energía asombrosa. Se había convertido en un torbellino de eficiencia, haciendo las cosas en el momento, no más tarde. Tenía habitaciones en Grillon's, una cita con una modista y otra en un prestigioso almacén de los muelles que vendía telas de calidad. Había empleado casi todo su primer día en la ciudad encargándose de aquello. Ahora eran las cuatro en punto y tenía una decisión que tomar.

Sacó una tarjeta de su bolso y se quedó mirándola, debatiéndose. El sentido común le decía que debía ir al restaurante y tomar el té como el resto de damas que se alojaban allí, o también podía ir a la agencia. La dirección de la tarjeta le devolvía la mirada, desafiándola a hacerlo. Tal vez debiera enviar una nota para concertar una cita para el día siguiente.

La rabia alimentó su respuesta. No, no podía esperar. ¿Y si Nicholas se negaba a verla? Si le avisaba, le daría esa opción. Perdería el factor sorpresa, pero mantendría su dignidad. Si no deseaba verla, la agencia no se vería obligada a cerrarle la puerta en las narices. Le contestaría con una nota educada diciendo que lo lamentaba, pero que no podía verla porque estaba muy ocupado.

Annorah no toleraría semejante respuesta. Eso no resolvería el problema del dinero, y tampoco era lo que había ido a hacer allí. Si se había atrevido a enfrentarse a aquella ciudad apestosa y abarrotada en pleno mes de julio, no iba a conformarse con medias tintas y a quedarse sentada en su hotel escribiendo una nota. Tenía dinero que darle, dinero que era suyo por derecho, y tenía que hacerlo en persona. Nicholas no le había dejado otra opción al devolverle la carta sin abrir. Y Annorah Price-Ellis estaba cansada de que no le dejaran otra opción.

Llamó a Lily, que estaba en el dormitorio contiguo a la sala de estar.

—Necesito el vestido azul de paseo. Vamos a salir —por fin había declarado públicamente sus intenciones. Ya no podría echarse atrás.

—¿Vamos? ¿Yo también voy? —Lily parecía sorprendida y entusiasmada. Nunca había salido del pueblo.

—Sí, Lily. Te necesitaré —contestó Annorah con una sonrisa al ver el entusiasmo de la muchacha—. Una dama nunca va a ninguna parte sin su doncella en la ciudad —la doncella haría de carabina y le concedería cierto decoro a una mujer sola en la ciudad, pero Annorah pensaba que más bien sería al revés. Ella sería más carabina para Lily que Lily para ella.

Aun así, Londres era un lugar lleno de normas. Sabía que estaba traspasando la barrera de la decencia al presentarse en persona. Era inconcebible que una mujer soltera fuese al domicilio de un caballero. Conocía los barrios lo suficiente como para saber que la calle Jermyn era conocida por alojar a solteros adinerados. Esperaba que la presencia de una doncella y su edad madura compensaran toda la decencia de que carecería la visita. Además, tampoco era que fuese a un domicilio particular. Era un negocio.

Solo que no parecía un negocio. Annorah estaba replanteándose aquel último argumento sobre la decencia una hora y media más tarde. Se asomó por la ventana del carruaje una vez más y después volvió a mirar la tarjeta para asegurarse de que la dirección fuese la correcta: calle Jermyn, 619. Aquel era el lugar, pero parecía ser una casa señorial. La única diferencia entre esa y las demás casas de la calle era que aquella no parecía haber sido convertida en apartamentos. Aquella parecía estar intacta.

—¿Este es el lugar? —preguntó Lily con asombro mientras contemplaba el edificio.

—Eso creo —Annorah reunió el valor aunque el corazón le latiese desbocado. Había muchas razones que explicaban aquellos latidos acelerados. ¿Qué se encontraría en la puerta? ¿La rechazarían? ¿Le permitirían pasar? ¿Sería eso peor? ¿Estaría él allí? Nunca sabría las respuestas a esas preguntas si no se movía—. Espérame aquí, Lily. Puede que tarde un rato.

En la puerta, una placa en negro y bronce anunciaba que, en efecto, aquella era Argosy House, pero nada más. No había señal alguna que indicara que se trataba de las oficinas de la agencia. Levantó la aldaba, una cabeza de león de bronce, aunque estaba segura de que cualquiera que estuviese dentro ya habría oído los latidos de su corazón. La aldaba le parecía superflua.

La puerta se abrió y al otro lado apareció un mayordomo, como en cualquier casa normal. Annorah tenía su tarjeta y su discurso preparados de antemano.

—Buenas tardes, me gustaría poder hablar con el señor D'Arcy —dijo mientras le entregaba la tarjeta al mayordomo.

—Por aquí, señorita. Veré si está en casa —el mayordomo la invitó a pasar y ella respiró aliviada. Al menos no la había dejado de pie en la puerta. Cierto que nadie en la ciudad la conocía, pero resultaba incómodo tener que esperar a alguien en la puerta mientras la gente de dentro decidía si era o no digna de entrar en su casa.

El mayordomo la condujo hasta una pequeña sala de estar situada junto al recibidor.

—¿Os apetece un té?

Annorah negó con la cabeza.

—No, gracias —respondió, pero interpretó aquello como una señal esperanzadora. No le habría ofrecido un té si Nicholas no estuviera en casa. Requería un esfuerzo preparar el té, demasiado esfuerzo si después iban a decirle que se marchara.

El mayordomo despareció y ella se entretuvo observando la habitación. Estaba decorada con papel de rayas de color crema sobre crema. La sutileza de dichas rayas le confería elegancia a lo que, de otro modo, habría resultado simple. El sofá y el sillón a juego estaban tapizados con quimón azul oscuro estampado con flores. En la mesita había un jarrón chino de color azul con flores frescas.

Pasaron quince minutos. No apareció nadie. Quizá debiera haberse pensado mejor lo del té. Se le ocurrió de pronto algo horrible. ¿Y si Nicholas estaba con alguien? ¿Se habría olvidado ya de su acuerdo? Cerró los ojos e intentó no pensar en eso. Aun así, tenía que ser realista. Había vuelto a Londres. Había vuelto a trabajar. Era a lo que se dedicaba y ella lo sabía. Tenía que mantener la mente centrada en sus objetivos. Intentó recuperar su rabia.

Había ido allí para darle dinero. Había ido para

verlo una última vez porque deseaba poner fin al asunto, no porque albergara una fantasía imposible de amor mutuo. Podía admitir que se había enamorado de él, siempre y cuando comprendiera lo que eso significaba y lo que no significaba. Eso no exigía que él se hubiera enamorado de ella, que sus fantasías fueran correspondidas. Oyó pasos en el recibidor, pasos decididos sobre el suelo de madera. ¡Se acercaba! Annorah levantó la mirada y se puso en pie sin dejar de mirar hacia la puerta, pero su mirada se encontró con la decepción.

No era él.

El hombre que entró en la habitación no se parecía en nada a Nicholas. Era alto, pero ahí terminaba el parecido. Aquel hombre era delgado y tenía el pelo más rubio que hubiera visto jamás. También tenía unos ojos amables.

—Señorita Price-Ellis, qué sorpresa más agradable. Lamento que hayáis tenido que esperar. Soy Channing Deveril. Bienvenida a Argosy House. Por favor, sentaos. El té está en camino —ocupó el sillón y cruzó una pierna sobre su rodilla—. ¿En qué puedo ayudaros?

—¿El señor D'Arcy se reunirá con nosotros? —era improbable, teniendo en cuenta que aquel hombre estaba ofreciéndole su ayuda.

—Me temo que no. El señor D'Arcy ha salido esta tarde, pero yo estaré encantado de darle cualquier mensaje que queráis dejar o responder a cualquier pregunta que tengáis.

Llegó el té y Annorah se entretuvo en servirlo mientras ordenaba sus pensamientos. ¿Qué significaba todo aquello? ¿Estaría Nicholas arriba en ese mismo momento, evitándola? ¿El señor Deveril sería un emisario enviado para deshacerse educadamente de ella? ¿O Nicholas habría salido realmente y Deveril decía la verdad?

—Leche, sí, por favor —el señor Deveril aceptó la taza que le ofrecía—. Por favor, señorita Price-Ellis, podéis hablar conmigo. Sé que el señor D'Arcy os tenía en alta estima. Lamentará no haber estado presente hoy —era una respuesta ensayada. Probablemente no fuese la primera vez que se veía obligado a intervenir.

—¿Tenéis que hacer esto con frecuencia, señor Deveril? Consolar a las clientas del señor D'Arcy, quiero decir —Annorah le dirigió una sonrisa por encima del borde de su taza para suavizar la brusquedad del comentario.

—Normalmente dejo que se encargue él mismo —respondió él. De modo que Nicholas estaba efectivamente fuera de casa. Annorah sintió unos celos irracionales. ¿Estaría con otra mujer aunque hubiera prometido que no sería así?

—He venido porque él y yo tenemos un asunto inconcluso. Le debo sus honorarios. Tengo razones para creer que no aceptará el dinero si me limito a dejar una nota para el banco.

Los ojos del señor Deveril se iluminaron con comprensión y cierta reserva.

—Ah, sí, el pago por la desafortunada fiesta y el compromiso. Os agradezco que lo hayáis traído, pero espero que no fuera esa vuestra única razón para venir a la ciudad. No lo aceptará. No puede. Lo ha dejado muy caro —no le dijo nada más que eso. Ambos sabían que era muy delgada la línea entre ayudarla a ella y proteger la privacidad de su empleado.

Annorah colocó sobre la mesa el sobre lleno de dinero. No había nada como ver mil libras en billetes para hacer a alguien cambiar de opinión. Era mucho más difícil renunciar al dinero tangible que al teórico.

—Confío en que os aseguréis de que lo reciba en algún momento. No tenéis por qué dárselo directamente. Tal vez conozcáis el estado de sus finanzas y podáis invertir el dinero en algo que necesite —Deveril pareció dudar—. Sé que tiene familia. Tal vez pueda enviarles el dinero a ellos.

Ese comentario llamó la atención de Deveril.

—¿Os ha hablado de su familia?

Por fin una victoria; una victoria muy pequeña, pero al menos empezaba a romper el hielo de aquel encuentro.

—Me habló de su hermano, Stefan, y de los veranos que pasaban buscando tesoros. Creo que su familia está en Stour.

Deveril se quedó mirándola durante varios segundos.

—¿De verdad? Me resulta interesante. Nicholas

es una persona muy reservada. Hay muchas cosas que ni siquiera me cuenta a mí —alcanzó un pastelito de nata que había en la bandeja, pero Annorah no se dejó engañar por aquel gesto despreocupado. Estaba intentando averiguar algo—. ¿De qué otras cosas hablasteis?

No había malicia en su interrogatorio. Podía confiar en él y tenía que hacerlo. Era su única manera de acceder a Nicholas por el momento.

—*Lutefisk*. Me habló del *lutefisk* —arrugó la nariz al decirlo—. Me dijo que en una ocasión vivió con un pescador noruego y con su familia —de pronto se le ocurrió una cosa—. ¿Vos sois la razón por la que los dejó? ¿Le ofrecisteis algo mejor?

Deveril asintió.

—No habría durado mucho en los muelles. Ser empleado en una empresa de transportes no era lo suyo. Está demasiado vivo para pasarse la vida encerrado allí —dejó su taza de té, se puso en pie y agarró el sobre con el dinero—. Me aseguraré de que su familia lo reciba. ¿Queríais algo más?

Era su manera de decirle que se marchara, así que captó la indirecta y se puso en pie también.

—Gracias por enviarme a Nicholas. Me preocupo por él. Es un buen hombre —vio que Deveril tomaba aliento. Iba a decir algo conciliador, algo educado y genérico que probablemente les diría a todas las mujeres destrozadas que se presentasen en su puerta con la esperanza de ver a Nicholas

D'Arcy. Así que Annorah levantó una mano para detenerlo—. Por favor, podéis pensar lo que queráis, pero para mí esto no es un encaprichamiento pasajero. Ojalá las cosas hubieran sido diferentes. Nos hacíamos felices. Sé lo valioso que es eso. Gracias por vuestro tiempo, señor Deveril.

Pasó frente a él, pero Deveril comenzó a caminar a su lado.

—Espero que disfrutéis de Londres. ¿Os quedaréis mucho tiempo? —parecía vacilante, como si estuviese sopesando una decisión en su cabeza.

—No. No me interesa mucho Londres. Vengo lo imprescindible —Annorah soltó una carcajada—. Tengo habitaciones reservadas en Grillon's para esta visita —se detuvo y decidió ser completamente sincera—. He venido específicamente por Nicholas —después de aquella visita, dudaba que tuviera razones para volver en mucho tiempo. ¿Cómo iba a volver, sabiendo que Nicholas estaba en Londres y que ella no podía verlo? Sería como una tortura. Mejor quedarse en Hartshaven y vivir de los recuerdos. Era otro tipo de tortura, pero menos horrible.

—Es cierto que Nicholas no está aquí —dijo Deveril tras tomar aliento. La agarró del codo y la condujo a una pequeña antesala situada junto a la puerta de entrada—. Antes de que os conociera, había ciertos problemas que implicaban un duelo. Ahora mismo Londres no es un lugar seguro para él. Tiene intención de honrar el año de compromiso que tiene con vos. No podría hacer eso si se quedara en la ciudad, como sin duda comprenderéis. Dado que os ha hablado de su familia, y teniendo en cuenta vuestras circunstancias, os contaré esto en absoluta confianza. Nicholas se ha ido a su casa.

Entonces iría a buscarlo. Había ido hasta Londres. Podía ir también a Stour.

Veintitrés

No estaba funcionando. Nicholas tuvo que reconocer la verdad pasadas tres semanas. Estar en casa no borraba la pérdida de Annorah. Tampoco hacía que resultase más fácil enfrentarse a sus fantasmas. Ni siquiera el trabajo duro, como arreglar el tejado del establo en pleno julio, le ayudaba. Nick se detuvo, dejó el martillo y se secó la frente. Allí hacía más calor que en el infierno. Alcanzó el agua que había llevado consigo y bebió. Tal vez le hubiera ayudado si los demás no hubieran sido tan extremadamente amables con él. Su madre, sus hermanas, incluso Stefan, todos le habían recibido como al hijo pródigo.

Stefan se había alegrado mucho de verlo y se había mostrado dispuesto a retomar su relación donde la habían dejado años atrás. Siempre habían estado unidos, pero Nick no había imaginado que su hermano le recibiría con tanto cariño. Al fin y al

301

cabo, era culpa suya que estuviese en una silla de ruedas. Pero Stefan no lo veía así.

En cuanto a sus hermanas y a su madre, se habían alegrado también de verlo y le habían mostrado todas las cosas que habían podido hacer con el dinero que les había enviado durante esos años. Se preguntaba qué harían si supieran que todo lo que decían le hacía sentir culpable. Se sentía culpable por el dinero que no había querido aceptar de Annorah. Se sentía culpable por ocultarles su vida en Londres. Se sentía culpable cada vez que miraba a Stefan y sabía que era responsable de su situación.

Nick siguió trabajando, golpeando con el martillo una tabla de madera con más fuerza de la que era necesaria. Annorah se equivocaba; él no era bueno. Había sido muy malo y aquellas eran las recompensas por sus pecados. Incluso cuando intentaba hacer el bien, salía mal. Annorah era prueba de eso. Debería haberse ceñido a lo que conocía: el sexo y las mujeres, no el matrimonio. Había hecho que el escándalo le salpicara a ella al excederse en sus obligaciones, por muy nobles que hubieran sido sus intenciones. Esperaba que estuviese llevándolo bien, que la vida en Hartshaven no hubiese cambiado.

—¡Nick, tenemos visita! —la voz de Stefan interrumpió sus pensamientos.

Nicholas miró hacia abajo y vio a su hermano en su silla acercándose al establo. Le sorprendía lo mucho que había mejorado con la silla desde la última vez que lo viera. En aquellos días, Stefan estaba pálido y delgado; un inválido que había pasado demasiado tiempo confinado en la enfermería. Pero el hombre que le había recibido a su vuelta era un hombre robusto y saludable, con unos brazos fuertes resultado del esfuerzo de tener que moverse con la silla.

—¿De quién se trata? —preguntó Nicholas mientras bajaba por la escalera.

—¿No lo sabes? —bromeó Stefan con una sonrisa—. ¿No es esta tu gran sorpresa? Me preguntaba cuándo aparecería —cuando Nicholas no dijo nada, Stefan continuó—. Tu prometida. Sobre la que hemos leído en los periódicos londinenses. Supongo que te acordarás de ella.

Nicholas tuvo que hacer un esfuerzo por no caerse de la escalera. ¿Annorah estaba allí? ¿Stefan sabía lo de su supuesta prometida?

—¿Cómo sabes que estamos prometidos? —preguntó.

—Puede que vivamos en el campo, pero no estamos completamente aislados. Cuando te fuiste a Londres y empezaste a enviar cartas, mamá decidió que sería mejor suscribirnos a *The Times* para poder estar informados. Temía que te pareciésemos aburridos cuando regresaras a casa. Vimos el anuncio. Estábamos esperando a que dijeras algo.

Nick empezó a sentir un nudo en el estómago. ¿Qué parte debería contarles?

—Stefan, ¿qué más sabe la familia? —¿cómo iba a decirles que el compromiso no era real? ¿Estaría Annorah ya allí dentro, contándoselo todo a su madre? ¿O estaría allí creando falsas esperanzas? Su madre ansiaba que se casara. Debía de haberle hecho mucha ilusión la noticia del compromiso. Una parte de él temía entrar en la sala y enfrentarse a Annorah delante de toda su familia, aunque otra parte de él deseaba correr hacia la casa.

Stefan le tocó el brazo.

—Sé que no trabajas como empleado para una empresa de transportes —le dijo para confirmar lo peor.

—¿Y mamá y las chicas? ¿Qué saben ellas?

—Mamá sabe que eres el hombre de todas las mujeres. Ve lo que dicen de ti en la columna de sociedad. Creo que es lo único que sabe. Sabe lo del incidente con lord Burroughs. Se pasó una semana con miedo a que te batieras en duelo. Yo he intentado protegerlas un poco de tu realidad —su hermano sonrió—. Todo ha acabado bien. Quizá quieras contármelo alguna vez.

Stefan estaba dando por hecho nuevamente que volvían a estar unidos, como hermanos que recorrían el campo en busca de aventura, igual que en su infancia, pero también había dolor allí, aunque fuera sutil. Stefan deseaba formar parte de su vida. Le dolía quedarse al margen igual que le dolía a Nick verse incluido. Sintió un nudo en la garganta al darse cuenta de eso. Annorah le diría que aquel era el regalo de la familia: gente que le quería y que se preocupaba por él sin importar lo que pasara.

Pero eso hacía que aceptar ese regalo fuese más difícil. No se merecía la bondad de Stefan. Durante todos esos años, Stefan le había protegido cuando debería haberse sentido avergonzado.

—No ha acabado bien, Stefan. El compromiso no es real. Es una farsa para proteger su herencia. De hecho no sé para qué ha venido —aunque podía imaginárselo. A Annorah no le habría gustado que le hubiese devuelto el dinero. Eso le hizo preguntarse cómo habría descubierto que estaba allí. Solo Channing podía habérselo dicho. Tendría que hablar seriamente con él la próxima vez que le viera.

—Ha recorrido un largo camino por algo que no es real —observó Stefan mientras comenzaban el lento camino hacia la casa—. Me ha caído bien. Solo he hablado con ella unos minutos antes de que mamá me enviara a buscarte, pero me ha caído bien. Es amable. Enseguida ha sabido quién era yo. Además, lleva el camafeo de mamá, lo cual me hace pensar que mientes, hermano.

—No puedo casarme con ella, Stefan —Nick agarró una piedra del suelo y la lanzó para aliviar su frustración.

—¿No puedes o no quieres? Puede que el compromiso sea una fachada, pero tus sentimientos no lo son. Ella significa algo para ti y creo que tú significas algo para ella. Te conozco, Nick. Eres muy reservado. No hablas con nadie de ti mismo, pero a ella le hablaste de tu familia.

—Es complicado, Stefan. No hay tiempo para explicaciones. Tiene mucho dinero y, si le pido que se case conmigo ahora, siempre pensará que es por el dinero. Hay gente que dirá que la convencí con mis besos.

Stefan pareció reflexionar sobre eso durante unos segundos.

—¿Es esa la única razón por la que no quieres casarte con ella?

—La arrastraré hacia el fondo. Ella lleva una escuela en el pueblo. Es la bondad personificada.

—Espera, no seguirás culpándote por la noche de la tormenta, ¿verdad? —preguntó su hermano.

—Es culpa mía —respondió Nick con severidad—. No estaba allí cuando se suponía que debía estar. Papá murió y tú saliste malherido.

Stefan le puso una mano con firmeza en el brazo.

—Nunca te he culpado por eso. Los accidentes ocurren. No dejes que el pasado condicione tu futuro, Nick. En todo caso, aquella noche me salvaste. Me sacaste de debajo de la viga —llegaron a los escalones, donde habían construido una rampa para que Stefan pudiera acceder a la casa—. Adelante. Yo iré enseguida. Entra y dile por qué no quieres casarte con ella, y que decida ella.

Ese era el problema. Ya le había contado lo peor y aun así no había sido suficiente. Annorah no se había alejado. Al contrario, había ido a buscarlo. Nick la oyó antes de verla; oyó su risa mientras hablaba con su madre. Se dio cuenta entonces de que sería justo el tipo de mujer que su madre querría para él. Nunca antes se había parado a pensarlo. No tenía necesidad. Pero de pronto ahora sí que la tenía. Se la imaginaba allí, con su familia, se la imaginaba fundando una escuela de verano como la que tenía en Hartshaven. Y entonces estuvo a punto de rompérsele el corazón.

Ella levantó la mirada cuando entró en la habitación. Iba vestida de blanco y con el pelo recogido en un moño bajo a la altura del cuello. Ni siquiera el calor de julio le hacía perder su esplendor. Él debería haberse cambiado, debería haberse lavado en la fuente. Estaba sucio. Ella lo miró a los ojos y aquello delató sus nervios. No estaba segura del recibimiento que obtendría. Comprendería lo atrevida que era aquella aparición por sorpresa.

—Annorah, estás aquí —Nick dio un paso hacia delante, le dio la mano y se la llevó a los labios como había hecho aquel primer día en Hartshaven—. Ya has conocido a todos. Stefan ya está alabándote.

—Deberías habernos dicho que venía, pero es una sorpresa maravillosa —intervino su madre—. Estábamos esperando a que dijeras algo, Nick —se volvió hacia Annorah—. Lo leímos en *The Times*. Estamos suscritos. Pero queríamos que Nick nos lo contara a su manera, cuando estuviera preparado. Y ya lo ha hecho.

Annorah simplemente sonrió y le miró. Tenía que hablar con ella a solas antes de que su madre y ella empezaran a ponerle nombre a su primer hijo.

—Mamá, si nos disculpas, me gustaría hablar con Annorah un momento.

—Por supuesto. Iré a preparar algo fresco para beber.

Nicholas cerró la puerta tras ella y miró a Annorah. Era tan guapa que lo único que deseaba hacer era mirarla. ¿Cómo había sobrevivido tres semanas sin verla? Sus ojos brillaban con alegría y Nick supo lo que iba a decir antes de que hablara. Serían las palabras que él ansiaba oír, que le perdonarían, que le concederían el futuro que pensaba que no podría alcanzar, una oportunidad para casarse, para formar una familia. Su propio cuento de hadas. Pero los finales felices no eran para él. Supo entonces que tenía que rechazar cualquier cosa que fuese a ofrecerle.

—Bueno, Annorah, ¿qué te trae por Stour?

—Ese no es precisamente el recibimiento que una mujer desea oír —contestó ella con una sonrisa, y reunió el valor para superar aquella fría bienvenida. Incluso sudoroso y sucio, estaba guapísimo. Sacó el sobre—. He venido a buscarte, Nick. No aceptas mi dinero, pero tal vez me aceptes a mí.

—Para, Annorah.

Pero ya no podía dar marcha atrás. Era algo demasiado importante para ambos.

—He oído lo peor. Conozco tus secretos y eso

no es suficiente para espantarme. He tenido tiempo para pensar y mi conclusión es que cargas con demasiadas cosas sobre tus hombros. Lo que ocurrió fue una tragedia, pero no fue culpa tuya. No puedes seguir castigándote —estiró los brazos para agarrarle las manos—. ¿Qué podrías haber hecho? ¿Correr más deprisa para qué? ¿Para atrapar el árbol? ¿Para evitar que cayera? ¿Para retener al propio rayo?

—Siempre me he preguntado si debería haber movido a Stefan aquella noche. Si, al hacerlo, le causé más lesiones. Solo podía pensar en sacarlo de allí por si acaso el resto del tejado se venía abajo, o por si un caballo se soltaba y le aplastaba.

—No puedes culparte. Hiciste todo lo posible —deseaba liberarlo, darle la absolución. Aquel era el lugar al que iba cuando se alejaba de ella, aquel lugar embrujado lleno de recuerdos y de dudas.

—Tú no lo sabes, no estabas allí —empezó a protestar. Pero ella no lo toleraría. Sabía bien cómo funcionaba al mecanismo de defensa que dejaba a la gente siempre sumida en su tristeza.

—Tienes razón. No estaba allí. Pero estaba en un lugar parecido. Mírame, Nicholas —se quedó mirándolo hasta que se vio obligado a levantar la cabeza—. Cuando mis padres murieron por aquella enfermedad, yo también quise morirme. Me habían arrebatado toda mi vida. Estaba enfadada con mi madre por haber ido a cuidar de los enfermos, enfadada con mi padre por dejarse ir, y enfadada conmigo misma por no enfermar y morir también. ¿Por qué yo? ¿Por qué todos a mi alrededor enfermaban y yo no? Sigo sin tener la respuesta y probablemente nunca la tenga. El caso es que tú y yo nos libramos. Nosotros podemos continuar.

Entonces fue ella la que miró hacia abajo.

—¿Puedo confesarte algo yo también? —eso llamó su atención. Ella tragó saliva y lo miró a los ojos—. Hasta que te conocí, no había podido continuar del todo. Me había convencido a mí misma que era suficiente para sobrevivir. Pero tú me has enseñado que no es suficiente —hizo una pausa para reunir el valor—. Fui a Londres a buscarte y, al no encontrarte, he venido aquí no solo para asegurarme de que aceptaras el dinero.

—Entonces, ¿para qué has venido?

—He venido a por ti. Te deseo, Nicholas D'Arcy, pero tú tienes que desearme también. No puedo ser como esas mujeres de tu pasado. No deseo tener solo tu cuerpo. Necesito tener tu mente y tu corazón porque esas son las cosas que me gustan de ti. ¿Puedo, Nicholas? ¿Puedo tener esas cosas?

—¿No has escuchado nada de lo que te he dicho? ¿No has mirado a tu alrededor? —Nicholas comenzó a dar vueltas de un lado a otro—. Tengo una familia que mantener: una madre, dos hermanos, un hermano tullido. Ya los conoces. Ellos siempre me necesitarán. Y el escándalo siempre me encontrará —sabía que aquello eran excusas. Estaba divagando. Deseaba aceptar. Deseaba ser egoísta y aceptar todo lo que estaba ofreciéndole. No era por el dinero, era por ella. La deseaba. Podría haber sido pobre y aun así la habría deseado.

—Yo te he escuchado —dijo ella mirándolo a los ojos—. Pero ¿me has escuchado tú a mí? No me importan los títulos ni el dinero. Tengo todo el dinero que necesitaremos en nuestra vida. Podrás construirle a tu hermano un hospital entero si quieres, pero, por lo que he visto, no lo necesita. Y te equivocas. Sí que puedes darme algo. Tienes una familia. Me encantaría volver a tener una familia. Compartiré la tuya contigo en tu casa o en Hartshaven, si quieres llevarlos allí. Lo único que necesito saber es la respuesta a mi pregunta. ¿Puedo tenerte en cuerpo y alma, Nicholas D'Arcy?

Annorah contuvo la respiración. Se sentía viva, algo que no había sentido seis semanas atrás, cuando todo aquello había empezado. Por entonces pensaba que solo le quedaba un mes de vida, de vida de verdad. Ahora, en cambio, contemplaba ante ella la posibilidad de una vida entera. Lo miró a la cara en busca de alguna señal. Sus ojos comenzaron a arrugarse y a encenderse con una chispa. Después su boca, esa boca tan deseable, se tornó en una sonrisa que le produjo un escalofrío que recorrió todo su cuerpo.

—Vaya, señorita Price-Ellis —murmuró él—. ¿Se trata de una declaración o de un acuerdo empresarial?

Ella sonrió y experimentó un gran alivio. La había salvado; no había salvado su fortuna, ni Hartshaven, la había salvado a ella.

—Ninguna de las dos cosas, Nicholas. Esto es para siempre.

—Entonces acepto —sonrió y la acercó a él.

Epílogo

La boda fue sencilla. Se celebró en la parroquia de Nicholas y asistió la familia y algunos amigos cercanos de los D'Arcy. Hubo flores frescas y vestidos bonitos para la novia y para las hermanas de Nick. Fue un acontecimiento sencillo porque, como a Annorah le gustaba decir, el amor era sencillo cuando se entendía bien.

La noticia en Londres causó un gran revuelo. Nadie podía creerse que Nick D'Arcy se hubiera casado de verdad, y con una heredera. En Argosy House, Jocelyn Eisley escribió un poema del todo inapropiado para conmemorar el evento y Grahame Westmore brindó con los demás miembros de la organización por la buena salud de Nick.

Todos le deseaban felicidad en su nueva vida. Bueno, casi todos. Lord Burroughs no. Seguía decidido a obtener venganza, una venganza orientada más hacia los rumores sobre la existencia de una Liga de Caballeros Discretos, de la que Nick supuestamente había formado parte. Pero Nick no pensaba en esas cosas mientras estaba tumbado con su mujer en lo alto de las colinas, en una cueva situada sobre el río Stour y elegida expresamente para su noche de bodas.

Era una de las cuevas que Stefan y él habían explorado en su infancia. Se había tomado grandes molestias para que pareciese una suite nupcial. Había comida y champán, un fuego, flores y una cama cómoda. Y a Annorah le había encantado nada más verlo. Había cañas de pescar apoyadas en la pared. Pasarían unos días allí arriba, explorando las cuevas y pescando en el río. Pero todo eso podría esperar. En aquel momento deseaba hacerle el amor a su esposa y disfrutar sabiendo que era suya.

Se levantó de la cama para servir más champán, sintió que Annorah le seguía con la mirada, pero después perdió su atención. Se volvió para mirarla.

—¿Qué estás mirando tan intensamente? —preguntó—. Aparte de a mí, claro.

—Esa grieta que hay en la parte de atrás de la cueva. Me parece que no es igual que el resto de la estancia —se levantó también de la cama, se envolvió con una sábana y agarró una lámpara—. No creo que nadie pudiera darse cuenta a la luz del día, sin el contraste.

—Podemos explorarlo mañana. Vuelve a la cama —contestó Nick riéndose, pero Annorah estaba decidida.

Dejó la lámpara en el suelo y comenzó a palpar

la grieta. A él no le quedó más remedio que acercarse. Cuando a Annorah se le metía algo en la cabeza, era imposible que cambiara de opinión. Él era muestra de ello y se alegraba enormemente. No se había rendido. Siempre le estaría agradecido.

Juntos tiraron e intentaron apartar la roca. Ella tenía razón. Aquella grieta era artificial. Alguien había hecho un corte en la roca para crear una especie de puerta, lo que significaba que habría un espacio hueco detrás. Nick dio un último tirón, la roca cedió y el corazón le dio un vuelco.

—Pareces un colegial —dijo ella riéndose.

Nick se miró a sí mismo.

—Un colegial bien dotado, espero.

—¿Qué crees que hay ahí dentro? —ella también estaba emocionada. Lo notaba en su voz. Se arrodillaron y Annorah acercó la lámpara al agujero.

Nick metió una mano y palpó un objeto de cuero suave y gastado.

—¡Tengo algo! —tiró y sacó una bolsa. Tenía algo dentro y se apresuró a soltar la cuerda con la que estaba atada.

—¿Crees que es…? —Annorah no tuvo tiempo de terminar la frase antes de que él vaciara el contenido de la bolsa sobre sus manos. Las monedas de oro se esparcieron por el suelo.

—El oro —concluyó Nicholas—. El oro del pirata. El tesoro jacobita, el rescate del rey, como quieras llamarlo —metió la mano y fue sacando las otras bolsas, trece en total—. No puedo creer que después de todos estos años estuviera aquí desde el principio. Stefan y yo debimos de explorar esta cueva unas cien veces.

Annorah se rio.

—Solo teníais que verlo con otros ojos. ¿Se lo decimos? No es demasiado tarde para ir a darles la noticia.

Nick se quedó mirándola muy seriamente, después se miró a sí mismo e hizo que ella también lo mirase.

—Sí, es demasiado tarde —estaba excitado, no solo por el dinero, sino por haber visto a su esposa envuelta solo en una sábana—. El tesoro podrá esperar, pero yo no —entonces susurró las cuatro palabras que sabía que le encantaba oír—. Ven a la cama.

Y eso hizo.

BRONWYN SCOTT
Un hombre fuera de su alcance

HARLEQUIN™

Ella huía del escándalo, necesitaba a toda costa introducirse otra vez en sociedad después de una vida teñida de dolor, humillaciones y acusaciones injustas, y qué mejor maestro para guiarla que él, que estaba acostumbrado a vivir en los límites de las buenas costumbres, amparado siempre por su capacidad de dar placer y aventura a todas las damas de la alta sociedad. Todas comían de su mano, y si no era así, su título y linaje lo protegían de cualquier problema. Sí, ella huía del escándalo pero también sabía ya por experiencia que en sus brazos encontraría los placeres más prohibidos, la pasión más escandalosa...

Esta es nuestra novela recomendada, nuestra historia preferida, y la vuestra seguramente. No os la perdáis. Al igual que la otra novela de la Liga de Caballeros Discretos, de Bronwyn Scott, será un placer leerla, os lo aseguramos.

¡Feliz lectura!

Los editores

Uno

¡El sexo estaba matándole! Channing Deveril se movió con cuidado para no despertar a la morena que dormía apoyada en su hombro y suspiró. Así estaba mejor. No había dormido en su propia cama las últimas siete noches y echaba de menos el lujo de una cama grande toda para él, donde pudiera estirar cómodamente sus largos miembros.

Era un sentimiento que sorprendería a una parte de la población londinense que creía que Channing Deveril era el hombre más afortunado del planeta. Mientras ellos asistían a musicales aburridos y a pasear por el parque, mientras dedicaban sus noches a bailar en Almack's sin poder tomarse una copa, todo para intentar competir por las escasas mujeres disponibles que merecían la pena, Channing tenía mujeres que competían por él. Y no mujeres cualquiera, sino las mejores, con las que uno podía acostarse y no tener que casarse; mujeres ricas que buscaban pasárselo bien en la cama. Y, si hacían caso a los rumores, incluso le pagaban a cambio de tener su presencia en

5

sus camas. Era algo que cierta parte de la población no admitiría por orgullo, pero ¿a quién no le importaría tener un poco más de dinero y además ganarlo de ese modo? En su opinión, Channing Deveril estaba viviendo un sueño; todo el sexo y el dinero que pudiera imaginar.

Pero en aquellos momentos no estaba viviendo el sueño muy bien. Esa parte de la población también se sorprendería al saber que lo primero en lo que pensaba al despertarse, además de que el sexo estaba agotándole, eran las probabilidades: ¿qué probabilidad tenía de salir de debajo de las sábanas de lady Bixley y llegar hasta la puerta antes de que ella se despertara? Marianne Bixley había sido una tigresa. Nada la había detenido; ni las cuerdas, ni la venda, ni siquiera el vaso extra de brandy.

A aquello le siguió un tercer pensamiento: simplemente deseaba irse a casa. El hombre más afortunado de Londres estaba cansado, le sabía la boca a licor rancio y quería dormir unas horas en su propia cama antes de que todo volviera a empezar. Channing dejó escapar el aliento y probó un movimiento experimental. Marianne Bixley murmuró, pero no se movió. Tenía el brazo libre. Lo único que tenía que hacer era esperar un poco más y darse la vuelta.

¿Cómo iba a soportar la Temporada si ya estaba tan cansado? La temporada ni siquiera había comenzado. Aquellas dos últimas semanas habían sido solo un preámbulo. Se acercaban las vacaciones de Pascua y entonces la Temporada comenzaría de verdad. A su agencia, la popular Liga de Caballeros Discretos, ya le costaba hacer frente a tanta demanda.

La Liga de Caballeros Discretos tenía tanto éxito que a él le costaba trabajo organizar a sus hombres para cumplir con todos sus encargos sin que la agencia dejase de resultar discreta, como indicaba su nombre. Aquello último había sido un problema desde el año anterior, cuando Nicholas D'Arcy, uno de sus mejores hombres, había estado a punto de ser descubierto en la cama de la esposa de un lord, un episodio que había ayudado a dar mala fama a la agencia y había puesto en peligro la privacidad que a Channing le gustaba.

En su opinión, darle placer a una mujer no era un tema de dominio público y le gustaba la idea de que la mayoría de la alta sociedad londinense no hubiera estado segura al principio de si la existencia de la Liga era ficticia o real. Últimamente resultaba cada vez más difícil mantener el misterio de lo desconocido. Todo resultaba más difícil.

Pero ese no era el motivo por el que se había decidido a aceptar algunos encargos adicionales. Normalmente pasaba sus días administrando el programa y eso ya era trabajo suficiente. Podía racionalizar su decisión de volver a ser acompañante a jornada completa achacándolo a las exigencias del éxito del negocio, pero sabía que sus razones eran más egoístas. Se suponía que lady Marianne Bixley sería la cura para lo que le pasaba. Hasta el momento no creía que estuviese funcionando.

Junto a él, lady Marianne emitió un suave gemido. Para ella, sin embargo, sí estaba funcionando. Channing había hecho bien su trabajo la noche anterior. Y volvería a hacerlo si no salía deprisa de la cama. La idea de que deseara abandonar la cama caliente de una mujer hermosa era prueba suficiente de que el tratamiento había fallado. Ni siquiera la persuasión de una erección matutina y la calidez de las curvas de lady Bixley le convencían para quedarse.

Levantó las sábanas y salió de la cama. Aguantó la respiración cuando lady Marianne se movió brevemente, pero después se detuvo. Comenzó a vestirse deprisa y en silencio. ¿Desde cuándo el sexo no era cura suficiente para él? le curaba el aburrimiento y la soledad, le proporcionaba satisfacción física, había sido su antídoto para todo desde que cumpliera los dieciséis años. Su compañero fiel. Ahora estaba decepcionándole terriblemente. A lo largo del último año y medio había experimentado varias decepciones en ese terreno.

Alcanzó sus botas. ¡Ya casi era libre! Se las pondría en el pasillo para evitar hacer más ruido. No era que no pudiese estar a la altura. Lady Marianne era prueba suficiente de que podía satisfacer incluso los apetitos sensuales más exigentes. Recogió los preservativos que quedaban en la mesilla y se los metió en el bolsillo de la chaqueta. Dejarlos allí le habría dado a lady Marianne la idea de que esperaba volver a repetirlo. Se dirigió hacia la puerta con pasos sigilosos.

Casi había salido cuando su voz, somnolienta, le detuvo con la mano en el picaporte.

—¿Te marchas tan pronto? Vuelve a la cama.

Channing se dio la vuelta y le dirigió una sonrisa arrepentida.

—Ojalá pudiera. Por desgracia, tengo una cita para la que debo prepararme —era cierto. Amery DeHart, uno de sus últimos y prometedores acompañantes, había solicitado una reunión, pero eso sería más tarde, a lo largo de esa mañana. A juzgar por el mohín de sus labios, lady Marianne pensaba que se trataba de otra mujer.

—Estoy segura de que yo soy más excitante —ronroneó, y dejó que la sábana resbalara un poco para dejar ver sus pechos. Deslizó la mirada hacia sus pantalones, donde aún podía verse la evidencia de su deseo a través de la tela—. A tu miembro desde luego se lo parece.

—Seguro que sí, pero el negocio es el negocio —Channing le hizo una reverencia y aprovechó la oportunidad para salir mientras ella interpretaba su comentario. Era una mujer lista, comprendería la referencia y no le haría gracia que la considerara una simple cita. Las citas con personas como Amery DeHart eran negocios, pero las citas con personas como lady Marianne también lo eran, aunque se llevasen a cabo durante la noche. Había salido el sol y era hora de seguir adelante con su día.

Tres horas más tarde, a Channing le costaba trabajo seguir adelante, incluso después de un baño y de haberse cambiado de ropa. Había tenido que prescindir de su siesta y eso hacía que fuese difícil concentrarse. Se pasó una mano por el pelo e intentó concentrarse en lo que Amery DeHart estaba diciéndole. No podía dejar de darle vueltas a la pregunta que le había atormentado aquella mañana. ¿Cuándo el sexo había dejado de satisfacer sus necesidades? Tal vez su insatisfacción fuese señal de que debía retirarse, cerrar el negocio por completo o entregárselo a alguien que tuviese las mismas ganas que él cuando lo había fundado. En cualquier caso, quizá fuese el momento de marcharse.

—Creo que es el momento de marcharme.

Channing no oyó el resto. Las palabras de Amery llamaron su atención. Por un momento le preocupó haber expresado sus pensamientos en voz alta.

—¿Perdón?

Amery le dirigió una mirada de desaprobación que sugería que sabía que Channing no estaba escuchándole.

—He dicho que creo que es el momento de marcharme al campo a ver a la familia —repitió pacientemente.

—No estarás pensando en dejar el trabajo, ¿verdad? —la última vez que Channing había enviado a un acompañante al campo, había sido Nick D'Arcy y el hombre había acabado casándose. No sabía qué haría sin Amery. Había llegado a confiar regularmente en el joven a lo largo del último año con la marcha de sus tres libertinos veteranos. Amery había hecho un buen trabajo entrenando a los nuevos caballeros que Channing había contratado como sustitutos, y a las mujeres les gustaba.

—No de manera permanente —aclaró Amery—. He recibido una carta de mi casa. Estaré fuera entre tres semanas y un mes. Mi hermana va a cascarse y hay algunos asuntos familiares de los que ocuparse —Channing sabía que a Amery le gustaba su trabajo, pero adoraba a su familia. Si Amery se iba a su casa para asistir a una boda, le llevaría a su hermana el mejor vestido de novia que pudiera encontrar en Londres. Channing llevaba todas las finanzas y sabía cuánto dinero le enviaba Amery a su madre.

Amery suspiró a modo de disculpa y no quedó duda de que el sentimiento era auténtico.

—No me gusta la idea de rechazar un encargo a la mitad, pero mi clienta y yo hemos sido elegidos para asistir a una fiesta fuera de la ciudad durante las vacaciones de Pascua.

Channing fijó la mirada en el calendario situado sobre su escritorio. Faltaban solo tres días para las vacaciones de Pascua, la última escapada al campo antes de que comenzara realmente la Temporada.

—No voy a poder hacerlo —estaba diciendo Amery—. No sería justo dejarla abandonada a la mitad. Y, sinceramente, creo que le iría mejor contigo. Es más bien madura.

—Solo tengo treinta años, Amery, tampoco soy un anciano —Channing intentó no sentirse ofendido por el comentario. El hecho de que estuviera pensando en retirarse y de que hubiera pasado la mañana huyendo de la cama de una mujer hermosa no significaba que fuera viejo, solo que tal vez quisiera una nueva aventura.

—No es por la edad, sino por la madurez de su pensamiento, por sus costumbres. Es difícil de explicar —Amery intentaba buscar las palabras adecuadas. Interesante. Nunca le faltaban cosas que decir. Entonces lo dijo claramente—. Maldita sea, Channing, está por encima de mí —admitió—. Es demasiado sofisticada. Ha viajado por todo el continente y se le nota.

—¿De quién se trata? —Channing hizo una lista mental de los encargos recientes, pero no se le ocurrió nadie. Amery debía acompañar a las señoritas Baker a la ópera el miércoles, dado que el hermano de estas no podía acercarse a la ciudad en esos días; el jueves acompañaría a la esposa de un diplomático a una fiesta en la embajada belga. Tener varios encargos al mismo tiempo era una manera de lograr que a la gente no le quedara claro si la Liga era real o ficticia, pero ninguna de las mujeres de Amery encajaba con su descripción.

—No la conoces. Es una de las clientas que acepté cuando tú estabas fuera para el nacimiento de tu sobrino. Se llama Elizabeth Morgan.

Ah, eso lo explicaba todo. Channing había dejado a Amery a cargo del negocio para irse a su casa unas semanas en febrero y conocer al nuevo miembro de la familia.

—No creo que le sirva ninguno de los demás —continuó Amery para argumentar sus razones—. Tal vez Nick o Jocelyn podrían haberlo hecho si hubieran estado, pero… —se encogió de hombros y dejó la frase a medias para evidenciar la imposibilidad. Nick y Jocelyn estaban felizmente casados.

—Amery, ¿alguna vez te sientes como si fueras el único soltero que queda en Londres? —Channing soltó una carcajada, aunque no resultaba divertido en absoluto. Parecía que en los últimos doce meses las bodas estaban por todas partes. Nick y Jocelyn se habían casado, igual que Grahame; los tres eran sus empleados veteranos. Sus dos hermanas se habían casado el pasado mes de agosto en una ceremonia doble en la finca de la familia.

Y, por supuesto, su hermano mayor, Finn, se había casado con su amiga de la infancia, Catherine Emerson, incluso antes de eso y no había tardado en engendrar a un heredero, un renacuajo llorón de pelo negro que le había derretido el corazón nada más verlo y había ayudado a resolver parte de la tensión que había entre Finn y él tras su última visita a casa.

Amery se limitó a sonreír.

—Soy soltero y estoy orgulloso de ello. El matrimonio está bien para algunos, pero los hombres como tú y como yo necesitamos la chispa y la emoción de la soltería.

Channing conocía la sensación de la que hablaba Amery: la emoción del sexo como herramienta de placer o de poder. Los juegos a los que uno podía jugar eran ilimitados.

Hacía años había aprendido que esos juegos le hacían mejor servicio que cualquier otra cosa más emocional o significativa. El sexo en ese terreno en particular le dejaba a uno demasiado vulnerable. Aunque ese juego en concreto hubiera sido embriagador, no le habían importado las consecuencias de esa experiencia ni la mujer que se lo había proporcionado. Desde entonces se había limitado al negocio del placer y a mujeres como Marianne Bixley.

Amery se inclinó hacia delante.

—¿Lo harás, Channing? Te estaría eternamente agradecido.

No podía decir que no. No había nadie más a quien encargárselo y además estaba en deuda con Amery por sustituirle en febrero. Era lo justo. Asintió.

—Lo haré. Ahora vete a hacer la maleta.

Channing se recostó en su silla y volvió a pasarse la mano por el pelo con inquietud. No había planeado salir de la ciudad. Había esperado poder utilizar las vacaciones de Pascua como oportunidad para ponerse al día con el papeleo, revisar las cuentas de la Liga y tal vez trabajar con algunos de los nuevos acompañantes antes de que empezara la Temporada. Pero tal vez una fiesta en el campo fuera lo que necesitaba para salir de aquel estado. A pesar de su agotamiento, admitía que sentía cierta curiosidad por conocer a una mujer que hubiera logrado derrotar a Amery DeHart.

Esperaba que la fiesta tuviese una anfitriona en condiciones. Debería haberle preguntado a Amery dónde se celebraría.

Las actividades adecuadas eran la clave para el éxito de cualquier fiesta. Si no, dada su falta de ánimo, aquella iba a ser una fiesta infernal, por mucho que Elizabeth Morgan hubiera viajado por todo el continente.

Dos

Aquella iba a ser una fiesta infernal. El refugio de Pascua de lady Lionel no era el lugar que la sofisticada condesa de Charentes habría elegido de haber podido. El acontecimiento prometía ser soso y aburrido, y el tono mediocre de los invitados ya reunidos confirmaba su hipótesis. Pero la condesa tenía una misión y debía llevarla a cabo allí. Buscaba hombres, dos hombres, para ser exactos.

La condesa escudriñó con la mirada la sala de recepciones de lady Lionel; su apariencia distante no dejaba adivinar el temperamento ardiente que se escondía bajo la superficie.

Fijó la mirada en su presa: Roland Seymour. Se le aceleró el pulso y se enfureció al verlo. El muy bastardo estaba de pie a poco más de cinco metros y ella no podía hacer nada, todavía. Pero, cuando llegara el momento, le arrancaría los testículos. Seymour le había robado dinero a su familia y después había intentado poner en evidencia a su hermana para casarse y que la familia recuperase así el di-

16

nero. Pero Seymour había cometido un error táctico. Nadie tocaba a su hermana. Un mal matrimonio en la familia ya era suficiente. Por eso pensaba arrancarle los testículos. Para eso necesitaba al segundo hombre, que se hacía notar por su ausencia.

Volvió a mirar a su alrededor y confirmó que Amery DeHart no estaba allí. Esperaba que llegase pronto. En el peor de los casos animaría el panorama y, en el mejor, ella podría poner en marcha su plan. Sin él, no podría presentarse a Seymour como quería.

Salvo por su evidente falta de puntualidad, le gustaba el joven acompañante, con su educación y su inteligencia. Sus planes para sus atributos eran más amables que lo que había planeado para Seymour, aunque en realidad no le interesaba mucho acostarse con DeHart. Según su experiencia, a los hombres jóvenes en la cama solía faltarles cierta delicadeza. Ella agradecía algo un poco más refinado en lo referente a las artes amatorias. Tampoco era que ella estuviese buscando una aventura. No había tiempo para flirteos. Sin embargo sí buscaba venganza y eso hacía que la actitud relajada de DeHart resultara útil.

Contaba con él para que se hiciera amigo de Seymour y entonces lo presentara a ella. Su presentación haría que le resultase más fácil introducirse en los círculos de Seymour sin levantar sospechas. Una vez dentro, ella se encargaría del resto.

Un movimiento en la puerta llamó la atención de la condesa. Sintió la energía procedente del recibidor. Amery debía de haber llegado al fin. Era el tipo de excitación que generaría su presencia. Sonrió aliviada. No soportaba que la hicieran esperar, la ponía nerviosa. Pero se le heló la sonrisa al ver a otro hombre entrar por la puerta: Channing Deveril. El inglés más arrogante que había pisado la tierra. De todas las fiestas de Inglaterra había tenido que elegir aquella. Otros atributos más de los que ocuparse.

Deseaba estar equivocada, pero incluso en la distancia resultaban inconfundibles aquellos rasgos, aquella elegancia de movimientos, la elección de la ropa que llevaba. Aquel día se trataba de una chaqueta azul, unos pantalones beige ligeramente ajustados para mostrar la perfección de su físico y unas botas altas perfectamente abrillantadas. Todo lo que hacía estaba cargado de sensualidad. Incluso el sencillo gesto de saludar a su anfitriona adquiría un toque íntimo mientras se inclinaba sobre la mano de lady Lionel. No lo había visto desde hacía más de un año, desde que se separaran de mala manera en una fiesta de Navidad a la que la había acompañado previo pago, y fue como volver a verlo por primera vez. Una mujer podía quedarse mirándolo todo el día y no cansarse nunca de la vista. Pero no sería muy sensato.

La condesa sabía lo peligrosa que era toda aquella sensualidad. Bajo esos rasgos atractivos y esos ojos azules se escondía un maestro de la seducción. Se había acostado con él en dos ocasiones. La primera vez había sido en París, una aventura breve, pero explosiva, durante su matrimonio, que no había sido consumada carnalmente, pero que no había sido por ello menos explosiva. Había acabado pésimamente y eso había sido culpa de ella por haber empezado. Por entonces era joven, vulnerable y estaba desesperada. Pero la segunda vez… oh, la segunda vez él había sido plenamente responsable.

Había sido allí, en Inglaterra, algunos años más tarde. Lo había contratado como acompañante para que la ayudara a reintegrarse en la sociedad después de pasar tantos años en el extranjero. Se suponía que sería una cuestión de negocios entre dos adultos maduros que conocían las reglas. No había comprendido que él pudiera echarle en cara lo de París, ni que pudiera ser tan imponente, ni hacerle creer que para él no eran solo negocios. Le había hecho creer que lo que sentía por ella no era solo un trabajo, sino una emoción auténtica, y después había dejado de fingir de la manera más cruel. Al hacerlo se había vengado. Ella aún no le había perdonado. Nadie se burlaba de la condesa de Charentes. Roland Seymour estaba a punto de convertirse en un ejemplo de eso y Channing Deveril podría ser el segundo si decidía acercarse.

Ella podría ponérselo fácil a ambos y esperar a Amery en los jardines de fuera. Pero eso se le ocurrió demasiado tarde. Antes de que pudiera salir discretamente, Channing la vio y ella quedó atrapada en la red de su mirada azul.

Channing inclinó la cabeza hacia ella a modo de saludo y en sus ojos pudo verse un breve destello de sorpresa ante su presencia. ¿Qué estaba haciendo allí? Ella le devolvió el saludo con la sonrisa fría y majestuosa que había cultivado para los hombres de París, la sonrisa que invitaba a los hombres a mirar, pero les recordaba que, si tocaban, sería bajo su responsabilidad.

Bueno, al menos podía consolarse sabiendo que la presencia de Channing significaba que Amery aparecería enseguida. Lo razonable era que, siendo amigos, Amery y Channing hubieran compartido un carruaje para ir hasta allí. Era posible que a Channing le hubiera contratado otra dama de la fiesta. Pero, al mirar más allá de Channing hacia el recibidor, no vio a nadie más. Tal vez Amery siguiera en el carruaje encargándose del equipaje.

Pasaron unos minutos más y Amery seguía sin aparecer, aunque Channing seguía de pie junto a la puerta, hablando con la anfitriona. Algo iba mal. Lady Lionel había fruncido el ceño con consternación justo antes de que Channing se excusara y empezara a atravesar la sala en dirección a ella.

En cuestión de segundos lo tenía delante, haciendo una reverencia sobre su mano como había hecho con lady Lionel.

—Condesa de Charentes, *enchanté*, aunque supongo que no debería sorprenderme —sus ojos azules estaban llenos de malicia y parecían reírse de ella en secreto. Channing siempre se reía con sus ojos, con su boca. Por desgracia, en el pasado esa había sido una cualidad adorable.

—Tenía un pequeño dilema y pensaba que tal vez podrías ayudarme. Estoy buscando a una invitada, pero lady Lionel aún no la conoce, lo cual me parece de lo más extraño. Al fin y al cabo, es su fiesta y su lista de invitados.

—Y has pensado en preguntarme a mí —concluyó ella con una cordialidad fría.

—Bueno, sí, dado que tú pareces saber ese tipo de cosas.

Ahora entendía la malicia de su mirada. Era cierto. Conocía a todo el mundo. Se había propuesto conocer a mucha gente desde que regresara del continente, hacía más de un año. Había estado fuera demasiado tiempo y había perdido contactos. Había hecho lo posible por recuperar esas amistades, aunque no todo el mundo había recibido bien sus intentos. Pero era más que eso. «Ese tipo de cosas» implicaba que Channing tenía sospechas sobre la identidad de Elizabeth Morgan. Su mente era rápida.

—Estaré encantada de ayudarte si puedo —Alina sonrió educadamente, pero su preocupación iba creciendo por dentro. ¿Dónde estaba Amery? Su plan había empezado mal—. Sin embargo has de saber que estoy esperando a alguien. Debería llegar en cualquier momento —era una estratagema bastante débil. Si Channing había ido con Amery, ya lo sabría.

Estuviera donde estuviera Amery, Alina deseaba que se diese prisa. Aun así, era demasiado tarde para evitar dar explicaciones. Le había dado a Amery un nombre falso cuando había solicitado la ayuda de la Liga aquella segunda vez, porque deseaba evitar a Channing.

—¿A quién estás buscando? —le preguntó. Cuanto antes pudiera ayudarle, antes la dejaría en paz.

—Estoy buscando a la señora Elizabeth Morgan. Tal vez la conozcas. Amery DeHart debía reunirse con ella.

Alina había hecho bien en preocuparse, aunque no permitiría que Channing se diese cuenta. El estómago le dio un vuelco al darse cuenta de lo que significaba la presencia de Channing. Si Channing estaba buscando a Elizabeth Morgan, eso significaba que Amery no iba a aparecer. Tenía dos opciones: o echarle valor y confesar o negar conocimiento de aquel nombre y enviar a Channing a su casa, aunque entonces tendría que enfrentarse ella sola a Seymour, a no ser que aquel hombre perverso decidiera quedarse y convertir la fiesta en una tortura para ella de todos modos, algo que no descartaría teniendo en cuenta su historial.

Optó por lo primero y levantó la barbilla con actitud desafiante.

—Amery DeHart debía reunirse conmigo. Yo soy Elizabeth Morgan.

Channing endureció su expresión. Era evidente que ya había comprendido las cuestiones básicas de la situación. Su agilidad mental le convertía en un oponente peligroso, recordatorio de que tendría que repensar todo aquello que había planeado. Amery habría hecho su voluntad sin preguntarle nada. Pero Channing haría preguntas. Querría saber por qué estaba utilizando a un hombre para conocer a otro. Exigiría explicaciones y tal vez mucho más; al fin y al cabo era un hombre de pasiones extraordinarias. «Tú no estás buscando mucho más», se dijo a sí misma con severidad. Las cosas solían salir mal cuando Channing y ella estaban juntos.

—Mentirosa —respondió él.

Alina recibió aquel golpe verbal con aplomo.

—Fabuloso. Veo que has venido para echar a perder otra fiesta más.

Ah, de modo que no le había perdonado por la debacle de Navidad; no la Navidad anterior, sino la anterior a esa.

—Furiosa y hermosa, justo como te recordaba —respondió Channing con calma, sabiendo que a ella le enfurecía que no se dejara provocar.

Sus ojos azul claro brillaban como el fuego helado. Hermosa era quedarse corto al describir a Alina Marliss, condesa de Charentes, una inglesa convertida en condesa francesa y de nuevo convertida en inglesa. Era como un diamante que cobrara vida con su pelo platino y su piel inmaculada. Resplandecía en todos los aspectos. Y no todos esos aspectos eran físicos. Su personalidad también resplandecía. Podía ser encantadora cuando quería. Aunque en aquel momento estaba a la defensiva y no quería. Channing decidió seguir provocándola.

—Mentiste. Le diste a Amery un nombre falso. ¿Por qué no damos un paseo por el jardín y me lo cuentas todo? Me resulta interesante que tuvieras que dar un alias cuando ya tienes tantos nombres de entre los que elegir. Al parecer ahora podemos añadir Elizabeth Morgan a Alina Marliss y condesa de Charentes.

—No me llames así —respondió Alina mientras caminaba a su lado, aunque Channing se dio cuenta de que no le agarraba el brazo. La muy descarada estaba decidida a declarar su independencia a toda costa.

—Pensaba que una viuda podía quedarse con el título como una cuestión de honor. ¿He sido mal informado? —preguntó Channing en voz baja. Él había sabido siempre lo mucho que detestaba el título. Había intentado dejarlo atrás, pero la sociedad le había obligado a mantenerlo.

—No te han informado mal. Sin embargo, si de mí dependiera, preferiría no llevar su marca —su tono no dejaba lugar a dudas sobre el carácter desagradable de su matrimonio. Claro que lo detestaría, lo veía como el intento de un hombre por etiquetarla desde más allá de la tumba. Alina Marliss no pertenecía a nadie. Eso era lo que la convertía en un desafío intrigante y delicioso. Pero, a pesar de sus esfuerzos por ser simplemente lady Marliss, la sociedad no le permitiría olvidar que en otra época había tenido acceso a un título más elevado, aunque fuera francés.

En los jardines brillaba la luz del sol y se oían las conversaciones de otras personas que paseaban por allí. Channing la condujo hasta un sendero menos transitado y cambió de táctica.

—Tal vez puedas hablarme sobre el asunto que tenías con el señor DeHart —una parte de él esperaba que el asunto fuera más superficial. No deseaba saber si Amery estaba acostándose con ella. No debería importarle. Aquello no era más que un trabajo y la objetividad era tan importante como la discreción.

—¿Por qué no va a venir? —preguntó ella.

—Tiene que asistir a una boda familiar. Se casa su hermana. ¿Qué me dices de vuestro asunto? —fuera cual fuera su respuesta, ambos eran adultos. Podrían pasar una semana juntos en una casa de campo. Estarían acompañados de más gente. Apenas habría tiempo para estar a solas. No todos los encargos incluían acostarse con su cliente. Amery desde luego no se acostaba con las señoritas Baker cuando las llevaba a la ópera.

Alina le dirigió una sonrisa cohibida como si le hubiese leído el pensamiento.

—¿Detecto ciertos celos en tu pregunta?

—Detectas cierto instinto de supervivencia —respondió Channing—. Quiero saber a lo que me enfrento. La última vez que estuvimos juntos, acabaste lanzándome un jarrón a la cabeza.

Ella resopló y le quitó importancia con el movimiento de su mano.

—Te lo merecías. Me hiciste quedar como una idiota.

—Siento lo de Navidad. Solo puedo disculparme —dijo él. A Alina no le faltaban motivos para quejarse. El desafortunado incidente había tenido lugar dieciocho meses atrás. Iba a ser su primera incursión en la sociedad inglesa y lo había contratado por un precio muy elevado para que le facilitase el regreso a esa sociedad, cosa que él había hecho. Desde un punto de vista objetivo, había cumplido admirablemente con su deber. Sin embargo había habido lo que uno podría llamar «complicaciones interpersonales». Pero ¿cómo había acabado interrogándolo a él cuando él había planeado interrogarla a ella?—. Ahora estoy aquí y me gustaría cumplir con las obligaciones contractuales que tuvieras con DeHart.

—¿De verdad? —preguntó ella con tono provocador mientras consideraba la idea golpeándose la barbilla con un dedo. Channing volvió a sentirse celoso al pensar en eso. ¿Estaba acostándose con Amery? ¿Qué le parecía ocupar el lugar de Amery en su cama o, mejor dicho, qué le parecía que Amery hubiera ocupado su lugar? La Liga nunca compartía clientes en ese sentido.

Alina soltó una carcajada profunda.

—DeHart y yo tenemos un acuerdo puramente social. Él me presenta a gente a la que quiero conocer y he descubierto que tener siempre al mismo caballero a mi lado disuade las atenciones no deseadas que alguien en mi situación podría atraer.

Con «situación» quería decir que era viuda, que tenía dinero y que eso la convertía en un blanco para todo tipo de hombres. No ayudaba que su marido hubiera sido un conde francés y que todos supieran que la vida en el continente era mucho menos restrictiva moralmente que en Inglaterra. Había incluso quienes pensaban que una buena dama inglesa hacía mejor en regresar a su hogar antes que seguir rodeada de depravados. Esa era la historia que Channing había elaborado.

Channing había pasado gran parte de su tiempo aquella Navidad elaborando el guion de su historia y, en los meses posteriores, la historia había ganado credibilidad, aunque su relación hubiese acabado en desastre.

—¿Qué es lo que quieres de mí? ¿Una presentación o un escudo? —gracias a sus esfuerzos, la señorita Alina Marliss había sido aceptada de nuevo en sociedad. Pero ambos sabían que esa aceptación era provisional. Un movimiento en falso por su parte y la sociedad no dudaría en expulsarla.

—Ambas cosas —Alina abrió el abanico que llevaba en la muñeca; un bonito objeto de encaje blanco con flores rosas pintadas, el tipo de complemento que una inglesa decente llevaría y una prueba de lo mucho que cuidaba aquel aspecto de su personalidad—. Necesito conocer al señor Roland Seymour.

—Me temo que no lo conozco. Ese es el objetivo de las fiestas en el campo, ¿no? Relacionarse y, con suerte, expandir los círculos sociales de manera útil —Alina agitó el abanico de un lado a otro con un gesto lánguido. El movimiento llamó la atención sobre la parte de su pecho que se veía gracias a aquel vestido engañosamente recatado de muselina rosa.

Channing le dirigió una sonrisa irónica e intentó mantener la mirada por encima de su cuello, pero era tremendamente difícil y sabía que ella lo sabía.

—Quieres que me haga amigo suyo y después te introduzca en su círculo —adivinó.

—Básicamente. Jugar un poco al billar —Alina sonrió por encima de su abanico—, prácticas de tiro, a ser posible no entre vosotros, lo que sea que hacen los caballeros —estaba intentando distraerle; sonrisas, abanicos y pechos. Le hacía desconfiar, sobre todo en una mujer que pocos minutos antes se había mostrado fría y distante.

—¿Por qué? —aun sabiendo que estaba jugando con él, no pudo evitar flirtear. Se inclinó hacia ella y aspiró la fragancia de rosas de su perfume. Se había tomado la molestia incluso de oler como una auténtica inglesa.

—Quiero tratar unos asuntos con el señor Seymour.

Channing arqueó una ceja al oír aquello.

—¿Vas a decirme qué tipo de asuntos?

—No —Alina se rio y dio un paso hacia atrás—. Ahora tienes trabajo que hacer y yo tengo mujeres con las que integrarme. Si me disculpas.

Channing la dejó marchar. Amery no se había equivocado al decir que había viajado por todo el continente. Le habían salido los dientes en los salones de París donde él había visto por primera vez a la extraordinaria condesa de Charentes. Por entonces era una mujer casada, pero eso no le había privado de la emoción de flirtear con ella. Esa misma emoción había estado presente aquel día, a pesar de todas sus dudas. Le provocaba como ninguna Marianne Bixley podría provocarle jamás. Deseaba que tanta perfección no le afectara, pero así era, y eso sin tener en cuenta su inteligencia ni su ingenio.

Era la fantasía de cualquier hombre. Tal vez esa fuera su mayor arma. Podía ser cualquier cosa para cualquier hombre. Él aún no había conocido a un hombre que no hubiese caído víctima de su hechizo. Eso le enfurecía y le intrigaba por igual. Le enfurecía porque se enorgullecía de ser menos susceptible que los demás hombres en lo relativo a las políticas sexuales, pero en el caso de Alina parecía no diferenciarse de los demás hombres; le intrigaba porque se preguntaba quién sería cuando nadie la miraba.

¿Habría alguien a quien le mostrara su verdadera personalidad? En otra época Channing había pasado demasiadas horas preguntándose cómo sería esa verdadera personalidad y cómo podría convencerla para que se la mostrara. Era una de las innumerables fantasías que tenía con ella.

No era el único. Channing vio cómo los demás hombres del jardín la seguían con la mirada mientras avanzaba hacia las puertas de cristal que conducían al interior. Se veía lo que estaban pensando. Lord Barrett, casado y con tres hijos, estaba pensando cómo podría quedar con ella en Londres. Lord Durham estaba pensando cómo podría colarse en su habitación durante la semana, quizá incluso esa misma noche. El hijo de lord Parkhurst, rubio e indolente, estaba calculando si con su paga podría permitírsela si decidiera tenerla como amante, como si Alina fuese a tolerar algo así. Channing esperaba no resultar tan evidente como los demás. No era de extrañar que ella sintiera que necesitaba la presencia de Amery como protección.

Él observó a su objetivo, que charlaba al otro extremo del jardín con Elliott Mansfield, a quien sí conocía. Elliott y él eran miembros de White's. Era el momento de hacer uso de aquella relación. No pudo evitar preguntarse algo: si él estaba allí para proteger a Alina de las atenciones no deseadas, ¿quién iba a proteger a Roland Seymour de ella? Cualquier asunto con Alina Marliss resultaría peligroso. Él podía dar fe de ello. El origen de todas sus aflicciones podía achacarse a ella. Empezaba a pensar que la condesa le había echado a perder para las demás mujeres.

Tres

No había manera de competir con la condesa de Charentes cuando los invitados se reunieron en la sala de recepciones para cenar aquella noche. Alina hizo una gran entrada, sola, cuando pasaban cinco minutos de las siete; exudaba una sensualidad firme ataviada con un vestido de satén verde que llamó la atención de todos los hombres de la habitación y despertó los celos de todas las mujeres.

La decisión había sido muy meditada por su parte. A Channing no le cabía duda de que lo había hecho a propósito. Era una estrategia descarada que indicaba que no se avergonzaba de nada. Se enfrentaría directamente a las historias que ya habían empezado a circular después del té. Eran las mismas historias que siempre la acompañaban: su marido había muerto de pronto y sin motivo. Eso la convertía en una figura trágica y sospechosa. Él había oído la historia y de inmediato había empezado a trabajar para desviarla de un modo útil. Se decía a sí mismo que lo había hecho no porque sintiera empatía por la condesa, sino porque Amery habría hecho lo mismo de haber estado allí. Era su trabajo.

No era de extrañar el resurgir de aquella vieja historia. Para aquella gente la condesa apenas era conocida. Algunos de los invitados más cultos como Durham y Barrett se la habían encontrado en Londres, pero los demás allí presentes no se movían por los círculos de la alta sociedad o solían quedarse en sus casas de campo. Dependían enteramente de los rumores para formarse sus primeras impresiones sobre aquella recién llegada. Aun así, Alina había acudido a aquella casa, donde sabía a lo que se enfrentaba cuando sin duda habría invitaciones más fáciles de aceptar, lo cual convertía su decisión en algo interesante y casi ilógico. Ahora estaba en una habitación llena de desconocidos, llamando la atención de todos, tanto la buena como la mala.

Eso lo entendía. Se dio cuenta de cuál era su estrategia. Había desplegado bien sus redes para atrapar todos los peces con la esperanza de captar la atención del que más le importaba. En esa ocasión, el pez era Roland Seymour. El truco había funcionado, advirtió Channing. Seymour la seguía con la mirada como el resto de hombres.

En cuanto a Channing, no le caía muy bien Seymour y no entendía qué podía ver Alina en él. Aunque tampoco entendía qué podía ver Alina en aquella casa. El entorno de lady Lionel no era precisamente el círculo distinguido que Alina había cultivado con tanto ahínco.

Sonó la campana que anunciaba la cena y Channing elogió en silencio lo oportuno de la decisión de Alina. Como todo lo demás en ella, fue una llegada perfecta. Había bajado con el tiempo suficiente de llamar la atención, pero sin tener que hablar con nadie o, peor aún, arriesgarse al desprecio de las invitadas celosas.

Lady Lionel estaba ocupada emparejando a todos para dirigirse hacia la mesa, otra señal de que aquel no era el círculo selecto que Alina y él solían frecuentar. En sus círculos, la gente sabía implícitamente cuál era su lugar y no hacía falta que nadie los dirigiera. Channing lamentaba aquel desfile que separaba a las parejas reales y enfrentaba a los rangos sociales unos contra otros. Cuando era pequeño, su madre le había asegurado que era para facilitar que la gente se conociera. Pero Channing sentía que lo único que facilitaba era evitar que la gente se relacionara con otros de un estatus inapropiado.

Sin embargo, tuvo que contener una sonrisa al ver a lady Lionel debatiéndose sobre dónde colocar a Alina. Siendo condesa, era la mujer con el estatus más alto de la sala, junto con lady Lionel, pero era una condesa francesa que siempre estaba al borde del escándalo, lo cual no era lo mismo que ser una condesa inglesa con una buena posición. Lady Lionel se decantó por la cautela y emparejó a Alina con su marido. Alina le dirigió a él una mirada victoriosa y engreída por encima del hombro.

Channing interpretaría aquello como un desafío que le lanzaba. Así que iban a jugar, ¿verdad? Se preguntó si ella habría pretendido jugar con Amery

o si aquella sería una señal para indicarle que reto-
marían su conflicto habitual. El sexo ejercía poder
y ambos lo sabían bien. No importaba que él estuviese emparejado con la hija de un baronet, o que
tuviera que sentarse un poco más lejos, en el lado
opuesto de la mesa. Le encantaba flirtear a distancia.
Sonrió educadamente a algo que dijo la hija del baronet y le ofreció el brazo. La cena iba a ser interesante.

La cena se convirtió en un asunto secretamente
perverso. Channing agarró su copa de vino por el
cáliz; ella acarició el tallo de la suya, de manera distraída, claro, sin ni siquiera mirar al destinatario de
su mensaje. Ese era el truco del juego, no ser descubiertos. Él mordió el pato como si fuese la más
tierna de las carnes. Ella mordió una baya y con la
lengua atrapó el jugo que resbalaba de sus labios.

Aquello había sido arriesgado, casi demasiado
descarado. El otro truco del juego era hacer que los
gestos fueran vagos, de modo que cualquiera que se
fijara no supiera si el gesto iba en realidad dedicado
a él o a ella. Roland Seymour había visto cómo se
relamía el labio y, a juzgar por su sonrisa libidinosa,
estaba preguntándose si aquel gesto iba dedicado a
él.

Para cuando llegó el sorbete de cereza, Channing
estaba pensando en otras cosas además de chupar la
cuchara que podrían hacerse con aquel postre refres-
cante. Se preguntó si Seymour estaría pensando lo

34

mismo. Casi lamentó que las damas se marcharan a la sala de recepciones. Acariciar la copa de oporto alrededor de la mesa no sería tan divertido. Pero le daría la oportunidad de impulsar los planes de Alina, fueran cuales fueran, con Roland Seymour. Channing decidió mostrarse simpático. Conocía a dos o tres de los presentes y sir Lionel hizo que resultara fácil.

—Bueno, Seymour, Durham me ha dicho que eres inversor —Lionel se rellenó la copa y dejó el decantador a un lado—. ¿En qué inviertes?

Seymour le dirigió una sonrisa antinatural, una sonrisa que sin duda debía de practicar ante el espejo para conseguir la cantidad justa de ironía. De ser así, le iría bien practicar más. No parecía sincera.

—En terrenos. Es lo único que nos sobrevivirá. Creo que es la única inversión verdadera. No te defraudará y siempre mantendrá su valor.

Algunos de los caballeros mayores sentados a la mesa intercambiaron miradas incómodas. Estaban sopesando si era aceptable una profesión así, o si podría considerarse una profesión en absoluto. Esa era la cuestión. Una profesión no era aceptable en absoluto. Un caballero de verdad no trabajaba. ¿Invertir podía ser un trabajo? Sin embargo, algunos de los caballeros más jóvenes parecieron intrigados.

—¿Y urbanizas los terrenos? ¿Qué haces después de invertir? —preguntó el hijo de Parkhurst. Channing volvió a mirar a Seymour. Era una pregunta con trampa. ¿Estaría Seymour lo suficientemente bien educado para saberlo? La urbanización de los terrenos se consideraría un trabajo, mientras que poseer unos terrenos sin más podría excusarse. El propio Channing tenía las escrituras de varias propiedades por todo Londres. Comprar estaba bien. Demostraba que había dinero.

Seymour dio un trago a su copa.

—Me quedo con los terrenos hasta que llega el momento de venderlos —respondió vagamente. A Channing cada vez le caía peor. La conversación se centró en otros temas y él usó la oportunidad para observar a Seymour.

Era moreno y de estatura media. Channing imaginó que a las mujeres les parecería atractivo. Probablemente resultara más atractivo cuando no hubiera otros hombres presentes con los que comparar. Pero había algo falso en él que le hacía parecer empalagoso y aburguesado. No era el tipo de Alina, ni para los negocios ni para el placer. Ella había insistido en que se trataba de negocios en aquel caso, pero Channing no pudo evitar preguntarse por qué habría elegido a Seymour. Si deseaba adentrarse en el negocio inmobiliario, él podría recomendarle un agente más cualificado y con mejores credenciales.

«Aunque no es asunto tuyo con quién hace negocios», se dijo a sí mismo. Tenía que recordar que Alina había contratado a Amery, no a él. No estaba allí como su amigo; aquella época había quedado atrás. En una ocasión le había ofrecido amistad, más que amistad, y ella le había rechazado. Estaba allí solo como sustituto y como resultado de una coincidencia. Se haría un favor a sí mismo mostrándose distante. Su trabajo era actuar como escudo frente a las atenciones no deseadas y suavizar los rumores difamatorios. Su trabajo no era decirle cómo hacer negocios ni con quién. Aun así, podría hacerle una sugerencia educada antes de llegar más lejos y dejarlo ahí.

Alguna indirecta aquí y allá serviría para cambiar de rumbo los «negocios» de Alina en cuanto los caballeros se reunieran con las damas para tomar el té en la sala de recepciones, pero al inspeccionar la sala se dio cuenta de que Alina no estaba presente. ¿Le habría ocurrido algo en el intervalo? Con una reputación tan precaria como la suya, siempre cabía esa posibilidad. Preguntarle a lady Lionel no era una opción. Sería demasiado evidente y convertiría a Alina en un punto de interés, algo que era mejor evitar. Un destello blanco en la oscuridad al otro lado de las puertas de cristal llamó su atención y fue directamente hacia allí. Había salido. Eso le decidió. Le iría bien un poco de aire fresco.

La había encontrado. Alina se enderezó junto a la barandilla y se mantuvo de espaldas a la puerta, negándose a reconocer su presencia.

—Sabía que vendrías —Channing había tenido unas horas para considerar la situación. Ahora empezarían las preguntas.

—Es sorprendente cómo lo consigues. Esta vez

he intentado ser increíblemente silencioso —se negaba a dejarse intimidar por su desprecio. Se acercó a ella con una actitud amistosa. Aunque ella no se lo creyera ni por un instante—. ¿Qué me ha delatado esta vez? No digas que ha sido mi colonia, porque no es tan fuerte como para que se note.

—Ha sido el aire cálido y el ligero cambio de la luz al abrirse la puerta —confesó Alina con tono distante para dejar claro que no era bien recibido, que ella había salido allí para estar sola, no para iniciar una conversación privada—. ¿Cómo sabías tú que estaba aquí fuera? —para ser dos personas que no se llevaban bien, tenían la capacidad de saber siempre cuándo el otro estaba cerca.

Channing se llevó un dedo a la cabeza y sonrió.

—Tu pelo. Tanto platino es como una estrella en el cielo nocturno. Aun así, serías una espía admirable. ¿Has pensado en ofrecer tus servicios al Ministerio del Interior? —bromeó.

—Fingiré que eso es un cumplido, no una crítica —no se lo creía. Una mujer descuidada se dejaría embaucar fácilmente por sus halagos y entonces sería demasiado tarde. Alina le obligó en cambio a ir directo al grano—. ¿A qué has venido realmente?

—A tomar el aire y a buscar respuestas —la voz de Channing sonó afilada y tranquila en la oscuridad al abandonar él también cualquier apariencia de civismo. Las personas que habían sido en otra época se habían convertido en personas nuevas, más duras, más fuertes, personas hechas para sobrevivir.

Claro que querría respuestas. Había tenido unas

horas para considerar la situación. Ahora empezarían las preguntas e intentaría encajar las piezas del rompecabezas.

—He conocido a Seymour —comenzó Channing—. No parece tu tipo. Tal vez puedas decirme para qué necesitas que te lo presente.

Alina no iba a ponérselo fácil.

—Soy yo la que te paga —quería recordarle que, a pesar de sus trucos y sus halagos, ella estaba al mando. Ella le había contratado a él y no al revés.

—Puedo romper el contrato en cualquier momento si no me siento cómodo con las cláusulas —le recordó Channing—. Tal vez pretendas involucrarme en un escándalo perverso sin yo saberlo.

—¿Escándalos? ¿Tú? ¡Ja! —Alina resopló de un modo poco elegante. Pensándolo bien, lo que él planteaba era ridículo—. ¿Sabes? No va a funcionar que te hagas pasar por una virgen con una reputación que proteger. Eres Channing Deveril, el hombre «más afortunado» de Londres; cada noche una mujer distinta en una cama distinta. ¿Y te preocupan los escándalos? Tú eres el escándalo.

—No pienso presentarte a nadie sin tener información y encontrarme envuelto en un escándalo —repitió Channing con calma.

Ella le respondió con el silencio. Aquella sería una oportunidad perfecta para regresar dentro y, por el bien de su orgullo de hombre, sentir que había salido triunfante del encuentro. Pero el muy condenado no aprovechó la oportunidad.

—Si no me hablas de Seymour, ¿por qué no me

hablas de la cena? —preguntó Channing secamente—. Debería decirte que Seymour se ha dado
cuenta de nuestro juego en la mesa. A juzgar por su
respuesta, no sé si ha entendido que el juego no era
para él. ¿O sí lo era? Obviamente llamas su atención.
¿Por qué necesitas que yo me acerque a él?

Channing era como un perro detrás de un hueso.
La pregunta no era realmente sobre la cena. Seguía
preguntándole por Seymour, pero desde un ángulo
diferente. Alina soltó una carcajada.

—Deberías saber que una dama nunca se acerca
a un caballero por cuenta propia. Sería demasiado
avasallador.

—Sí, bueno, debo informarte también de que una
dama no acaricia el tallo de su copa de vino como
si fuera el falo de un hombre.

—¡Vaya, Channing Deveril, qué mente tan perversa tienes! Y pensar que has adivinado todo eso
por el modo en que sujeto mi copa de vino. Teniendo eso en cuenta, una podría pensar que sujeta-
bas tu copa como si fuera el pecho de una mujer.

—Puede que así fuera —había algo caliente y
peligroso entre ellos. En algún momento durante la
conversación se habían vuelto el uno hacia el otro,
ninguno de los dos miraba ya hacia los jardines. La
distancia entre ellos era insignificante. Si respiraba
profundamente, rozaría con sus pechos la pechera
de su chaqueta. Ahí era donde debía tener cuidado.
La barrera estaba tan cerca que resultaría muy fácil
cruzarla. Si lo hacía, debería tener cuidado. ¿Qué
era trabajo y qué era placer?

Para él siempre era trabajo. Alina haría bien en recordarlo porque en una ocasión se le había olvidado, para su desgracia. Aquella tregua no podía durar. Miró por encima de su hombro hacia la sala de recepciones.

—¿Entramos?

Channing giró la cabeza para contemplar la escena que se desarrollaba al otro lado de las puertas.

—Ah, ¿ya es hora de acostarse?

—Qué transición tan torpe. Normalmente eres más… —agitó una mano para indicar que estaba buscando la palabra adecuada.

—¿Cortés? ¿Caballeroso? —sugirió Channing.

—Sutil —Alina arqueó las cejas y aprovechó la oportunidad para igualar el terreno. Channing había salido allí buscando aclarar su situación. Así que le aclararía algo—. Dado que no estamos siendo sutiles ahora mismo, deja que te recuerde que te pago por tu protección. No te pago por sexo —le dirigió una mirada cómplice y después recorrió su cuerpo con los ojos de un modo provocativo—. Eso ya me lo has dado antes gratis.

—Yo te recordaré entonces que nada es gratis, condesa. *Bonne nuite* —Channing hizo una reverencia y desapareció.

Cuatro

Mientras se desnudaba para irse a la cama, Channing se preguntaba si Alina habría convertido a propósito la conversación en una batalla de ingenio a caballo entre el flirteo y la advertencia. Semejantes técnicas podrían haber distraído a otros hombres, pero tendría que esforzarse más para distraerle a él.

Él mejor que nadie sabía que Alina lo veía todo como una seducción estratégica. Las conversaciones, la gente, todo era un juego delicioso que jugar y ganar. Eso le impedía bajar la guardia. Solo un tonto daría por hecho que la condesa necesitaba a alguien. Él ya no era un tonto. No era el joven inexperto al que había conocido en París. Debería tener visión de futuro y no limitarse a batir su abanico y a acariciar una copa de vino si pretendía distraerlo.

Se tumbó sobre la cama y disfrutó de la novedad de estar solo. Tal vez hubiera merecido la pena ir a aquella casa solo para tener su propia cama. Casi había merecido la pena. Alina lo complicaba todo. Debía tener cuidado con ella. Sí, había ido allí para cumplir con el contrato de Amery y eso hacía que técnicamente ella estuviera al mando. Pero no, no haría su voluntad a ciegas si cuestionaba la legitimidad de sus motivos, y desde luego la cuestionaba.

Era evidente que algo iba mal. Aquella reunión en el campo no encajaba en el perfil de Alina, ese perfil que tanto se había esforzado en cultivar desde que regresara de Francia. Seymour tampoco encajaba en su círculo. Tras escucharle hablar mientras bebían oporto, Channing no quería saber nada de ese bastardo. Fuera cual fuera el negocio que Alina quisiera tratar con él, no sería bueno. Esas dos cosas se sumaban a los problemas.

Alina debía andar con cuidado. Su imagen en la sociedad no era buena. Aún había quien en Londres se tomaba la muerte de su marido y las acusaciones consiguientes muy en serio. Tal vez hubiera ganado respetabilidad en ciertos círculos, pero un paso en falso por su parte y esa respetabilidad le sería arrebatada. Si eso ocurría, no habría segundas oportunidades, ningún beneficio de la duda. Eso hizo que Channing se preguntara qué querría de Seymour que pudiera justificar ese riesgo.

Se recordó a sí mismo que no servía de nada darle vueltas a esas cosas. Eso despertaba la curiosidad y la curiosidad despertaba cosas perversas cuando se trataba de la condesa. Durante su breve aventura en París, había aprendido que ella sabía cómo utilizar a un hombre y cómo un hombre podía llegar a dejarse utilizar por propia voluntad. No permitiría que la curiosidad volviera a hacerle vulnerable ante ella. Se dijo a sí mismo que estaba preguntándose por sus circunstancias solo por una cuestión de autoprotección. Esperaba que eso fuese cierto. No era de extrañar que Amery se hubiera sentido superado. Aquel era un encargo que enfrentaba a un maestro contra otro. Tal vez a Alina se le diesen bien aquellos juegos, pero a él también.

Había sido muy buena la noche anterior. Alina se estiró bajo el sol de la mañana que invadía su cama. Aún disfrutaba de su pequeña victoria durante la velada. Su estrategia había funcionado a la perfección. El flirteo durante la cena y después en la terraza había servido para que Channing dejase de hacerle preguntas sobre sus asuntos con Seymour.

Había requerido algo de trabajo, pero eso no significaba que no hubiese sido energizante. Flirtear con Channing resultaba estimulante, quizá porque era peligroso. Él no dudaría en contraatacar, quizá porque era un desafío. Channing oponía cierta resistencia a sus encantos y eso en sí mismo era una novedad. No se dejaba superar por su atractivo ni por su ingenio. No como el vástago de Parkhurst, que parecía tan encandilado con ella que sin duda le ofrecería *carte blanche* y le permitiría tratarlo a patadas. No estaba interesada.

Alina se dio la vuelta y tiró de la cuerda situada junto a la cama para hacer sonar la campana. Aquel día tendría que trabajar también. El día anterior había sido solo el principio. Un caballero que le resultara fácil de conseguir no le resultaba atractivo. Tal vez por eso siguiera dándole vueltas a la última frase de Channing, «nada es gratis». Ni siquiera estaba segura de qué había querido decir con eso, pero había sido suficiente para hacerle pensar en ello, para que sus pensamientos regresaran a cierto momento, a una época que deseaba recordar tanto como deseaba olvidar. Aun así, podía serle útil.

El comentario era la excusa perfecta para iniciar el próximo nivel de su juego de distracción. Deseaba que Channing estuviese tan ocupado discutiendo con ella, persiguiéndola, que no prestara atención a sus asuntos con Seymour. Al menos eso se decía a sí misma. Haber elegido aquella táctica no tenía nada que ver con unos arrolladores ojos azules y una sonrisa dibujada entre unos pómulos perfectamente pronunciados.

Su doncella, Celeste, apareció poco después con el chocolate caliente. Celeste había estado con ella desde su desastroso matrimonio con el conde francés y era lo mejor que se había llevado de su época en el extranjero.

—*Bonjour, madame* —anunció, siempre jovial, mientras dejaba la bandeja sobre la mesa junto a la ventana y se volvía hacia el armario—. Hay planeada una excursión para esta mañana, *madame*. Habrá dos grupos. Uno para jinetes principiantes y otro para los más avanzados.

—Necesitaré el traje azul con ese sombrerito tan alegre. Llevaré el pelo recogido con ese moño que sabes hacer tan bien, Celeste —Alina se levantó de la cama y fue a sentarse junto a la bandeja mientras comenzaba a poner en marcha sus pensamientos: qué ponerse, qué decir, hacia dónde ir, cómo crear sutilmente la impresión adecuada para atraer a Seymour.

Celeste le dirigió una sonrisa cómplice por encima del hombro.

—*Oui*. Al joven lord rubio le gustará eso. Le gusta miraros el cuello.

Alina dio un sorbo al chocolate.

—No es para él. Es para Seymour.

Celeste hizo un mohín mientras extendía el traje de montar sobre la cama.

—A mí me gusta más el joven lord.

—Se trata de negocios, Celeste —respondió Alina con severidad. La noche anterior, después del encuentro en la terraza, había decidido que no podía seguir esperando a que Channing le presentara a Seymour. No era que dudase de la capacidad de Channing para hacerlo. Lo conseguiría antes de que acabara el día. Pero le haría pagar por ello con preguntas e interrogatorios. Querría saber qué pretendía hacer con esa presentación y ella no tenía intención de decírselo. Si se enteraba, querría involucrarse—. ¿Con qué grupo irá Seymour?

—Con el avanzado, *madame*. El señor Deveril también irá con ellos.

—Infórmalos de que yo también querré un caballo apropiado para ese grupo —le ordenó Alina mientras se terminaba el chocolate. Le habría gustado quedarse tomando el sol junto a la ventana, pero había trabajo que hacer y conseguir una elegancia como la suya no era fácil. Atravesó la habitación hasta el tocador donde guardaba sus tarros y sus cepillos—. Es hora de que emplees tu magia, Celeste.

Después ella emplearía la suya. Al menos durante la excursión tendría a ambos hombres donde pudiera verlos. Una podía jugar con un hombre como Channing, flirtear un poco, pero no podía confiar en él; no podía confiar en que la dejase en paz, no podía confiar en que no se le colase dentro sin ni siquiera intentarlo. Y por esas razones no podía esperar a que él le presentara a Seymour. Tenía que hacerlo a su manera y tenía que hacerlo rápido antes de que Channing pudiera intervenir. Ya había pagado dos veces en el pasado por su implicación en su vida; una físicamente y la otra emocionalmente. La primera vez había sido una ingenua. Podría perdonarse a sí misma por ello. La segunda vez simplemente había sido una tonta al confiar en el hombre equivocado. Pero ya no más. La condesa de Charentes había emergido del fuego del matrimonio y conocía mejor las costumbres de los hombres.

La entrada a la casa estaba llena de gente y de caballos cuando Alina bajó las escaleras. Ella tenía reservada una de yegua color canela que se movía inquieta. Se quedó mirando al animal con desconfianza. Era una amazona competente, pero habría preferido ir con el grupo de principiantes, donde tendría más tiempo para hablar. Aquella yegua nerviosa iba a exigir toda su atención, empezando por montarse en ella. Miró a su alrededor en busca de un bloque para montarse.

—¿Necesitas que te ayude? —Channing se materializó a su lado. Le acarició el lomo a la yegua. Todos los bloques para montar estaban ocupados, pero Alina se habría negado de haber podido. Channing tenía una manera de tocar a una mujer que la hacía sentirse especial aunque supiera que no era cierto, aunque aquel gesto fuera tan mundano como subirse a un caballo. Tal vez se imaginó que detuvo la mano sobre su pierna unos segundos más de lo necesario mientras comprobaba la cincha.

—¿Vas a ir con este grupo? —le preguntó con el ceño fruncido.

—Sí —respondió ella mientras agarraba las riendas—. No estarás preocupado, ¿verdad? —no quería que lo estuviera. Eso le hacía parecer cálido, amable.

—¿Estás segura de que puedes manejar a la yegua? Está bien entrenada, pero tiene mucho carácter —le advirtió Channing.

Alina le dirigió una sonrisa decidida.

—Puedo manejarla. He montado caballos más grandes.

—El tamaño no lo es todo —respondió él con una mirada traviesa.

Ella se rio y avanzó con el caballo. Empezaba a formarse una fila. Deseaba acercarse más a Seymour, que iba delante.

—Será mejor que te subas al caballo si quieres venir.

Channing sonrió y dio un paso atrás.

—Enseguida voy. Tengo que encontrar a un sirviente para que se encargue de un asunto antes de salir.

No podía seguir el ritmo. Después de los primeros tres kilómetros, era evidente que la yegua estaba dispuesta. Era su propia habilidad la que no le permitía correr ciertos riesgos. Podía cabalgar por terrenos llanos y darle al animal libertad para recorrer los amplios prados, pero no se atrevía a saltar los arbustos y los troncos a toda velocidad. Los afrontaba a un ritmo más lento y cauteloso. Eso la dejaba en desventaja y el terreno que ganaba en los tramos llanos lo perdía enseguida, de modo que regresaba al final del grupo mientras Seymour seguía cabalgando de los primeros.

Alina aminoró la velocidad para que la yegua pudiera respirar y ella pudiera pensar. A ese paso nunca alcanzaría a Seymour. Necesitaba un atajo, un desvío que le permitiese rodear la ruta marcada y situarse junto a los que iban en cabeza. Divisó un camino que atravesaba el bosque a un lado de la ruta principal. Por fin algo de suerte. Se metió por el camino y entró en el bosque.

Aquello estaba mejor. No había troncos ni arbustos que saltar, solo alguna raíz ocasional que esquivar y su yegua avanzaba con decisión. Ganaría tiempo deprisa. Pero eso era antes de que el chillido de un halcón rompiera la tranquilidad del bosque y la yegua saliese corriendo.

Alina no tuvo tiempo de reaccionar. Demostró su competencia al mantenerse sobre el animal todo el tiempo que lo hizo. Un bosque a toda velocidad no era un camino fácil. Había innumerables peligros en las ramas bajas y en las raíces de los árboles. Un paso en falso por parte del caballo sería suficiente para que ella acabara en el suelo.

Alina dejó de intentar controlarla. La yegua tenía voluntad propia y ella tenía la sensación de que no corría por el miedo, sino porque así lo quería y nada ni nadie podría impedírselo. Su única opción era mantenerse encima y esperar a que se cansara. Eso funcionó bien hasta que llegaron a un árbol caído en mitad del camino.

Sin saber lo que habría al otro lado, Alina tiró de las riendas en un último intento por detener a la yegua desbocada.

Fue la elección incorrecta. El caballo aminoró la velocidad, pero no lo suficiente como para darse la vuelta. En su lugar saltó el tronco a menos velocidad, pero aterrizó de manera temblorosa. Tropezó en el barro y lanzó a Alina al agua de un arroyo que serpenteaba al otro lado. Fue un final innoble para un paseo valiente.

La yegua recuperó el equilibrio, trotó hasta detenerse al otro lado y relinchó alegremente como si aquello fuese de lo más divertido. Alina golpeó el agua con un puño furioso.

—¡No te atrevas a reírte de mí, yegua estúpida! —gritó.

Era agradable dejar salir parte de su frustración, pero aún le quedaba mucha. A ese paso nunca conseguiría alcanzar a Seymour. Tenía la ropa empapada.

—Lo has echado todo a perder, ¿sabes? —regañó a la yegua—. Ahora no llegaré al picnic. Tendré que volver a la casa a cambiarme. No tienes ni idea de lo que has hecho. Channing alcanzará primero a Seymour y entonces no parará de hacerme preguntas —volvió a golpear el agua para dar énfasis a sus palabras.

—¡Eh, no pegues al agua! —gritó una voz alegre y masculina.

Alina se quedó de piedra. En cuestión de segundos, Channing apareció junto al tronco mientras tiraba de las riendas de su caballo. Por un momento Alina pensó en levantarse del agua. Pero ¿por qué? Su humillación ya era completa. De todas las personas que podían haberla encontrado en aquella situación, tenía que ser Channing Deveril. Levantarse en ese momento no cambiaría eso ni haría que se le secara antes la ropa. Sería mejor regodearse en ello.

—¿Te has hecho daño? —preguntó él mientras ataba a ambos caballos a un arbusto bajo.

—Solo en mi orgullo —contestó ella mientras intentaba levantarse. Le pesaba la falda y le avergonzó comprobar que no podía lograrlo.

—Espera, te ayudaré o volverás a caerte —Channing extendió la mano y hundió las botas en la orilla embarrada.

Alina le dio la mano y resistió la tentación de tirar de él, pero Channing ya había sacrificado sus botas por la causa y optó por no ser mezquina.

—¿Cómo sabías que estaba aquí?

—Iba detrás de ti, a cierta distancia, pero te he visto meterte por el bosque. Quería asegurarme de que estabas bien —se apoyó en el tronco de un árbol mientras ella se sentaba en un tocón para escurrirse la falda. Channing se quitó la chaqueta y se la ofreció.

Ella no quería aceptarla, pero resultaba agradable después del agua fría del arroyo. El día en sí era cálido y pronto se secaría, pero por el momento el calor de la chaqueta era irresistible. La chaqueta olía a él, a especias y a vainilla. Era como estar entre sus brazos, un lugar muy peligroso. Sabía por experiencia que era un lugar que ofrecía una falsa sensación de seguridad.

Era un hombre seductor, pero no era para ella, no podía ser para ella. Los hijos de un conde no se casaban con viudas bajo sospecha. Además, ella no deseaba volver a casarse. Con un desastre era suficiente. Aunque con Channing sería un desastre de otro tipo.

—¿En qué pensabas al meterte por un camino desconocido con un caballo que no habías montado nunca? —preguntó Channing mientras le acariciaba el hocico a su yegua.

—No es culpa mía —respondió Alina con sequedad—. Es culpa de la yegua —señaló al animal que se mostraba dócil bajo las atenciones de Channing—. Íbamos bien hasta que ha oído a un halcón y ha salido disparada —dejó caer los pliegues de su falda. Había conseguido escurrirla todo lo posible, pero la falda se le había quedado arrugada y nada podía hacer con las manchas de barro.

—Tendré que regresar a la casa —dijo decepcionada.

Channing se encogió de hombros.

—Puede. Quizá tengamos una alternativa. Primero dime por qué has tomado este camino. Aún no has respondido a mi pregunta. ¿Tiene que ver con Seymour?

Viniendo de cualquier otro, habría sido una suposición a voleo. Viniendo de Channing, no era casualidad.

—Siempre has sabido leer el pensamiento —admitió Alina—. Deseaba situarme en su círculo de influencia —al menos eso podía confesarlo. No sería más de lo que él le habría oído gritarle al caballo al acercarse.

Channing se apartó del árbol y se acercó a ella.

—Mmm, eso es casi una mentira. Es decir que casi te creo, pero no. ¿Por qué ibas a hacer eso si no es necesario? Tu flirteo en la mesa durante la cena de anoche ya te puso en su círculo de influencia. Seymour se fijó de sobra en ti. Ya te lo dije en la terraza. Además, voy a hacerme amigo suyo durante el picnic, como tú me pediste. Al caer la noche ya te lo habría presentado, como planeabas. Por tanto, no es necesario que te esfuerces más.

Al decir aquello, comenzó a caminar de un lado a otro frente a ella, lo que le concedió una agradable vista de sus piernas largas y de sus nalgas enfundadas en aquellos pantalones de montar, su prenda masculina favorita. Lamentaba no haberlo tirado al arroyo después de todo. Los pantalones le quedarían espectaculares mojados. También otras cosas serían espectaculares.

—¿Qué? —Channing dejó de analizar sus motivos, que eran demasiado evidentes para su gusto. Alina no soportaba que pudiera leer sus pensamientos. Era hora de cambiar eso, hora de que fuera él quien quedase desconcertado para variar.

Se acercó a él y le rodeó el cuello con los brazos.

—Estaba pensando que hace tiempo que no te veo desnudo —comentó con voz seductora.

—Sí, hace tiempo —Channing le mordisqueó el cuello. Ella experimentó un escalofrío y le dio un beso en el que se encontraron sus lenguas.

Presionó las caderas contra las de él.

—Te equivocas, ¿sabes? El tamaño sí que importa —él murmuró algo ardiente contra su cuello y ella estiró la mano hacia sus pantalones con la intención de acariciar su miembro. Pero Channing dio un paso atrás.

—No soy tan fácil, condesa. Lo siento si te lo ha parecido.

—Lo que me ha parecido no era fácil —respondió Alina, y dejó que la rabia enmascarase su decepción. El momento había sido agradable hasta que él lo había echado a perder junto con su intención de distraerlo.

—Tal vez deba aclarártelo. Cuando he dicho «fácil», me refería a fácil de distraer —dijo Channing, regresó a su árbol y se cruzó de brazos con una sonrisa divertida en los labios.

—¿Acaso una chica no puede satisfacer a un hombre en el bosque? —preguntó ella. Se habría mostrado más cohibida al respecto si hubiera pensado que iba a funcionar.

Channing se rio.

—Nunca cambias. ¿De verdad crees que no sé lo que estás haciendo?

—No lo sé. ¿Por qué no me dices lo que crees que estoy haciendo y yo te digo si es cierto?

—Haré algo mejor que eso. Iré directo al grano —clavó en ella sus ojos azules y le dirigió una mirada que habría hecho confesar a cualquier otro. Pero Alina sabía cómo defender su terreno ante cualquiera, incluso ante un atractivo inglés que creía que solo pensaba en su bienestar.

—Otros dirían que tus prisas por llamar la atención de Seymour se deben a que dudas de mi habilidad para presentártelo. Pero no es eso. Es más bien lo contrario. Sabes que lo conseguiré y has decidido que no quieres que lo haga. Me preguntó por qué. ¿Estoy en lo cierto?

—Amery tiene más tacto que tú —Alina resopló, se quitó su chaqueta y se la devolvió.

—Amery no está aquí. Tal vez sea lo mejor. Él no te conoce como yo.

Estiró el brazo para agarrar su chaqueta, pero la utilizó para tirar de ella hacia él. Apoyó las manos en su cintura.

—Desde que te conozco no has dejado que nadie te ayudara. Te precipitas y no siempre para bien. Hay una diferencia entre actuar con decisión y ser impulsiva. Ahora estás actuando precipitadamente con Seymour. Creo que no has pensado en las consecuencias. No quedarás bien si te muestras demasiado directa. Ya sabes lo que dirá la gente.

Se refería a los rumores; cualquiera que esperase a que se comportara de forma inapropiada diría que estaba lanzándose a los brazos de Seymour. Sabía que Channing tenía razón. Ella también lo había pensado. Por eso había decidido llevar a Amery a la casa de campo.

Pero el riesgo de que Channing se involucrara demasiado había pesado más que su necesidad de cautela.

Alina negó con la cabeza. Así era como la había embaucado la primera vez, fingiendo que se preocupaba por ella.

—No hagas esto, Channing. Tan pronto pasas de castigarme por flirtear a ser mi sincero consejero. No te he contratado para ninguna de esas dos cosas —intentó apartarse, pero él la sujetó—. La verdad es que preferiría que no te involucraras en el asunto que tengo con Seymour. Tú y yo no estamos bien juntos.

—Salvo en la cama —fue la respuesta de Channing—, y en los jardines de lady Medford, en la biblioteca del duque de Grafton, en ese pequeño armario que tiene lady Stanhope en su casa... ¿lo recuerdas? Estaba al final del pasillo en la segunda planta.

—Salvo en la cama —repitió ella sin dejarse provocar.

Channing simplemente estaba utilizando su técnica de la noche anterior, mezclando los negocios con los recuerdos de placer, recuerdos de una época en la que ella pensaba que era algo más que un acompañante al que había contratado. Le mantuvo la mirada y se dejó abrasar por ella. Lo pasado tenía que quedar en el pasado, salvo las lecciones que eso le había enseñado.

—Me temo que, en este caso, no será suficiente —tenía que ser firme o lo lamentaría. No podía permitir que esas líneas se desdibujaran de nuevo—. Ahora, si me disculpas, tengo que regresar y cambiarme de ropa.

—No —contestó Channing con una sonrisa—. He hecho que enviaran otro vestido al picnic.

—¿Cuándo has hecho eso? —aquel gesto le resultó inesperadamente conmovedor, pero no sabía cuándo habría tenido tiempo de hacerlo. Estaba en la entrada con los demás mucho antes de que ella llegara.

—¿Recuerdas que esta mañana te he dicho que tenía que hacer algo antes de salir? —preguntó él mientras la montaba en la silla. Después se subió a su caballo y le guiñó un ojo—. Sospechaba que esa yegua podría ser demasiado para ti.

—No era demasiado —protestó Alina. Pero sí, recordaba que había mencionado algo de un recado esa mañana. Lo recordaba tan claramente como recordaba aquel armario en casa de lady Stanhope.

Cinco

Channing fue fiel a su palabra. Para cuando Alina se sentó a la mesa para jugar a las cartas después de la cena, todo estaba arreglado. Channing había acordado ser su pareja para jugar contra Roland Seymour y la señora White, de Richmond. Fue la más sutil de las organizaciones, gracias a la cual podría darse una conversación fluida y natural. Alina no podría haber deseado una oportunidad mejor. Seymour no tendría razón para sospechar de sus motivos.

Pero eso no hizo que resultara más fácil sentarse junto a un hombre así. Le molestaba tener que estar allí sentada, concentrada en las cartas, riéndose y fingiendo que se lo pasaba bien, cuando lo único que deseaba era estrangularlo, avergonzarlo y delatarlo frente a los presentes como el impostor que era. Por desgracia el estrangulamiento iba contra la ley. Aunque con respecto a arrancar los testículos no estaba segura, así que tal vez hubiera cierto potencial en ello. En cualquier caso, la tortura tendría que esperar. No tenía las pruebas que necesitaba, todavía no.

Pero pronto las tendría. El encuentro en la casa de campo era solo el comienzo de lo que tenía pensado para el señor Roland Seymour, estafador de viudas y de familias ingenuas. Bajo la mesa, Channing le dio una patada en la pierna.

—Es vuestro turno, condesa.

—Gracias, tenía la cabeza en otra parte —le dirigió a Seymour una media sonrisa de disculpa y se acarició las perlas del collar mientras estudiaba sus cartas—. ¿Podéis recordarme cuál era la primera carta?

—Vuestro compañero ha lanzado el diez de corazones y la señora White ha seguido con la jota —le informó Seymour con su tono condescendiente.

Alina se mordió la lengua. Había cosas que habría querido decir sobre ese tono, pero el recato era la consigna de aquella noche. Si la noche anterior había sido más dramática, ahora se trataba de mostrar un lado ligeramente más suave de la condesa. Tal vez Seymour se mostrara más abierto a la trágica y desprotegida condesa francesa. Sin duda tenía debilidad por las mujeres indefensas.

Channing volvió a darle una patada por debajo de la mesa. En esa ocasión no tenía nada que ver con que estuviera en las nubes. Él sabía que no tenía corazones y deseaba que ganara la baza para poder volver a picas. Alina habría lanzado un trébol solo para molestarle, si hubiera pensado que no iba a darle otra patada.

Al día siguiente tendría la espinilla amoratada si seguía así, y ya estaba dolorida tras haber caído en el arroyo. Pero Channing era competitivo y ella también lo era. Si tenía que escoger entre ceder ante Channing y perder ante Seymour, escogería lo primero. Así que lanzó la carta ganadora.

—Con esto ganamos la segunda partida —declaró Channing una hora más tarde, mientras dejaba el lápiz junto a la libreta de tanteo. También habían ganado la primera, aunque por poco. La señora White y Seymour habían jugado bien, o tal vez Channing y Alina habían jugado lo suficientemente bien para dar la ilusión de que estaban unidos. A su alrededor ya terminaban las demás partidas y la gente empezaba a desperdigarse por la habitación para esperar el carrito con el té.

Alina se puso en pie y se alisó los pliegues de color aguamarina de la falda.

—Pensaba en ir a dar un paseo antes del té. Deseaba tener un momento para admirar el cuadro de la pared del fondo —le dirigió a Seymour una mirada esperanzada y jugueteó con sus perlas para llamar la atención sobre su pecho.

—¿Puedo acompañaros? —preguntó Seymour, como era de esperar.

—Nada me gustaría más —contestó ella con una sonrisa.

Había un millón de cosas que le gustarían más, comenzando por verlo deportado por sus delitos, tanto por los que había cometido como por los que había pensado cometer. ¿Cuántas jóvenes habría habido antes de que intentara casarse con su hermana?

—¿Estáis disfrutando de la casa, condesa? —preguntó Seymour mientras recorrían el perímetro de la habitación. Otras personas habían hecho lo mismo, quizá para explorar nuevas relaciones potenciales que habían iniciado en el picnic aquella tarde.

—Sí, mucho. Es una bendición poder alejarse de la ciudad durante un tiempo —Alina suspiró—. Hay tantos asuntos de los que ocuparse, y a veces temo no estar preparada para ello. ¿Qué sé yo de alquileres y de cultivos? Yo sé de moda y de fiestas —se obligó a alegrarse—. Pero esos son mis problemas, no los vuestros. No debería agobiaros con ellos. Es solo que no pensaba que pudiera ser tan difícil estar sola —otorgó a sus palabras un tono reflexivo y esperó a ver si él mordía el anzuelo.

—Mi querida condesa, sé que acabamos de conocernos. Aun así, os ofrecería mis servicios. No soporto ver a una dama en apuros. Yo sé algo de los temas relacionados con el terreno. Estaría encantado de ayudaros si pudiera.

Alina sonrió como si no pudiera creerse su buena suerte.

—Os estaría tan agradecida. Vuestra oferta es de lo más generoso.

Llegó el carrito del té y Alina se aseguró de mezclarse entre la gente para no pasar más tiempo en compañía de Seymour, aunque sin duda él estuviera dispuesto a continuar con su conversación. Sería mejor dejarle con ganas de más. No quería parecer demasiado agobiante o desesperada. Incluso las sabandijas como Seymour apreciaban una mínima muestra de fuerza. Servía para hacer que su petición resultara más sincera; allí estaba una mujer que no solía pedir ayuda, pero a él se la había pedido. Se sentiría bastante seguro de sí mismo.

Alina se cuidó de evitar a Channing. No obtendría nada bueno acercándose demasiado a él. Haría que Seymour se preguntara por qué no le habría pedido ayuda a Channing, por qué habría ido en busca de un desconocido cuando el señor Deveril estaba preparado para ayudarla.

Channing se encontraba entre la primera tanda de invitados que se fueron al piso de arriba. Ella esperó y salió con el resto para que Seymour pudiera ver claramente que no tenía ningún compromiso. Aunque semejante prueba visual no significaba nada en reuniones como aquellas, donde se aplicaba otra lógica. Todos sabían que se producirían varios viajes furtivos en la oscuridad hacia dormitorios ajenos antes de que saliera el sol.

Alina abrió la puerta de su habitación y contuvo un grito. No le daría a Channing la satisfacción de saber que la había asustado. El muy arrogante ni siquiera se había molestado en ser furtivo. Había subido y se había ido directamente a su cama. Allí estaba, cómodamente tumbado, con las manos detrás de la cabeza y las piernas cruzadas a la altura de los tobillos. Se moría de ganas de bajarle un poco los humos.

—Creo que la norma es que esperes a que la casa quede en silencio por la noche.

Alina dejó el candil sobre el tocador y se cruzó de brazos. A pesar de su valentía, se había asustado al verlo allí. Después de su discurso en el arroyo sobre la necesidad de proteger su reputación, aquello parecía hacer justo lo contrario.

—¿Te ha visto entrar alguien? —acababa de poner en marcha la siguiente fase de su plan y dependía de que convenciera a Seymour de que estaba sola.

—Claro que no —respondió Channing despreciando sus preocupaciones, arrogante a su manera.

—¿Qué estás haciendo aquí? Estoy segura de que no hay nada que no pueda esperar hasta mañana —Alina se quitó el collar—. A no ser que hayas venido a disculparte por haber estado dándome patadas toda la noche.

Channing resopló.

—Te he dado dos patadas y te las merecías. Estabas flirteando con Seymour. Lo cual ha hecho que surgiera una pregunta en mi cabeza. No creo que pudiera dormir sin una respuesta.

—Si te lo digo, ¿te irás?

Channing se encogió de hombros.

—Puede. Pero esta cama es muy cómoda —se calló y la miró fijamente—. ¿Por qué insistes en ir detrás de hombres que no te gustan?

A Alina se le ocurrió una buena respuesta, pero no era el momento para bromas.

—¿Qué te hace estar tan seguro de que no me

gusta Seymour? —preguntó mientras se quitaba lentamente las horquillas del pelo y ordenaba sus pensamientos. Era más fácil pensar mientras hacía algo. Así su cerebro tenía menos tiempo para dejarse distraer por Channing tumbado en su cama.

—Esta noche durante la partida deseabas comértelo vivo, y no es una actitud que encaje con tu atuendo suave y esas inocentes perlas —Channing se había dado cuenta. Era demasiado perspicaz—. Sean cuales sean los asuntos que tengas con Seymour, empiezo a pensar que no es algo amistoso — y ahora estaba entrometiéndose, como ella había temido.

Se soltó el pelo y dejó que cayera sobre sus hombros. Channing cambió de postura sobre la cama.

—¿Vas a venir a ayudarme con el vestido? —preguntó ella mientras intentaba alcanzar los cordones de la espalda.

Channing se levantó de la cama y se acercó. Se acercó tanto que podía olerlo, tanto que habría podido besarlo. Pensaba que lo tenía, excitado y distraído. Incluso con su traje de noche, lo primero era más evidente que lo segundo. Pero aparentemente no había conseguido lo segundo porque su respuesta la sorprendió.

—No. No voy a ayudarte con ese vestido. Ambos sabemos lo que ocurrirá si lo hago. Y no se detendrá ahí —sus palabras fueron como un susurro entre ellos, en parte una seducción—. No te deseo de ese modo, Alina. No soy un juego. No permitiré que me utilices.

Alina no se echó atrás. Le rodeó el cuello con los brazos y le besó la garganta.

—Creí que habías dicho que esas dos semanas en Francia habían sido las mejores de tu vida —susurró.

—Lo fueron, y por eso me niego a mancillarlas con algo así —gruñó Channing mientras la apartaba de él—. No todos los hombres son como tu marido, Alina. No todos se dejan manipular con favores sexuales, ni todos esperan que así sea.

Alina se quedó helada al oír sus palabras y su intento de distraerlo fue reemplazado por un torrente de ira.

—¿Estás llamándome ramera? Teniendo en cuenta tu trabajo, sería como «le dijo la sartén al cazo».

—¿Me equivoco? Pensaba que era a ti a la que tanto le gustaba decir que no había mucha diferencia entre la prostitución y el matrimonio, porque al final todos lo hacemos por dinero.

—Tú lo sabrás mejor que nadie. Lo has hecho más veces por dinero que el resto de nosotros —eran palabras hirientes. Ella sabía lo que la Liga de Caballeros Discretos significaba para él. Sabía que no era solo por el dinero y por el sexo. Pero se lo dijo de todos modos porque él le había hecho daño y estaba furiosa. Señaló entonces hacia la puerta.

—¡Fuera! —estaba temblando de rabia—. No pienses que puedes sermonearme sobre cómo llevé mi matrimonio. No sabes cómo era ese hombre. No sabes lo que tuve que hacer para ganar mi libertad

—no le había hablado a nadie de las degradaciones que habían tenido lugar a puerta cerrada. Ni siquiera Channing, a pesar de su intuición, podría imaginárselo.

—Mil perdones, condesa —Channing le dirigió una mirada de hielo y salió de la habitación.

Bueno, al menos había dejado el tema de Seymour. Pero era un pequeño consuelo. No era así como había pretendido hacerlo. Aun así, desde el principio había sabido que todo podría explotar entre ellos. Habían compartido demasiada intimidad en otra época. Se conocían demasiado bien como para que los juegos objetivos de manipulación funcionaran sin consecuencias. Sabían cómo despertar los demonios que cada uno llevaba en su interior, como había demostrado aquella última discusión.

Llamó a Celeste mientras la rabia iba dando paso a la decepción. En otra época Channing había sido una fuente de fuerza. Esas dos semanas le habían dado poder, le habían enseñado que era fuerte, que tenía un valor que la mancha de un mal matrimonio no podría borrar.

Ahora, al delatar a Seymour, estaba enfrentándose a otro juicio importante. Habría agradecido la fuerza de Channing, pero no podía arriesgarse. No quería que se involucrara. Tenía que proteger la Liga. Si sus planes salían mal, habría un escándalo y no podía prometer que él no fuese a ser descubierto también. Nunca había pretendido involucrar a Amery al contratarlo. No tenía intención de involucrar tampoco a Channing por mucho que él insistiera, razón por la cual aquella noche dormiría sola.

Channing dormiría solo aquella noche porque no había insistido, al menos no en la dirección adecuada. Se quitó la corbata con un gesto furioso. No recordaba la última vez que una mujer le había echado de su habitación. La culpa era solo suya. Lo había hecho todo mal, había roto todas las normas de la gestión de las relaciones. La había acusado de manipuladora y, al mismo tiempo, había insinuado con bastante descaro que se prostituía para distraerlo del asunto principal.

Fuese como fuese, había sido un golpe bajo. Un caballero nunca llamaba ramera a una dama. Era un golpe especialmente bajo porque sabía cómo interpretaría ella la situación debido a sus experiencias. La había acusado de ser como el conde, un hombre al que ella había despreciado profundamente.

Channing se desnudó sin ayuda. Estaba de demasiado mal humor como para hacérselo pagar a su ayuda de cámara. Debería disculparse. Cuando lo hiciera, podría seducirla, que era lo que debería haber hecho desde el principio. Todo el mundo sabía que se cazaban más moscas con miel que con vinagre, y él solo había sido vinagre. Había despreciado sus esfuerzos en el bosque y había buscado pelea con ella aquella noche. Ninguna de esas cosas era recomendable para ganarse el favor o la confianza de una mujer. Necesitaba ambas cosas si quería descubrir qué asuntos se traía entre manos con Seymour y, llegado el caso, protegerla de su propia impetuosidad. Pagaba a la agencia a cambio de protección y eso era lo que obtendría, aunque fuese protección contra sí misma.

«¿Por qué te importa tanto?», se preguntó. «No te ha causado más que problemas desde que la conociste y ella piensa lo mismo de ti. Aun así no puedes apartarte de ella». Pero Channing sabía el motivo. Era guapa y fuerte, pero aun así más vulnerable de lo que pensaba. Su risa transmitía la alegría de vivir, su sonrisa era mágica y sus caricias agradables. Nunca había conocido a una mujer que pudiera cautivar a una habitación entera sin esfuerzo, solo con entrar, que pudiera cautivarle a él, un hombre que había conocido a muchas mujeres y que podría tener a cualquiera.

«Y aun así lo recuerdas todo sobre ella. Recuerdas la primera vez que te miró desde el otro extremo de aquel salón de París, lo bien que huele, cómo congela a un hombre con una mirada y cómo le hacer arder con otra». Channing apagó el candil y se metió en la cama sabiendo que aquella noche sería una causa perdida. Iba a soñar con París hasta que saliese el sol.

Tal vez la condesa fuese sincera. Roland Seymour bostezó medio dormido desde su discreta posición en el pasillo. Quizá estuviese realmente sola. Nadie había entrado ni salido de su habitación desde que él ocupase su puesto poco después de la una de la madrugada. Haber llegado antes habría levantado sospechas. La casa aún no había quedado en silencio. Sin embargo no creía haberse perdido nada; la doncella de la condesa se había marchado minutos antes, lo que sugería que no había ningún hombre en su habitación. Esperaría una hora más y después se iría a la cama. Nadie se presentaría a las tres para marcharse a las cinco, antes de que los sirvientes de la casa comenzaran sus rondas.

Pensaba disfrutar de su breve relación con la condesa. Era todo lo que una mujer continental debería ser; elegante y refinada, sensual y apasionada. Había visto la tenacidad con la que jugaba una sencilla partida de cartas, quizá un indicador de lo que le esperaba al hombre que se ganase sus favores. Aun así, era una mujer y eso significaba que tenía limitaciones, limitaciones que ella misma le había confesado durante su paseo. La gestión de los terrenos era demasiado para ella. Esperaba que se acercara a él al día siguiente con una petición más específica. Con suerte estaría en ese instante en su habitación planteándose si aceptar su oferta. Si no, él insistiría suavemente. Estaba bastante seguro de que sabría cuál era su situación llegada la hora del té.

Aunque, claro, ya conocía parte de su situación. Era viuda desde hacía dos años, según los rumores que circulaban por la casa. Pero los rumores también sugerían que el matrimonio había sido malo y que la muerte de su esposo era sospechosa. ¿Qué podía esperarse cuando una se casaba con un francés? Aun así, en la casa había quienes se mostraban menos generosos con sus pensamientos: ¿Por qué casarse con un francés?

Él había escuchado los cotilleos porque demostraban que estaba sola. Ni siquiera en aquella casa tenía aliados acérrimos, nadie a quien confiarle sus verdaderos problemas. Él sería ese hombre. Si lograba acostarse con ella, tanto mejor. Las mujeres revelaban todo tipo de secretos en la cama.

Seis

Channing tenía razón. Iba a soñar con ella durante toda la noche. Pero se equivocaba si pensaba que era una noche echada a perder. Los sueños le llevaron a la primera vez en que la había visto, un momento perfecto, un momento en el que era joven y aún creía en los ideales de su padre sobre el amor y las mujeres.

Había estado antes en salones de París, pero aquel era diferente. La habitación tenía una energía especial. No se desprendía de la excelente decoración, aunque la sala estaba bien decorada con tonos crema y azul. Tampoco era producto de la exquisita colección de arte que colgaba de las paredes, y que representaba diferentes escuelas de pintura, aunque la colección decía mucho a favor de quien la hubiese adquirido. Tampoco se debía a la comodidad con que la estancia había sido diseñada. Había muchas sillas agrupadas para facilitar las conversaciones íntimas, y más asientos en torno al punto central de la habitación donde tendría lugar más tarde el acontecimiento principal del salón; la lectura del último trabajo de un dramaturgo, había olvidado cuál.

Vio entonces la fuente de esa energía, sentada ligeramente a la derecha del centro de la habitación y rodeada de invitados. Se rio y agitó el abanico por algo que había dicho un invitado. Al hacerlo, se volvió hacia él y Channing quedó asombrado. Tenía el pelo dorado, platino en realidad, un color único e inconfundible. Eso habría bastado para hacer que destacara, pero había más: el azul intenso de sus ojos, su nariz respingona, la curva de su mejilla y esos labios generosos y pintados de un rosa pálido que hacía juego con el vestido que llevaba; una recargada prenda de raso que se las ingeniaba para resultar sofisticada, evitando la inmadurez que solía acompañar a semejantes volantes. Llevaba un collar de perlas en el cuello que completaba aquella imagen de frescura e inocencia.

—Ha sido un flechazo —su amigo Henri, que le había llevado allí, le dio un codazo en las costillas cuando la mujer hizo un gesto con su abanico para acercarse—. Te presentaré, pero primero tendrás que recuperar el habla —bromeó—. Muchos hombres se quedan sin palabras en presencia de la condesa.

De cerca, vio que era joven, quizá no mayor que él, con sus veintitrés años, y cuando habló oyó el acento bajo sus palabras. No era francesa, sino inglesa, aunque su francés fuese impecable. Cuando les sonrió y declaró que se alegraba de que Henri hubiera podido asistir y de que hubiera llevado a un amigo, alguien que animara su pequeño círculo, Channing quedó impactado de nuevo por su frescura, por la intensidad de todas sus expresiones. También le impactó darse cuenta de que estaba casada con el conde, y experimentó algo parecido a la devastación. Pertenecía a otro hombre. Nunca podría ser suya. Era un sentimiento ridículo al acabar de conocerse.

Entonces se centró en él y todo lo demás dejó de importar.

—¿Henri os ha mostrado los jardines? ¿No? Oh, Henri, qué mal por tu parte, sabiendo que los jardines son lo mejor de la casa —le dio un golpe a Henri en el brazo con el abanico—. Venid, señor Deveril, os los mostraré. Tenemos algo de tiempo antes de que empiece la lectura.

Imaginaba que los jardines debían de ser bonitos. Imaginaba que habría hecho los comentarios adecuados sobre las plantas y el estanque. Simplemente deseaba quedarse mirándola a ella, escucharla.

Podría hablar de cualquier cosa y él la escucharía.

—Los jardines parecen casi ingleses —comentó antes de terminar la visita. No quería entrar, quería quedarse allí fuera con ella.

Ella sonrió con suavidad, su mirada se encontró fugazmente con la de él antes de apartarla.

—Eso espero. Deseaba crear una pequeña parte de Inglaterra para mí, para tener un lugar que me recordase a mi casa.

—¿Echáis de menos Inglaterra? —no se le había ocurrido pensar que la condesa no fuese feliz allí en París.

—No sé si echo de menos Inglaterra, pero sí echo de menos mi hogar y a mi familia. Mi hermana y yo estábamos muy unidas, la quiero mucho. Aun así, este es un buen matrimonio para una chica como yo. No podría haber esperado nada mejor, y el conde me permite hacer lo que se me antoje la mayoría de los días.

Channing negó con la cabeza.

—¿Una chica como vos? ¿Qué significa eso?

—Mi familia es de clase alta. No pertenecemos a la nobleza y no tenemos la riqueza suficiente para atraer su atención. En Inglaterra, no habría conseguido una unión tan buena. Pero aquí, en Francia, el sistema de la nobleza es diferente. Aquí podía aspirar a grandes cosas. Mis padres quieren que tenga seguridad financiera y no tenga que preocuparme por nada. Son mayores y también tienen que pensar en mi hermana pequeña.

A Channing no le gustó su manera de decirlo, como si estuviera intentando justificarse a sí misma su decisión.

—Parece que lo han conseguido —contestó él con una sonrisa—. ¿Hace mucho que estáis casada?

—Casi un año.

Se le había escapado por un año. Era ilógico pensar en ello de esa forma, pero lo pensó de todos modos.

—¿Y el matrimonio es todo lo que esperabais que fuera? —preguntó. Era una pregunta muy personal habiéndose conocido hacía tan poco.

Ella lo miró con aquellos ojos azules. Sonrió, pero había cierto pesimismo en su mirada.

—El conde pasa mucho tiempo fuera. No le veo a menudo, pero tengo todo lo que necesito —miró por encima de su hombro—. Nuestro invitado está preparado para empezar con su lectura. Tengo que entrar para desempeñar mi papel de anfitriona —le dirigió una sonrisa de disculpa por su ausencia, como si notara que no iba a quedarse mucho ahora que ya no contaba con su presencia—. ¿Leéis con frecuencia, señor Deveril?

—A veces —respondió Channing vagamente. No era un gran lector, no se trataba de algo que se le diese bien. Pero lo haría si era importante para ella.

—Entonces quizá queráis venir mañana. Vamos a hablar sobre una de las cartas de Voltaire, solo a modo de ejercicio académico y como oportunidad de debatir. Pero el grupo será más pequeño, solo algunos de mis amigos íntimos. Y después pasearemos por el jardín.

—Será un placer.

La parte de él que sabía que estaba soñando deseaba estrecharla entre sus brazos, cualquier cosa para evitar que regresase dentro. Pero esa parte de él sabía también que ese movimiento pondría fin al sueño. Siempre era así, porque nada de eso había ocurrido en el recuerdo real, al menos no entonces. De modo que la dejó marchar...

Channing se despertó de golpe, el cerebro aún aturdido por el sueño y por el deseo. Se quedaba sin aliento incluso viéndola en sueños. Aquella noche había acribillado a Henri a preguntas sobre ella mientras regresaban al lugar donde se alojaban. Henri respondió a cada una de ellas con una carcajada. ¿Qué tipo de flores le gustaban? ¿Cuál era su color favorito? Pero las respuestas de Henri se volvieron imprecisas cuando le preguntó por su matrimonio y por el conde. Algo no iba bien. Su cerebro medio dormido no quería pensar en las razones en aquel momento, solo quería arrastrarlo de nuevo a pensamientos más agradables, a épocas más agradables, así que se dejó transportar de nuevo a sus días en París...

Sin embargo, en las semanas siguientes, el conde pareció importar poco. El hombre no era más que un espectro situado al margen de su creciente relación con la condesa. A lo largo del mes que Channing pasó en París, el conde no hizo una sola aparición y fue fácil olvidarse de su existencia. Fue fácil olvidarse de la existencia de muchas cosas, embelesado como estaba con la condesa. Y parecía que ella estaba embelesada con él.

Ella le invitaba a todas partes y él disfrutaba colmándola de regalos; dulces deliciosamente envueltos, una copia muy especial de las cartas inglesas de Voltaire. Todo muy apropiado, por supuesto, nada que pudiera despertar la ira del marido. Su padre le había educado bien. Conocía las normas. Pero Channing sintió mucha ira a medida que su estancia en París se acercaba a su fin. Había terminado el negocio que debía realizar para su padre y ya no tenía excusa para quedarse más tiempo. ¡Cómo se atrevía el conde a descuidar a su esposa!

—Si fuerais mía —le había dicho en su última tarde mientras paseaban por los jardines de Luxemburgo—, no os abandonaría ni un minuto. Creo que es una vergüenza que vuestro marido esté siempre ausente —para los estándares británicos, decir aquello era algo sorprendente. Los franceses eran mucho más dados a la exageración como forma de adulación y flirteo. Él no era su único admirador.

La condesa se había vuelto hacia él y le había puesto una mano en el brazo mientras lo miraba a los ojos.

—No debéis pensar esas cosas. No cambiará nada —le reprendió, y en aquel momento pareció tener muchos más años—. Además, lo prefiero así.

Prefería la ausencia del conde. Se encontró cara a cara con aquella certeza. Su intuición era cierta. Algo marchaba mal en aquel matrimonio. Fue entonces cuando empezó a sospechar que la condesa no había experimentado los placeres del lecho matrimonial y eso orientó su rabia en una dirección distinta. Parecía que el abandono tenía formas muy diversas.

Al instante se esfumó su tono censurador.

—En agosto iré a la casa que el conde tiene en Fontainebleau. En verano es precioso. Tal vez queráis venir y pasar un tiempo allí. Invitaré a algunos de mis amigos, de lo contrario me sentiría muy sola allí. Además, ¿de qué sirve tener una preciosa casa de campo y nadie con quien compartirla? —le dirigió una sonrisa que sugería que le había perdonado por su trasgresión de antes. Aquella segunda oportunidad servía también como advertencia. No volvería a hacerle ese tipo de preguntas, o no habría más visitas a Fontainebleau ni a ninguna parte. Quedaría apartado de ella.

Se llevó su mano a los labios y le dio un beso.

—Será un honor ir a visitaros —pero tendría que mentir a su familia. Tendrían muchas preguntas que hacer sobre su reciente encaprichamiento con Francia.

Fue a Fontainebleau aquel agosto, y fueron las mejores dos semanas de su vida. Fue tan bonito y tan tortuoso como había imaginado; estar cerca de ella y saber que eso era lo único que podría tener. Pasaron los días paseando por los jardines, yendo al pueblo, haciendo picnics en los prados. Saboreó cada mirada, cada carcajada, cada caricia, aunque estuvieran rodeados de más gente, hombres y mujeres por igual.

—¿Cuándo volveré a verte? —le había preguntado cuando la visita tocaba a su fin. El conde había escrito pidiéndole que regresara a París a finales de agosto.

—Tal vez sea mejor que no regreses —le dijo ella—. Creo que es difícil para los dos —era lo más cercano a una declaración de afecto que le había oído decir y él atesoró cada una de sus palabras.

En sí la petición no era extraña. Todo el mundo regresaría a la ciudad, el verano había acabado, pero, a medida que se acercaba el día, él sabía que la condesa temía el reencuentro. El conde había pasado los meses de verano en una villa situada en los lagos italianos del norte, con unos amigos que a ella le daban igual.

—Iré a París contigo —se había ofrecido Channing impulsivamente, pensando en desafiar al conde a un duelo, o en llevársela a algún lugar apartado del mundo donde nadie los encontraría jamás. El honor le había mantenido alejado de ella en el más carnal de los sentidos, pero ahora se arrepentía de haber tenido tanta ética. Quizá la pasión compartida la hubiera unido a él.

—¡No! —su respuesta fue vehemente y rápida—. No debes hacer eso jamás.

No había estado preparado para renunciar a ella. Cuando se despidieron a la mañana siguiente, a Channing se le había ocurrido un plan descabellado, como suele sucederles a los jóvenes ingenuos cuando se enfrentan al primer amor. La simplicidad del plan seguía avergonzándole incluso ahora, en la oscuridad de su habitación.

—Fúgate conmigo. Iremos donde nadie pueda encontrarnos. El imperio británico es grande y América más grande aún. Esperaré tres días en París —le había puesto un pedazo de papel doblado en la mano con la dirección—. Ven a buscarme y nos marcharemos de inmediato.

—Él no me dejará marchar —pero algo parecido a la esperanza había florecido en las profundidades de sus ojos azules, aunque estuviera protestando. Tenía la mandíbula apretada mientras consideraba la opción que acababa de plantearle. Él no sabía entonces cuál era su situación personal, solo que no podía vivir sin ella. Era la invitación de un joven egoísta.

Le había agarrado las manos con toda su pasión.

—No me importa. Serás la esposa de mi corazón con o sin el castigo de la ley. Podemos irnos donde nadie sepa nada, donde a nadie le importe —había oído hablar de soldados que tenían esposas en la India y en Inglaterra. Un engaño semejante no sería difícil de llevar a cabo con un océano de por medio. Su familia le quería, se recuperarían del golpe y, con el tiempo, llegarían a quererla como la quería él.

Entonces le había dado un beso largo y apasionado. Lo que le faltaba en delicadeza lo compensaba con pasión. Se habían mostrado ardientes en aquel último abrazo, él recorriendo su cuerpo con las manos, ella gimiendo contra su boca mientras la devoraba. Channing sentía la alegría de saber que algún día, muy pronto, sería suya.

Se despertó, excitado bajo las sábanas y con el cuerpo empapado en sudor. El sueño había sido intenso, igual que sus emociones al despertar. Sintió la rabia, tantos años después, por el joven que había sido y por la traición que ese joven había sufrido; una traición a su corazón y a sus ideales. Para él lo había cambiado todo. Había esperado, no tres días, sino cinco. Ella no había aparecido y los sueños de ahora ya no eran tan de color de rosa como los de entonces.

Fue Henri quien le comunicó la noticia de su traición. El conde y ella se comportaban como amantes que se habían reencontrado, según le dijo Henri. Había ido a su casa a cenar y había paseado con ellos por los jardines, ambos agarrados de la mano. El conde le había regalado vestidos nuevos y un sinfín de joyas, entre ellas un collar de diamantes que costaba una pequeña fortuna.

Le devoraron los celos al imaginársela en esos jardines paseando con otro, aunque ese otro fuese su marido. Esos eran sus jardines, de ella y de él, donde habían paseado por primera vez, donde habían paseado tantas veces después. Daba igual que pasearan por allí con otros, siempre rodeados de más gente. Era un hecho que un joven enamorado olvidaba convenientemente. Su mente también le proporcionaba argumentos. «No le quiere. Te quiere a ti, fue a ti a quien dio su verano». Oh, sí, el cínico que llevaba dentro comenzaba a despertarse. «A ti y a la miríada de invitados que han entrado y salido de la casa de Fontainebleau».

El hombre del sueño había visto a priori que realmente no había contado con todas sus atenciones. Era uno de tantos. Le había hecho sentir especial, nada más.

Habría sido mejor aceptar la derrota discretamente, con elegancia, y regresar a Inglaterra en aquel momento. Pero le ardía la sangre por ella y las noticias de Henri no fueron suficientes para disuadirlo. Tonto como era, había obligado a Henri a decirle dónde aparecería ella en público, pues era evidente que no iba a invitarlo a su casa. Henri le había contado a regañadientes que el conde y ella estarían en los jardines de Luxemburgo el domingo para celebrar un picnic con amigos. Había ido y la había observado desde fuera del grupo, aunque le había costado un gran esfuerzo no acercarse a ella.

Aquel día había estado radiante. Iba vestida de rosa, de un rosa brillante que realzaba su pelo y su piel. En el cuello llevaba un caro collar de diamantes, como Henri había dicho. Channing nunca podría permitirse esas joyas. No le faltaba dinero siendo hijo segundo, pero no tenía la riqueza del conde. Las circunstancias de la condesa habrían sido peores si se hubiera ido con él.

Había albergado la esperanza de que se apartara del conde y tuviera la oportunidad de hablar con ella. No había tenido suerte. La condesa había pasado el día junto a su marido, un hombre alto de pelo oscuro y piel bronceada que se parecía a los italianos con los que había pasado el verano. Además iba bien vestido y se comportaba de manera impecable. Sonreía a su esposa, acariciaba los diamantes de su cuello y se reía de todo lo que ella decía.

Ella había respondido a sus atenciones con otras atenciones. No tenía ojos para nadie más que para el conde, salvo un breve instante en el que le había visto de pie junto a los arbustos. Sus ojos se habían vuelto fríos y lo había mirado como si fuese invisible, como si no se hubieran abrazado con pasión antes de separarse en Fontainebleau, como si no hubiera pensado en renunciar a todo por él hacía solo unos días. Con una mirada fría y penetrante había dejado claro que ya no consideraba esa opción. Había tomado su decisión: las sedas, las joyas y los afectos esporádicos de un marido a menudo ausente por encima de las pasiones de un segundón. La mujer a la que consideraba distinta de todas las demás no era distinta en absoluto. El sueño había acabado.

Channing se estiró sobre la cama y se dio la vuelta en busca de un espacio fresco en el que encontrarse cómodo. Estaba saliendo el sol y se dio cuenta demasiado tarde de que no había echado las cortinas. Apenas importaba, porque no volvería a dormirse, los pensamientos se le agolpaban en la cabeza. Recordaba lo que había ocurrido después. Se había ido a casa con el corazón roto, con los ideales hechos pedazos y la lección aprendida: el placer y la pasión estaban bien siempre y cuando uno dejase a un lado las emociones. No había sido más que una herramienta que ella había utilizado para saciar una necesidad que su matrimonio no saciaba. Habría preferido que otros jóvenes no aprendieran esa lección de una manera tan brutal, así que se había propuesto hacer algo al respecto.

Había formado la Liga de Caballeros Discretos, un servicio que libraría a hombres y mujeres por igual del dolor al tiempo que les proporcionaba el placer que buscaban. Había formado una agencia, una liga de caballeros dedicados al placer de la mujer. No habría más vidas vacías, más mujeres abandonadas en su matrimonio, pero, sobre todo, no habría más jóvenes utilizados y despreciados cuando había acompañantes a los que pagar por la experiencia sin poner en peligro el corazón y las emociones.

La organización había crecido, pero nunca le había contado a nadie la inspiración que había detrás, ni siquiera a su mujer amigo, Jocelyn Eisley, que le había ayudado. ¿Qué sentido tenía? Nunca volvería a verla, nunca regresaría a Francia. Pero al destino le gustaba intervenir y al final no le hizo falta regresar a Francia para volver a encontrársela. Ella había acudido a él, irónicamente debido a la Liga, la agencia que había formado justo para librar a otros de mujeres fatales como ella.

La recordaba bien, sentada en su despacho en Argosy House, explicando su caso. Deseaba reintegrarse en la sociedad británica. Se había quedado viuda y deseaba estar en casa. Había esperado poder utilizar las Navidades como una primera oportunidad para reaparecer en público. Parecía una princesa de hielo con su pelo platino y su vestido azul; su nuevo color, se habían acabado los rosas. Había algo en ella que le confería cierta sensualidad y sofisticación. Ambos eran personas diferentes a las que se habían encontrado en París. Eran personas que podían obtener placer a voluntad.

No habían tardado en irse a la cama, en cualquier habitación que estuviera disponible. Las vacaciones de Navidad se habían calentado y el nuevo hombre en que se había convertido, el hombre que buscaba el placer sin implicarse emocionalmente, había logrado al fin acostarse con la mujer de sus ingenuos sueños.

Channing se frotó los ojos frente al sol que entraba por la ventana. Le dolía la cabeza y el miembro le palpitaba por culpa de una mujer imposible, una mujer que le había rechazado. Aun así su cuerpo aún la deseaba y él tenía que bajar las escaleras, desayunar y fingir que no era así. O quizá no. De pronto se le ocurrió una idea. Tal vez la mejor manera de sonsacarle los secretos fuese seducirla, algo que no carecía de atractivo. Podría acostarse con ella siempre que no lo confundiera con algo más. Y para eso necesitaba un plan.

Siete

También iba a tener que disculparse. Era una cuestión de principios y de practicidad. Por principio, no se había comportado como debería hacerlo un caballero de la Liga, sin importar quién fuera su cliente. Por practicidad, alienar a Alina no le ayudaba a averiguar qué asuntos tenía que tratar con Seymour. Debía seducirla para ganarse su confianza, no alejarla como había hecho la noche anterior.

Sabía cómo deseaba hacerlo. Aquella mañana, tras el desayuno, jugarían a encontrar los huevos de pascua para celebrar dichas vacaciones. Lady Lionel ya había empezado a recorrer los lugares donde la gente se reunía a tomar café y té con una urna llena de nombres. Todos debían tener un compañero. Él se aseguraría de sacar el nombre de Alina. Si quería tener éxito, sería cuestión de mantener cerca a sus amigos y más cerca a sus enemigos. Alina estaba entre medias de ambas cosas.

Channing puso su mejor sonrisa, se acercó a lady Lionel y le acarició el brazo.

—¿Puedo hablar en privado con vos? —le preguntó en voz baja. La llevó al recibidor, lejos de los otros invitados. No le gustaría que todos los hombres de la casa manipularan el sorteo para elegir compañero—. He de pediros un favor. Me gustaría ser el compañero de la condesa de Charentes, si puede ser. Estoy seguro de que podréis arreglarlo —agregó, insinuando que era una anfitriona con muchas cualidades.

Ella se sonrojó al oír aquel halago.

—No sé. Se supone que el juego no va así.

Channing asintió.

—Lo comprendo y, aunque me encantaría ser el compañero de cualquiera de las otras damas, ha surgido un asunto y necesito disculparme con la condesa —lady Lionel pareció interesada. Podía oler un cotilleo a kilómetros de distancia—. Temo haberla ofendido anoche, después de la partida de cartas, y no deseo que se sienta incómoda durante el resto de la semana —eso era cierto y además no dejaba mal a Alina. Siendo miembro de la Liga, había jurado ser discreto, aunque ella no lo hubiese hecho.

Lady Lionel sonrió.

—Creo que, en este caso, podríamos hacer una excepción —se acercó al aparador situado junto a la pared y volvió la urna con los trozos de papel. Channing la ayudó a encontrar el de Alina.

—No conozco bien a la condesa —dijo lady Lionel—. ¿Qué tal le va tras su regreso a Inglaterra?

La mujer estaba buscando más cotilleos e intentando averiguar cuánto conocía él a la condesa.

Channing era un jugador demasiado astuto como para caer en aquel truco.

—Supongo que le va bien. Al fin y al cabo está aquí —lady Lionel captaría el cumplido de aquella frase—. Oh, aquí está su nombre. Mil gracias, lady Lionel —ya solo le quedaba esperar a que Alina bajase las escaleras.

Bajó cuando dieron las once, ni un minuto antes. Él no había imaginado que fuese de otro modo. Alina no desayunaba y tampoco se levantaba temprano. Tomaría chocolate y tostadas en su habitación y se esmeraría en su apariencia antes de mostrar su cara al mundo. La espera siempre merecía la pena.

Aquel día no fue una excepción. Bajó las escaleras con un bonito vestido blanco y unas botas a juego que sobresalían por debajo de la falda. Llevaba un sombrero de paja en la mano para protegerse del sol, pero por el momento llevaba el pelo al descubierto, cuidadosamente recogido en lo que parecía ser un moño informal, pero que Celeste probablemente habría tardado gran parte de la mañana en crear. Era el tipo de recogido que un hombre ansiaba deshacer con los dedos.

Lady Lionel ya estaba llamando a los caballeros para que fueran a buscar a sus compañeras. Channing atravesó la multitud de invitados hasta llegar a ella antes de que pudiera acercarse a Roland Seymour. Además de disculparse, estaba decidido a averiguar exactamente qué tipo de negocios quería llevar a cabo con él antes de llegar más lejos.

—Condesa, creo que somos pareja en este juego —le hizo una reverencia y ella le dirigió una mirada feroz.

—Estoy segura de que lo habrás amañado —respondió con frialdad.

Channing sonrió con malicia.

—Claro que sí. Eres la mejor compañera que hay aquí y deseo ganar. El premio son joyas de gran valor. Salvo por eso, lady Lionel se muestra muy reservada al respecto —se quedó mirando su cuello, el lugar donde sus clavículas casi se tocaban. Si hubieran estado a solas, la habría tocado allí, pero era un gesto demasiado íntimo como para hacerlo en público.

Ella lo miró con brillo en los ojos, pero no era un brillo travieso.

—¿Crees que unas joyas son disculpa suficiente? ¿Que puedes regalarme una baratija y todo quedará olvidado? Eso es dar demasiado por hecho, sobre todo teniendo en cuenta que aún no hemos ganado —¿estaría pensando en otras ocasiones en las que había intercambiado joyas por disculpas?

—No, pretendo disculparme para que todo quede perdonado —al fondo oyó a lady Lionel explicar las reglas del juego. Apartó entonces a Alina de la multitud—. Siento lo de anoche. Estuvo mal por mi parte.

Ella arqueó una ceja.

—¿Eso es todo? ¿No vas a explicarme las razones por las que te comportaste así? ¿No vas a justificar tu proceder?

Estaba intentando provocarle. Channing se cruzó de brazos, sonrió y se negó a morder el anzuelo.

—Eres increíble —sabía el tipo de disculpa del que estaba hablando, de las que iban con un «pero», y le habría resultado fácil añadir: «Siento haberme comportado así, pero se debió a que no me diste toda la información».

—Así es como se disculpan los hombres, ¿verdad?

—No todos los hombres. Yo no —respondió él con serenidad, aunque su cuerpo empezaba a excitarse con aquellos ojos brillantes y aquella lengua afilada, que habría preferido utilizar para otras cosas que no fuesen discutir en el recibidor de lady Lionel—. No tienes por qué hacerte la indignada conmigo, Alina. Me conoces.

—Sí, te conozco, y por eso precisamente desconfío de tu disculpa —se llevó a la barbilla un dedo de manicura perfecta—. Hace que me pregunte qué es lo que deseas, si estás dispuesto a disculparte por ello —estaban jugando a un juego diferente, a un juego de seducción donde ambos competían por la ventaja.

Channing apoyó un brazo en la pared por encima de su cabeza, se acercó a ella y acercó la boca a su oreja.

—A ti. Te deseo a ti, ahora mismo, contra esta pared —era cierto. Más de lo que deseaba saber sobre Seymour, más que cualquier otra cosa, la deseaba a ella, física y emocionalmente. Los vestigios de los sueños de la noche anterior estaban excitándole—. Deseo deslizar las manos por tu pelo hasta quitarte todas las horquillas. Deseo sentir tus piernas rodeándome la cintura, agarrándome, atrapándome mientras te penetro —le dio un beso detrás de la oreja—. Deseo sentir cómo llegas al clímax conmigo dentro.

Estaba siendo un arrogante, pero Alina tenía que saber que no era ningún juguete y que ella no estaba al mando, al menos por completo.

Ella oscureció la mirada y sus pupilas se dilataron. El pulso en la base del cuello le latía con fuerza. No era inmune a aquel juego.

—¿Crees que eres el único hombre presente en esta habitación que desea eso?

—Creo que soy el único hombre en esta habitación que puede conseguirlo —respondió él antes de morderle suavemente el lóbulo.

Ella soltó una carcajada profunda más apropiada para la noche que para el día y Channing deseó que estuvieran en cualquier otra parte, no en un rincón del recibidor de lady Lionel.

—Veo que sigues siendo el libertino más deseado de Londres. Las mujeres caen rendidas a tus pies allá donde vas. No puedes evitarlo, nunca has podido.

—¿Creo detectar un momento de sentimentalismo?

—Lo que detectas es el juego que está a punto de empezar —Alina se apartó justo a tiempo cuando la multitud comenzó a acercarse entusiasmada hacia las puertas, aunque no tan entusiasmada como para no darse cuenta de que estaban demasiado cerca el uno del otro.

—¿A qué juego te refieres? —Channing no pudo resistirse a preguntarlo cuando se reunieron con el resto del grupo.

Ella le dirigió una mirada severa, pero no estaba enfadada. Al contrario. La siguiente pregunta era qué hacer al respecto y dónde. La búsqueda del huevo de pascua resolvería el «dónde». Fuera o no esa la intención de lady Lionel, había un sinfín de posibilidades. Siempre las había cuando se formaban parejas al aire libre y se les daba permiso para deambular solas, sobre todo si uno era un libertino y sabía dónde ir.

La recogida de fresas era otra buena actividad para hacer travesuras, si lo pensaba bien. Pero eso tendría que esperar a otro momento.

Channing escudriñó el jardín con la mirada.

—Los demás se dirigen hacia el oeste. Vayamos hacia el este, hacia el lago.

Se separaron discretamente del resto y caminaron hacia el lago, decisión que tuvo sus recompensas en términos de competición. Los empleados de lady Lionel habían escondido más de trescientos huevos decorativos por los jardines, y Channing y Alina encontraron tres de ellos en diversos lugares de camino al agua.

—¡Son preciosos! —Alina levantó un huevo hacia el sol y dejó que el cristal reflejara la luz—. Y además tiene un cierre —así de excitada, le recordó por un momento a la chica que había conocido en París—. ¿Crees que es el que contiene el premio?

Channing se rio.

—Siento estropearte la diversión, pero todos los huevos tienen cierre. Tendrás que abrirlo para comprobarlo.

Ella le dirigió una amplia sonrisa.

—No me estropea la diversión saber que hay premios en todos los huevos —abrió el cierre y soltó un grito de placer—. Bombones. Hay dos. Bien, tengo hambre.

—Oye, uno es para mí. No es culpa mía que no hayas desayunado —protestó Channing en broma.

Alina cerró el huevo y lo miró con brillo en los ojos.

—Muy bien, puedes comerte uno, pero primero tendrás que atraparme —y salió corriendo, agarrándose la falda con una mano y el huevo con la otra. El viento llevó hasta él sus carcajadas. Era como estar de nuevo en Fontainebleau, antes de que todo se estropeara.

Estuvo encantado de perseguirla, y lo hizo por el bosquecillo situado junto al lago, bordeando los tocones, sorteando los troncos, hasta tenerla acorralada y sin aliento en el cenador. ¿O era ella quien le tenía a él acorralado y sin aliento? Sospechaba que sí.

—Lo tenías planeado —le dijo riéndose mientras se agachaba y apoyaba las manos en las rodillas para recuperar el aliento—. Sabías exactamente dónde ibas.

Ella se llevó la mano a la cintura e intentó recuperar la respiración.

—Sabía dónde iba, pero no sabía si llegaría. Pensé que me atraparías en el tocón —dejó sobre la mesa la cesta de huevos sin que sus ojos dejaran de brillar—. De hecho, creo que técnicamente aún no me has atrapado. Estamos aquí de pie. Eso no significa atraparme.

Channing sonrió con malicia. Tardaría poco. Entre ellos estaba la mesa y, detrás de Alina, un viejo sofá.

Había dos opciones. Podían correr alrededor de la mesa sin parar o él podría pasarla por encima,

Alina comenzó a moverse ligeramente hacia la izquierda, optando por la primera opción, pero él saltó la mesa y la agarró por la cintura. La inercia del movimiento les hizo caer sobre el sofá, donde la atrapó bajo su cuerpo mientras ambos se reían.

Pasados unos segundos, Channing se incorporó sobre sus codos y la miró.

—Ya está. Ahora sí que te he atrapado —Dios, estaba preciosa mientras lo miraba con aquellos ojos azules y el pelo revuelto sobre los hombros. Celeste quedaría decepcionada, o quizá no. Quizá la gracia de aquellos bucles fuese que estaban hechos para soltarse.

—Y ahora, con respecto a los bombones —Alina comenzó a moverse bajo su cuerpo, pero él no estaba dispuesto a dejarla ir, no mientras siguiera restregando las caderas contra las suyas—. No tan deprisa. Primero reclamaré el premio del vencedor.

—Pensé que los bombones eran el premio —volvió a moverse bajo su cuerpo, pero Channing se dio cuenta de que lo hacía a propósito. La muy perversa sabía bien lo que hacía.

—Quizá tenga algo más dulce en mente —susurró él antes de darle un beso en el cuello. Fue subiendo hasta llegar a su boca, y después por su mandíbula hasta el lóbulo de la oreja.

—Channing… —murmuró ella—… no empieces algo que no puedes terminar —en sus palabras había esperanza, pero también una advertencia, una advertencia para ambos.

—Shh. Nada de hablar —Channing regresó a sus labios y los cubrió con los suyos.

Nada de hablar. Era una orden bastante fácil de cumplir. Como si ella pudiera hablar o pensar mientras la besaba un maestro. El maestro. Channing no era el primer hombre con el que se había acostado, pero sí el único con el que había sentido placer. Una parte de ella había comenzado el juego aquel día para ver si ese placer seguía existiendo y podía convocarse.

Deseaba que pudiera ser diferente, deseaba no desearlo tanto. Más allá del placer, era malo para ella, malo porque de aquello no podría salir nada, como le había demostrado astutamente un año y medio antes. Pero era difícil recordarlo mientras presionaba el cuerpo contra el suyo, mientras la besaba, mientras sus caricias encendían el fuego en su sangre y sus palabras le hacían promesas provocadoras.

Se arqueó contra su cuerpo y le rodeó el cuello con los brazos. Había pasado mucho tiempo y ella misma había ido buscándolo, lo había provocado al invitarle a perseguirla. No le importaba. Hizo una negociación rápida consigo misma. Podría disfrutar del placer siempre y cuando eso fuera todo. Nada de ideas fantasiosas que fueran más allá del placer.

Sintió que Channing deslizaba la mano hacia su falda. Sí, deseaba que se la levantara, deseaba liberar sus piernas para pasarlas a su alrededor, para invitarle a entrar. Su cuerpo tenía hambre aunque su mente intentaba convencerla para que siguiera su consejo. La advertencia que había hecho era tanto para él como para ella. Pero no sirvió de nada. Empezó a desabrocharle los pantalones con las manos, ansiosa por bajárselos, por dejar al descubierto su miembro caliente.

Le agarró el miembro con la mano y lo colocó en posición. Channing soltó una carcajada rasgada.

—Querida, ten paciencia, sé dónde va.

—Entonces demuéstramelo —su voz sonaba tan rasgada como la de él, cargada de deseo y excitación por lo que estaba a punto de suceder. Sería salvaje y rápido; las circunstancias y la necesidad obligaban a que el encuentro fuese así. No podían arriesgarse a copular lánguidamente en un lugar abierto como un cenador, donde cualquiera podría aparecer, sobre todo cuando los jardines estaban plagados de invitados. Aun así, ambos obtendrían placer al final.

Channing la penetró con un movimiento firme y rápido que le hizo olvidar todo lo demás. Ya solo podía sentir y dejarse llevar por aquel ritmo frenético. Arqueó las caderas y soltó un gemido. Era demasiado, demasiado; no podía soportarlo, no podía tolerarlo sin estallar en mil pedazos. Channing dio una última embestida, su cuerpo estaba rígido por la tensión del deseo; sintió que empezaba a estremecerse al mismo tiempo que ella.

—Siempre me quedo agotada —murmuró Alina tiempo después. Tardó una eternidad en recuperar las fuerzas. Channing era capaz de dejar su cuerpo hecho gelatina; una gelatina que, en aquel momento, comía bombones. Tenía la cabeza apoyada en su regazo y él estaba metiéndole bombones en la boca. Había más en los otros dos huevos de pascua que habían encontrado.

—Eso significa que lo hemos hecho bien —respondió Channing. Tal vez él hubiera podido levantarse después, pero también parecía adormecido. Suponía cierto consuelo saber que ella no era la única a la que le afectaba tan profundamente. Le dio otro bombón.

—Lo único que deseo es dormir un poco —dijo ella.

—Mmm. Yo también —le apartó el pelo de la frente, lo que le recordó que tendrían que intentar arreglárselo antes de regresar con los demás.

—¿Crees que alguien habrá encontrado ya el collar de diamantes? —se había olvidado por completo de ello.

—No —contestó él mientras dibujaba una línea perezosa entre sus pechos. Alina deseaba estar desnuda.

—Harán sonar un cuerno cuando se encuentre el premio.

—Oh. La búsqueda podría durar todo el día —sugirió ella con un brillo perverso en la mirada.

—Creo que esa era la intención de lady Lionel. Pero yo no me arriesgaría si fuera tú. Alguien aparecerá por aquí dentro de poco.

Ella se rio.

—¿Cómo sabes que estaba pensando en eso?

—Casi siempre sé lo que estás pensando —respondió él con una sonrisa.

—Casi. Esa es la clave —giró la cabeza con rapidez hacia sus pantalones, que seguían abiertos, se metió su miembro en la boca y lo acarició con la lengua—. ¿Ves? No sabías que iba a hacer eso.

Channing se rio.

—No, no lo sabía. Pero, ahora que lo has hecho, será mejor que no hayas empezado algo que no vas a terminar.

—No te preocupes, puedo terminar.

Ocho

Estaban haciéndolo de nuevo. Roland Seymour se apoyó en el tronco de un árbol situado en la linde del bosque que daba al lago y escupió al suelo. Había evitado tener compañera en la búsqueda del huevo de pascua para poder seguir a la adorable condesa de Charentes. Tenía que determinar qué parte de su actitud de la noche anterior era realidad o ficción antes de llegar más lejos con ella. A pesar de su oferta, no tenía intención de ayudar a nadie que no pudiera ayudarle a él. Eso significaba que no iba a dejarse engañar por alguien que esperase juego sucio. Cuanto más indefensa fuese, mejor.

¿Estaría haciéndose la doncella indefensa en el cenador en aquellos momentos? ¿Estaría Deveril encima de ella, penetrándola con fuerza mientras ella gritaba? ¿O estaría sentada encima de él, con el pelo suelto y las manos en los pechos mientras se deslizaba sobre su miembro? Seymour cambió el peso de pie para recolocar su erección.

Los sonidos amortiguados procedentes del cenador habían servido para encender su imaginación tanto como la propia condesa. Ella podía excitar a un hombre solo con pasar junto a él, jugueteando con las joyas de su cuello. Conocía suficientes trucos para mantener a un hombre excitado toda la noche sin ni siquiera tocarlo.

Seymour se metió la mano en el bolsillo del pantalón para tocarse discretamente; la visión de la condesa desnuda era demasiado excitante para soportarlo. Eso estaba mejor. Iba a tener que seguir su camino. Después de una hora esperando, no estaba seguro de tener las respuestas que deseaba. Pero tenía algunas que no deseaba y esas provocaban más preguntas.

Para empezar, estaba más unida íntimamente al señor Deveril de lo que había insinuado, a juzgar por la actividad del cenador. Pero ¿eso significaba algo? La noche anterior había advertido cierta ausencia de lógica en su decisión de confiar en él si tenía a otro hombre en mente. Era ese «sí» lo que importaba. Aun así, tal vez el señor Deveril fuese solo una distracción sensual con la que pasar el tiempo, una distracción poco extravagante para una mujer de mundo como ella. Estar con Deveril no exigía que fuese a contarle sus asuntos privados. Ahí era donde entraba en juego el «si».

Sin embargo, si aquel vínculo se prolongaba más allá de la estancia en la casa de campo, Deveril podría convertirse en un accesorio incómodo. Por suerte, él sabía cómo eliminar ese tipo de obstáculos. Todo el mundo tenía secretos que deseaba proteger. Cuanto más estatus tenía un hombre, más importante resultaba preservarlo. El hijo de un conde estaría más que dispuesto a mantener ocultos ciertos aspectos de su vida: hijos ilegítimos, deudas. Seymour estaba seguro de que Deveril no era distinto al resto. Fuera cual fuera el secreto, lo encontraría y a Deveril de pronto la condesa pasaría a parecerle menos atractiva.

Seymour lanzó una piedra al lago y regresó al bosque. Quedándose no descubriría nada que no supiera ya.

—No podemos quedarnos aquí todo el día —pero las palabras de Channing sonaban poco convincentes. Estiró los brazos por encima de la cabeza en un intento por incorporarse, pero sin mucho éxito. Habría preferido quedarse en el cenador y ver qué otras sorpresas le tenía reservadas Alina. Se había superado completamente con la cabeza en su regazo.

Alina se incorporó; el pelo le caía suelto por la espalda. Ya se le habían soltado todas las horquillas y parecía la hechicera de un cuento de hadas; una criatura sensual y etérea.

—El premio sigue ahí fuera —sugirió ella con un fuego suave en la mirada—. Apuesto a que aún podríamos encontrarlo. Estaba pensando que, si yo fuera lady Lionel y quisiera que la búsqueda durase toda la tarde, escondería el collar en el punto más apartado.

—Y retrasar el hallazgo con distracciones menores como huevos con bombones esparcidos entre los invitados y la ubicación del premio —concluyó Channing con una carcajada. Aunque estaba seguro de que lady Lionel no había imaginado que los bombones supusieran la distracción de la que ellos habían disfrutado en el cenador.

—Es evidente dónde está —continuó Alina—. Hay una torre en el extremo oriental de la finca. Lady Lionel lo mencionó al pasar el otro día —se puso en pie y comenzó a recolocarse la ropa.

Él también se levantó, aunque con reticencia, y se metió los extremos de la camisa bajo los pantalones, pero no le puso mucho empeño. El sexo con Alina siempre lo abarcaba todo; al final era incapaz de pensar en otra cosa. Una parte de él deseaba que no fuera así. Sería más fácil que fuese como sus otras amantes, mujeres de las que podía apartarse cuando había cumplido el contrato y con las que no sentía la necesidad de mantener el contacto. Pero, con Alina, era más complicado. No ayudaba saber que era la única mujer de la que debería alejarse.

Podía imaginarse lo que diría su familia, lo que diría la sociedad si se casara con una condesa francesa, que había quedado viuda en extrañas circunstancias. Bueno, casarse era sin duda empezar la casa por el tejado. Channing no estaba seguro de dónde había salido aquella idea. Si Alina era complicada, casarse con alguien era aún más complicado para él. El matrimonio le exigiría tomar una decisión definitiva sobre la agencia, sobre la vida que había llevado durante los últimos siete años. Era mucho a lo que darle la espalda. Había gente que contaba con él. ¿Qué sería de esa gente si la agencia cerraba? No, el matrimonio era una idea de lo más precipitada, en todos los aspectos. Sería mejor centrarse en el presente.

—Deja que yo me encargue —Alina le quitó las manos de la corbata—. Vas a estropearla —le hizo el nudo en cuestión de segundos. Después deslizó las manos sobre sus hombros y le alisó la chaqueta.

—Serías una ayuda de cámara excelente —murmuró Channing mientras respiraba su dulce aroma floral.

Ella le rodeó el cuello con los brazos y tiró de él. Tal vez abandonar el cenador no fuese una conclusión ineludible después de todo. Pero sus siguientes palabras le quitaron la idea de la cabeza.

—Channing —susurró antes de darle un beso en el cuello—, encuéntrame ese premio. Quiero llevarlo puesto cuando hagamos el amor esta noche.

Eso no habría sido un problema si su miembro hubiese sido una brújula. En aquel momento estaba apuntando al norte.

—¿Qué otra cosa llevarás puesta?

—Nada, Channing, nada en absoluto —le mordisqueó el cuello, se apartó y le ofreció la mano con una sonrisa sensual en los labios—. ¿Qué os parece, señor Deveril? ¿Encontramos las joyas secretas de lady Lionel?

Fuera el sol brillaba sobre sus cabezas, el día estaba despejado y era perfecto para una excursión.

—¿En qué dirección está la torre? —preguntó Channing mirando hacia el horizonte. Seguían a solas, ninguno de los otros invitados había pasado por allí todavía.

—Hay que cruzar el bosque —respondió ella señalando hacia el pequeño conjunto de árboles.

Channing permitió que le llevase de la mano y le guiase, pero, al llegar a la linde del bosque, vio algo inquietante: las huellas de las botas de un hombre en el barro. No iban acompañadas de otras huellas más pequeñas y potencialmente femeninas, lo que descartaba la idea de que una pareja de invitados hubiera pasado por allí. Channing no le dijo nada a Alina, que estaba demasiado concentrada en tirar de él como para darse cuenta. Alguien había estado allí. A juzgar por la profundidad de las huellas, ese alguien había estado allí durante largo rato. Miró por encima del hombro hacia el cenador. Desde allí una persona podría ver el lugar y lo que sucedía en su interior sin que los ocupantes fueran conscientes de su presencia. Aquella certeza recorrió su cuerpo y le dejó una sensación fría y húmeda. ¡Alguien había estado observándolos!

No era que le importase. No le molestaba que alguien le viese desnudo, ni siquiera la idea de que alguien le hubiera visto mientras mantenía relaciones sexuales. Sin embargo le preocupaba lo que alguien con malas intenciones podría hacer con esa información. Él era el libertino más deseado de Londres y un chisme así solo serviría para mejorar su reputación.

Tenía poco que temer. Pero ese no era el caso de Alina. Acostarse con un amante a plena luz del día, donde al parecer cualquiera podría verlos, sería dañino para ella. La cuidadosa reputación que se había creado quedaría hecha pedazos con aquella revelación, demostrando a todos que no era mejor de lo que debería ser; una mujer corrompida por las costumbres licenciosas del continente.

El viejo deseo de proteger a Alina emergió igual que había emergido aquel día, tiempo atrás, cuando se había ofrecido a esperarla en París. No debería ser así. Debería estar por encima de aquellas susceptibilidades caballerosas. Ahora la conocía bien. No había aceptado su oferta entonces y temía que tampoco la aceptaría ahora si surgía la necesidad. Era demasiado independiente, demasiado testaruda. Tal vez hubieran tenido un encuentro sexual increíble en el cenador, pero eso no significaba que no fuese a ocultarle algo. Sin duda había algo que no le había contado.

Salieron del bosque donde el sendero convergía con otros que llegaban de direcciones diferentes y Channing vio que había quienes habían pensado lo mismo que Alina. Ya no estaban solos; unas cuantas parejas los saludaron con sus cestas llenas de huevos. Le asaltó otra preocupación. ¿Los tres huevos que habían encontrado ellos resultarían sospechosamente escasos? Tras esas parejas se reunían grupos más grandes en el camino hacia la torre. Alina tiró de su mano con urgencia.

—Vamos, o llegaremos demasiado tarde.

Llegaron a la torre antes que las demás parejas solo por unos pocos minutos; los demás se habían detenido a buscar en la zona de la base de la colina con la esperanza de encontrar más huevos. Al parecer también habría un premio para el equipo con más huevos.

—Eso nos pasa por no escuchar las reglas —Alina le dirigió una sonrisa pícara al llegar a lo alto de la colina.

Las primeras ideas sobre dónde podría estar escondido el último huevo fueron erróneas, pero sí que encontraron un par de huevos con bombones dentro. Su cesta parecía más aceptable. Para entonces, las demás parejas los habían alcanzado. Fue entonces cuando Channing lo vio; un huevo incrustado en las almenas ruinosas de la torre. Le dio la mano a Alina y susurró:

—Ahí arriba, a la izquierda. Debemos movernos con sigilo o descubriremos su ubicación —y había otras parejas más cerca en caso de que se diesen cuenta. A Alina le brillaba la cara con anticipación. Fue ella la que subió hasta las almenas mientras él llevaba a cabo tácticas de distracción abajo, buscando frenéticamente bajo las piedras y en los agujeros mientras los demás abarrotaban la ladera.

—¡Lo tengo! —exclamó Alina al fin. Channing miró hacia arriba y sonrió. Alina estaba de pie en lo alto de la torre, con el collar colgando de la mano. Parecía una reina medieval triunfante. Estaba deseando que llegase la noche. Los diamantes estaban a punto de convertirse en su mejor amigo.

—Los diamantes os sientan bien, condesa —las palabras sobresaltaron a Alina. Reordenó sus pensamientos y se acordó de sonreír. Se había puesto el collar para la cena como muestra de honor hacia la anfitriona y también para celebrar el éxito del juego. No había encontrado la manera de librarse sin parecer grosera, pero los diamantes no eran su amigo. Había deseado con todo su corazón que el premio fuese cualquier cosa menos un collar de diamantes, la única joya que había llegado a despreciar por encima de todo, lo único que asociaba con las humillaciones de su matrimonio: el collar de diamantes que había llevado el día que Channing había ido al parque, el mismo collar que se había puesto por orden del conde cada vez que este deseaba que recordara cuál era su lugar, a sus pies como un perro.

Se llevó una mano al collar.

—Gracias, señor Seymour. ¿Habéis disfrutado de la búsqueda? —preguntó por educación. No le cabía duda de que el acontecimiento sería la comidilla de Londres cuando todos regresaran a la ciudad en un par de días. Lady Lionel había triunfado.

Ella había estado soñando despierta cuando debería haber estado trabajando. Había pasado la velada; la cena había dado paso a una agradable velada de música y cartas. Ya era casi la hora del té y no había avanzado con Seymour. Estaba quedándose sin tiempo. Solo quedaba el baile del día siguiente y acabaría el encuentro.

Vio a Channing, que se disponía a cruzar la habitación, y se apresuró a pasarle una mano a Seymour por el brazo. Si deseaba dar el siguiente paso con él, debía tenerlo solo para ella. Channing solo serviría para asustarlo. Guio a Seymour hacia las puertas que conducían al exterior.

—He disfrutado, sí. He descubierto algunas cosas interesantes.

Qué pena que no se hubiera atragantado con los bombones, pensó Alina. Pero entonces ella no habría tenido el placer de atraparlo y buscarle la ruina. Hizo un mohín y dejó que se le enturbiara la expresión.

—Me lo he pasado muy bien hoy, pero imaginad lo decepcionada que me he sentido al regresar y encontrar una carta de mi abogado esperándome —lo miró y de pronto se sintió reticente—. ¿Hablabais en serio anoche al decir que deseabais ayudarme? No querría ser una carga para vos —vaciló ligeramente.

—Mi querida condesa, no sería una carga en absoluto —respondió él. Santo cielo, apenas podía mantener la avaricia alejada de su mirada. Era asqueroso.

—Tengo una propiedad que está perdiendo dinero. Es una buena propiedad —añadió velozmente—, pero necesita mejoras para dar beneficios y esas mejoras escapan de mi presupuesto actual —se tocó el collar y le dirigió una sonrisa triste—. Aunque quizá ya no. Supongo que podría vender mi collar. Iba a preguntaros si podríais ayudarme a conseguir un préstamo, pero ahora creo que podría pediros que empeñarais el collar por mí. Soy ajena a este tipo de asuntos. Temo que pudieran aprovecharse de mí si intentara hacerlo sola.

—No soporto ver a una dama vender sus joyas por algo tan mundano como herramientas de granja o tejados para los inquilinos —Seymour ladeó la cabeza como si acabase de ocurrírsele una idea—. No creo que un premio así deba venderse. Será un recuerdo maravilloso de este día.

—Pero no tengo elección —le recordó Alina.

—Yo podría prestaros el dinero —sugirió Seymour.

—¿De verdad? ¿Haríais eso por mí? Sería perfecto. ¿Sería algo privado? ¿No haría falta que se enterase nadie?

—Nadie tiene por qué enterarse —confirmó él, y le cubrió la mano, que yacía sobre su manga. Ella resistió la tentación de apartarla—. Soy el colmo de la discreción, condesa.

Alina suspiró.

—Pero hay un problema. No tengo ningún aval. No tengo manera de garantizar el préstamo y no deseo aprovecharme de vos.

Seymour volvió a sonreír.

—No os preocupéis por eso. Esto es lo que haremos —le explicó el proceso y ella logró asentir en los momentos clave—. ¿Lo entendéis, condesa? Todo es muy sencillo en realidad. En poco tiempo vuestra propiedad empezará a dar beneficios.

—Sí, lo entiendo perfectamente —lo entendía demasiado bien. No había ningún problema con lo que sugería, solo con lo que haría cuando la propiedad estuviese bajo su poder—. Gracias, señor Seymour, habéis hecho que sea mucho más fácil que de cualquier otra forma —todo era cierto, aunque no en el sentido que él pensaba. Su codicia le había convertido en un pichón listo para ser desplumado. Channing volvió a moverse y, en esa ocasión, ella permitió que la encontrara. Era la maniobra ideal para apartarse de Seymour sin dar la impresión de abandonarlo bruscamente por voluntad propia. Dejaría que Channing se encargara de ello.

—Aquí estáis, condesa —Channing no la decepcionó—. Lady Lionel me envía a buscaros. Deseaba que tuvierais el primer pedazo de pastel por ser la vencedora del juego —fue de lo más oportuno, porque el carrito del té acababa de entrar.

—Si me disculpáis, señor Seymour —le dirigió a su acompañante una sonrisa y se aferró al brazo de Channing.

—Por supuesto, querida. Hablaremos de nuevo por la mañana —le hizo una reverencia y ella casi pudo sentir los músculos de Channing tensándose bajo su mano.

—¿De qué desea hablar Seymour por la mañana? —preguntó mientras caminaban.

—De negocios —le dirigió una mirada astuta y se tocó el collar a modo de recordatorio sutil—. No te pongas celoso, lo que tengo planeado para nosotros es todo placer.

Channing arqueó una ceja de manera imperceptible.

—Eso me da ganas de saltarme el té por completo —murmuró.

—Te aconsejo que comas algo —contestó ella con una carcajada—. Necesitarás fuerzas.

—Mala. Eres realmente irresistible.

«Tú también lo eres». La tarde había supuesto una deliciosa incursión en el placer y el juego. Había demostrado que seguía existiendo el placer entre ellos. Esa era la mitad del problema. La otra mitad era que ni siquiera deseaba intentar resistirse en tardes como aquella, en la que se había dejado llevar por la diversión de estar con él. Entregarse a ese tipo de abandono no le había funcionado en el pasado. Se recordó a sí misma que en esa ocasión sería diferente. Era más lista, más sabia y sabía lo que buscaba: solo el placer, nada más. En esa ocasión no se le olvidaría: fuera de la cama, Channing Deveril tenía limitaciones.

Nueve

Sin embargo esas limitaciones no se aplicaban dentro del dormitorio. Tampoco se aplicaban mientras durase la estancia en la casa de campo, decidió Alina mientras se preparaba para la visita de Channing. Había repasado mentalmente sus reglas del juego. No había razón para no mantener con Channing un flirteo que servía para la distracción y para el placer. Sin duda, después de todo lo que había soportado, se merecía un poco de placer como recompensa. No tenía nada de malo siempre y cuando mantuviese la perspectiva.

Tendría que ser sutil, comenzando por esa misma noche. Channing había descubierto su otro intento desde el principio y no quería ser el juguete de nadie, y menos el de ella. Lo que consideraba como su traición años atrás no se lo permitiría. Alina se detuvo frente al espejo situado sobre el tocador y contempló su reflejo. Había escogido una bata de seda blanca anudada a la altura de la cintura. No llevaba nada debajo. Llevaba el pelo recogido con una horquilla. Podría soltárselo rápida y fácilmente. Por el momento le gustaba la imagen que proyectaba, como si acabase de salir del baño. Pero no llevaba nada en el cuello. Hacía tiempo había decidido que no se pondría los diamantes para Channing ni para ningún hombre. El collar estaba expuesto sobre el tocador, reflejando la luz de las velas, pero no adornaría su cuello.

La mujer del espejo conocía desde hacía tiempo el poder del sexo para doblegar a los hombres a su voluntad. Sin ese poder, no habría sobrevivido a las crueldades de su matrimonio con el conde. Se desató la bata lentamente y observó su desnudez en el espejo. Se agarró el pecho izquierdo y lo levantó para dejar al descubierto la parte de debajo. El ligero vestigio de su marca seguía allí, oculto a la vista, sobre todo en la oscuridad. Pero ella lo sabía y él había sabido que estaba allí.

Alina deslizó los dedos suavemente sobre la cicatriz. Se había borrado con el tiempo, pero siempre estaría allí. Era la noche en la que el conde fue demasiado lejos. No le había gustado su manera de mirar a un caballero, un visitante inglés, durante la cena. Francamente no le caían bien los ingleses desde que descubriera el encaprichamiento de Channing hacia ella. Alina cerró los ojos y ahuyentó esos recuerdos. Había sido demasiado joven, demasiado ingenua para hacer nada salvo soportarlo. Ella no había hecho nada para inspirar a aquel nuevo inglés, pero el conde, en su paranoia, creía lo contrario.

La había llamado a su dormitorio aquella noche y ella había sabido que sufriría las consecuencias, que cargaría con la culpa de aquel desprecio imaginado, aunque hubiera sido él quien había pedido que se sentara a su mesa y se relacionara con sus invitados. Estaba furioso y había estado maquinando. Ella vio demasiado tarde que el sello de su anillo había estado calentándose al fuego. Había intentado huir, había intentado resistirse. Aún no había aprendido que esos intentos le excitaban más. El conde le había rasgado el vestido y la había aprisionado con su cuerpo contra la pared mientras hundía el anillo ardiendo en su piel, mientras ella gritaba, sabiendo que nadie respondería a sus gritos.

Alina volvió a cerrarse la bata y se ató el cinturón. Aquella noche había cambiado. Había pasado de ser una esposa dócil cuya estrategia para sobrevivir había sido la invisibilidad y la aceptación de su destino a convertirse en una mujer fortalecida por sus recursos. Tal vez no tuviera la fuerza bruta para desafiarle físicamente o detenerle, pero tenía el poder de negarle la satisfacción de ver cómo se derrumbaba. Emplear ese poder le había exigido ser descarada, ir contra las enseñanzas de la infancia en lo relativo al deber y a la obediencia de una mujer. Había tenido que adquirir cualidades que ninguna inglesa decente aprendía en la escuela, pero lo había hecho. El sexo se convirtió en un juego, en una fuente de poder y de control, y había sobrevivido.

Hasta que no volvió a encontrarse con Channing en Inglaterra a su regreso, no descubrió que podía haber placer. Incluso aquella lección le había resultado difícil de aprender. Él le había mostrado cómo alcanzar el sol como Ícaro, y después la había dejado caer. Pero aquella noche tendría tanto el poder como el placer.

Contempló su apariencia una última vez. Satisfecha, comprobó los suministros del cajón junto a la cama. Los preservativos estaban preparados, y ya había sacado uno del paquete para que no hubiese interrupciones cuando llegara el momento. Se acercó a la mesa y las sillas situadas ante el fuego. Había pequeños frascos de aceite discretamente dispuestos sobre la mesa, junto con un cubo con champán. Agarró uno de los frascos de aceite y quitó la tapa para que el aroma a sándalo inundara la habitación. Pero ese no era el que iba a usar con él. Para eso tenía un agradable aceite con aroma de vainilla. Todo estaba preparado.

Sintió un escalofrío al pensar en lo que la esperaba. Dejando a un lado el pasado y los juegos, aquella iba a ser una seducción deliciosa. El episodio del cenador daba fe de ello. Había servido para romper el hielo en cierto modo. El encuentro sexual rápido y acalorado había preparado el camino para algo más sofisticado y tranquilo, algo que pudiera durar toda la noche si lo deseaban. No repetirían los errores de la noche anterior con la pelea y las insinuaciones de un pasado que ninguno de los dos comprendía plenamente. Mejor vivir en el presente.

Se oyó un ligero arañazo en la puerta y el pulso se le aceleró. El sexo con Channing Deveril era uno

116

de los puntos álgidos de su vida, siempre y cuando solo fuese sexo, siempre y cuando recordase las reglas del juego y lo que deseaba obtener al final.

Channing entró y cerró la puerta tras él. Iba vestido con una bata también y llevaba los pies descalzos.

—Espero que no te haya visto nadie —dijo Alina mientras lo miraba de arriba abajo. Obviamente no llevaba nada bajo la bata. Podía verse su torso entre las solapas de la bata y llevabas las piernas desnudas. Nadie que se lo encontrara en el pasillo se creería que iba de camino a la biblioteca para leer un poco.

—No quería perder el tiempo —respondió él con una sonrisa mientras se llevaba la mano al cinturón de la bata. Tiró y la prenda se abrió para confirmar su desnudez. Segundos más tarde yacía a sus pies. Desde ahí, Alina deslizó la mirada por sus muslos hasta llegar al lugar entre sus piernas donde descansaba su masculinidad. Aunque, más que descansar, se alzaba fuerte y firme, anticipándose a la noche. Más allá, sus caderas estrechas daban paso a su torso y a la suavidad musculosa de sus brazos y de sus hombros.

Algunos hombres decepcionaban cuando se quitaban la ropa, pero Channing no. Él era musculoso, no como un granjero fuerte y robusto que trabajaba la tierra, sino como un caballero que sabía cómo cuidarse y que lo había hecho deliberadamente con horas montando a caballo o entrenando en Jackson's o en Manton's cuando estuviese en Londrcs.

—Había olvidado lo maravilloso que estás sin

ropa —susurró mientras deslizaba la mirada de nuevo hacia su miembro. Por supuesto, recordaba su cuerpo de manera abstracta, lo que le hacía sentir. Pero aquello era mucho mejor, mucho más concreto.

—Entonces será un placer recordártelo —Channing le permitió mirar, sin prisa por llegar al siguiente paso de la noche.

A Alina le gustaba su descaro. No se avergonzaba de su desnudez ni de su predilección por el placer sexual. El cuerpo estaba hecho para ser explorado, y cada cuerpo nuevo proporcionaba la oportunidad de un nuevo descubrimiento. Ella estaba a la altura con su propio descaro. Se desató la bata y lo miró a los ojos. Deseaba ver cómo la miraba mientras lo hacía.

Se quitó la bata y dejó que se deslizara por su cuerpo sin tocarla. Era un truco erótico que insinuaba cierta metamorfosis, la salida de un capullo, preparado para salir volando como una mariposa sensual.

Se quitó la horquilla del pelo y se lo soltó. También aquel era un movimiento calculado para desviar la atención de su cara y centrarla en su cuerpo mientras su melena se deslizaba sobre sus pechos. La bata a sus pies garantizaba que el observador siguiera deslizando la mirada hacia sus piernas.

—No creo que Afrodita pudiera ser más hermosa —murmuró él. Alina sabía exactamente lo que le gustaba y le complacía complacerle. Probablemente esa fuese la diferencia entre Channing y sus otros amantes.

En el cenador no había habido tiempo de apreciar sus cuerpos, solo tiempo de apreciar lo que sus cuerpos podían hacer el uno por el otro. Señaló la silla y la mesita junto al fuego.

—¿Quieres sentarte? Tengo champán frío. Moët's Imperiale Rose; tu favorito, creo —el de ella también. Nunca viajaba sin él, razón por la cual llevaba dos botellas consigo. No había imaginado que lady Lionel pudiera tener alguna en su bodega. Lo tenía enfriando desde que regresara de buscar el huevo de pascua.

Abrió ella misma la botella, de espaldas al fuego, sabiendo bien lo sensual que resultaba aquella imagen; una mujer desnuda descorchando una botella de champán. El efecto fue inmediato. Los ojos azules de Channing se oscurecieron hasta convertirse en zafiros. Le sirvió una copa y después otra para ella.

—Por una noche larga y satisfactoria —brindó.

El frío del champán deslizándose por su garganta fue un contraste agradable con el calor del fuego.

—¿Hay algo más decadente que esto? —preguntó Channing con un suspiro—. Beber champán desnudos.

—Se me ocurren algunas cosas —respondió ella, y deslizó la mirada brevemente hacia su falo.

—¿Vas a sentarte? —Channing señaló con la cabeza hacia la silla vacía.

Alina dejó su copa de champán y alcanzó el frasco de aceite de vainilla.

—No, voy a arrodillarme —le dirigió una sonrisa

perversa y se colocó entre sus piernas. Vertió el aceite en la palma de su mano sin dejar de mirar a Channing a los ojos y sopló. Nadie en su sano juicio creería que ella representaba el papel sumiso en aquel encuentro. Claro, que los hombres normalmente no estaban en su sano juicio, lo que reafirmaba la creencia de que aquel tipo de estimulación con la boca era un acto servil. Alina sabía que no. Ella era la que tenía el poder. Las palabras entrecortadas de Channing, «ten piedad, Alina, solo soy un hombre», fueron prueba suficiente.

—Placer y después piedad —murmuró ella. Primero le masajeó la cara interna de los muslos para relajar sus músculos mientras recordaba su excelente físico. Un hombre que se cuidaba era un hombre seguro de sí mismo, capaz de cuidar de los otros, un hombre que creía en su propia pericia, en su propio valor. Había algo afrodisíaco en aquella certeza. Alina rozaba ocasionalmente su escroto con los pulgares mientras le masajeaba. Channing gimió y ella llevó el masaje hacia zonas más íntimas. Deslizó suavemente la uña por sus testículos y sintió como se endurecían.

—¡Arpía!

Ella miró hacia arriba y le dio un beso en el falo.

—Eres increíble, Channing —entonces llegó el momento de agarrar su miembro con la mano. Le encantaba acariciarlo, le encantaba sentir su erección ardiente, el poder de su cuerpo concentrado en aquella parte, le encantaba saber que podía hacer que cobrase vida solo con una mirada, una caricia o un beso. Empezó a acariciarle hasta que le rogó:

—Con la boca, Alina, por favor —se había sentado en la silla y había clavado los dedos en los reposabrazos de madera.

Ella estuvo encantada de obedecer. Acarició con la lengua la punta y después fue bajando para apreciar el sabor salado mezclado con la vainilla, una combinación agridulce tan embriagadora como el hombre en sí. Era casi tan excitante para ella como lo era para él. Sentía que su lugar más íntimo palpitaba mientras se metía su miembro en la boca, sabiendo que pronto llegaría su turno para experimentar el mismo tipo de placer.

—¡Alina! —su cuerpo se tensó y aquel grito ahogado fue la única advertencia que recibió. Apartó la boca, lo agarró con la mano y lo acarició mientras alcanzaba el clímax. También estaba preparada para eso. Había toallas de mano esperando bajo la mesa, ocultas hasta que llegara el momento. Le limpió y disfrutó de la intimidad de aquel gesto. Disfrutó también de la naturaleza de aquel hombre, que era lo suficientemente descarado, que estaba lo suficientemente cómodo consigo mismo como para permitir tal cosa. A un amante francés no le habría importado, pero a los ingleses les incomodaba cualquier evidencia del acto sexual, otra prueba de lo mucho que ella había cambiado durante sus años en el extranjero.

Sintió que Channing le cubría la mano con la suya mientras terminaba de limpiarlo. Su voz sonó cargada de promesas.

—Ven a la cama, deja que te devuelva el favor.

La condujo hacia la cama sin soltarle la mano, un gesto de lo más íntimo sabiendo el resultado que le esperaba. Pero Channing no tenía prisa por llegar a ese resultado. Sabía cómo prolongar la anticipación. Se quedaron de pie mientras él la besaba y succionaba sus labios.

—Las cosas buenas se hacen esperar —murmuró mientras devoraba su boca.

—Pero quien duda está perdido —susurró ella antes de morderle el labio inferior.

No la hizo esperar mucho más. La tomó en brazos y la dejó sobre la cama. No fue el gesto apresurado que había acompañado al encuentro del cenador aquel día. Fue el movimiento de un amante valioso, de un príncipe que se preparaba para poseer a su princesa.

—Ya está. Ahora puedo mirarte debidamente — Channing se tumbó junto a ella, apoyó la cabeza en su mano y la miró con deseo en los ojos.

Colocó la mano entre sus pechos y después acarició cada uno de ellos, estimulándole los pezones con los pulgares hasta que se arqueó y gimió de placer. Hasta la más ligera de sus caricias resultaba exquisita, aumentaba el deseo por las caricias más íntimas que llegarían después. Hasta que por fin sintió su mano ahí, en su monte de Venus, separándole suavemente los pliegues con los dedos en busca de su perla más femenina. La encontró con una precisión asombrosa.

—Estás preciosa a la luz de las velas —dijo Channing con voz grave.

—No me lleves hasta el clímax, Channing. Quiero alcanzarlo contigo dentro —respondió ella.

—Alcánzalo dos veces. ¿Por qué tienes que elegir? —la besó entonces en la boca, y su lengua ejecutó una fiel reproducción de las caricias de su dedo en su clítoris, hasta que Alina creyó que iba a gritar de placer. Y él tenía razón. ¿Por qué elegir cuando no era necesario? Channing la llevó hasta el abismo y le hizo saltar al vacío entre sacudidas de pacer. Pero todavía no había terminado. Sacó lo que necesitaba del pequeño cajón junto a la cama y se colocó entre sus piernas. Comenzó con el acto definitivo, el que habían estado anticipando toda la noche. Los miedos de Alina de que los preliminares agotaran sus recursos eran infundados. Su cuerpo cobró vida, le rodeó las caderas con las piernas y dejó que la penetrara.

Recibió sus embestidas y se arqueó bajo su cuerpo mientras sus alientos se mezclaban. Fue levemente consciente de que a Channing le había caído el pelo sobre la cara y que tenía la cabeza hundida en su hombro. También fue consciente de que ya no estaba al mando, de que Channing había tomado el control del acto por completo y los guiaba a ambos hacia una conclusión explosiva con cada embestida. Alina quedó completamente consumida cuando la embistió una última vez.

La estrechó contra su cuerpo y dejó que el poder del clímax los consumiese a ambos. Él era su ancla en aquellos momentos maravillosos en los que se le quedaba la mente en blanco, en los que solo podía pensar en la enormidad de lo que había entre ellos. Sin duda aquella sería la octava maravilla del mundo. No deseaba soltarse. Quería quedarse entre sus brazos, con su falo aún dentro de ella, mientras sus respiraciones empezaban a calmarse, con el corazón de Channing latiendo contra el suyo, piel con piel. Entonces llegó el momento en el que se apartó de ella y se colocó de costado. Alina se sintió extrañamente desprotegida, salvo por la conexión de su mirada, que los unía, los conectaba como si aquello fuese algo más que sexo, como si fuese importante. No era de extrañar que fuese el mejor de Londres.

—¿Miras así a todas las mujeres con las que te acuestas? —preguntó Alina medio dormida. Sintió que se tensaba por un instante y frunció el ceño. En su estado actual, no había meditado bien aquella última pregunta.

Pero Channing le siguió la corriente como si no pasara nada. Dibujó un círculo alrededor de la aureola de su pecho y sonrió.

—¿Cómo exactamente? —fue una sonrisa sincera y arrebatadora que la habría derretido si no se hubiera derretido ya como si fuera mantequilla.

—Como si yo fuera tu éxtasis.

Channing soltó una carcajada.

—Ah, eso. Entonces, la respuesta es no. Solo a ti. Solo te miro a ti así.

—Supongo que les dices eso a todas las chicas.

—No, a todas no —respondió él antes de darle un beso en el cuello—. Solo a las que me sirven champán desnudas.

Estaba bromeando y ella estaba mucho más despierta, sus sentidos se habían recuperado. Se incorporó sobre un brazo y alcanzó su miembro.

—Cuánto te gusta bromear, Channing Deveril, y deberías ser castigado por ello —su falo ya empezaba a hincharse bajo su mano.

—¿Qué sugieres?

—Sugiero esto —le dio un beso apasionado en la boca y se colocó encima—. Cabalgaré sobre ti en venganza —colocó las manos detrás de la cabeza para que sus pechos quedaran completamente expuestos, se incorporó y se deslizó sobre él para acoger su erección dentro de ella.

—Oh, por eso lo llaman dulce venganza —murmuró Channing con una sonrisa.

Diez

El reloj interno de Channing, aquel que cualquier caballero de cierta reputación llevaba dentro para salir de la cama antes de que la casa se pusiera en pie, le despertó alrededor de las cinco de la mañana. Pero aquel instinto de supervivencia que le había hecho salir de inmediato de la cama de Marianne Bixley le falló en aquella ocasión. La imagen de Alina dormida junto a él, con el pelo extendido sobre la almohada como si fuera un abanico, era un argumento muy poderoso para quedarse. A su doncella, Celeste, no le importaría llegar y encontrarse a su señora en la cama con él. No sería la primera vez.

Channing reprimió un gemido. Ahí era donde se complicaba todo, el juego dentro del juego; ¿era real o solo parecía real? La noche anterior, Alina le había seducido como la mejor de las cortesanas venecianas; todo coreografiado a la perfección para obtener el máximo efecto y, aun así, ejecutado con tan poco esfuerzo que parecía natural y uno se olvidaba enseguida de que tal vez no lo fuera.

Era ese «tal vez» lo que más le preocupaba. Igual que él, ella era una criatura sensual y sexual. En el dormitorio estaba siempre a su altura, en todos los placeres y en todas las fantasías. Pero ¿qué parte de aquello significaba algo? ¿Estaría jugando con él como había jugado él con tantas mujeres que habían recurrido a la Liga a lo largo de los años, buscando algo temporalmente satisfactorio en sus vidas mundanas?

¿Por qué se hacía eso a sí mismo? La parte lógica de su mente sabía las respuestas y se reía de su parte menos lógica, que insistía en hacerse una y otra vez las mismas preguntas. Primero, sabía empíricamente que Alina tenía la capacidad de jugar con él. En París le había rechazado brutalmente después de que le ofreciera el mundo, y había cambiado su ofrecimiento por joyas y vestidos. Segundo, había estado intentando distraerlo desde su llegada. Había dejado claro que no deseaba que husmeara demasiado en sus asuntos. Tal vez la noche anterior hubiera sido divertida, pero más tonto era él si no se daba cuenta de que aquella era otra forma de distracción. Él no era el único que estaba jugando a un juego dentro de otro juego.

Pero también era tonto si no se daba cuenta de cómo le había hecho sentir. Estar con Alina no podía compararse con ninguno de sus otros encargos. Aquellos no eran más que ejercicios físicos. Pero esto era algo más. Y probablemente esa fuese la razón por la que no paraba de repetirse la misma pregunta: ¿significaba algo aquello? ¿Podía permitir que significara algo? Aunque conociera los riesgos y hubiera hecho todo lo posible por protegerse del dolor.

Conocía sus normas: obtener la información y nada más. No podía confiar más en ella. De joven ya le había roto el corazón. Debía estar prevenido. Aun así no sabía si estaba haciendo algún progreso. No estaba más cerca de saber qué asunto quería tratar con Seymour que antes de su encuentro en el cenador. No pudo evitar soltar una carcajada. Si no triunfaba la primera vez, seguiría intentándolo e intentándolo. Era una filosofía que no le importaría poner en práctica con Alina.

—Estás pensando demasiado —murmuró Alina junto a él acurrucándose contra su hombro.

—Estaba pensando en ti.

—Ya tenemos algo en común. Yo estaba pensando en ti —su mano desapareció bajo las sábanas. Segundos más tarde, sintió que se cerraba en torno a su miembro.

—¿Y tu doncella? —preguntó Channing, aunque fue una formalidad. En ese momento no podía importarle menos que todos los invitados de la casa entraran en la habitación.

—No te preocupes —contestó Alina con una sonrisa—, le gustas.

—¿Y a ti? —Channing se movía por terrenos pantanosos, pero hasta el momento había tenido suerte—. ¿Te gusto?

Alina se inclinó hacia delante, le dio un beso en la boca y deslizó el pulgar sobre la cabeza de su pene.

—¿A ti qué te parece?

No era una respuesta, pero era demasiado listo como para seguir tentando a su suerte. Por el momento le permitiría estar al mando. Ya llegaría su oportunidad después. Tenía planeado un juego seductor de preguntas y respuestas que ayudaría a su causa. Su parte competitiva sentía que iba en segundo lugar. Ella tenía lo que deseaba, la presentación que le había pedido, y además el placer de disfrutar de su compañía en la cama. ¿Qué tenía él? ¿Estaría usándolo de nuevo? ¿Estaría él permitiéndoselo?

Dio un respingo cuando pasó el pulgar por una zona sensible. En aquel momento no le importaba, pero le importaría. Se había prometido a sí mismo que no dejaría que volviera a utilizarlo.

La falta de respuesta explícita por parte de Alina le acompañó el resto del día. Le había acompañado durante un picnic a otras ruinas romanas cercanas y seguía acompañándole cuando regresó a su habitación para vestirse para la cena y el baile de después. La estancia en la casa de campo terminaría en dos días, lo que les daría a los invitados tiempo suficiente para recuperarse del baile de aquella noche.

Técnicamente su obligación con Alina terminaría entonces. El contrato de Amery habría quedado cumplido. Debía sentir alivio, pero no era así. Tras haber vuelto a conectar con ella, no sentía más que cabos sueltos ante la idea de abandonarla. En parte, esos cabos sueltos eran la situación con Seymour. Pero los cabos sueltos también provenían de cosas que habían hecho en el pasado, pero de las que no habían hablado. ¿Se atreverían a hablar de París? ¿Se atreverían a hablar de la fiesta de Navidad? Discutirían, sin duda, razón por la cual no habrían sacado el tema. ¿Y de qué serviría?

Channing despidió a su ayuda de cámara y bajó las escaleras mientras clavaba un alfiler de zafiros en los pliegues de su corbata. Aun así, esa noche podría atar algunos de los cabos sueltos relacionados con Seymour.

Calculaba que llegaba algo temprano. Alina no habría bajado todavía. Haría su aparición, como siempre, justo antes de que sonara la campana que anunciaba la cena. Pero, cuando entró al salón, descubrió que se equivocaba absolutamente.

Alina había llegado temprano y ya estaba hablando nada menos que con Roland Seymour. Sintió una puñalada de desprecio. Normalmente no era un hombre celoso. Las mujeres entraban y salían de su vida y apenas pensaba en ellas cuando su tiempo juntos acababa. Era la naturaleza de su negocio. Pero aquello. Ver a Alina centrar toda su atención en el poco merecedor Seymour, saber que estaba tan cerca que Seymour podría oler su delicado aroma floral, que incluso podría bajar levemente la mirada y contemplar su escote… aquello era una tortura.

Seymour se inclinó hacia ella. Alina se rio y Channing sintió una profunda envidia. Fue algo primario y poco apropiado para un hombre tan sofis-

ticado y experimentado como él. Alina no podía
estar interesada en alguien como Seymour, no
cuando le había tenido a él en la cama. La noche
anterior le había dado placer, y ella le había dado
placer a él también. Una no se tomaría tantas molestias por un hombre que no significaba nada: el
Moët, las caricias de sus manos y de su boca junto
al fuego. Tardaría mucho en olvidar su cuerpo desnudo frente a las llamas, el Moët en la mano mientras le servía una copa. Uno podía morirse feliz tras
una noche como esa.

Y aun así había bajado temprano y había ido a
hablar con Roland Seymour, quien, a esas alturas,
seguía manteniéndose al margen y no había logrado
introducirse en el círculo de los invitados más selectos como Durham y Barrett. Hasta el anfitrión le
dedicó el tiempo mínimo que dictaba el protocolo.
¿Qué pretendía entonces Alina?

Parecía que Channing estaba haciendo esa pregunta relativa a muchas cosas de las que ella hacía,
y sin embargo era evidente que Seymour significaba
algo para ella. Lo necesitaba para algo, algo lo suficientemente importante como para arrastrarla a
aquella casa que, salvo por la búsqueda del huevo
de pascua, no era especial por su ubicación ni por
la lista de invitados. La condesa de Charentes sin
duda tendría mejores lugares en los que pasar las vacaciones de Pascua antes de que empezara la temporada.

—Te has quedado mirando —Elliott Pricst apareció junto a él. Era un amigo de los clubes de Lon-

dres y también estaba invitado—. Creo que nunca antes te había visto hacerlo. Claro, que no hay muchas mujeres como ella. No te culpo. Yo también me quedaría mirándola —se quedó callado durante unos segundos—. Me pregunto qué verá en él.

Channing soltó una carcajada breve.

—Yo me preguntaba lo mismo —Elliott suponía una distracción excelente. Le iría mejor pasar el tiempo antes de la cena charlando con Elliott que mirando a Alina. Así que, por el bien de las apariencias, se centró en la conversación de su amigo y solo desvió la mirada ocasionalmente hacia el rincón de la habitación que ocupaban Alina y Seymour.

Estaba observándola. Alina sentía la intensidad de su mirada incluso en la distancia, por breve que fuera. Por suerte Channing había dejado de observarla descaradamente. Había sido difícil fingir que no era consciente, difícil prestarle a Seymour toda su atención. «Sigue con el juego», se había dicho a sí misma. Pero era difícil mantenerse atenta a todos los juegos. Solo el primero iba bien. Tenía a Seymour justo donde lo quería. Tenía a Channing donde lo quería también; en su cama, pero ese juego estaba enturbiándose, probablemente porque hubiera dejado de serlo. Lo último que necesitaba era que Channing estuviese cerca metiendo las narices en sus asuntos con Seymour. Ya era suficientemente malo que estuviese mirándola fijamente desde el otro lado de la habitación sin ni siquiera saber exactamente lo que se proponía. Sin duda no le haría gracia cuando se enterase de los detalles.

—¿Creéis que el señor Deveril supondrá un problema? —el comentario de Seymour la obligó a concentrarse.

—No creo. Al fin y al cabo no es un hombre de negocios —contestó ella, insinuando que los objetivos de Channing eran diferentes.

Seymour la miró con una ceja arqueada.

—No lo dudo en absoluto. Uno oye cosas, ya sabéis.

Alina trató de no enfadarse. Una cosa era ser displicente; otra ser desagradable. Un hombre como Roland Seymour no tenía derecho a juzgar al hijo de un noble. Pero se odió a sí misma por defenderlo de ese modo. Ese era el problema con Channing, era demasiado simpático. Aunque era su trabajo ser simpático. Había convertido esa simpatía en un arte y en una fortuna como director de la Liga de Caballeros Discretos, algo que la mayor parte de Londres no había verificado empíricamente aún.

Le puso una mano a Seymour en la manga.

—Gracias por firmar los contratos antes de la cena. Ahora podré disfrutar de la velada sabiendo que todo está en vuestras manos.

Sonó la campana de la cena y el caballero con el que se suponía que debía entrar al comedor se acercó a ella. Se sintió aliviada. En Inglaterra, una mujer decente no abandonaba a un hombre para buscar la compañía de otro, pero no soportaba quedarse atada a Seymour ahora que sus asuntos habían concluido. No quedaba nada por hacer al respecto salvo esperar y observar. Pronto se descubriría y ella estaría allí para asegurarse de que nunca volviese a aprovecharse de otra mujer.

La cena fue agradable. Todos estaban de buen humor después del picnic, ansiosos por que empezara el baile. Ella conversó con el caballero casado de su izquierda y con el caballero soltero de su derecha, alejada de Channing, lo cual era una suerte. Deseaba evitar sus preguntas sobre Seymour. Aunque solo sería un alivio temporal. No podría evitarlas para siempre.

Todos se habían puesto sus trajes de baile para cenar y pasaron después al salón. Nada más terminar la cena, habían empezado a llegar invitados de la zona y las mujeres habían recibido pequeñas tarjetas de baile en color rosa bordadas con oro. Channing no tardó en aparecer a su lado y pedirle dos bailes.

—Me gustaría que me concedieras más de dos —añadió mientras agarraba el lápiz y firmaba con C.D. en la tercera y en la última casilla. Después le devolvió la tarjeta—. Sin embargo, me doy cuenta de que no podemos permitir que nadie de la fiesta vuelva a Londres con historias que contar —Alina comprendió que estaba desafiándola a romper las reglas en público.

Alina bajó la voz.

—¿Significa eso que beberé Moët en mi habitación a solas?

Channing le dirigió una sonrisa rápida.

—Desde luego que no. Solo es necesario ser discretos si hay algo que ocultar. Ambas cosas van relacionadas.

—Muchas gracias por la aclaración, señor Deveril —había otros que empezaban a aproximarse. Channing no podía permanecer allí demasiado tiempo.

Se rio y se llevó su mano a los labios.

—No me engañas ni por un momento. Hasta entonces.

Hasta entonces. ¿Cuándo sería eso? ¿Hasta el tercer baile, cuando le preguntaría por Seymour? ¿Hasta el último? Había imaginado que aprovecharía la primera oportunidad que tuviera para preguntarle qué había estado hablando con Seymour antes de la cena. Pero no lo había hecho. Simplemente había firmado su tarjeta de baile, había flirteado un poco y se había marchado para firmar otras tarjetas. Cosa que se suponía que había de hacer; su trabajo como invitado a la fiesta era asegurarse de que todas las damas obtuvieran los bailes que desearan.

Debería interpretar el hecho de que hubiera acudido a ella primero como una muestra de su buena estima, una muestra de que había construido su velada en función de su plan de baile, pero no podía. Sabía demasiado. Estaban jugando a un juego, aunque era difícil saber a cuál. ¿Se trataba de Seymour o del otro juego? ¿Por qué no le habría preguntado por Seymour? O tal vez se tratara de quedar empatados, porque ahora lo único que deseaba hacer era atravesar el salón, zarandearlo y gritar: «¿Por qué no me preguntas por Seymour?».

Intentó no pensar en eso y disfrutar del baile. Se lo preguntaría cuando quisiera y no había nada que pudiera hacer ella al respecto.

Aquella idea permaneció en el fondo de su mente toda la velada, creando cierta tensión. Llegó el tercer baile, un vals, y esperó a que Channing lo mencionara. Un vals era el momento perfecto para preguntárselo, dado que no había compañeros entre los que moverse. Pero lo único que hizo fue flirtear con los ojos y hacerle el amor con los movimientos de su cuerpo. Alina dudaba que alguien bailara el vals mejor que Channing Deveril.

Era empíricamente cierto. Aquel recuerdo apareció mientras él la guiaba a través de los pasos. Había sido en la fatídica fiesta navideña, su último compromiso antes de que acabara oficialmente el contrato.

Había habido un baile y Channing había estado muy cotizado. Le había visto bailar con todas las damas jóvenes, cada una de las cuales se sentía como una reina cuando estaba con ella, como se sentía ella también. Para él no eran más que un trabajo, incluso ella, por mucho que deseara creer lo contrario.

Fue entonces cuando se dio cuenta con total claridad de que podría tener todo el sexo que quisiera con Channing Deveril, pero nunca podría tenerlo a él. No solo porque ella fuese una viuda con un pasado escandaloso en el continente, sino porque nadie podía atrapar su corazón, por lo menos ella. Sin embargo en aquella ocasión esperaba poder hacerlo mejor. En aquella ocasión conocía los límites. Podría tener todo el sexo apasionado y arrebatador que quisiera, pero nada más.

Terminó el baile y Channing la devolvió al grupo de personas con las que había estado hablando antes de que empezara. No habían hablado nada sobre Seymour y el resto de la velada se le antojaba muy larga. «Nada es gratis», pensó. Así era como pensaba hacerle pagar por ocultarle el secreto.

El resto de bailes fueron distracciones, maneras de pasar el tiempo hasta que Channing volviese a bailar con ella y acabase por fin con aquella noche de espera. Sin duda entonces le diría algo.

El último baile también sería un vals y, para crear efecto, lady Lionel hizo que bajaran la luz de la habitación. Dejó encendidas solo unas pocas velas que conferían a la estancia una atmósfera de lo más romántica. El efecto era maravilloso, pensó Alina mientras Channing la guiaba hacia la pista de baile.

La colocó en posición, con su mano en su espalda y la mano de ella sobre su hombro. Le habló en voz baja al oído y ella notó la sonrisa en su tono cargado de deseo.

—Para ser una anfitriona de reputación mediocre, lady Lionel sc ha superado. Primero la búsqueda del huevo de pascua y ahora esto.

Su respuesta fue un poco menos amable. No estaba dispuesta a capitular aún después de lo que le había hecho pasar aquella noche. Optó por sacar el tema abiertamente.

—Una pena que vayas a echarlo a perder —era una pena de verdad, porque resultaba maravilloso dejar que Channing la guiase.

—¿Y cómo voy a hacer eso exactamente? —Channing ejecutó un giró brusco para evitar chocarse con otra pareja. El movimiento hizo que se pegara a él y fuera consciente de cada centímetro de su cuerpo, de cómo sus muslos le rozaban la falda.

—Vas a preguntarme por Seymour.

—No.

—Sí. Antes de la cena estabas mirándome fijamente —tal vez se hubiera imaginado demasiadas cosas.

Tal vez no le importase su asunto con Seymour más allá de lo que exigía la simple curiosidad. ¿Por qué iba a importarle? Estaba allí con ella por una cuestión de trabajo, igual que en la fiesta de Navidad. Entonces el error había sido suyo por dar por hecho que aquello era más que un trabajo.

—Te aseguro que no voy a preguntarte.

Había despertado su curiosidad.

—¿Por qué no?

Channing acercó los labios cierto lugar ubicado debajo de su oreja y le acarició la piel con su aliento.

—Porque, Alina, no quiero echarlo a perder —le dio otra vuelta y volvió a pegarla a él—. Tengo intención de estar en tu habitación dentro de una hora.

Y, como aquello sonaba mucho más prometedor que cualquier discusión sobre sus asuntos con Roland Seymour, Alina dijo:

—Yo también.

Once

Tal vez fuera su habitación, pero la seducción fue enteramente cosa de Channing. La sedujo con chocolate y una segunda botella de Moët. No había mejor afrodisíaco en el mundo que el champán y el chocolate, si una era Alina Marliss, a no ser que fuera ver a Channing Deveril desnudo a la luz de las velas sirviendo ese champán. Pero habría sido descuidado por su parte dar por hecho que convertiría la noche en una repetición de lo anterior. Ese era un error que solo cometería un principiante, y Channing no era ningún principiante. Ya habían comido bombones juntos en el cenador y bebido Moët desnudos, razón por la que hacerlo de nuevo era un preludio tan tentador hacia lo desconocido. Alina sonrió para sus adentros mientras el calor se extendía por su vientre. Lo comprendía; aquella era su venganza por no haberle hablado de Seymour. Le había hecho sufrir un poco aquella noche con la curiosidad y ahora él estaba haciendo lo mismo, igual que había hecho en la pista de baile, haciendo que se preguntara qué vendría después. Pero aquella no era la táctica de su marido, basada en el miedo, sino una táctica construida sobre la anticipación, que no era lo mismo.

Cuando casi se había terminado la copa de champán, él se levantó de la silla y le dio la primera orden.

—Quítate la ropa.

Ah, de modo que iba a ser ese tipo de juego aquella noche, pensó Alina mientras él se movía hacia otra parte de la habitación, de espaldas a ella. No iba a mirar mientras se desnudaba. Claro que no. Eso podría estropear el juego, hacerle perder el control como maestro de ceremonias. Alina oyó que preparaba los utensilios mientras se quitaba la bata y la ropa interior.

—¿Puedo sentarme? —preguntó, dispuesta a jugar cualquier juego que tuviera en mente. Channing regresó con una bandeja llena de objetos. Se quedó estudiándola, desnuda a la luz del fuego, y después observó la silla.

—Sí, creo que sí —musitó en voz alta—. La silla es perfecta.

—¿Perfecta para qué? —preguntó ella mientras se sentaba. Estaba ya más que excitada solo con estar desnuda frente a él, sabiendo que la observaba.

Channing se arrodilló frente a ella, con la mesa y la bandeja al alcance de la mano. Le separó los muslos, deslizó sus manos cálidas por la cara interna y llevó sus piernas hasta las patas de la silla. Era excitante estar tan vulnerable, tan abierta a él.

Alcanzó la bandeja y agarró un rollo de tela.

—Seda —murmuró mientras lo desenrollaba—. No te preocupes, no lo ataré con demasiada fuerza, solo lo justo.

Lo justo para sujetarla. Se le secó la garganta mientras él le ataba las piernas a la silla y las manos a los reposa brazos. Tiró de los nudos a modo experimental y le dirigió una perversa mirada de satisfacción al ver que no se soltaban.

Alina siguió con la mirada el movimiento de sus manos hacia la bandeja. Agarró un cuenco y un pincel. ¿Un pincel? La miró a los ojos.

—Ahora voy a pintarte. Serás mi modelo de chocolate.

Ya podía olerlo, el aroma del chocolate fundido, un olor muy erótico en sí mismo, pero aún más si se mezclaba con el olor almizcleño y salado del sexo. Se dio cuenta de que era su propio olor. Y el de él. El olor del consentimiento y de la excitación; un olor muy diferente al del miedo. Ella lo sabía. Con la luz tenue del fuego, vio la gota líquida de su excitación en la punta de su falo. Encontraría placer al final, y el viaje sería parte de ese placer.

Channing se incorporó entre sus piernas para que estuvieran los dos cerca, muy cerca cuando mojó el pincel y después lo deslizó por su torso con un movimiento largo que dejó un rastro de chocolate a su paso. Resultaba delicioso sobre su piel, como una caricia literalmente dulce.

Le pintó el pecho con espirales curvas sobre los pezones, también el vientre, y entonces la dulzura se convirtió en algo más cuando movió el pincel entre sus muslos para pintarlos, para pintar también sus pliegues más íntimos. Su deseo aumentó, ardiente y exigente. No había nada que ella pudiera hacer salvo soportarlo. Comprendió al fin lo indefensa que estaba, lo incapaz que era de resistirse al placer. Aun así, se arqueó sobre la silla y se retorció, por inútiles que fueran sus esfuerzos, en un intento por alcanzar el clímax, aunque sin éxito. Intentó calmar su cuerpo ardiente recordándose que Channing acabaría por conducirla hasta el éxtasis.

Pero Channing no tenía intención de dejar que el juego terminara ahí. Quería que supiera que esa noche era suya. La noche anterior ella había estado al mando, pero solo porque se lo había permitido. Hundió un dedo en el cuenco y lo lamió con un movimiento erótico de la lengua.

—Es el momento —murmuró misteriosamente—. Quizá quieras algo de beber primero —se levantó y dio un paso atrás para asegurarse de poder verla. Se agarró el miembro, deslizó la mano lentamente arriba y abajo y Alina lo comprendió.

Estaba tremendamente excitada y era evidente que Channing no había terminado, ni siquiera estaba cerca de hacerlo.

Regresó junto a ella, se arrodilló una vez más y llevó la boca a su vientre plano, después a su monte de Venus, donde acarició su piel con el aliento cálido mientras pronunciaba palabras ardientes y decadentes.

—Santo cielo, cómo me excitas, Alina —eran palabras de adoración y ella había agradecido la primera vez que se lo había dicho. Le había dicho que era como la Estrella Polar, que nunca había visto un vello así allí abajo. Auténtica seda de platino, según decía, perfectamente peinado, recortado en forma de triángulo perfecto, lo que recordaba que era una mujer que sabía cuidarse en todos los aspectos.

Introdujo un dedo en su interior. Estaba húmeda, preparada; él se daría cuenta. Alina vio que se le dilataban las pupilas. De modo que aquel juego era tan excitante para él como para ella.

—Saboréame, saboréanos —susurró, deslizó el dedo por la punta de su miembro erecto y después lo introdujo en el chocolate que quedaba en el cuenco. Llevó el dedo a su boca y ella lo lamió, deslizando la lengua sobre su piel. Sin duda ahora la llevaría al clímax. El chocolate empezaba a enfriarse sobre su piel.

—¿Te gusta lamer? —le preguntó él, pero solo era una pregunta retórica—. Entonces te gustará lo que viene ahora —se arrodilló y se metió uno de sus pezones en la boca, lo que dejó claras sus intenciones. Oh, sí, no cabía duda de que aquello era un placer y, al mismo tiempo, una venganza. Tras haberle pintado el cuerpo con chocolate, iba a lamérselo centímetro a centímetro.

—Estás matándome, Channing —consiguió decir mientras él deslizaba la lengua por su ombligo. ¿Había perdido alguna vez el control de su cuerpo hasta tal punto? ¿Alguna vez le había gustado tanto?

—Espera —susurró él antes de chuparle el chocolate del muslo—. Lo mejor está por llegar.

«Que llegue pronto», pensó Alina, «antes de que explote de deseo». Aunque una parte de ella no tenía ninguna prisa por que terminara aquella seducción perversa.

Se agarró a los reposabrazos, agradecida en aquel momento por los nudos que la sujetaban a la silla. Sin ellos, tal vez hubiera caído al suelo, completamente descontrolada. Pero acto seguido deseó tener las manos libres, deseó poder hundirlas en su pelo, deseó tener un ancla en aquella tormenta de deseo que la asolaba. Deseó poder usar las piernas, deseó poder juntarlas con fuerza y alcanzar el orgasmo.

Vio cumplido su último deseo. Channing succionó con la boca, le acarició el clítoris con los dientes y la condujo hacia el abismo hasta que al fin llegó y la dejó caer, dejó que su cuerpo se consumiera entre convulsiones mientras ella gemía.

No recordó en qué momento le desató los nudos, solo que, tras haberse recuperado, descubrió que era libre.

—¿Cómo te sientes? —Channing estaba sentado frente a ella, bebiendo Moët de su copa como si nada extraordinario hubiera sucedido en la última hora.

—Bien —Alina le observó mientras le servía una copa. Sí que se sentía bien, adormecida ahora que había pasado el momento, con aquella sensación de plenitud.

—Me alegra oírlo —contestó él mirándola por encima del borde de su copa con una sonrisa—. Hay una cosa que me gustaría que hicieras por mí.

—¿De qué se trata? —preguntó ella, aunque podía hacerse una idea. Un hombre no podía complacer a una mujer y no desear algo a cambio. Y ella estaría encantada de recuperar un poco el control.

Channing sonrió y jugueteó con el tallo de su copa.

—¿Sabes? Amery me dijo que eras demasiado para él. Empiezo a entender por qué.

—No me acosté con Amery —le recordó ella. Se alegraba doblemente de no haberlo hecho. Channing y ella habían tenido otros amantes, claro, pero era mejor no saber explícitamente quiénes eran, mejor que no tuvieran cara. Su pasado ya era suficientemente tormentoso.

—Lo sé. No puedo imaginarme lo que le habrías hecho al pobre chico —bromeó Channing, pero ella vio que para él también era un alivio. Amery era su compañero de trabajo, su amigo, y sospechaba que, significara lo que significara ella para él, pertenecía a una parte muy privada de su vida que no compartía con los demás.

—Me alegra que seas suficientemente hombre para la misión —dijo ella con una sonrisa cohibida antes de dejar la copa y ponerse en pie. Él la devoró con la mirada, se levantó también y ella sintió que su deseo volvía a encenderse, como si el clímax que había experimentado minutos antes no hubiese tenido lugar.

—Ven a la cama, Alina, y te demostraré de qué estoy hecho —Channing no esperó una respuesta. En su lugar, la tomó en brazos y se dirigió hacia la cama. Alina había querido tomar el mando de aquel encuentro, pero todo era una ilusión. Aquello sería rápido y salvaje, algo que les proporcionaría a ambos un tremendo alivio.

Channing la tumbó encima de él. Ella estiró el brazo para apagar la luz, pero él le agarró la muñeca.

—Déjala encendida —su voz sonaba rasgada y la orden era firme. No toleraría ningún argumento al respecto—. Quiero ver cómo te deshaces encima de mí.

Tal vez ella estuviera encima, pero él seguía al mando.

—Quiero verte entera.

Eso era lo que más miedo le daba. Ya habían estado desnudos antes, pero nunca con tanta luz. Siempre en penumbra, en la oscuridad, para disimular sus defectos ocultos. Tendría que esforzarse para mantenerlo distraído, para evitar que pensara demasiado. Levantó las caderas sobre su falo y se deslizó sobre él, con el pelo cayéndole sobre los hombros y los pechos. Empezó a moverse con él dentro, después se inclinó para besarlo en la boca, pero Channing la detuvo.

—Si te tumbas encima, no podré verte. Siéntate —ordenó suavemente—. Así está mejor. Puedo tocarte, acariciarte y tú puedes cabalgarme —estiró entonces los brazos, agarró sus pechos por debajo y le rodeó los pezones con los dedos. Alina pensaba que estaba a salvo, pero se dio cuenta del momento en que dejó de ser así, notó cómo la palma de su mano encontraba la imperfección bajo su pecho.

Vio la pregunta en sus ojos.

—¿Qué es esto? —la colocó bajo su cuerpo con un movimiento fluido. Alina intentó alcanzar de nuevo la luz, pero era demasiado tarde. Apagar la luz ahora sería como admitir que había algo que ver.

—No es nada —murmuró, pero Channing podía verlo por sí mismo. Le levantó el pecho, estudió la cicatriz y frunció el ceño.

Finalmente la miró a los ojos.

—¿Cómo te hiciste esto?

Alina se encogió de hombros. Era poderoso y excitante tener a Channing encima, con su cuerpo rodeándola, apoyado sobre los codos, pero no deseaba que se involucrara en aquel asunto, igual que no deseaba que se involucrara en sus asuntos con Seymour. No sabía nada de su matrimonio.

Channing siguió insistiendo al ver su silencio.

—Te diré lo que me parece y entonces podrás decidir si quieres sacarme de mi error. A mí me parece la marca de una quemadura. Aquí se aprecia una imagen, o los restos de una imagen. Se ha borrado con el tiempo, pero la piel sigue hinchada y queda una sombra de la imagen. Debió de dolerte mucho en su momento. Solo se me ocurre una manera de que alguien acabe con una marca así en un lugar tan escondido —hizo una pausa y le dirigió una mirada penetrante—. No es algo que se provoque uno mismo.

Sus ojos azules estaban cargados de ira.

—Si esto no fue cosa de tu marido, deberías decirlo ahora. Le harías un flaco favor a su recuerdo si me permitieras pensar mal de los muertos.

—No quería que me olvidase de que le pertenecía —respondió ella.

—Entonces menos mal que ya está muerto, porque si no habría tenido que matarlo.

Alina alcanzó entonces la luz. No para que Channing no pudiera verla, sino para que ella no pudiera verlo a él. Cuando la miraba así, era fácil fingir que las cosas podían ser diferentes entre ellos, como cuando estaban en Fontainebleau y todo parecía posible.

—No necesito un defensor, Channing. Además, forma parte del pasado. No puedes hacer nada al respecto.

Channing la acurrucó contra su cuerpo, presionó sus nalgas contra su ingle y le habló al oído mientras la oscuridad los envolvía.

—Te equivocas, todo el mundo necesita un defensor. Incluso tú, Alina.

Se quedó dormida así, entre sus brazos, a salvo, fingiendo que aquella noche podía permitirle ser suyo.

Alina se despertó temprano. Algo iba mal. Para empezar, el sol ya había salido y Channing seguía en su cama, roncando ligeramente. Eso le hizo sonreír. El mejor amante de Londres roncaba. No era nada horrible; sin embargo, aportaba otro matiz a toda aquella perfección que una asociaba con él. Perfección. Defensores. Eso era lo que iba mal. Entonces se acordó. Iba a ser su defensor. Se había quedado dormida pensando en aquella bonita mentira.

El problema de la mentira era que no era real. La mentira no duraba. A la luz del día, se alejaba de la fantasía creada en la oscuridad. Channing sabía lo de la cicatriz. Había provocado en él una reacción emocional. A cambio, su respuesta había desencadenado una en ella también. Se había sentido segura, a salvo, apreciada incluso. Pero era todo una mentira.

A Channing se le daban bien las mentiras. Al fin y al cabo era su trabajo, era lo que le convertía en un éxito. Creaba fantasías en las que las mujeres deseaban creer, fantasías que iban más allá de lo sexual, que alcanzaban también a sus emociones. Ella misma lo había experimentado al contratarlo, y además le había visto con otras mujeres. No era la única para la que había creado esa otra fantasía, pero aun así había estado a punto de creérsela de nuevo la noche anterior.

Debía recordar que estar allí con ella era un trabajo para él. Era igual que la Navidad en que le había contratado por primera vez. La única diferencia era que estaba allí sustituyendo a Amery. Podría disfrutar de lo que le ofrecía, pero debía tener en cuenta lo que era aquella oferta; una fantasía que terminaría, una fantasía que no era real. Para Channing era todo una cuestión de negocios. Haría bien en aplicarse esa filosofía también. Comenzaría por poner cierta distancia entre Channing y ella aquella mañana.

Su cerebro registró un leve movimiento en algún lugar de la habitación. No era solo el hecho de despertarse junto a Channing lo que le había provocado la sensación de inquietud. Algo más iba mal. Volvió a captar el movimiento. Había alguien en la habitación.

—¿Celeste? —preguntó.

—Condesa —Celeste corrió hacia la cama y sonrió con aprobación al ver a Channing durmiendo antes de comunicarle su noticia—. Pensé que querríais saberlo cuanto antes. El carruaje de Roland Seymour se ha marchado al amanecer con sus baúles y todo.

Eso captó su atención. Alina se incorporó y la cabeza empezó a darle vueltas. El muy bastardo no debía marcharse hasta el día siguiente, igual que el resto. Estaría en Londres aquella misma tarde, antes de que cerraran las oficinas. No quería que descubriera nada hasta que ella hubiese vuelto a la cuidad y pudiera comunicarse con sus abogados. Maldición. Solo podía hacer una cosa. Se destapó y salió de la cama.

—Debemos hacer las maletas, Celeste —iba a tener que ir tras ese canalla despreciable.

—¿Ahora? —preguntó Celeste, y señaló con la cabeza hacia Channing.

—Ahora. No podemos permitir que llegue a la

ciudad antes que nosotras. Prepara mi vestido de viaje.

Aquella no era la mañana que había esperado. Su anfitriona había planeado aquel día para recuperarse después del baile. Los invitados dormirían durante toda la mañana y pasarían el día organizando los equipajes y, tal vez, dando paseos con los amigos que hubieran hecho. Ella había deseado que llegara aquel día para celebrar que sus esfuerzos habían tenido éxito. Un día para descansar, para pensar en nada antes de tener que pensar en lo que la aguardaba en Londres; una Temporada a la que estaría obligada a asistir solo para demostrarles a todos que su reputación era intachable. Lo único que deseaba era un día de paz. Lo que tenía en cambio era…

—Creo que es hora de que me digas qué está pasando.

Channing se había despertado.

Alina se giró hacia él desde su tocador. Celeste se había acercado a la puerta del vestidor.

—Puede que sea lo mejor, *madame*. Os vendría bien un aliado.

Alina miró a su doncella con severidad. No apreciaba aquel voto de confianza en Channing, pero Celeste tenía razón. Si no se lo contaba, tal vez él buscara la información por sus propios medios y eso podría delatarla antes de que estuviese preparada. Quizá lo mejor fuese tener cerca a sus enemigos. No era que Channing fuese su enemigo, aunque sí era una intromisión.

Si aquello iba a ser una cuestión de negocios, tendría que comenzar tal y como pensaba continuar.

—Si prometes que me dejarás hacerlo a mi manera, te lo contaré. Pero debo tener tu palabra, Channing.

—Parece que no me queda más remedio que aceptar —Channing se incorporó sobre las almohadas y la sábana cayó hasta su cintura. A Celeste se le desencajaron los ojos al ver su torso desnudo. Alina deseó que tuviera la decencia de taparse. Una cosa era que ella le viese desnudo, pero descubrió que no le gustaba la idea de que los demás le vieran del mismo modo.

Alina tomó aliento.

—Roland Seymour es un estafador que engaña a personas inocentes. Se ofrece a ayudar a gente en apuros compartiendo las escrituras de sus propiedades a cambio de prestarles dinero mientras tanto. Al final la escritura vuelve al propietario original, como se acordó, pero mientras tanto él consigue préstamos enormes utilizando los terrenos como aval. Cuando no puede devolver los préstamos, los bancos intentan hacerse con los terrenos, que han vuelto a manos de la víctima, y, como Seymour solo es codeudor, el dueño se convierte en responsable —Alina intentó contarle la historia de forma impasible, sin mostrarle cómo aquella estafa había afectado a su familia.

Channing se pasó una mano por el pelo y gimió, aunque fue un gemido muy diferente a los que había emitido durante la noche.

—Celeste, voy a necesitar café —miró a su alrededor—. Y también voy a necesitar mi ropa. Mi ayuda de cámara sabrá lo que tiene que enviarme. Pienso mejor cuando estoy vestido —se quedó mirándola a ella, que solo llevaba puesta su bata blanca—. ¿Qué me dices de ti, condesa? ¿Te vistes?

Alina negó con la cabeza y frunció el ceño.

—Esto es lo que temía que ocurriría.

—¿Qué? ¿Vestirte, o prefieres pensar desnuda? Supongo que podrías persuadirme para que lo intentara, aunque no sé con qué cabeza pensaría.

Alina se sentía cada vez más frustrada. Estaba intentando que su mañana de después fuese una cuestión de negocios, sin hacer referencia a las confesiones de la noche anterior. Channing no ayudaba. Estaba utilizando un guion completamente diferente, deseaba jugar, flirtear y entrometerse.

—Esto no es cosa de risa. Le he firmado una escritura para poder pillarle en acción.

Lo que debería haber dicho él era: «Entiendo que tienes asuntos importantes de los que ocuparte, así que, con tu permiso, me iré».

Lo que dijo en su lugar fue:

—Te sugiero que te vistas. Tenemos muchas cosas en las que pensar —su sonrisa se esfumó—. No solo será un desastre, sino que será peligroso. A un hombre como Seymour no le hará gracia que le engañen, y mucho menos que le delaten. ¿Has pensado en eso? —parecía enfadado. También parecía entenderlo todo después de su breve resumen. Alina se había olvidado de lo deprisa que funcionaba su mente a la hora de captar los matices.

—No soportaría pensar que el mundo prefiere ignorar algo malo simplemente por miedo a enmendarlo —respondió Alina con firmeza. Pero sabía que era una hipócrita en ese sentido. Dudaba que estuviese tan motivada para detener a Seymour si no hubiese estafado a su familia. Cuando ocurrió ella estaba en Francia y había sido incapaz de impedirlo hasta que fue demasiado tarde. Pero había pasado el año y medio desde su regreso recopilando la información necesaria para delatar a Seymour. Si iba a tener que quedarse para siempre con el título de su difunto marido, al menos lo usaría para algo. La condesa de Charentes ya no estaba desamparada.

—Dios mío, estás decidida —dijo Channing con un suspiro—. Celeste, prepara mucho café.

Iba a quedarse. No iba a poder librarse de su presencia. No era precisamente el resultado que había buscado. Pero había otras maneras de establecer distancia, no era solo una cuestión de proximidad. Si había algo bueno que pudiera sacarse de aquella mañana, era que había logrado que fuera una cuestión de negocios. Siempre y cuando siguieran hablando de Seymour, no hablarían de ella ni de las cosas absurdas que había confesado durante la noche.

Doce

¿En qué se había metido Alina? Channing volvió a pasarse la mano por el pelo media hora más tarde. Se había vestido, pero el pelo iba a quedarle hecho un desastre si seguía así mientras escuchaba.

—Si es él, ¿por qué nadie le ha atrapado antes? —preguntó mientras se tomaba el café.

—No es él directamente —explicó Alina—. Está detrás de varios gremios que operan con distintos nombres. Pero ha utilizado otros alias antes, así que es muy difícil atraparlo. Y luego está el factor de la vergüenza. Atraparlo implica exponerse al escrutinio público. Elige a sus víctimas deliberadamente, personas que no quieren que los demás sepan que atravesaban problemas económicos o que se han aprovechado de ellas.

—Estás arriesgándote a causar un escándalo si se descubre tu vinculación en el caso —señaló Channing. Sin duda Alina habría pensado en eso. Si los demás se preocupaban por la censura pública, era señal de que ella también debería preocuparse.

—Solo si fracaso —razonó ella—. Si tengo éxito, ayudaría a mi reputación que supieran que he ayudado a que se haga justicia —se encogió de hombros, pero Channing vio que apretaba la mandíbula con determinación. No creía que fuese a fracasar.

—De acuerdo entonces. Dime cómo vas a atrapar al ladrón —Channing eligió sus palabras cuidadosamente. Realmente quería decir cómo iban a atraparlo. Alina no iba a ponerse en peligro y, a pesar de haber investigado mucho para localizarlo, él no creía que fuese consciente de lo que ese villano podía llegar a hacer.

—Le he entregado las escrituras de una propiedad, aquí en Inglaterra, que después me devolverá como parte del acuerdo y, a cambio, él me presta fondos para hacer mejoras en la propiedad durante tres meses. Mis abogados están atentos para ver cuándo intenta utilizar las escrituras como aval.

—Me parece arriesgado. ¿Y si tus abogados no se dan cuenta? —si era tan fácil de ver, habrían atrapado a Seymour mucho antes. Sin duda cualquier abogado advertiría una actividad relacionada con escrituras.

—Los otros abogados no son tan diligentes como los míos —Alina hizo una pausa, los ojos le brillaban con excitación—. Además, no podrá sacar nada de las escrituras porque la propiedad no existe.

Channing escupió el café y dejó de fingir neutralidad.

—¿Has falsificado unas escrituras?

—No es una falsificación, simplemente me lo he

inventado —respondió ella—. No es tan malo como piensas. El terreno existe y es mío, pero está escriturado bajo un nombre falso.

Channing se relajó ligeramente.

—Eso no mejora mucho las cosas. Seymour se pondrá furioso cuando sepa que le han engañado. Irá a por ti. ¿Amery sabía algo de esto?

Alina negó con la cabeza.

—Desde luego que no. No tenía nada que ver con él —Channing entendió el mensaje a la perfección. Aquello tampoco tenía nada que ver con él, salvo por el hecho de que ella estaba implicada—. Lo que supiera o no supiera Amery es irrelevante llegados a este punto —desvió la conversación de cualquier consideración ética que él pudiera sacar.

Channing arqueó una ceja para señalar que no estaba de acuerdo con aquella suposición. Amery simplemente había notado que le sobrepasaba el trato, y su instinto había estado en lo cierto.

—Lo importante es que Seymour ha huido. Quiero estar en Londres, necesito estar en Londres cuando actúe —empezó a dar vueltas de un lado a otro. Tal vez el café no fuese tan buena idea después de todo. No necesitaba que Alina se pusiera más nerviosa de lo que ya estaba. Se iría corriendo a Londres sin pensar en las consecuencias.

—Hoy no podrá hacer nada —le explicó él—. Tardará más de una tarde en entregar cualquier papel en el banco y es probable, dado que no contaba con conseguir esto de ti, que necesite tiempo para pensar bien lo que desea hacer. Tienes algunos días aún —

veía que a Alina no le gustaba su razonamiento. Era demasiado sensato—. Piensa en tu posición. No podemos marcharnos los dos un día antes de lo previsto. Parecerá sospechoso y, francamente, no vas a irte a Londres sin mí. Te guste o no, necesitas un protector.

—Tenía a Amery —protestó Alina.

—No un protector como Amery. Él era bueno para hacer que fueras inaccesible a los demás. Necesitas que alguien sea tu compañero si piensas llevar a cabo esta locura.

—Y crees que ese compañero deberías ser tú —Alina lo miró con las manos en las caderas, casi con desdén.

—Sí, creo que debería ser yo —Channing tomó aliento—. Alina, ¿por qué no yo? Sabes que puedes confiar en mí.

Eso hizo que se quedase mirándolo con frialdad.

—¿De verdad? Bueno, parece que no tengo elección —esa fue su señal para marcharse.

¿Podría confiar en él? ¿No podía confiar en él? Alina arrancaba los pétalos de una rosa mientras paseaba por el jardín de lady Lionel. Era agradable estar sola. La tarde era cálida, el clima y el paseo habían ayudado a calmar sus nervios. Se había quedado muy alterada después de que Channing se marchara. ¿Cómo se atrevía a entrometerse en sus asuntos y después sugerir que podía confiar en él después de…?

¿Después de qué? Tenía que ir con cuidado. ¿Después de haber vuelto a Inglaterra y haber contratado sus servicios para que la ayudase a reintegrarse en la sociedad inglesa? Y durante todo ese tiempo no había mencionado nada sobre el deseo de establecer una relación íntima parecida a la que ambos habían soñado en Fontainebleau. Ella no había hecho nada al respecto y él tampoco. Ahí estaba el problema. Ella había esperado a que él expresara su deseo de continuar como antes. Pero no había dicho nada. Y en la fiesta de Navidad había descubierto por qué.

La suya había sido una relación de negocios, pero ella había actuado como si fuera algo más. La pelea de después de la fiesta no había estado bien por su parte. Le había lanzado diversas acusaciones, además de un jarrón o dos, solo porque se había convencido a sí misma de que para él no era un encargo más.

—¿Qué diablos pretendes abandonando el baile? —Channing había cerrado de un portazo tras él. Ella estuvo segura de que toda la casa lo habría oído de no haber sido por la música.

—¿Qué pretendes tú irrumpiendo en el dormitorio de una dama? —preguntó ella mientras se quitaba las horquillas del pelo para dejar claro que no volvería a la fiesta.

—Pretendo zanjar esto de una vez por todas —Channing avanzó hacia ella con pasos firmes. Ella retrocedió y golpeó con las piernas la parte trasera de su tocador—. Me pediste que te presentara en sociedad y lo he hecho. Te he allanado el camino presentándote a gente y dando forma a la historia de tu regreso para minimizar el escándalo. He hecho mi trabajo y tú te atreves a dejarme solo en un salón de baile lleno de personas, donde todos se darán cuenta.

—Has hecho tu trabajo, sin duda, para mí y para el resto de mujeres de la fiesta. Me has dejado como una tonta y tienes razón. Todos se darán cuenta.

—¿Qué esperabas? No podía bailar todos los bailes contigo y hacer que la sociedad te aceptara. La exclusividad nunca fue parte del trato.

—No, nunca lo fue. De eso va tu preciada Liga, ¿no? Es una excusa para justificar la promiscuidad.

Channing la agarró del brazo y entornó los párpados.

—No entiendes nada si eso es lo que piensas —dio un paso atrás—. La Liga sirve para proteger a los hombres de mujeres como tú.

Alina se sintió como si la hubiera abofeteado.

—¡Bastado, cómo te atreves! Durante todo este tiempo me has hecho creer que… —su voz amenazaba con romperse. No le daría la satisfacción de saber lo importantes que habían sido para ella aquellas semanas de placer, lo cerca que había estado de creer que lo imposible era posible cuando para él solo había sido venganza, venganza por algo que no podía comprender. Ahora se alegraba de no habérselo contado todo: lo de su matrimonio, lo de aquel

161

día en el parque. No se merecía saberlo. Agarró con fuerza el jarrón situado sobre el tocador y se apoyó en él mientras la cabeza le daba vueltas.

—¿Qué te he hecho creer?

Fue entonces cuando lo lanzó. El jarrón se estrelló contra el marco de la puerta, cerca de su hombro, lo suficientemente cerca para hacer que se estremeciera. No se lo diría, jamás.

Fue la decisión acertada. Habían regresado a la ciudad y se habían separado. El contrato había terminado. Pero la vida social en enero no era tan amplia como para poder evitarlo. Lo veía ocasionalmente en los eventos, siempre con alguna mujer hermosa, siempre sonriendo, siempre guapo, siempre a distancia. Ella nunca se quedaba mucho tiempo si él estaba presente. Al llegar febrero, había logrado evitarlo por completo; eso también había sido lo mejor, hasta ahora.

—¿Lo has decidido ya? —Alina dio un respingo y estuvo a punto de dar un grito cuando Channing se acercó.

—No soporto que aparezcas con tanto sigilo —dijo furiosa. Apenas ocurría. Normalmente era consciente de su paradero siempre que estaba cerca—. ¿Decidir qué?

—Decidir si puedes confiar en mí —comenzó a andar a su lado y adaptó sus pasos a los de ella.

Alina tiró al suelo la rosa y arrancó otra.

—Esa es una conclusión inevitable llegados a

este punto. Te he contado mis planes. Te he contado quién era Seymour. No tengo más cosas que confiarte. Tal vez la verdadera cuestión sea si me crees o no. ¿Confías tú en mí? —la confianza era un tema importante entre ellos. Se habían hecho daño mutuamente con esa confianza.

—Confías en mí en la cama —dijo Channing—. Confiaste en mí anoche.

—Eso solo era un juego —respondió Alina apresuradamente. Los juegos eran algo a corto plazo, tenían un final, tenían reglas y vencedores. Entendía los juegos. Lo que Channing estaba sugiriendo iba más allá de esas barreras. Les vincularía de nuevo durante un periodo de tiempo que solo ellos decidirían—. Puedo hacer esto sin ayuda. Tu contrato acaba dentro de dos días. No le habría pedido ayuda a Amery. No le contraté para eso. No es su especialidad y dudo que sea la tuya.

—Dudo que sea la tuya tampoco —contestó Channing—. ¿Sueles ir detrás de estafadores?

—No digas tonterías. Sabes que no. Es diferente. Se trata de mi familia, no de la tuya. Tengo que hacerlo por ellos —atrapar a Seymour lo cambiaría todo. Solo habían confiado en él como manera de ayudarla a ella.

—Ahora estamos llegando al quid de la cuestión —Channing le dirigió una sonrisa amable y una mirada cálida, una mirada que invitaba a las confidencias—. ¿Quieres vengar a tu familia? ¿Seymour se aprovechó de ellos? Esta mañana, al marcharme, me preguntaba por qué tendrías tanto interés en llevarlo ante la justicia. Tal vez quieras contarme los detalles.

—Según el acta matrimonial, el conde debía pagarles una cuantiosa suma de dinero a lo largo de varios años. Los pagos serían mensuales y durarían todo lo que durase el matrimonio —comenzó Alina. El conde había dicho que era una manera de que a ella no le faltase de nada en el futuro si algo le ocurría a él. Su familia podría meter el dinero en un fideicomiso, como una especie de pensión de viudedad. Pero la familia no podía permitirse ahorrar. Necesitaban el dinero para pagar facturas y poder vivir.

—Era otra manera de que estuvieras ligada a él —supuso Channing cuando hubo terminado. Esa parte la había omitido—. Esos pagos eran otra forma de impedir que le abandonaras.

No era su deseo hablar de aquello. Eso daría pie a temas más delicados y personales.

—Había que pensar en mi hermana. Cumplirá dieciocho el año que viene y mis padres querían darle una Temporada en Londres para que encontrara un buen pretendiente. No podrían habérselo permitido sin el dinero del conde.

—Aun así, tu familia no debería haberte permitido sufrir.

Ella se apresuró a salir en su defensa.

—No me abandonaron. Con esa inversión esperaban obtener beneficios para no tener que depender económicamente del conde. Pero no salió bien y yo no podía permitir que se arruinaran.

—Así que te quedaste y soportaste todo lo que ese bastardo te hizo —dijo Channing con rabia. No tenía ni idea de todo lo que había sucedido.

—Sí, me quedé. ¿Qué otra cosa podía hacer? Fue mi desesperación la que les hizo aceptar la oferta de Seymour —viéndolo con perspectiva, deseaba no habérselo contado a su familia. Si no hubieran sabido lo desesperada que estaba, nunca se habrían arriesgado—. Fue culpa mía que ocurriera y fue culpa mía lo que ocurrió después.

Channing la miró con solemnidad.

—¿Qué fue lo que ocurrió?

—Seymour se ofreció a casarse con Annarose a cambio de saldar la deuda que acarreaba la propiedad. Lo único que tenía que hacer mi padre era permitir el matrimonio y entregarle la propiedad por completo a él. La deuda desaparecería. Annarose solo tenía quince años.

Eso último significaba muchas cosas: la absoluta corrupción de Roland Seymour al perseguir a una chica inocente como manera de «resolver» una crisis familiar y la intensidad de su propio deseo de llevarlo ante la justicia.

Channing asintió lentamente, y la rabia que brillaba en sus ojos afirmaba que lo comprendía perfectamente. Las familias eran importantes para él. Lo había visto con la suya propia en Navidad. Tenía hermanas y un hermano mayor.

—¿Saben ellos lo que planeas hacer?

Alina negó con la cabeza. Su familia no era como la de él. Se defenderían los unos a los otros hasta la muerte. Su familia no tenía la fuerza ni los recursos para hacer eso.

—No lo saben ni pueden saberlo. Mi madre ya tiene suficientes preocupaciones. No se lo dirás, ¿verdad?

No creía realmente que fuese a hacerlo, o que fuese a tener la oportunidad. No se le ocurría en qué situación podría Channing conocer a su familia. La salud de su padre había empeorado tras el desastre con Seymour. No irían a Londres. Sería ella la encargada de presentar a Annarose en sociedad el año próximo. Ansiaba encontrarle a Annarose un buen hombre. Sin duda habría alguno ahí fuera, alguno que cuidara de ella.

Channing se quedó mirándola durante unos segundos y ella se sintió demasiado vulnerable, como si pudiera ver todos sus secretos.

—Te sientes culpable.

—Sí. Estuvo a punto de costarles la ruina. Debería haberlo impedido. Lo habría impedido si hubiera estado aquí. No debería haberlo empezado —debería haberse guardado su desesperación. Había empezado a sospechar la primera vez que su padre le había escrito para hablarle del tema. Si no hubiera estado en Francia, si el odioso de su marido le hubiese dado permiso para irse a casa cuando se lo había pedido, todo habría sido diferente, Annarose no habría corrido peligro—. Lo intenté. El conde no quiso ni oír hablar del tema. Temía que no regresara y se negó a darme permiso.

Channing no había apartado la mirada de ella.

—¿Cómo te negó ese permiso?

—No quieras saberlo —se apartó de él para intentar poner una distancia real entre la conversación y ella, pero Channing estiró la mano y la agarró del brazo. Ella no había querido compartir ni siquiera eso, pero no había podido evitarlo.

Channing le agarró el brazo con fuerza. No iba a permitirle alejarse de él.

—¿Fue esa la razón por la que te marcó, o fui yo?

Había hablado en voz baja, pero Alina miró a su alrededor de todos modos. Estaban solos y, aun así, quiso reprenderlo por decir aquellas palabras en voz alta. Eran palabras horribles que no debían pronunciarse. Sentía la rabia a través de su mano mientras le agarraba el brazo.

—Dímelo. ¿Fue por mí?

Alina le mantuvo la mirada con la intención de reprenderlo por invadir su intimidad.

—No fue por ninguna de las dos cosas —deseaba que la dejara en paz. No era asunto suyo y la naturaleza actual de su relación no le daba derecho a ello, pero Channing no estaba de acuerdo.

Apretó la mandíbula y se cruzó de brazos para cortarle el paso.

—Dímelo, Alina. ¿Qué hizo?

¿Qué le había dicho la noche anterior? ¿Que todo el mundo necesitaba un defensor? Ella nunca se lo había contado a nadie. Ahora el conde había muerto y ella estaba allí. Esa parte de su vida había terminado.

—Saberlo no cambiará nada, al menos no para mejor.

—Inténtalo. Deja que yo lo decida —respondió Channing.

Sentiría asco cuando lo oyera. Tal vez fuera eso lo que necesitaba para trazar una línea entre ambos, un último recordatorio de por qué la suya solo podría ser una relación de negocios. Tomó aliento antes de hablar con un tono desprovisto de toda emoción.

—Me encerró en mi habitación. Se llevó toda mi ropa. Durante dos semanas me enviaba bandejas dos veces al día con muy poca comida, hasta que tuve que elegir entre mi testarudez y mi salud. No serviría de nada estando enferma, así que me rendí y me quedé en Francia.

Alina se preparó. Channing la compadecería, que era lo que odiaba por encima de todo. Por eso no le había contado a nadie todo lo que había ocurrido. No quería compasión, no quería que la gente la mirase y viese a una esposa maltratada. Pero la cara de Channing era impasible, indescifrable, salvo por sus ojos, que ardían.

—Después de eso, supe que, si quería ser libre, tendría que tener algo contra él, algo con lo que negociar. Desafiarle sin más no sería suficiente —y había empezado a conspirar, sola, o casi. No había podido confiar en ninguno de los empleados de la casa, salvo en Celeste—. No tardé en descubrir lo oscuros y profundos que eran los vicios del conde, y entonces una noche esos vicios jugaron en mi favor.

Channing se había quedado callado.

—Ojalá hubieras acudido a mí directamente —le dijo. Fue uno de esos comentarios cuidadosamente formulados que los caballeros de buena familia hacían cuando no deseaban hablar directamente.

—¿Cómo iba a hacerlo? —preguntó ella, y supo que él también vio el significado detrás de sus palabras. «¿Cómo iba a abandonar las obligaciones legales y religiosas de mis votos matrimoniales? ¿Cómo iba a convertirme en objeto de bigamia, avergonzar a mi familia y causarles la ruina económica?».

Channing suspiró y le estrechó la mano para transmitirle fuerza y calor.

—Aun así, me hubiera gustado que lo hicieras.

Trece

Roland Seymour no habría podido tener mejor suerte. Se multiplicaban los gastos con el inicio de la Temporada, y las escrituras de la condesa de Charentes resultarían muy útiles. Había partido hacia Londres de inmediato y, un día más tarde, ya estaba cómodamente sentado con su sindicato en sus oficinas de la calle Fleet.

—Quiero enviar a alguien a la propiedad de inmediato para que podamos decidir qué mejoras hay que llevar a cabo. Después podremos mostrarle al banco nuestra lista de intenciones y que así aprueben el gravamen.

Seymour le guiñó un ojo al joven que hacía las pruebas para el sindicato.

—Estate atento, Charlie. Queremos una larga lista.

Charlie sonrió; conocía el juego.

—Sí, señor. Puedo partir esta tarde si así lo deseáis.

—Puedes partir ahora —contestó Roland. Aquella petición le resultaba muy práctica. Tal vez Charlie conociera el juego, pero solo de manera superficial. Cuanta menos gente conociera el lado oscuro de su negocio, mejor. Había algunas cosas que tenía que discutir con el sindicato en un entorno más privado.

Cuando Charlie se hubo marchado, Roland se inclinó hacia delante y miró fijamente al señor Eagleton. Eagleton era especialista en saber todo tipo de detalles turbios sobre todo el mundo, una garantía que con frecuencia resultaba mucho más útil que el dinero.

—¿Y bien?

Eagleton era una comadreja delgaducha de tez amarillenta. Normalmente parecía avaricioso. Aquel día parecía pensativo y eso le preocupaba. De hecho, la atmósfera de la habitación le había preocupado desde el principio. Había esperado disfrutar de un ambiente festivo; al fin y al cabo les había llevado a una condesa francesa. Pero el tono de la reunión había sido muy serio.

—Es rica, eso lo admito, Seymour —admitió Eagleton lentamente—. Sin embargo, ¿he de recordarte que no es así como solemos proceder? Normalmente somos nosotros quienes escogemos al cliente, no al revés.

Seymour se esforzó por no sonreír. «Cliente» era una manera educada de decir «objetivo», pero eso sonaba demasiado ilegal, y el sindicato deseaba presentarse con otra luz.

—Yo la escogí —respondió apresuradamente

con agitación creciente. ¿Estaban cuestionándole? Había sido el creador de todo aquello ¿y ahora dudaban de su criterio?

Eagleton miró al grupo, como esperando su apoyo, y se encogió de hombros.

—Puede. Ya hemos oído tu informe sobre el encuentro en la casa de campo —hizo una pausa y miró al grupo antes de continuar—. A juzgar por ese informe, no está claro quién escogió a quién. Fue ella la primera en acercarse, ¿verdad? Flirteó contigo durante la cena, se sentó contigo a jugar a las cartas y te alentó a pasear con ella por la habitación —Eagleton repasó los hechos más relevantes que habían conducido a la presentación del negocio.

—Es viuda y es como si fuera francesa, debido a todo el tiempo que ha pasado allí. Es normal que sea más directa que las inglesas —argumentó Seymour para defender su decisión.

Eagleton juntó las manos.

—Nos preocupa que haya podido manipularte, nada más. Creemos que deberíamos proceder con cuidado hasta que sepamos más de ella. Aunque sea una simple viuda más, la escogiste bastante deprisa sin haber investigado en profundidad.

Hugo Sefton, el asesor legal del grupo, se inclinó hacia delante y se unió a la conversación.

—Estoy de acuerdo con Eagleton, Seymour. No es nuestro cliente habitual. Es más rica que la mayoría y eso significa que se mueve con gente de estatus más elevado. Puede que tenga contactos que la protejan o que luchen por ella si sufre algún perjuicio —soltó una carcajada—. En otras palabras, puede que no esté tan indefensa —después se puso serio—. Sería un error dar por hecho que no es más que una condesa francesa. Era inglesa antes de casarse, pero ¿quién era? ¿A quién conoce? Nunca nos han atrapado porque hemos tenido cuidado.

Seymour pensó en su preocupación sobre el señor Deveril y el cenador. Se alegraba de no haber compartido esa información. El grupo, con su actitud excesivamente protectora, habría disfrutado con aquel cotilleo. Contaba con la promesa de la condesa de que Deveril no era más que una aventura pasajera. Si resultaba ser algo más serio, eso podría ser un problema.

Claro, que el cenador podría convertirse en un interesante chantaje que utilizar contra ella cuando llegara el momento.

—La condesa no es peligrosa para nosotros —Seymour despreció la idea de Sefton con un soplido. Decidió pasar a la ofensiva—. Francamente, me siento decepcionado. Pensaba que, a estas alturas, Eagleton, ya habrías averiguado todos los cotilleos suculentos sobre ella, algo que pudiéramos usar a nuestro favor.

—Solo ha pasado un día, Seymour. Ni siquiera yo puedo convertir la paja en oro en tan poco tiempo —respondió Eagleton, ofendido—. Pero lo haré. Nadie está libre de escándalos.

—Eso espero, por eso te pagan —dijo Seymour—. Eso estaba mejor. Eagleton empezaba a creérselo demasiado.

Ningún plan estaba exento de complicaciones, ni siquiera el suyo, pero no hacía falta que se lo recordaran a Alina mientras daba vueltas de un lado a otro del patio de Lincoln's Inn, esperando a Channing. Llevaban tres días en Londres y por fin la había convencido para que se reuniera con un abogado amigo suyo. Finalmente había accedido a hacerlo. En parte porque deseaba que Channing dejase el tema, pero también porque estaba preocupada. Si Channing se mostraba tan persistente, sería porque sentía la obligación de protegerla después de todo lo que le había confesado en el jardín o porque había algo que había pasado por alto en su plan.

Alina contempló la estructura de ladrillo y piedra que se alzaba ante ella, siglos de sabiduría legal británica habitaban en el interior de aquellos muros. Con un poco de suerte, encontraría ella también algo de sabiduría.

Albergaba la esperanza de no estar cometiendo un error al implicar a otra persona más en su plan para atrapar a Seymour. Había querido que fuese un asunto privado, igual que su matrimonio. No había tenido mucho éxito en lo que a Channing concernía. Aun así, si aquel amigo suyo podía convencerle de que el plan era sólido, eso sería una especie de victoria. Sabía que esa no era la intención de Channing al convocar la reunión. Su objetivo era justo el contrario. Deseaba que los demás le dijeran lo descabellado que era su plan.

Channing atravesó el arco de la puerta y la saludó.

—Gracias por esperar. Había mucho tráfico —se disculpó, aunque solo llegaba unos pocos minutos tarde. Ella había llegado temprano, porque quería familiarizarse un poco con el lugar antes de la reunión.

—Pensé que sería mejor que entrásemos juntos —contestó con una sonrisa, aunque fue una sonrisa tensa. Tal vez hubiera accedido a ir, pero no le gustaba la idea—. Sigo sin entender por qué tenemos que implicar a otra persona más.

Channing le dirigió una sonrisa más amable que la suya.

—Nunca se tienen demasiados amigos, ¿no es eso lo que piensan los franceses? Vayamos a ver qué tiene que decir Grey.

Las oficinas de David Grey estaban ubicadas a un lado del patio interior del edificio y, una vez dentro, Channing se encargó de las presentaciones mientras ella observaba a su amigo. Era un hombre delgado de treinta y muchos años, con los ojos amables y una cara inteligente que probablemente despertara la confianza de sus clientes.

David Grey los invitó a sentarse a una mesa larga situada en su biblioteca personal. Era una estancia diseñada para impresionar, otra prueba de esa confianza, repleta como estaba de libros. Cruzó las manos sobre la mesa y comenzó de inmediato, mirándola fijamente a los ojos con atención.

—El señor Deveril me ha explicado brevemente vuestra situación y creo haberla entendido, pero me gustaría oírlo de vuestra boca, condesa.

Dijo justo lo que se esperaba de él. Era un hombre listo, eso era evidente, o tal vez Channing le hubiese advertido de su naturaleza puntillosa. Habría odiado a David Grey si hubiera dado por hecho que lo sabía todo sin haber hablado con ella primero, por mucho que Channing le hubiera contado de antemano. Alina habló y Grey fue tomando notas. Cuando terminó su relato, Grey se recostó en su silla y ordenó sus pensamientos antes de emitir su veredicto. No era un veredicto que ella estuviese preparada para oír.

—A mí me parece que tenéis un problema, condesa.

Alina empezó a perder la esperanza. Le hubiera gustado que defendiera su plan. Al menos deseaba que le ofreciera un plan de acción legal a seguir.

—¿De qué tipo de problema se trata? —preguntó Alina mirándolo a los ojos. No se atrevió a mirar a Channing.

—Seymour no está haciendo nada malo.

—¿Qué queréis decir con que no está haciendo nada ilegal? —nunca había imaginado oír esas palabras. Había imaginado que le diría «es demasiado peligroso» o «deberíais dejárselo a las autoridades», pero no aquello.

Grey se mostró paciente y habló con voz tranquila.

—Respondedme a esto, condesa. ¿Puede una escritura tener un copropietario?

—Sí.

—¿Y los copropietarios tienen los mismos derechos y privilegios en lo referente a la escritura?

—Sí —Alina apretó las manos, que reposaban sobre su regazo. No le gustaba hacia dónde iba la conversación.

—Y, de ese modo, ¿un copropietario tiene autoridad para pedir un préstamo sobre la propiedad?

—Sí.

Grey asintió.

—Entonces decidme, ¿qué ha hecho mal Seymour a ojos de la ley?

—¡El engaño está en los detalles! —exclamó Alina—. Es la manera de hacerlo.

Grey arqueó las cejas al oír aquella exclamación.

—¿Obliga acaso al dueño de la escritura a nombrarle copropietario?

—No, no que yo sepa —tenía que responder con sinceridad. Por lo que sabía, su padre no se había visto en una situación comprometida para concederle la copropiedad. Había sido un acuerdo privado y mutuo.

—¿Seymour no cumple con sus obligaciones contractuales? Por ejemplo, ¿no renuncia a la propiedad cuando expira la posesión? —Grey se había levantado y daba vueltas de un lado a otro. No le costaba trabajo imaginárselo interrogando a un testigo y haciéndole ver todos sus errores.

—No. Las cumple rigurosamente. La propiedad

vuelve al dueño original cuando se cumple el plazo.

—¿Y adelanta los fondos que había prometido para las mejoras?

—Sí —admitió ella a regañadientes. Y además Seymour era rápido. Su padre le había enviado una carta diciendo lo contento que estaba de haber recibido el dinero en su cuenta en el mismo día. Pero el dinero era solo una maniobra de distracción; una suma diminuta comparada con las enormes cantidades que obtenía él con la propiedad.

—Os lo vuelvo a preguntar. ¿Qué ilegalidad ha cometido Seymour?

—Deja la propiedad endeudada, ¡completamente hipotecada! —exclamó Alina—. Cuando él sabe bien que sería muy difícil para el dueño devolver los fondos.

Grey negó tristemente con la cabeza.

—Un asunto turbio no es ilegal, simplemente desafortunado. No podemos llevar a juicio el trato por haber perdido nuestro dinero, ¿verdad? —soltó una carcajada triste.

—Esto es inaceptable —respondió ella, y miró furiosa a Channing—. Lo has preparado todo. Sabías lo que iba a decir; puede que incluso le hayas pedido que lo diga. Desde el principio no te ha gustado mi plan —le acusó. Eso le pasaba por bajar la guardia a la mínima, por confiar en él.

—Alina, no es eso —comenzó a protestar Channing, pero no se lo creía. No quería escuchar ninguna explicación que pudiera ofrecerle.

—No puedo creer que no haya nada que podamos hacer. Está robando a la gente. La última vez que lo comprobé, eso era un delito.

David Grey pensó durante unos segundos.

—Si pudierais demostrar que hay cierta tendencia, algo que pruebe que fue más que una coincidencia, tal vez podríais acusarle por estafa.

Fue la mejor noticia que obtuvo en la reunión, y Alina se aferró a ella incluso mientras tomaba el té. Channing la había llevado a un bonito y distinguido salón de té situado en el hotel Mayfair, probablemente a modo de consuelo.

—No tienes que compadecerme —le dijo ella mientras servían el té.

—No lo hago. Tenía hambre —contestó él con una sonrisa. Había varias mujeres mirándolos. Sin duda sería excitante para ellas; tener a un hombre tan guapo, de tan buen estatus y soltero como Channing Deveril sería un regalo sin igual.

Él saludó con la cabeza a las mujeres que pasaron junto a la mesa. Las mujeres resplandecieron y Alina frunció el ceño.

—¿Saben a lo que te dedicas?

Channing se encogió de hombros y ella disfrutó al verlo sin palabras para variar. No hablaban de la agencia. Era un tema tabú, igual que su matrimonio, pero, dado que él había quebrantado esa barrera, Alina sentía que tenía derecho a hacer lo mismo.

—Quizá, quizá no. Es difícil saber lo «secreta» que es la Liga actualmente. El contratiempo de Nicholas D'Arcy nos dio más publicidad de la que me hubiera gustado.

Ella soltó una suave carcajada.

—Ya me enteré —todo Londres se había enterado—. D'Arcy era una leyenda. Igual que tú. ¿Sigues disfrutando con el «trabajo»?

—La parte administrativa del negocio es muy satisfactoria —respondió Channing—. Puedes interpretarlo como mejor te parezca.

Una mujer elegantemente vestida se acercó a la mesa con una amiga.

—Señor Deveril, os he echado de menos estas últimas semanas —miró después a Alina con los párpados entornados—. Me gustaría que vinierais a mi casa.

—Lady Bixley, me alegro de veros —Channing se puso en pie e hizo una reverencia sobre su mano—. Enviadme una invitación y veré lo que puedo hacer. ¿Conocéis a la condesa de Charentes?

Lady Bixley no se quedó mucho más tiempo. Alina la vio marchar; reconocía a la competencia cuando la tenía delante.

—¿Ella pertenece a la «parte administrativa» del trabajo? —le preguntó cuando lady Bixley ya no podía oírlos.

Channing sonrió.

—No estarás celosa, ¿verdad?

Alina sopló su taza de té y le dirigió una mirada tímida.

—Nada de eso —"bueno, quizá un poco». No había estado preparada para aquella envidia. En el campo lo había tenido solo para ella. Pero, en la ciudad, no había ningún contrato que garantizara sus atenciones. No había nada que le atara a ella salvo su buena voluntad; algo que le había asegurado que no necesitaba ni deseaba. Volvían a no ser nada el uno para el otro, ni siquiera socios llegados a ese punto. Aun así, le había contado más de lo que le había contado nunca a nadie. Sus reglas no habían logrado protegerla.

Channing se limitó a reírse de su respuesta al paso de lady Bixley por su mesa. Nada parecía afectarle, y aquel día resultaba especialmente irritante.

—¿Acaso todo te da igual?

—No, no todo —Channing se puso serio, bajó la voz y centró su mirada solo en ella—. Por ejemplo, no me he olvidado de que no le has dicho a David Grey que le habías dado a Seymour unas escrituras falsas.

—No era necesario que lo supiera —respondió Alina.

—Puede que no, pero ¿te has dado cuenta de que, aunque Seymour no esté haciendo nada ilegal, tú sí? —su intensidad era escalofriante. Rara vez le había visto tan serio.

—No es falsa. El terreno existe, pero no bajo ese nombre.

—Eso es lo que parecerá y además ha sido intencionado. No confundiste el nombre de la propiedad accidentalmente, lo hiciste a propósito con la intención de engañar y de confundir. Parecerá que estás quitándole dinero por una propiedad que sabes que no existe. Si eso no es estafa, entonces no sé qué es.

—No es estafa, es un señuelo —argumentó Alina, pero se había puesto nerviosa al oír a Channing explicarlo en esos términos—. Además, si hay intento de estafa, la responsabilidad es suya. Lo único que tenemos que demostrar es que siempre sucede lo mismo —expresó en voz alta la esperanza que había luchado por sobrevivir desde que abandonaran Lincoln's Inn.

—¿Eso es todo? No es poco, Alina —dijo Channing con incredulidad—. ¿Cómo vamos a hacer eso exactamente? Apuesto a que es muy consciente del riesgo que supone para él una tendencia, y por eso el sindicato actúa con nombres diferentes. Antes de que podamos demostrar que existe una tendencia, hemos de establecer que el sindicato es la única entidad que figura detrás de todas esas propiedades endeudadas. Ni siquiera podríamos tener acceso a esos archivos sin saber los nombres con los que opera el sindicato. Aunque lo consiguiéramos, aún necesitaríamos gente que testificara que se han aprovechado de ellos. Tú misma dijiste que la razón por la que ha tenido tanto éxito es que la gente no desea poner de manifiesto sus fracasos. Demostrar eso sería muy difícil, incluso aunque tuviéramos un equipo de abogados e investigadores trabajando en ello.

Alina ladeó la cabeza y se quedó mirándolo.

—Pareces un hombre normal y agradable, Channing Deveril, pero en realidad eres un agente de la destrucción.

—¿Agradable? ¿Normal? —Channing se rio sin dejarse afectar por sus palabras—. ¿Es eso lo que ves cuando me miras? ¿Quieres saber lo que veo yo cuando te miro?

Era un intento descarado por halagarla y distraerla. No deseaba que pensara en Seymour y estaba funcionando. ¿Quién quería pensar en Roland Seymour cuando Channing Deveril estaba sentado delante? Sintió que una sonrisa se dibujaba en sus labios, le gustara o no.

—De acuerdo. ¿Qué ves? Será mejor que me lo digas, ya que has sacado el tema.

—Veo una melena que me apetece soltar, horquilla por horquilla. Veo unos labios que me apetece besar —hablaba con voz cada vez más baja—. Veo un vestido que me gustaría arrancarte.

Se le daba muy bien el flirteo. Incluso en mitad de un salón de té, a plena luz del día, lograba encender su deseo.

—¿Y dónde te imaginas que sucede todo eso? —preguntó sin poder evitarlo, sabiendo bien que, si tenía una respuesta, no habría escapatoria.

Channing se levantó y dejó dinero sobre la mesa. Después le ofreció un brazo.

—Por aquí, *madame* —oh, sí, cuando miraba aquellos ojos azules, sabía que no había escapatoria.

Catorce

Alina miró a su alrededor cuando salieron a la calle.

—¿En tu carruaje? —le miró con indecisión cuando el vehículo se acercó a la acera.

—No quería esperar —contestó Channing con una sonrisa privada—. Cuando veo algo que deseo, voy tras ello —le mordisqueó el cuello y le habló al oído—. Y te deseo a ti.

—La gente nos está mirando —dijo ella, aunque en realidad no le importaba. Estaba sucediendo algo muy distinto que trascendía a su preocupación sobre los viandantes que se quedaran mirando a un caballero que le mordisqueaba el cuello a una dama a plena luz del día. Channing Deveril la deseaba sin contratos entre ellos, sin acuerdos extenuantes. Estuvo tentada de preguntarle por qué, pero no deseaba saberlo por miedo a que la razón echara a perder la ilusión.

La ayudó a subir y cerró la puerta tras ellos sin dejar de mirarla. Alina sintió que su cuerpo temblaba con la intensidad de esa mirada. El carruaje se puso en marcha para llevarla a un territorio desconocido en el que un hombre la deseaba sin juegos de por medio.

Channing estiró los brazos, le rodeó la cara con las manos y la besó en los labios. Quizá sus besos fuesen lo que más le gustaba: su sabor en su boca, el roce de su lengua mientras la acariciaba, la presión de sus labios. Tal vez le gustara porque el conde nunca la había besado, nunca había utilizado la boca como lo hacía Channing. Dejó escapar un gemido de satisfacción.

Habría estado dispuesta a conformarse con una tarde así; besando a Channing en un carruaje con las cortinas echadas, pero él tenía otros planes, otros planes mejores.

Le levantó los brazos y le hizo aferrarse con las manos a los asideros de cuero que colgaban de las paredes del vehículo. No se lo había preguntado, no le había dicho lo que tenía que hacer, simplemente lo había hecho y, al hacerlo, había ido más allá de los besos.

—Aguanta, no te sueltes —murmuró mientras le desabrochaba la chaqueta. Le retiró la blusa de lino blanco que llevaba debajo y se topó con una camisola—. Llevas demasiada ropa, Alina —su voz sonaba rasgada por la frustración y por el deseo. Se oyó el sonido de la tela al rasgarse, entonces quedó libre y Channing colocó las manos sobre sus pechos desnudos.

—Me encanta verte así, Alina. Tus pechos en

mis manos, tus pezones endureciéndose cuando los acaricio antes de metérmelos en la boca uno detrás del otro, como si fueran frutas delicadas en mi lengua.

Alina soltó un gemido y arqueó el cuerpo hacia él. Las palabras de Channing era una letanía de promesas muy seductoras. Resultaba erótico y construía un deseo que comenzaba a formarse en su vientre e iba creciendo hasta convertir todo su cuerpo en fuego. Entonces, y solo entonces, cumplió esas promesas.

Se arrodilló entre sus muslos sin apartar la boca de su pecho, atormentándola con la lengua, mientras deslizaba la mano por debajo de su falda. Encontró su lugar más húmedo y comenzó a mover la mano al ritmo de su boca. Alina deseaba desesperadamente morder algo, deseaba un ancla entre tanto placer, pero lo único que tenía eran los asideros, y ella había prometido no soltarse. Gimió y presionó con las caderas contra su mano.

Pero Channing sabía lo que deseaba, lo que necesitaba, antes de que ella pudiera pedírselo. Solo tuvo que levantarse ligeramente para colocarse ante ella.

En cuestión de segundos, ya la había penetrado y ella le rodeaba con las piernas, meciéndolos a ambos con el movimiento del carruaje mientras se agarraba a los asideros de cuero. Apenas fue consciente de que estaba gritando; gritaba su nombre, gritaba de placer, gritaba al alcanzar el clímax. Nunca había llegado al éxtasis tan salvajemente ni tan deprisa, sin apenas control sobre sí misma. Channing era el causante.

Ya no tenía fuerza para sujetarse a las tiras de cuero. Las soltó y cayó en los brazos de Channing mientras ambos se deslizaban hacia el suelo del carruaje. Él estaba sudoroso y exhausto mientras la sujetaba. Ninguno de los dos habló durante largo rato. Tal vez, al igual que ella, él deseara aferrarse también a las sensaciones, y no parecía haber prisa. Era difícil imaginar que pudiera encontrarse tanto placer dentro de un carruaje.

—Me habían informado mal —murmuró ella al fin—. Pensaba que los carruajes eran lugares incómodos para este tipo de cosas, sobrevalorados como lugares para encuentros amorosos.

Channing soltó una carcajada cansada.

—Quien te lo dijera no debía de saber cómo usarlos.

Alina sintió que tensaba el brazo a su alrededor, sintió el calor de su cuerpo invadiéndola, sintió la advertencia abriéndose paso por su mente.

—¿Por qué lo has hecho, Channing?

—¿Hacer qué?

—Esto.

Él se rio contra su pelo.

—No podía permitir que pensaras que era agradable y normal, ¿verdad? Cualquiera puede llevar a una mujer a tomar el té, pero ¿hacerle el amor en un carruaje después? Deja que lo aclare; hacer bien el amor en un carruaje después, eso requiere talento —dio un golpe en el techo para que el vehículo se detuviera—. ¿Sabes qué otra cosa requiere talento? Pasear por el parque como si no hubiera ocurrido nada.

No era una respuesta. Era una táctica de distracción y Alina se dio cuenta de inmediato. Aun así, se alegró de salir del carruaje poco después con un aspecto relativamente decente. Concentrarse en el paseo evitó que pensara demasiado. Dentro del carruaje, el mundo se había convertido en algo más peligroso.

En realidad no era justo culpar al paseo en carruaje. El cambio había estado produciéndose gradualmente desde que regresaran a Londres. Las obligaciones de Channing habían cesado y aun así seguía preocupándose por ella.

Nadie le exigía que concertase la reunión con David Grey. Nadie le exigía que la llevase a tomar el té o que siguiese relacionándose con ella. Aun así había hecho todo eso y ahora estaba paseando con ella por Hyde Park, a una hora de mucha afluencia, como si fuera lo más natural del mundo. Saludó con el sombrero a un grupo de mujeres que pasó por delante.

Alina se rio cuando se alejaron.

—Channing Deveril, eres el hombre más perverso que conozco. Si esas damas supieran lo que has estado haciendo… —si supieran que hacía media hora estaba penetrándola sin reservas, que le había hecho gritar y después cuestionarse todo…

—Se pondrían celosas —Channing la desarmó con una sonrisa que le hizo pensar en la próxima vez. Tal vez pudieran regresar al carruaje de inmediato.

—Eres un poco arrogante, ¿no crees? —bromeó. Era más fácil bromear que hacer preguntas, más fácil que pensar en lo que significaba aquella tarde, lo que significaba estar con él. Sabía lo que significaba cuando había un contrato. Pero ahora estaba perdida. Tal vez fuera mejor dejarlo por imposible y seguir hacia delante.

—Hace que te preguntes qué habrá estado haciendo todo el mundo cuando sale de sus carruajes —le susurró él al oído.

Alina le dio un empujón cariñoso.

—Tú eres la razón por la que no resulta seguro para una chica pasear en un carruaje cerrado con un hombre.

Channing le agarró la mano y se la llevó al pecho.

—Yo soy la razón por la que muchas cosas no resultan seguras —la llevó hasta la parte de atrás de un enorme roble que los ocultaba del resto. Podría hacer frente a ello. Aquello era agradable. Las risas, el flirteo, pero era todo una ilusión. También había sido así la última vez, y no había llevado a nada, al menos nada de lo que ella esperaba.

—¿Qué estás haciendo, Channing? —soltó una carcajada sin aliento cuando la aprisionó contra el tronco.

—Robarte un beso —se inclinó hacia ella, pero Alina giró la cabeza y sus labios acabaron en su mejilla.

—Quería decir qué estás haciendo conmigo —estaba hablando en serio. Necesitaba respuestas antes de que sus emociones se confundieran más.

—Ya me has hecho esa pregunta hoy —contestó Channing acariciándole el cuello con la nariz.

—Pero no has respondido —insistió Alina.

Algo en su voz debió de advertirle de que hablaba de negocios. Se apartó de ella con reticencia.

—En casa de lady Lionel entendía nuestro acuerdo. Eso eran negocios y me atrevería a decir que cada uno de nosotros llevaba a cabo sus propios juegos. Pero ¿esto? Ya no son negocios, ya no hay obligaciones, Channing. Lo que ocurra o no ocurra ahora depende de nosotros. Entonces, ¿qué va a ser?

Esperaba que su franqueza le hiciera confesar cuáles eran sus planes. Pero Channing era demasiado astuto para eso.

—¿Deseas que lo deje estar, Alina? ¿Quieres que te deje en paz?

—Eso no es justo —¿cómo se atrevía a pedirle que anunciara sus intenciones y sus sentimientos cuando había sido ella quien le había preguntado primero?

La miró con una gravedad que no era habitual en Channing Deveril.

—Nada de esto es justo. Es fácil hablar de Seymour, ¿verdad? Es un problema externo que podemos elegir resolver juntos o no. Esto es lo que yo pienso. Necesitas mi ayuda con él. No te das cuenta del peligro potencial que podrías correr. Punto. Yo tengo contactos y abogados que tú no tienes. Además, puedo ofrecerte una protección que tú no tienes si llegase a ser necesaria.

Hacía que pareciera muy lógico, muy práctico confiar en él, solo un poco.

Algo en su interior se revolvió al ver a Channing Deveril frente a ella, con los pies separados, con las manos en la espalda en una postura poderosa, con la misma maestría que demostraba en la cama.

A pesar de su deseo de independencia, había algo excitante, algo tranquilizador en la idea de compartir con él su carga.

No iba a delegar por completo en él, nunca podría hacer eso, no era propio de ella. Pero compartirla con alguien fuerte y capaz era un gran alivio.

—¿Estarías dispuesto a ayudarme con Seymour? —preguntó para asegurarse de que lo comprendía correctamente.

Channing le dirigió una sonrisa irónica y su alivio se esfumó.

—Ese es el problema, ¿verdad, Alina? ¿Por qué iba a estar dispuesto a involucrarme en semejante proyecto? Sobre todo, como bien dices, cuando no hay nada que me obligue a hacerlo.

Se detuvo y le dirigió una mirada penetrante que le dio ganas de fundirse con el tronco.

—Esa es la pregunta más difícil de responder, ¿verdad? ¿Qué hay entre nosotros? ¿Hay algo más aparte del asunto con Seymour y la casualidad de habernos encontrado?

Channing se acercó a ella, intimidándola con su altura, haciendo que fuera consciente de su masculinidad, de lo que estaba ofreciéndole; su cuerpo, quizá incluso su corazón, si respondía a esas preguntas. Esas dos preguntas se alzaban entre Channing Deveril y ella.

—Pero ambos sabemos que, para responder a esa pregunta, hemos de hablar de cosas desagradables.

Alina tomó aliento y colocó la mano en la solapa de su chaqueta.

—Aquí no. No es el lugar —no iba a mantener una conversación tan crítica en mitad de Hyde Park en hora punta.

—¿Dónde? —le susurró Channing al oído, lo que la hizo estremecerse de nuevo. Era como si se tratase de un encargo.

—En el baile de los Evert. ¿Estás invitado? —arqueó el cuello y dejó que lo besara; la frondosidad primaveral del árbol les concedía cierta privacidad.

—Sí.

Channing la soltó entonces.

—Que mi cochero te lleve a tu casa.

Ella arqueó una ceja.

—¿Tú no vienes?

Channing le dirigió una sonrisa perversa y contestó la respuesta críptica que a ella más le gustaba utilizar.

—¿A ti qué te parece?

Alina sonrió y negó con la cabeza.

—Qué criatura más perversa eres.

—Consideraré que la tarde ha sido un éxito, milady —respondió Channing con una reverencia—. He dejado de ser simplemente un hombre agradable y normal.

Quince

Agradable y normal habría hecho que fuera todo más fácil, pensaba Channing aquella tarde. Estaba sentado frente a su escritorio de Argosy House y Amery DeHart se encontraba al otro lado, pero, por una vez, habían intercambiado sus papeles. Fue Amery quien se pasó la mano por el pelo y, con el mismo tono de preocupación que él había empleado muchas veces con Nicholas y con Jocelyn, preguntó:

—¿En qué diablos te has metido?

Channing apenas lo sabía. Un día había decidido hacerse cargo de uno de los encargos de Amery. Y al día siguiente se enfrentaba a un fantasma del pasado, la razón por la que había fundado la agencia. Tenía sus barreras bien definidas, recordaba las lecciones que había aprendido. Alina no volvería a colarse en su corazón. Sin embargo, lo había hecho.

—Está en apuros, Amery. Hay un hombre que le ha robado dinero a su familia —Channing procedió a explicarle la situación con Roland Seymour. Le dijo

194

que Alina deseaba que se lo presentara para entrar en su círculo de influencia y así tenderle una trampa, y le contó también que había usado unas escrituras falsas.

—No te atrevas a reprenderme —concluyó Channing—. Te habría pedido a ti lo mismo si hubieras estado allí. Para eso te había contratado.

Amery le dirigió una mirada irónica.

—¿Eso era lo único que quería hacer contigo? —jugueteó con el bolígrafo por el borde del escritorio de Channing—. Ella y yo no teníamos una relación carnal, solo social. Le gustaba dejarse ver conmigo, nada más. A juzgar por tu tono, Channing, contigo le gustaba hacer más cosas. ¿Tal vez en la cama?

Entonces fue Channing quien se sintió incómodo. El comentario de Amery había alcanzado su objetivo. Estaba acostumbrado a ser él quien interpretaba la reacción de las personas.

—Al principio me había alegrado de que regresaras un poco antes —respondió secamente, pero Amery no se dejó provocar.

—Estaba preocupado por ti —Amery le miró sin miedo. Era una señal de lo mucho que había madurado a lo largo del último año. Señal también de que su amistad se había reforzado con la ausencia de Jocelyn. En otra época habría sido Jocelyn Eisley, cofundador de la Liga, quien habría estado sentado en lugar de Amery, intentando sacarle información a su amigo. Pero Jocelyn se había casado y ahora centraba toda su atención en su esposa.

—No tienes de qué preocuparte —aseguró Channing. Pero era una mentira descarada. Había mucho de lo que preocuparse, mucho que solucionar y replantear; no todo tenía que ver con Seymour, sino también con ese marido cruel.

—No estoy de acuerdo —respondió Amery. Se inclinó hacia delante, juntó los dedos de ambas manos sobre el escritorio y miró a Channing con preocupación—. Piensa en los hechos —fue enumerándolos con los dedos—. Te vas durante apenas una semana a un encuentro normal en una casa de campo, vas a realizar un encargo normal que ni siquiera requería intimidad física, y aun así vuelves a casa dispuesto a matar dragones por una mujer a la que ni siquiera conocías o deseabas conocer. Si no recuerdo mal, tuve que rogarte para que aceptaras el encargo —hizo una pausa antes de continuar—. Habría pensado en la posibilidad de tomarme algo de tiempo libre si hubiera sabido que era una mujer tan...

—No te atrevas a hablar de ella así —Channing ya estaba a punto de levantarse de su asiento cuando se dio cuenta de que Amery le había provocado deliberadamente. Se relajó y se sintió estúpido y, peor aún, expuesto. Ahora Amery sabría que algo pasaba.

Amery se recostó en su silla con una sonrisa de satisfacción, aunque triste.

—Así que se trata de eso, ¿no? Te ha llegado al corazón. Es muy guapa, ¿verdad? pero hay algo duro e inflexible en ella. Está rota de alguna forma. Eso es lo que le confiere ese aire distante.

—No está rota —contestó Channing. Al contrario. Alina era fuerte—. Creo que fue traicionada por un marido que había destruido su confianza en el matrimonio y en los hombres —desde la estancia en la casa de campo, había tenido tiempo de pensar en lo que significaban sus confesiones, en cómo esos acontecimientos habían moldeado su personalidad. Para ella el sexo era poder, la única arma que tenía para convertir a los hombres en juguetes para que no pudieran hacerle daño. Eso explicaba su reticencia aquel día cuando las cosas habían ido más allá del flirteo.

—Nunca pensé que Elizabeth Morgan te atrajese tanto —comentó Amery.

Channing se quedó mirándose las manos. No sería justo ocultarle la verdad a Amery.

—No se llama así. Dio un nombre falso para mantener su identidad en secreto para Seymour. Es Alina Marliss, la condesa de Charentes.

—Sé quién es. Pero no la había conocido —tal vez la condesa se moviese en círculos selectos, pero era socialmente reservada. Channing asintió. Era imposible que Amery la hubiera conocido antes.

—Por eso esperó a que yo no estuviera para venir a la agencia.

—La conocías —continuó Amery—. No solo de Londres, sino de antes, ¿verdad? Es la mujer de la que me habló Jocelyn —fue como ver una vela iluminar la oscuridad, y Channing se arrepintió de haber elogiado alguna vez la velocidad mental de Amery o de haber confiado en el sentido de la discreción de Jocelyn—. No por el nombre —prosiguió Amery para intentar minimizar la culpabilidad de Jocelyn—. Una vez me dijo que habías conocido a alguien en París, hace años, pero que no había acabado en nada…

—Y no ha acabado en nada —le interrumpió Channing—. Fue una aventura antigua e inoportuna —una que había tardado seis años en consumarse.

Amery se rio.

—Pero ahora ha vuelto, tiene problemas y quieres ayudarla como nos has ayudado a todos nosotros, desde el sirviente de la puerta hasta los chicos de la cocina.

—¿Tan malo es querer ayudar a quienes tienen problemas? —preguntó Channing, sintiéndose demasiado vulnerable. Argosy House y la agencia se habían convertido en los últimos años en algo más que una cruzada contra los corazones rotos.

Amery se inclinó hacia delante.

—Por supuesto que no. ¿Qué puedo hacer para ayudar?

—Después de nuestra reunión de hoy con David Grey, creo que necesitaremos refuerzos —dijo Channing. Alina había salido de la reunión con Grey convencida de demostrar la tendencia que Grey había mencionado, y él prácticamente le había prometido que la ayudaría debajo del roble—. Ya me he puesto en contacto con el equipo de abogados de la agencia para que se pongan con ello de inmediato. Quiero que esté protegida contra los cargos por falsificación —hizo una pausa—. También necesitaremos estar protegidos contra otra cosa. No creo que Seymour sea de los que reserva la batalla a los tribunales. Cuando descubra lo que ha hecho Alina y lo que sabe, se pondrá furioso y contraatacará.

Amery asintió y sonrió.

—No te preocupes, ya he enviado cartas a Nick y a Jocelyn. Han venido a la ciudad para la Temporada.

Channing arqueó las cejas sorprendido.

—No lo sabía.

Amery negó con la cabeza y se levantó para marcharse.

—Hasta ese punto has llegado, amigo mío. Estás hasta el cuello y ni siquiera lo sabes.

Ridículo. Él era Channing Deveril, el hombre más afortunado de Londres. ¿Estaba hasta el cuello? ¿Era eso posible? No solo con los juegos sexuales que le ofrecían un placer abrumador, no solo con la belleza de Alina. Esas dos cosas habrían sido suficientes para abrumar a cualquier otro hombre. Eran las revelaciones las que hacían que le diese vueltas la cabeza. El matrimonio no solo había sido infeliz, como había creído inicialmente, sino también humillante y degradante para ella. El peligro no era nuevo para Alina. Ya había vivido antes con él. No era de extrañar que se sintiera inmune a cualquier amenaza que Seymour pudiera representar, no era de extrañar que no se lo tomase en serio.

Aún le revolvía el estómago pensar en la cicatriz sobre su piel, pensar en la humillación de estar encadenada a su cama sin las comodidades básicas hasta que se rindió. Esos eran los únicos episodios que Alina había mencionado, y solo porque él había descubierto uno y había insistido para que le contase el otro. Nunca se lo habría confesado por propia voluntad.

«No confía en ti», fue la respuesta. ¿Y por qué iba a hacerlo? Channing le había dicho que deseaba que hubiera acudido a él desde el principio, pero eso lo decía viéndolo con perspectiva. Cuando había acudido a él para que la ayudase a reintegrarse en la sociedad inglesa, él había tratado el asunto como una cuestión estrictamente de negocios. Tal vez ella buscara algo más en aquel momento. Channing no había entendido entonces que su petición de contratar a un acompañante era una súplica para empezar de nuevo.

Channing había hecho su trabajo, incluso había disfrutado al fin de la intimidad física con ella. Pero se había asegurado de mantenerse emocionalmente distante y de que ella lo supiera. Alina no era más que otro encargo en una agenda llena. Incluso había llegado a flirtear con otra, Catherine Emerson, la hija del vecino, que después se había casado con su hermano.

Había mantenido su «interés» por Alina en el terreno puramente profesional y ella le odiaba por ello. Había jugado al juego de la venganza igual que había percibido que ella había jugado con él años atrás en París. Pero lo que sabía ahora le hacía cuestionarse todo aquello. ¿Le había despreciado Alina aquel día en el parque, o le había protegido? Incluso en los primeros momentos de su matrimonio, ¿corría ya peligro por los crueles caprichos del conde? Esos eran los detalles, las dificultades a las que había hecho referencia aquel día en Hyde Park, las cosas de las que debían hablar.

Alina sentía que conocer los detalles de su pasado no podía cambiar nada, pero él no estaba de acuerdo. Tenía el poder de cambiarlo todo, de cuestionar todo lo que había dado por hecho que era cierto. No había estado al corriente del lado oscuro de aquel matrimonio; ¿podría dar por hecho que el conde no sabía nada de él? Si lo sabía, ¿habría hecho pagar a Alina por ello?

Channing sintió otro vuelco en el corazón cuando se mente revivió aquella importante escena en el parque. ¿Había visto realmente a una esposa joven y devota que se aferraba con cariño a su marido tras una larga ausencia? ¿Su marido la habría colmado de joyas de forma benévola, o sus gestos habrían ocultado unas intenciones más maliciosas? Pero, lo más importante, ¿qué significaban para él esas respuestas? No podía dar marcha atrás al reloj, ni para ella ni para él. ¿Estaría verdaderamente hasta el cuello? Podría hacerle frente a Roland Seymour, pero, en lo referente a sus emociones y a Alina, tal vez Amery tuviera razón. Era bueno saber que, pasara lo que pasara, sus amigos estaban preparados. Lo único que tenía que hacer era pedírselo.

Había una palabra que describía a la condesa de Charentes, y esa palabra era «ramera». Roland Seymour empleó la palabra con rabia mientras golpeaba con la mano la superficie de la mesa en torno a la cual se habían reunido algunos miembros del sindicato para la reunión. Él lo llamaba espontáneo; los demás lo llamaban emergencia. La condesa había intentado engañarle y le había hecho quedar como un tonto frente a Sefton y Eagleton, que no dudarían en permitir que el resto del sindicato supiera lo que había ocurrido.

—Por eso hemos de tener cuidado. Nuestro sistema funciona. Tenemos que ser nosotros los que acudamos a los clientes, no al revés. Si no elegimos cuidadosamente a los clientes, esto es lo que ocurre —predicó Sefton.

Seymour deseaba hacerle tragar todas sus palabras, pero, en aquella ocasión, Sefton tenía razón. Charlie, el inspector, había regresado a casa tarde la noche anterior con la noticia: no había terrenos. Las escrituras no eran más que papel, no significaban nada. Charlie había revisado los informes locales y hablado con la gente de la zona. Nadie había oído hablar nunca de ese lugar.

—No es el engaño lo que me inquieta. Son los motivos los que son claramente deliberados —intervino Eagleton—. Nuestra condesa sabía lo que estaba haciendo. Fue una cuestión absolutamente premeditada. Te ha tenido controlado desde el principio, desde el flirteo hasta el paseo, incluyendo la entrega de las escrituras, que casualmente había llevado consigo a la casa —entonces resopló—. Esa debería haber sido la mayor alerta de todas.

Seymour intentó ignorar el comentario. Había sido extremamente confiado. Siempre había resultado muy fácil embaucar a las mujeres. Estaban más desesperadas que los hombres, solo deseaban a alguien que se hiciera cargo de todo y la condesa había representado el papel a la perfección. Los hombres, sin embargo, necesitaban saber que aquello eran negocios, que eran socios en aquella empresa nueva y excitante que transformaría sus finanzas.

Eagleton le acercó una carpeta.

—Esto lo explica bastante bien. Échale un vistazo.

Seymour abrió la carpeta y leyó mientras escuchaba el comentario de Eagleton.

—Puede que recuerdes el apellido familiar de hace algunos años.

Marliss. Sir Dylan Marliss. Seymour se acordaba de él, vagamente; un granjero de la alta burguesía con generosos beneficios, pero con una propiedad poco explotada, y él lo sabía. Marliss había sabido que podría irle mejor, pero no había tenido la capacidad ni los contactos financieros necesarios para que ocurriera. Marliss y su esposa eran gente tranquila y educada con una hija pequeña, objetivo perfecto para que el sindicato hiciera negocios. No sospecharían nada ni crearían problemas cuando descubrieran el engaño del sindicato.

Seymour volvió a pasar la carpeta sobre la mesa. La condesa era nada menos que Alina Marliss, la hija mayor, de la que no se había hecho mención. Si el sindicato hubiera sabido que había una condesa francesa en la familia, no se habría acercado a Marliss. El sindicato tenía por costumbre no hacer negocios con nobles. Los nobles tenían demasiados contactos, estaban demasiado protegidos y normalmente tenían una red de amigos en los lugares apropiados. El sindicato prefería hombres de campo como Marliss. El campo era un lugar aislado. Las cosas sucedían despacio y eso era bueno.

—En mi defensa, el nombre de Alina Marliss nunca salió en ninguna de nuestras conversaciones —Seymour estaba desesperado por salvar su imagen. Empezaba a quedar como un tonto delante de aquellos hombres.

—Puede que esta sea la razón —Eagleton le pasó otro informe por encima de la mesa. ¿Cuántos informes tendría? Siguió hablando mientras Seymour leía—. En la época en la que estábamos haciendo negocios con Marliss, el marido de la condesa había muerto en extrañas circunstancias. Es lógico que la familia quisiera distanciarse de cualquier escándalo. Ya había cierta tensión entre los Marliss y su hija, pero eso te lo explicaré dentro de un momento.

Seymour levantó la vista de los documentos.

—Aquí dice que la causa de la muerte probablemente fuera envenenamiento.

—Un envenenamiento largo y gradual —añadió Eagleton—. Lo que significa que el asesino tenía acceso regular a la víctima.

—¿Estás sugiriendo que la condesa fue considerada sospechosa?

—Lo fue, igual que otras personas. Parece ser que el conde no era un hombre muy apreciado.

—¿Y se sacó algo en claro de las sospechas? —preguntó Seymour mientras volvía a guardar los papeles en la carpeta.

—Nada, salvo rumores. Nunca quedó claro quién pudo matar al conde. La lista sigue siendo larga a día de hoy. Podría haber sido cualquiera, desde la condesa hasta su ayuda de cámara, pasando por varios nobles de su círculo.

Aquello era decepcionante.

—Ya he oído los rumores y son bastante imprecisos —durante la estancia en la casa de campo, había oído solo que la muerte de su marido había sido inesperada y, como tal, a la gente le había parecido extraño. Pero no se había dicho nada de veneno ni de sospechosos, solo que la naturaleza del asunto resultaba sospechosa—. Si hay múltiples sospechosos, eso solo parece debilitar el poder de ese rumor para causarle cualquier daño a la condesa.

A Eagleton empezaron a brillarle los ojos.

—Hay algo más. Recordarás que había tensión entre la condesa y su familia. Parece ser que ella deseaba divorciarse y su familia no lo aprobaba.

Eso llamó la atención de Seymour. Estaba intentando recordar algo sobre el divorcio en Francia.

—¿El divorcio no es ilegal allí? —no lo sabía con exactitud, porque el tema era cambiante. Con Napoleón se había legalizado el divorcio, pero con la monarquía, el rey había retirado el derecho a divorciarse. Seymour no sabía si seguía siendo así o si podría haber excepciones.

—Oh, sigue siendo ilegal, claro, si eres francés —explicó Eagleton—, pero ella es inglesa. Esperaba poder utilizar su herencia inglesa y conseguir el divorcio mediante el Parlamento. Esperaba que sus padres la apoyasen, pero estos se mostraron escandalizados. No quisieron saber nada del tema. Habría sido improbable, incluso aunque el conde hubiera estado de acuerdo. Pero él era francés y no estaba dispuesto.

Todo empezaba a encajar. Seymour asintió con la cabeza.

—Sin opción de divorciarse, a nuestra condesa solo le queda una salida.

—De ahí las sospechas. Pidió el divorcio tan solo tres meses antes de que él muriera. Los rumores nunca se han aclarado; podríamos investigar un poco, reavivar el interés, dar fundamento a los rumores, sin importar que sean ciertos o no.

Seymour sonrió con malicia. Sería la revancha perfecta por haber intentado delatarle.

—Podríamos usarlo a nuestro favor para impedir que nos delate.

Eagleton asintió.

—Lo mejor es que no tenemos que tener pruebas reales, simplemente tenemos que hacer que crea que los rumores no serán tan inofensivos como lo fueron la última vez. Si tuviera miedo de verdad a ser acusada de asesinato, se lo pensaría dos veces antes de acusarnos.

—Ya debería estar pensándoselo dos veces. No olvidéis… —Sefton habló por primera vez en bastante rato. Había estado escuchando y pensando— … que sigue estando el asunto de la estafa. Nos ofreció deliberadamente unas escrituras falsas para intentar sacarnos dinero. Pensad en lo que pensará de eso un tribunal. Si sumamos a eso las sospechas sobre la muerte de su marido, su imagen no saldría muy bien parada.

A Seymour le gustaba hacia dónde iba aquello. Resultaba algo irónico que una agencia fraudulenta pudiera procesar legítimamente a alguien por estafa. Pero Eagleton se apresuró a apagar su alegría.

—Antes de confiarnos en exceso, creo que deberíamos preguntarnos por qué. ¿Por qué iba a correr ese riesgo la condesa? ¿Es tan impulsiva, o está tan segura de sí misma? Si lo segundo es cierto, ¿quién la respalda? ¿Quién la protege? —Eagleton se quedó mirándolo fijamente—. ¿Quiénes son sus amigos?

—Nadie. Estoy seguro. Las mujeres se sienten intimidadas por ella y los hombres, bueno, los hombres solo desean acostarse con ella —Seymour parecía más convencido de lo que realmente estaba. No estaba seguro en absoluto de que aquello fuera cierto. Le vinieron a la cabeza las imágenes en el cenador, pero no quería hablarle al sindicato de Deveril todavía, no cuando no era necesario. Mientras tanto, no le haría ningún daño investigar por su cuenta. Tal vez hubiera una forma de neutralizar a Channing Deveril antes de que se acercarse demasiado a la condesa.

—¿Cuándo podremos atacar? —preguntó con la esperanza de no parecer desesperado, aunque en realidad supondría un problema dejar a la condesa sin vigilancia.

Eagleton pensó durante unos segundos y después miró a Sefton.

—Casi de inmediato, si queremos. Tenemos que ofrecerles esos rumores a las fuentes adecuadas y después dejaremos que los chismosos de Londres hagan su trabajo.

Seymour sonrió. Cuanto antes pudieran delatar a la condesa y deshacerse de Deveril, mejor. Dentro de poco ella le imploraría perdón. Se arrepentiría de haber falsificado aquellas escrituras. Sabía cómo iba a hacerle rogar: de rodillas, cabalgando sobre su miembro como había cabalgado sobre el de Deveril en el cenador.

Dieciséis

Uno, dos, tres pasos y tres pasos más eran lo que la separaba de él. Channing cerró la puerta de la biblioteca de lord Evert y se adentró en la habitación tenuemente iluminada. Alina estaba de pie frente al aparador, de espaldas a él mientras jugueteaba con los decantadores. Su deliciosa espalda desnuda. Bueno, casi desnuda. Sintió una punzada de deseo y quiso prescindir de la conversación. Aquella noche llevaba un vestido de raso de color melocotón con escote en uve en la parte delantera y en la trasera.

Sabía cómo sacarse partido con la apariencia, desde el peinado hasta los zapatos. Ningún objeto estaba elegido al azar. Pero no eran solo las prendas y los accesorios, era todo lo demás: las uñas pulidas, por si acaso alguien la veía sin guantes, el ligero aroma de su aseo, el uso discreto de los cosméticos. Y aun así ningún hombre podría confundirla con una muñeca con la cabeza hueca. Estaba llena de vida; se veía en sus ojos cuando lo miraba, en su sonrisa, en el sonido de su risa, en el modo en que se había entregado a él en el carruaje aquel día. Hacía que él también se sintiese lleno de vida.

Ninguna mujer en Londres podía compararse con ella, y él no era el único hombre del salón de baile que se había dado cuenta. El baile de lady Evert era uno de los acontecimientos más importantes de principios de Temporada. La gente estaba ansiosa por ver y dejarse ver después del largo invierno y de las vacaciones de Pascua. Mucha gente se había fijado en Alina. Ver a otros hombres mirándola, bailando con ella, con sus manos en su cintura o en su brazo, había desatado algo primitivo y posesivo en su interior.

Daba igual que Alina pudiera desenvolverse sola en aquel entorno, porque él deseaba ser el único, ser el destinatario de esa sonrisa, de aquella risa. Saber que, al finalizar la noche, sería él quien le quitaría el vestido. Channing sintió la presión en la ingle como respuesta. Ella estaba perdida en sus pensamientos y aún no le había oído. Sería fácil acercarse por detrás, doblarla sobre el aparador y poseerla. Sería perverso y rápido, y no alteraría para nada su apariencia.

—Ni lo pienses —murmuró Alina.

Maldición. Se había dado cuenta.

—¿No pensar qué? —no pudo evitar preguntar él. Alina tenía razón, claro. Hacerlo en aquel momento le alejaría de su objetivo.

—En usar el aparador para algo que no sea servir bebidas —pero no había censura en su voz. Se oyó el sonido de los tapones al quitarlos, seguido del licor al caer en las copas. Se volvió hacia él y le ofreció una—. ¿Seguro que aquí estamos a salvo?

—Nadie lee en un baile —respondió él riéndose—. Los Evert no leen en absoluto. Creo que estaríamos a salvo en esta habitación a plena luz del día. Probablemente podríamos vivir aquí antes de que los Evert se dieran cuenta.

Alina se acomodó en el pequeño sofá.

—¿Has pensado en tus respuestas? —aquella noche se comportaba con frialdad y depositaba la responsabilidad de la conversación sobre sus hombros.

Channing ocupó la silla situada junto al sofá. La luz tenue y el brandy ayudaban. Decidió correr el riesgo y reveló una parte de su alma, pero protegiendo el resto.

—Cuando me pregunto a mí mismo por qué te ayudaría con Seymour, es porque mis sentimientos están implicados una vez más en lo que a ti respecta. Si no quisieras mis atenciones, preferiría marcharme ahora. Te dejaría los servicios de mis abogados, pero interrumpiríamos cualquier contacto entre nosotros —sonaba seco y formal si lo expresaba en esos términos, que no se parecían en nada a lo que verdaderamente le pasaba por la cabeza: «Podría enamorarme de ti otra vez. De hecho, no es una posibilidad. Ya lo he hecho. Lo que siento por ti no se parece a nada de lo que he sentido por nadie y tengo que saber si volverás a hacerme daño».

Esperó mientras la veía procesar sus palabras y preparar una respuesta. Se fijó en todos los detalles durante aquellos segundos: en cómo la luz del fuego se reflejaba en su pelo, en cómo sus dedos jugueteaban con las perlas de su collar.

—No lo has pensado bien, Channing. Solo piensas que estás enamorado de mí —respondió Alina—. Pero, cuando veas la parte práctica, lo pensarás mejor —estaba hablando del escándalo que siempre la seguiría. A él no le importaba. Ya había acallado esos estúpidos rumores en una ocasión y volvería a hacerlo si fuera necesario—. Al final te cansarás de luchar por mí. Aunque agradezco el sentimiento —le había leído el pensamiento—. No merezco a un caballero como tú, Channing. Estoy echada a perder. No soy capaz de corresponder a esos sentimientos —entonces fue cruel—. ¿Estás seguro? Te costará la agencia, tu estilo de vida. No me casaré con otro hombre que se tome los votos a la ligera.

Su exposición había sido elegante hasta entonces. Pero aquella última parte fue una bofetada en la cara por dos razones. Le había comparado con el conde y lo había hecho refiriéndose a la pelea de Navidad, diciendo que la agencia era una excusa para ser promiscuo. Channing se enderezó en su silla. Sabía que surgiría aquel tema. Era una de las cosas desagradables de las que tenían que hablar.

—Esas palabras fueron un error por mi parte. Me dejé llevar por el momento —respondió.

Alina dejó su copa

—No soportaría convertirme en otro error. Tus sentimientos no serían los únicos involucrados si hubiese algo entre nosotros. No querría despertarme un día y descubrir que estabas equivocado con tus sentimientos.

—No eran mis sentimientos los que estaban equivocados —dijo Channing—. Por entonces no sabía que te pondrías celosa si iba detrás de otra mujer. Si hubiera entendido lo que realmente deseabas de mí, habría actuado de forma muy distinta —aquella era una conversación forzada, pero ambos estaban intentando protegerse a sí mismos. Eso suponía cierto consuelo. Él no era el único vulnerable allí.

—Deberías habérmelo preguntado —dijo Alina antes de dar un generoso trago a su copa de brandy.

—Te lo pregunté —respondió Channing—. Te pedí que te fueras conmigo —se puso en pie y comenzó a dar vueltas de un lado a otro. Estaba a punto de desatarse una tormenta entre ellos. Era el momento de ser discreto y de tener cuidado, pero la cautela parecía esquivarle.

No era el único. Alina se levantó también y lo miró con ojos feroces.

—Me pediste que eligiera entre la bigamia y el adulterio al irme contigo. Bonitas decisiones ambas, ¿no te parece?

No toleraría aquello. No permitiría que Alina convirtiera su sincera oferta en algo sórdido.

—No vayas predicando principios cuando decidiste quedarte por dinero. Recuerda, te vi envuelta en joyas y sedas y tú me ignoraste —la rabia y el dolor empezaban a liberarse dentro de él.

—¡Bastardo! —Alina lanzó su copa contra la chimenea. Se hizo pedazos y el sonido del cristal al rom-

perse retumbó en la biblioteca. Estaba furiosa—.
¿Eso es lo que pensaste? ¿Que me quedé por dinero?
—caminó hacia el aparador donde estaba el decantador, tirándolo todo a su paso. Tenía un jarrón en una mano.

—¡Alina! —Channing corrió hacia ella, pero le detuvo el sofá. Sus palabras comenzaban a cobrar sentido, pero necesitaba más.

Alina lanzó el jarrón. Él lo esquivó y la pieza se estrelló contra una mesa.

—¡Alina, para! —pero estaba iracunda. Agarró un vaso y lo lanzó, después otro. Channing levantó una silla Luis XV para usarla como escudo y fue contando. Había solo seis vasos. No podría mantenerlo alejado eternamente.

El sexto vaso se estrelló contra la silla y entonces él la tiró a un lado. Estaba a metro y medio de ella cuando agarró el decantador.

—¡Lo tiraré, te lo juro!

—Sé que lo harás —entonces se quedaría sin misiles, pero Channing no quería oler como un borracho el resto de la noche, y tampoco quería pensar en el daño que le haría el decantador de cristal. Le dolería. Extendió las manos a ambos lados en un gesto de apertura—. Alina, por favor, deja el decantador y habla conmigo.

—¡Pensabas que le había elegido a él! —exclamó ella—. Eso te convierte en un bastardo estúpido.

Channing se acercó más. Alina no vaciló. La única advertencia que recibió Channing fue el peso del decantador medio lleno. Se lanzó entonces hacia ella, la aprisionó contra el aparador y cerró la mano en torno a la suya a la altura del cuello de la pieza de cristal.

—¡No! —gritó Alina, pero no podía competir con su fuerza.

Sintió que disminuía la fuerza y que el decantador pasaba a estar bajo su control mientras las lágrimas empezaban a formarse en sus ojos. Su voz sonó tranquila cuando habló.

—Háblame de París, del parque aquel día.

Se apartó de ella para darle espacio y confianza, pero no dejó de observarla atentamente. Alina comenzó con palabras sencillas y él fue recomponiendo la historia.

—El conde lo sabía. Sabía que había un inglés que había estado en Fontainebleau. Alguien se lo había dicho. No sabía que eras tú, pero imaginó que mis sentimientos estarían implicados hasta cierto punto y temió, como siempre, que me iría si encontraba la oportunidad.

Channing la guio hacia el sofá. Sus palabras le producían náuseas. Pensar que le había engañado durante todos esos años, pensar lo peor de ella.

—¿Y qué más? —preguntó.

—Me había traído regalos de Italia: sedas, joyas. Me hizo ponérmelas para demostrarles a todos que era suya.

—Pero eso no fue todo —insistió Channing. Estaba guardándose algo. El hombre que había encerrado a su esposa en su habitación, el que le había quitado la ropa y le había marcado la piel, no se detendría ahí.

—Que era solo suya, que solo él tenía derecho —Alina cerró los ojos—. Por favor, no me hagas contarte más.

Channing le agarró la mano. El remordimiento, la rabia y un sinfín de emociones recorrían su cuerpo.

—¿Sufriste por mí? —Dios, esperaba que no. Pero pensó en la cicatriz de su piel y dudó que hubiera esperanza en ese aspecto.

—Había encontrado las cartas. Las que me diste de Voltaire —dijo Alina. La historia era horrible. El conde había entrado en su habitación y le había exigido que se colocase de pie ante él, desnuda, mientras registraban la estancia en busca de cualquier objeto que el conde no le hubiese dado personalmente. Le habían quitado la ropa, los libros, incluyendo el de Voltaire, y lo habían quemado todo en el suelo de su habitación, delante de ella mientras se estremecía y sus empleados contemplaban la escena. Después había ido el médico para asegurarle al conde que no había habido consecuencias de una posible infidelidad. Era imposible que las hubiera. Por entonces él era caballeroso y seguía las enseñanzas de su padre. Pero su padre no había conocido al conde.

Al día siguiente, el conde se dedicó a enseñarla por el parque envuelta en satenes y joyas.

—No me quedaba nada, solo lo que él consideró apropiado darme —murmuró Alina—. Me había prometido que no iría a buscar al inglés si me portaba bien, con obediencia.

Channing estaba cada vez más furioso.

—Yo te lo puse más difícil al aparecer allí —debería haber hecho caso a Henri y haberse mantenido alejado. Negó con la cabeza—. Debería haber irrumpido en el castillo para sacarte de allí. Debería haberte sacado de París —se despreciaba a sí mismo en aquellos momentos.

—Te habrían matado o peor aún—le aseguró Alina—. La crueldad y el poder del conde no tenían límites. No habría dudado en castrarte si hubiera sospechado. Yo no podría haberlo soportado.

No, pero podía permitirse sufrir por él, pensó Channing.

—¿Por qué no me lo dijiste nunca? Cuando regresaste a Inglaterra —pero las palabras murieron en sus labios antes de que pudiera terminar la idea. Sabía el motivo. Él no había sido precisamente el colmo de la hospitalidad. Entre ellos solo había habido juegos y amargura.

Alina negó con la cabeza.

—Forma parte del pasado. Pero no sé si podemos dejarlo atrás —Channing sabía lo que quería decir. Los acontecimientos habían formado sus personalidades, su manera de ver el mundo y las decisiones que habían tomado desde entonces—. Nunca seré buena para ti, Channing. Los hijos de los condes ingleses no se relacionan con condesas francesas rodeadas por el escándalo.

Ni se casaban con ellas, pensó Channing. Alina

estaba siendo muy delicada con sus palabras. Necesitaba tiempo y distancia para ordenar aquellas confesiones en su cabeza. En aquel momento estaba pensando llevado por la ira, algo que siempre les aconsejaba a sus hombres que no hicieran. Necesitaba objetividad. Alina y él habían tenido objetivos diferentes, pero explicar aquello no hacía que todo estuviese bien, ni facilitaba el camino hacia un final feliz, si acaso era eso lo que deseaban. Sin embargo él sabía lo que deseaba. La deseaba a ella, dejando a un lado los juegos y el pasado, la deseaba con una ferocidad decidida. ¿Cómo convencerla de que ella podría desearlo a él también?

La estrechó contra su cuerpo.

—Mi chica valiente, ojalá pudiera enmendarlo.

Llamaron a la puerta y Alina levantó la cabeza, sobresaltada.

—No pasa nada —le dijo él—. Es Amery. En la Liga tenemos una manera especial de llamar.

Segundos más tarde, Amery entró en la habitación y no perdió el tiempo.

—Channing, tenemos un problema. Hay rumores. Tienes que volver al salón de baile —se detuvo y miró a Alina—. No creo que tú debas hacerlo. No será agradable y creo que hemos de tener cuidado de no dejarnos ver juntos hasta que entendamos a qué nos enfrentamos —Amery debía de estar realmente preocupado si temía que pudieran verlos con Alina.

—¿Qué es lo que dicen? —preguntó Alina con la cara pálida a la luz de las velas.

Amery lo miró y él asintió.

—Díselo —daría igual que se lo ocultara, porque Alina se enteraría de los rumores tarde o temprano.

—Dicen que la condesa mató a su marido.

Nada más ver la cara descompuesta de Alina, Channing tuvo ganas de entrar en el salón de baile y desafiar a un duelo al primer hombre que se atreviera a decir tal cosa. Pero eso no solucionaría el problema. De hecho, sería lo peor que podría hacer. Llamaría la atención sobre la profundidad de sus sentimientos por Alina. Al hacerlo, ella pasaría a ser más vulnerable a las calumnias, porque pensaría que tenía que protegerlo a él, otra vez. No, lo mejor sería entrar tranquilamente en el salón de baile y seguir como si no ocurriera nada que le afectara directamente, recopilar información y actuar en consecuencia, aunque esa decisión no fuese fácil.

Channing se estiró el chaleco para parecer controlado.

—¿Puedes llevar a Alina a Argosy House? Yo saldré a ver qué se puede hacer…

—Yo quiero salir también —le interrumpió ella—. Quiero enfrentarme a ellos —tenía la barbilla levantada y los ojos encendidos de rabia.

Channing le puso una mano en el brazo.

—Sé exactamente cómo te sientes. Pero enfrentarte a ellos estando tan alterada no es lo mejor —se sentía como un hipócrita. Él también estaba alterado, pero tendría la satisfacción de ir al salón de baile, aunque no pudiera enfrentarse a nadie. Se inclinó hacia su oído y aspiró su esencia. Le invadió el deseo de poseerla, de protegerla. Era suya—. Te vengaré, mi amor, puedes estar tranquila. Te doy mi palabra —ya le habían hecho suficiente daño, ya había sufrido bastante. Pero esos días ya habían quedado atrás. Ahora le tenía a él, lo deseara o no.

Channing se apartó de ella, y aquella certeza le golpeó con la intensidad de lo que significaba, porque era cierto. Alina era suya.

El salón de baile vibraba con una energía frenética cuando entró. Hizo reverencias y saludó a sus conocidos mientras se dirigía hacia su compañera para el séptimo baile; su anfitriona, lady Evert. Si alguien estaba enterado del rumor, sería ella, y además era propensa a entrar en pánico de inmediato.

Su instinto estaba en lo cierto. Apenas habían empezado a bailar el vals cuando lady Evert sacó el tema.

—Se trata de ella. La condesa —su tono dejaba clara la censura. Channing sabía lo que estaría pasándosele por la cabeza; como anfitriona, aquello podría echar a perder su baile, porque al fin y al cabo ella había invitado a la condesa, o podría convertir su evento en uno de los acontecimientos de la Temporada, el lugar donde se había originado un delicioso escándalo. Pero tendría que jugar bien sus cartas—. Supongo que no podré convenceros para que la rescatéis, ¿verdad? Tal vez llevárosla después de este baile —miró nerviosamente hacia la puerta, temiendo que la condesa pudiera reaparecer de pronto. Había desesperación en la voz de lady Evert mientras sopesaba sus opciones.

—Quizá no haga falta que la rescate en absoluto —respondió él—. Probablemente ya haya notado el cambio en el ambiente y se haya marchado —sugirió con una neutralidad que no sentía. No podía arriesgarse a descubrir su lealtad, pero resultaba muy difícil. Alina tenía problemas de nuevo y, en esa ocasión, él podía protegerla. La gente se lo pensaría dos veces antes de enfadar al señor Channing Deveril. Sin embargo, ese movimiento no sería discreto. Sería una declaración flagrante de su relación.

—Lo consideraría un favor personal si lo hicierais —lady Evert le dirigió una mirada cómplice. En otras palabras, si lograba alejar a la problemática condesa del baile, le estaría agradecida. Sería excusa suficiente para abandonar la fiesta. Podría marcharse y lady Evert pensaría que había sido por ella.

—Entonces supongo que podría haceros el favor —respondió él con una sonrisa encantadora. De hecho, ya lo había hecho. Probablemente Amery ya se hubiese marchado hacia Argosy House con Alina.

Cuando terminó el baile, él atravesó el salón y se dirigió hacia la biblioteca para asegurarse de que Amery hubiera hecho lo que le había ordenado. No quería que su salida fuese evidente. Tenía muchos años de experiencia; pararse y charlar, saludar a un conocido como si tuviera todo el tiempo del mundo. Se recordó a sí mismo que aquella no era la primera vez que Alina se enfrentaba al escrutinio de la sociedad. Ya había habido preguntas cuando regresara dos años atrás. Pero entonces él había estado a su lado, prestándole sus servicios como acompañante, y había sido capaz de suavizar los rumores con sus propias historias. Alina se enfrentaba a la censura de la sociedad con fuerza. Aun así, la velada había sido agotadora emocionalmente para ella y lo sería más aún antes de terminar.

Channing reordenó sus pensamientos y sus planes mientras se abría paso entre la multitud, dejando que la objetividad le inundara y calmase sus emociones desbocadas. Los planes ayudaban a crear perspectiva. A lo largo de los dos próximos días podrías dejar caer algunas respuestas a los rumores en sus clubes. Si conseguía que Amery, Jocelyn y Nick hicieran lo mismo, el rumor perdería fuerza. Sabía perfectamente cómo enfrentarse a ese tipo de situación. La agencia siempre estaba acallando escándalos crueles. Se le daba bien.

Esperaba que fuese suficiente. Debería haber una ley de prescripción para esas cosas. Alina había trabajado duramente para ganarse la aceptación de la sociedad, pero corría el riesgo constante de que le arrebataran esa aceptación sin previo aviso. Channing se quedó una interminable hora más para recopilar información, para saber hacia dónde iba el rumor, cuáles eran las reacciones de la gente. Pero no dejaba de pensar en Alina y en su recién descubierta certeza.

Para cuando se subió a su carruaje y se dirigió hacia Argosy House, un pensamiento prevalecía sobre los demás. Acallar los rumores era una cosa, acallar las dudas era otra bien distinta. Sabiendo lo que sabía, empezaba a preguntarse si Alina sería culpable.

Cuando Amery le había hablado de la acusación, no había pensado que pudiera ser culpable. Solo había pensado en protegerla. Pero, tras tener la crisis bajo control, empezaba a darle vueltas a la posibilidad de que verdaderamente pudiera haber cometido el crimen. Curiosamente, lo que más le inquietaba sobre el rumor no era que la acusaran de asesinato. Al fin y al cabo, su marido había sido un maltratador mentalmente inestable. Lo que más le inquietaba era que él no lo hubiese sabido. Era otra cosa más que Alina había evitado decirle, otra forma más de intentar distanciarse de él. Cuando pensaba que la conocía, descubría que no era así.

Diecisiete

Seymour lo sabía. Esa era la única explicación a los rumores. ¿Quién si no se beneficiaría de que aquello saliese a la luz después de tanto tiempo? Pero, ¿cuánto sabía exactamente?

Alina daba vueltas de un lado a otro del despacho de Channing en Argosy House esperando a que él llegara. Amery había salido a preparar el té. El lugar estaba en silencio, pues todos los acompañantes estaban fuera trabajando. Repasó mentalmente las conjeturas que creía ciertas. Obviamente Seymour había descubierto que las escrituras eran falsas. Pero, ¿qué sabría de ella? ¿La habría relacionado con la familia Marliss y pensaba que deseaba vengarse? ¿Sería esa la razón que se escondía detrás de la aparición del rumor aquella noche? ¿O Seymour habría desenterrado aquel viejo escándalo como protección frente a ella y nada más? Si supiera las respuestas a aquellas preguntas, podría hacerse una mejor idea de lo que pensaba hacer con esa información.

Amery regresó con una bandeja. Llevaba la corbata deshecha y se había quitado la chaqueta.

—Creo que el té ayuda en situaciones así —le dirigió una sonrisa infantil que indicaba que había tenido que pelearse con la cocina para lograr preparar aquella bandeja y que la cocina había estado a punto de ganar.

Channing tardó más en llegar de lo que ella había imaginado. Se había bebido todo el té de Amery por pura inquietud. Habían pasado dos horas desde que abandonara el baile de los Evert. Había tenido mucho tiempo para asimilar lo ocurrido en la biblioteca, todo lo que le había confesado. ¿Habría tenido tiempo Channing de procesarlo? ¿Habría tenido tiempo de sentirse asqueado por lo que el conde le había hecho? ¿O seguiría haciendo gala de su caballerosidad? Había pensado lo peor de ella y aun así había defendido su causa incluso antes de aquella noche. ¿Cómo sería tener a un hombre así para ella? Channing estaba ofreciéndoselo, claro, pero ella no podía aceptarlo. Estaba tan sucia, tan manchada por los vicios de su marido, y ahora Channing sabía lo peor: era sospechosa de asesinato. Con ese tipo de escándalo, no se atrevía a soñar con un hombre como Channing Deveril.

Por fin oyó sus pisadas en los escalones de la entrada, rápidas al principio, pero lentas cuando entró en el recibidor. Aquel cambio le hizo sonreír. Claro, Channing nunca daría la sensación de ir corriendo a ninguna parte, porque sería como reconocer que las cosas escapaban a su control. A pesar de aparentar lo contrario, Channing Deveril era un hombre al que le gustaba tener el control. Su actitud en el dormitorio lo confirmaba.

Alina podría apreciar aquello. A ella también le gustaba tener el control, o al menos dar esa impresión. Le oyó murmurarle algo en voz baja a Amery en el recibidor mientras ella corría a sentarse en la silla para ojear una revista como si no tuviera ninguna preocupación en el mundo. Levantó la mirada cuando entró y dio la impresión de sorprenderse al verlo, de no haber oído su llegada ni de haber estado esperándolo.

Estaba increíblemente guapo. Lo había visto hacía horas con traje de noche y había pensado que era imposible que estuviese más guapo. Pero allí estaba, echando por tierra aquella hipótesis. Llevaba la corbata deshecha, colgando sobre la seda gris oscura de su chaleco. Llevaba la chaqueta en un brazo y un mechón de pelo rubio le caía sobre un ojo.

Su segunda reacción fue menos positiva: las noticias debían de ser peores de lo que pensaba si Channing se había tomado la molestia de parecer informal, como si no ocurriera nada. Intentaría suavizarle el golpe, pero ella no lo permitiría. No podría protegerse, ni protegerlo a él llegado el caso, si no sabía a lo que se enfrentaba. Se levantó y estiró los hombros.

—¿Es grave? —era mejor empezar con una demostración de fuerza. Aquel era su problema, no de él. Su vida, y no la de él, había sido una sucesión de desastres.

Channing dejó la chaqueta sobre el respaldo de su silla detrás del escritorio, lo que le permitió tener algo que hacer mientras ordenaba sus pensamientos, imaginó Alina.

—Creo que podemos dar por hecho que Seymour ha descubierto que las escrituras son falsas y que los Marliss son tu familia.

Alina aceptó la noticia con un asentimiento de cabeza. Aquel resultado no era improbable. Originariamente había albergado la esperanza de que Seymour tardara más tiempo en encajar las piezas, cuando hubiera intentado sacar beneficios de la propiedad. Pero esa ya no era la cuestión.

—¿Por qué crees que esa conclusión es válida?

Channing se sentó en su silla y la miró a los ojos con la misma seriedad que había visto aquella tarde detrás del árbol.

—Los rumores son crueles, Alina. No te mentiré. Te dejan muy mal.

Alina jugueteó con sus perlas.

—¿Qué dicen esta noche? ¿Que la muerte de mi marido es cuestionable? ¿Que fue envenenado? Ya dijeron esas cosas hace dieciocho meses. No es ninguna novedad.

—Dicen eso y más. Seymour ha extendido el rumor de que asesinaste a tu marido —la acusación estaba presente en sus ojos, no porque pensara que hubiese cometido el crimen, sino porque se lo hubiese ocultado. Por supuesto. Se sentía traicionado porque no se lo hubiera contado nada más regresar a Inglaterra. Por entonces había sido un poco imprecisa al respecto. No habría querido que se enterase de esa forma. De hecho, no habría querido que se enterase en absoluto.

—Seymour no puede tener pruebas de eso —respondió, y resopló como si aquella suposición le pareciese ridícula. Pero sí que le preocupaba que hubiese desenterrado tantas cosas en tan poco tiempo. La muerte de su marido había tenido lugar en otro país hacía casi tres años. Incluso en el momento de la muerte, la investigación se había llevado a cabo con una intensidad moderada. Había habido demasiadas personas demasiado interesadas en protegerse a sí mismas. Su marido no había sido una persona muy apreciada, y el primo que había heredado inesperadamente se había mostrado ansioso por zanjar el asunto y seguir con su vida como nuevo conde de Charentes.

Channing estiró las piernas y las cruzó a la altura de los tobillos.

—No es necesario. Ya sabes cómo funcionan los rumores. Lo único que hace falta es repetirlos lo suficiente y el daño ya está hecho. Esto podría arruinarte socialmente, Alina.

Ella tragó saliva.

—No es por mí por quien estoy preocupada. Yo sobreviviré. Me iré al campo y me reinventaré —ya lo había hecho antes. Se había reinventado dentro de su matrimonio como mujer fatal y, después de su matrimonio, se había reinventado como mujer inglesa e independiente. Una reinvención más apenas importaría—. Es mi familia quien me preocupa.

Seymour no podría decir o hacer nada que fuese peor que lo que el conde le había hecho. Se había fortalecido. Pero su familia era vulnerable.

—Estoy pensando en lo que supondría un escándalo para Annarose. Será presentada en sociedad el año que viene. Yo esperaba lograr que viniese a Londres para hacer su debut aquí, donde podría conocer a hombres adecuados —su hermana no conocería a nadie si los rumores se extendían.

Channing asintió con mirada pensativa. Él tenía hermanas; estaba unido a su familia. Comprendería lo importante que era para ella poder darle esa oportunidad a Annarose.

—Podemos intentar acallar los rumores. Puedo decir ciertas cosas por los clubes. Podemos decirle a la sociedad lo horrible que era tu matrimonio.

Ella negó con la cabeza.

—Nada de detalles, no podría soportarlo —ya era suficientemente malo que la humillaran públicamente. Sería devastador que los demás lo supieran también.

—Por supuesto, nada de detalles.

Pero Alina captó algo más en el tono de su voz.

—No crees que la estrategia vaya a funcionar en esta ocasión.

—No, no lo creo. Hay más.

—¿Más que ser acusada del asesinato de mi marido? No sé qué más puede haber —dijo ella con una ligereza que no sentía.

—Hay otros rumores que sugieres que tenías motivos para hacerlo, que le pediste el divorcio a tu marido poco antes de su muerte —Channing hizo una pausa—. ¿Por qué no me lo dijiste? ¿Por qué no me contaste nada?

—En su momento no creí que fuese importante. No me importa que cuestionen mis decisiones. Cuanta menos gente lo supiera, mejor. Deseaba dejar atrás mi pasado en París y comenzar una nueva vida aquí. Contraté los servicios de la Liga para ayudarme a lograrlo. Te conté lo que necesitabas saber. No te engañé, no tergiversé los hechos.

Channing negó con la cabeza con una sombra de tristeza en la mirada.

—No me refiero a entonces, me refiero a ahora, a esta noche, cuando no había negocios entre nosotros.

—No me parecía el momento adecuado. No quería que pareciera que esperaba algo irreal de ti. Todo entre nosotros era nuevo, embriagador y apasionado, y esas no son las mejores circunstancias para tomar decisiones. Pensaba que era mejor guardármelo —había muchas noticias malas en lo referente a su vida y era difícil saber cuándo contarlas. Hasta aquel día, en el carruaje, no había habido razón para contárselas a un hombre que seguiría con su vida.

Para su tranquilidad, Channing no se enfadó. Habría sido fácil ponerse a gritar cosas crueles, reprocharle lo insensato de su decisión. Alina conocía a muchos hombres que se habrían creído con el derecho a hacerlo. Pero Channing no era como los demás. Se quedó callado durante largo rato, tal vez sopesando su respuesta.

Cuando habló, su voz sonó tranquila.

—¿Qué te parece ahora esa decisión? —su estrategia resultaba apabullante. Alina había estado preparada para luchar, para defender su decisión. Pero él no se dejaría provocar. Tal vez fuese lo mejor; el juego de té que había utilizado Amery era demasiado bonito para lanzarlo por los aires.

Alina volvió a sentarse en su silla sin una batalla que librar. Era difícil mantenerse a la defensiva cuando no había enemigo.

—El divorcio fue mi última baza, mi último intento por ser libre. Las cosas que ya he compartido contigo no fueron incidentes aislados. Me recordaba a mí misma todo lo que tenía: la casa de Fontainebleau, la lujosa casa de París, la ropa cara, la libertad de hacer lo que quisiera cuando él no estaba en la ciudad, que era con frecuencia. Me decía a mí misma que era afortunada. No era una niña rica con muchas cosas que aportar a un matrimonio y, aun así, había conseguido todo aquello. Siempre y cuando estuviera con el conde, no me faltaría de nada. A mi familia no le faltaría de nada. ¿Era demasiado pedir que me sentara a la mesa con sus invitados masculinos? ¿Era demasiado pedir que me pusiera los vestidos que me regalaba para esas ocasiones, aunque fueran extremadamente provocativos y no me gustaran? ¿Era demasiado que hiciera ciertas exigencias en el dormitorio? Al fin y al cabo era mi marido. Pasado un tiempo, como sabes, las exigencias se volvieron más lascivas, más públicas. Tenía una fantasía en particular en la que yo no llevaba nada más que un collar de perro con diamantes incrustados y una correa a juego. Él me hacía sentarme a sus pies durante toda la velada y me daba de comer de su mano. Le encantaba recordarme que tanto el gobierno como la iglesia le habían concedido el dominio sobre mí. Yo no podía negarme. Eso no significa que no lo intentara, pero tuvo efectos negativos. Limitó mi libertad social. Ya no podía ser vista en compañía de otros hombres. Él pasaba más tiempo en París. En nuestros salones siempre se celebraban orgías, el personal de la casa estaba lleno de espías, yo no podía salir sin que él supiera de todas mis actividades. Cualquier cosa le enfurecía y me encerraba en mi habitación durante mucho tiempo, soportando una serie de carencias.

Un pensamiento fugaz cruzó sus ojos azules.

—No debió de gustarte nada el premio de la búsqueda del huevo de pascua —había logrado encajar las piezas de ese rompecabezas. Alina vio que apretaba los puños y la mandíbula.

—No te cuento esto para desatar tu rabia contra un muerto. Te lo cuento para que entiendas a qué me enfrentaba, para que no pienses que los otros incidentes fueron actos fortuitos de rabia. Cuando le pedí el divorcio, se rio y me dijo: «¿Basándote en qué? ¿Acaso te pego? No ¿Alguna vez te he puesto la mano encima? No. Aunque el divorcio fuese legal en Francia, no tendrías ninguna base y una anulación después de tantos años es irrisoria. Nunca lo aprobaría. ¿Tienes ropa bonita? ¿Estás casada con un conde adinerado? ¿Tienes todos los lujos que una mujer podría desear? ¿Tienes un marido atractivo? Sí a todo. Si dices que te tengo aquí prisionera, yo diré que no te dejo salir porque temo por tu seguridad. ¿Quién va a quejarse de eso?». Pero había otros incentivos para permanecer callada más allá de la inutilidad de su razonamiento. Amenazó a mi familia. El conde tenía amigos ingleses. Me dijo que les diría que extendieran los rumores de mi infidelidad, de mi incapacidad para darle un hijo, de mi libertinaje, para que mi familia no pudiera levantar la cabeza en público. Así fue como me separó de ellos por primera vez. No podía escribirles por si acaso me veía obligada a explicar mi situación. Ya sabes que no me dio permiso para ir a verlos.

Sus manos se habían vuelto blancas sobre su regazo, donde las tenía agarradas con fuerza.

—Channing… —su voz era un susurro casi inaudible—, yo no lo maté, pero solo porque lo hizo otra persona. Cuando se negó a concederme el divorcio, estaba tan desesperada que lo habría hecho. Solo necesitaba una oportunidad, pero alguien tuvo esa oportunidad primero. Son cosas horribles y pensamientos horribles. ¿Entiendes ahora por qué no te lo dije? ¿Una esposa que quería matar a su marido? No quería que nadie más lo supiera. Solo deseaba que todo pasara, que todo el horror quedase enterrado con él para poder empezar de nuevo. No quería que el futuro estuviera mancillado por él, era lo único que tenía que era realmente mío.

—Atraparemos a Seymour y pondremos fin a esto —dijo Channing con ferocidad.

—Quizá esta vez, pero ¿qué ocurrirá la próxima vez? Channing, estoy mancillada. Creo que, cuanto antes lo asumas, antes podremos darnos cuenta de lo que supondría una relación. No va a ocurrir.

—Me niego a creer eso —respondió Channing. Se quedó mirándola a los ojos durante unos segundos. Estaba pensando de nuevo—. Creo que podría ocurrir si lo permitieras. Deja de apartarme de ti. Dejar de usar a Seymour como excusa, deja de usar al conde como excusa, la pelea de Navidad. Deja de usar todo eso como razones por las que no podemos estar juntos —soltó una carcajada cálida—. Ves a Seymour como una barrera que nos impide estar juntos, pero yo lo veo como una razón para estar juntos. Puedo protegerte. Si necesitas usar excusas, usa esa. Te deseo y no me importa rogar, Alina.

Ella se puso en pie. No le quedaba nada más con lo que luchar. Una tregua supondría una victoria llegados a ese punto. Si le dejaba seguir argumentando, estarían casados a la mañana siguiente y ella pensaría que era una buena idea; otra ilusión que se desvanecería al amanecer.

—Ha sido una noche muy larga. Me voy a casa a dormir. Veamos lo que nos depara la mañana.

Channing se levantó, bordeó el escritorio y le puso las manos en los hombros.

—No es una noche para estar sola —dijo antes de darle un beso detrás de la oreja. Tal vez hubiera dejado de persuadirla con palabras, pero era un guerrero y no cesaría hasta haber vencido—. Quédate y veremos juntos qué nos depara la mañana.

La condujo a través de los salones oscuros hasta la habitación que tenía en Argosy House para estancias ocasionales.

—¿Crees que es buena idea? —preguntó Alina entre besos. Su cuerpo estaba seguro de que las manos de Channing eran el remedio adecuado. Solo su mente se sentía insegura; la única parte de su cuerpo que sabía lo que era realmente el sexo y para qué se usaba: para conseguir poder. Era un arma que había aprendido a usar a su favor durante los años. Se suponía que el sexo era una herramienta, un juego. Ella lo entendía. Teniendo en cuenta el negocio al que se dedicaba, Channing lo sabía. Era la base común que había entre ellos, lo único que entendían el uno del otro. Probablemente estuviera usándolo en ese momento para hacer que se lo replanteara. Pero solo pensaba que la deseaba.

Channing se rio contra su cuello, le puso las manos en las caderas y la presionó contra sus muslos, donde su falo se erguía dentro de sus pantalones, duro e insistente.

—Creo que es la mejor idea del mundo.

Le dio la vuelta y comenzó a desabrocharle el vestido sin dejar de darle besos en el cuello. El vestido se abrió y se lo bajó por los hombros. Deslizó las manos bajo la camisola y se la sacó por encima de la cabeza. Se arrodilló a sus pies para bajarle las medias. Alina había separado las piernas para él, pensando que la poseería con la boca mientras estaba allí abajo, pero Channing la había confundido y le había cerrado las piernas negando con la cabeza.

—Esta noche no —murmuró.

Había algo tierno en sus caricias aquella noche mientras la desnudaba. Channing siempre había sido un amante considerado, pero aquella noche era diferente. Aquella noche no iba a ser una seducción. No beberían Moët desnudos a la luz del fuego, no habría cuerdas de seda, porque Channing no quería que aquella noche fuese un juego. Eso le asustó y le hizo temblar. Sería como en el carruaje, como las declaraciones que le había hecho en la biblioteca de Evert.

Channing se apartó de ella. Alina oyó el sonido de su ropa mientras se la quitaba. Entendió entonces por qué no quería encender la luz. La luz significaría verse el uno al otro, ver sus respuestas; una luz recuperaría el elemento de juego. En la oscuridad solo podrían sentir, solo podrían tocar. La oscuridad les obligaría a ser sinceros.

Channing se acercó a ella, desnudo y excitado. Alina sintió su calor mientras la llevaba hacia la cama. Cayó sobre el colchón y él la siguió. Se situó encima y la envolvió con su cuerpo caliente. Se puso un preservativo y entonces Alina sintió el roce de su piel contra la suya, sintió cómo sus cuerpos se ajustaban.

La oscuridad también era erótica, y los movimientos lentos y tiernos de Channing le producían un intenso placer. La tocó con las manos, con la boca, con la lengua, hasta que la languidez de los preliminares amenazó con volverla loca. Cuando finalmente se dispuso a penetrarla, ella estaba más que preparada, su cuerpo lo anhelaba.

Se movió y levantó las caderas cuando la penetró. Le rodeó las caderas con las piernas para pegarlo a ella, como si quisiera tenerlo ahí para siempre. Se meció con él, aprisionándole con los músculos, recibiendo cada una de sus embestidas. Aquel era un nivel de intimidad nuevo y excitante.

—Channing, quítate el preservativo. Quiero sentirte, sentir cada parte de tu cuerpo desnudo contra mí —se arqueó contra él y le susurró al oído. Notó que obedecía, después sintió que volvía a penetrarla una y otra vez hasta que no pudo hacer otra cosa más que aguantar.

Sintió que se acercaba el clímax, su cuerpo estaba lleno de pistas. Lo notaba en la tensión de los músculos de sus brazos mientras se sostenía, en la fuerza de sus embestidas, en la rapidez de su respiración, en los latidos de su corazón. Alina gritó su nombre y se dejó llevar al fin mientras él se derramaba en su interior.

Poco a poco fue consciente de la enormidad de lo que habían hecho. La «mejor idea del mundo» era hacer el amor en la oscuridad, no tener un encuentro sexual.

Probablemente fuese el acto más íntimo y sincero que hubiese hecho jamás con otra persona. Aquello no había sido un juego, no había estado incitado por estímulos externos y eso lo convertía en lo más peligroso que había hecho en la cama. Aquello podía cambiarlo todo si no tenía cuidado, si no había cambiado ya. ¿Qué ocurriría si se atrevía a creer que tal cambio era posible? Si se atrevía una vez más a creer en Channing Deveril.

Dieciocho

Channing cambió de postura en la cama con cuidado de no despertar a Alina. Si se salía con la suya, pasaría allí toda la mañana, disfrutando del sol que entraba por la ventana y de la satisfacción de estar en la cama con Alina. No pudo evitar reírse al pensar en aquella imagen. Era una pena que no todos los problemas pudieran solucionarse tan fácilmente. Había muchos problemas esperando fuera de la habitación, una razón más para no arrepentirse de haberse metido en la cama. Oyó un suave gemido a su lado.

—Ya estás despierto y pensando.

—Siempre me despierto pensando —respondió Channing acercándola a él, le gustaba que encajara a la perfección en el hueco de su hombro, con su cuerpo caliente pegado a él. Suspiró. Eso era todo lo que realmente necesitaba. Alina en sus brazos y una habitación en la que poder vivir. La idea debería haberle dado ganas de salir corriendo, pero no fue así. Era una extensión lógica de los pensamientos que había tenido la noche anterior. La noche anterior no había sido una cuestión de sexo. No habían sido dos personas compitiendo por el poder y el placer. Había sido lo que imaginaba que debía de ser una noche de bodas, algo sincero, fuerte y sin artificios.

Se colocó sobre ella, deseaba que volviese a ocurrir la magia, por ella. Deseaba que viera, que supiera, que el sexo podía ser algo más. También lo deseaba para sí mismo, a decir verdad. El sexo y el placer eran su trabajo. Pero, con Alina, había descubierto un placer que iba más allá de eso, algo que no podía empaquetar y vender. Si la perdía, perdería eso también.

La penetró y disfrutó de su sedosidad. Ella gimió al sentir el contacto y levantó las manos por encima de su cabeza para agarrarse al cabecero de hierro de la cama.

—¿Estás bien? —preguntó él, retirándose ligeramente.

—¡No te apartes! —gritó ella—. Resultaba delicioso. Es la única manera de describirlo. Hay un pequeño punto… —Channing la miró con una sonrisa. A él también le había parecido delicioso penetrarla y deslizarse hacia su centro más sensible. Volvió a hacerlo y disfrutó de sus gemidos de placer. Su deseo por darle placer aumentó el suyo también. Aquel encuentro no duraría mucho, pero les demostraría a ambos que aquel nuevo tipo de sexo se les daba igual de bien que el otro.

Pero el mundo estaba esperándolos pacientemente cuando terminaron. Leerían los periódicos mientras desayunaban porque tenían que saberlo. ¿Hasta dónde habrían llegado los rumores de la noche anterior? Encontraron la ropa preparada, gracias a la previsión de Amery. Se vistieron y se prepararon para enfrentarse a él.

Era pronto para las costumbres de Argosy House cuando bajaron a desayunar. Con una mirada mutua de consentimiento, se llenaron los platos, cada uno agarró un periódico y fue directo a la columna de sociedad. Por un momento Channing se mostró esperanzado. Los primeros dos rumores no trataban sobre ella. Pero el tercero sí, y eso le produjo un vuelco en el corazón.

—Será mejor que lo leas en voz alta —dijo Alina mirándolo a los ojos.

—Se filtran nuevos rumores sobre la misteriosa condesa de C. en el baile de lady E. El marido de la condesa no solo murió súbitamente, sino que además ella fue considerada sospechosa. ¿Cómo es que no lo habíamos sabido antes? ¿Qué otras mentiras nos habrá contado para que la aceptemos?

Channing dejó caer el periódico con desdén.

—No hay pruebas, no hay nada de verdad.

Alina se mostró más optimista.

—Creo que debemos intentar no ponernos a la defensiva todavía. Tal vez esto signifique otra cosa. Seymour ha atacado con fuerza. Cree que puede protegerse desacreditándome con rumores. Quiere usar esos rumores para obligarme a echarme atrás y librar así a mi familia del escándalo. La cuestión es por qué quiere que me eche atrás. Creo que está

241

asustado; teme que sepamos demasiado, teme que no dudemos en ir tras él y delatarlo. Esta vez se ha excedido y lo sabe.

Channing peló una naranja y arrancó un gajo mientras pensaba en voz alta.

—Necesita los rumores porque le da miedo hablar de las escrituras. Si se queja sobre su falsedad, se harán preguntas sobre sus negocios y es demasiado arriesgado para él.

Alina asintió y habló con rapidez.

—Si yo fuera él, usaría los rumores para presionarme y obligarme a dar marcha atrás. Las escrituras parecerán mucho más dañinas si mi personalidad está en entredicho.

—Una especie de chantaje, si quieres llamarlo así —añadió Channing—. Podría lograrse el chantaje si uno tuviera la red adecuada. Pero debemos atraparlo cuando cometa el delito, de lo contrario poner fin a los rumores no nos servirá de mucho. Podríamos detenerlo con una solución simple.

Ella lo miró esperanzada.

—¿Cuál sería?

—Podrías casarte conmigo. Nadie desafiaría a la señora Deveril.

—No, Channing —respondió Alina suavemente. No estaba bromeando. Lo haría realmente. Ella debía impedir que eso ocurriera. Las soluciones fáciles con frecuencia tenían repercusiones difíciles.

Channing suspiró.

—Dado que no quieres casarte conmigo, necesitaremos un equipo de abogados brillantes y unas damas que difundan ciertas noticias entre la alta sociedad —eran recursos que él tenía, pero a Alina no le gustarían. Decidió contárselo con delicadeza.

Se inclinó hacia delante, le metió un gajo de naranja en la boca y le secó el zumo con una servilleta mientras ella masticaba.

—Dado que tienes la boca llena, creo que es buen momento para decirte que Nick y Jocelyn vendrán pronto y traerán a sus esposas.

—Aparece en las páginas de sociedad de esta mañana —Seymour dejó caer la pila de periódicos sobre la mesa. Se enfrentó al sindicato con la seguridad del vencedor—. Los rumores han circulado con éxito. Mañana, los más ricos de Londres pensarán que una asesina camina entre ellos. A la condesa no le quedará más remedio que retirarse. Si lo hace, los rumores irán acallándose poco a poco y podrá regresar a la sociedad lentamente. Si no, estará acabada. Incluso aunque nos acuse de algo, nadie la creerá —hizo una pausa para crear efecto—. Por lo que sé, ya ha empezado a retirarse. Abandonó el baile de los Evert casi de inmediato después de que comenzaran los rumores.

—La pregunta es dónde fue —dijo Eagleton, el aguafiestas—. ¿Lo sabes? Yo sí. Se fue a Argosy House, propiedad de Channing Deveril, que apareció dos horas más tarde, y no volvieron a salir hasta por la mañana.

Seymour puso cara de neutralidad y esperó. ¿Eagleton iba a revelar la última información que tan juiciosamente había ocultado al grupo?

—El hermano de Channing Deveril —continuó— es el vizconde de Swale, su padre es conde. Su familia es una de las más antiguas de Inglaterra y, cuando quiere, una de las más influyentes.

—Eso no es bueno —dijo Hugo Sefton, sentado al otro extremo de la mesa—. Nosotros no tratamos con nobles.

—No sabemos lo implicado que está. Tal vez solo sea un amante. Una mujer con su pasado suele tener alguno —argumentó Seymour, intentando evitar desesperadamente que su último paso en falso saliese a la luz. No debería haber creído a la condesa cuando esta le había dicho que el señor Deveril no era importante, no cuando había visto con sus propios ojos las pruebas que demostraban lo contrario.

—Te has convertido en un mentiroso, Seymour —prosiguió Eagleton—. Lo que no nos ha contado es que el señor Deveril estaba también en la casa de los Lionel. El señor Deveril no es alguien con quien haya empezado a relacionarse a su regreso a la ciudad. Aunque es cierto que aún no sé hasta dónde llega su relación, pues lo he sabido hace unas horas —dijo aquello último con evidente desprecio hacia Seymour—, sospecho que hay más de lo que parece.

Seymour disimuló un suspiro de alivio.

—Hasta entonces, no hay nada que hacer salvo esperar y observar.

—Te equivocas —dijo Eagleton—. Hay mucho que hacer. Ella sabe de nuestra existencia y, si nos delata, eso significará la cárcel o la deportación para todos. No podemos permitirnos quedarnos sentados y esperar. La hemos provocado y contraatacará. Eso es seguro. La condesa no puede permitirse hacer otra cosa. Nosotros no podemos esperar sin más a que suceda y después planear nuestro próximo movimiento. Debemos recopilar información, averiguar todo lo posible sobre el señor Deveril.

Seymour resopló.

—Haces que parezca que estamos en guerra.

Eagleton lo señaló con un dedo huesudo.

—Lo estamos, Seymour, y, por si no te has dado cuenta aún, las víctimas seréis ella o tú.

Aquello era la guerra y Alina luchaba en dos frentes. En un frente estaba Seymour y sus horribles rumores, que amenazaban con acabar con ella. El otro estaba justo allí, en el salón de Argosy House. Tenía que conquistar a los amigos de Channing. Estaban allí para ayudarle, incluso aunque eso significara protegerle de ella, lo quisiera o no. Alina era muy consciente de que debía estar a la altura antes de que ellos dieran su aprobación.

Alina prefería la batalla con Seymour. Él era un enemigo al que podía ver. Sabía lo que pensaba, sabía cómo operaba. Los amigos de Channing eran un enemigo diferente. Eran lo suficientemente educados como para ocultar sus pensamientos y hacían que resultase difícil anticiparse a lo que sucedería después.

Se habían reunido todos a petición de Channing. Sentado en el sofá frente a ella estaban Jocelyn Eisley y su esposa, Cassandra. La esposa de Nick D'Arcy, Annorah, sirvió el té con una tetera de plata mientras Nick la miraba sonriente desde su asiento. Así que esa era la apariencia del amor. El grupo era impresionante, allí reunido, bebiendo té y charlando cómodamente los unos con los otros.

Aquello sirvió para recordarle lo forastera que era. Tenía que ganarse su respeto, demostrar que merecía la atención de su querido amigo. Intentaría ser agradable por el bien de Channing y por el suyo propio. Los necesitaba si iba a enfrentarse a Seymour. Agarró su taza de té con fuerza cuando Channing condujo la conversación hacia el tema que los había reunido allí.

—Me alegra que hayamos podido reunirnos todos hoy —comenzó—. La temporada empieza con fuerza y todos tenemos nuestros propios compromisos. Hay algo que deseo hablar con vosotros antes de que eso ocurra. Todos conocéis a la condesa de Charentes, Alina Marliss. Me ha contado una situación terrible que me gustaría enmendar antes de que vaya más lejos —pasó entonces a explicarles la existencia del sindicato de Roland Seymour, cómo su familia había sido uno de los objetivos de Seymour, cómo ella se había propuesto delatar a Seymour y cómo Seymour había contraatacado con rumores sobre su persona—. Cosa que probablemente hayáis visto en los periódicos esta mañana —concluyó con una sonrisa amarga.

A Alina le había costado trabajo quedarse allí sentada y dejar que Channing lo contara todo, pero se trataba de sus amigos. Lo que harían por él sería más de lo que harían por ella.

—Los rumores son terribles —comentó Cassandra cuando Channing terminó de hablar.

—Ya hubo rumores antes —les recordó Alina—. La diferencia es que aquellos rumores se desataron por la curiosidad producida por una recién llegada. Estos se han desatado por un intento malicioso y están orientados a convertirme en una marginada.

—Los rumores pueden acallarse —dijo Annorah con una sonrisa amable. No fue exactamente una promesa de que lucharía por acallarlos. Eso vendría más tarde, sospechaba Alina, cuando aquella adorable mujer rubia entendiera por qué debía perder su tiempo con aquella simple conocida.

—Tenemos que hacer algo más que frenar los rumores —señaló Jocelyn—. Hay que detener a Seymour. Proteger a la condesa no es suficiente. Puede que consigamos salvarla a ella, pero ¿qué hay de los demás de los que ya se ha aprovechado, o de los que están por venir? Si no le delatamos, simplemente seguirá con otras víctimas.

Channing asintió.

—Ya tengo a nuestros abogados investigando al sindicato para ver qué pueden descubrir. Aunque, al final, tendremos que ver más allá del sindicato. Tenemos que encontrar a víctimas y demostrar que ha habido intento de estafa. Ya he hablado con David Grey.

Aquella noticia sorprendió a Nick. Dirigió a Channing una mirada de aprobación.

—Ya has estado ocupado —pero Alina creyó ver otro mensaje en los ojos de Nick, que parecía preguntarse a qué se debía tanta prisa—. Tal vez sea el momento de que los tres hablemos con más detalle —sugirió mirando a Annorah.

Annorah captó la indirecta y se puso en pie para señalar que aquella sería una conversación solo de hombres. Sonrió a Alina.

—Deja que te enseñe los jardines. He traído rosas nuevas desde Hartshaven este año y creo que se han adaptado bien a la tierra de la ciudad. También he plantado algunas para Channing.

Alina lo comprendió. Era una oportunidad para dividirse y vencer. Los Eisley y los D'Arcy no se comprometerían con el caso sin entenderlo plenamente, ni permitirían a Channing seguir hacia delante sin entender la relación que había entre ellos.

El día era soleado. La primavera inusualmente cálida había hecho que las flores florecieran pronto y llenaran de color el pequeño jardín privado de la casa. Las mujeres charlaron cómodamente. Annorah habló del cruce de sus rosas, explicó que las había plantado en el invernadero de Hartshaven, en Sussex, y después las había llevado allí. Nadie que estuviera escuchándolas pensaría que había tantas cosas en juego.

Lentamente la conversación pasó de las flores a los hombres, después a los maridos y finalmente a Channing.

—Debes de ser muy importante para Channing —comentó Annorah con voz tranquila mezclada con cierta admiración. No era lo que Alina había esperado. Había anticipado las palabras, pero no el tono. Aquellas mismas palabras podrían haberse expresado con incredulidad y desaprobación—. Seguro que piensas que estamos siendo unas entrometidas, pero Channing es muy importante para nosotras. Si no fuera por él, puede que yo no hubiera ido detrás de Nick —confesó con un rubor favorecedor.

—También nos ayudó a Jocelyn y a mí a salir de un apuro. De no haber sido por él, tal vez hubiéramos decidido que no podíamos estar juntos y nos habríamos rendido. Yo era la sobrina de uno de los enemigos más ardientes de la Liga —Cassandra se rio y entrelazó el brazo con el de Alina—. No pienses mal de nosotras. Es lógico que queramos saberlo todo sobre la persona con la que esté. Queremos que sea tan feliz como nosotras.

Alina no pudo evitar sonreír al oír las intenciones de la otra mujer. No estaba acostumbrada a tanta sinceridad.

Estaba acostumbrada a los interrogatorios y a las mentiras. Había tenido algunas amigas en su vida. Su matrimonio no le había dejado mucho espacio para amistades y no había logrado formar ningún vínculo profundo desde que regresara a Inglaterra. Aun así, era demasiado pronto para dar por hecho que aquellas mujeres serían sus amigas. Tal vez la ayudaran por el bien de Channing, pero eso era todo lo que podía esperar. Cuando terminara la investigación y quedara claro que no había futuro para Channing y ella, aquellas mujeres podrían cambiar de opinión.

Alina pensó en el ofrecimiento que Channing le había hecho aquella mañana. Si se casara con él, sus amigos y su familia se esforzarían por lograr que la sociedad la aceptara. No tolerarían que quedase marginado por culpa de su esposa. Optó por la sinceridad.

—Yo no le pedí a Channing que os reunierais aquí hoy. Fue idea suya. De hecho, su intervención ha sido idea suya desde el principio. Yo había planeado enfrentarme sola a Seymour. Pero ya sabéis cómo es Channing cuando ve a alguien en apuros —quizá aquellas mujeres supieran de los jóvenes de Argosy House a los que Channing había sacado de la calle, de los caballeros a los que había ayudado a sacar a sus familias de la pobreza gracias a la agencia, como en el caso de Nick.

Annorah sonrió.

—Sé que Channing tiene un buen corazón.

—Yo no le haría daño por nada del mundo —respondió Alina—. No quiero que arriesgue nada más.

—No te preocupes —le dijo Cassandra colocándole una mano en el brazo—. Channing sabe cuidarse solo. Jocelyn y él salvaron la Liga en una ocasión fingiendo que enviaban biblias a África.

Cassandra les contó la historia, pues había tenido lugar después de que Nick abandonara la Liga. El grupo terminó riéndose y se reunió con los hombres dentro de la casa. Todos se mezclaron en el recibidor, pero era evidente que la visita había terminado. Sus amigos se reunirían después y decidirían lo que había que hacer.

Jocelyn y Nick le estrecharon la mano a Channing.

—Estaremos en White's mañana sobre las tres. ¿Por qué no te pasas a tomar una copa?

—Será un placer. Hace tiempo que no tomamos una copa juntos —contestó Channing riéndose—. Os habéis convertido en unos viejos casados.

Jocelyn miró a su esposa y sus ojos se llenaron de aquella luz indescriptible que hacía que a Alina le doliese el corazón.

—No es lo peor en lo que uno puede convertirse —dijo—. Hasta mañana, Channing.

Alina los vio marchar con inquietud. Serían veinticuatro horas muy largas esperando el veredicto de la Liga.

No se trataba solo de ayudarla a ella. Se enfrentaría sola a Seymour llegado el caso. El veredicto se trataba de ella, de si merecía o no a Channing. Miró a Channing y de pronto se dio cuenta de todo lo que estaba dispuesto a hacer por ella.

—¿Damos un paseo por el parque? —sugirió Channing. Era un esfuerzo por distraerla y tal vez una manera de declarar que se mantendría a su lado sin importar la decisión de sus amigos.

—¿Estás seguro? Nos verán juntos —no quería que se sacrificara sin necesidad.

Él giró la cabeza y sonrió.

—Tal vez sea hora de que ocurra. Esta mañana hablaba en serio —le dio un codazo cariñoso y sus ojos adquirieron un brillo travieso—. Además, no es la primera vez que Channing Deveril se deja ver paseando con una mujer hermosa.

Diecinueve

El encuentro en White's había sido una estrategia planeada por Jocelyn; era un club masculino y un bastión de hombres con título desde hacía más de ciento cincuenta años. También garantizaría que Channing iría solo.

Jocelyn y Nick estaban esperándolo cuando llegó, ya se habían acomodado en una mesa tranquila situada en un rincón donde no les molestaría nadie. Se levantaron y le abrazaron. Su lealtad no estaba en duda. Channing se preguntó hacia dónde irían esos valores después del escándalo de Alina. ¿Optarían por aconsejarle que se distanciara de ella o la acogerían en su grupo?

Jocelyn le sirvió a cada uno una copa de la botella que había sobre la mesa.

—¿Una botella entera? —bromeó Channing—. Estaremos aquí toda la tarde —no sabía qué significaba aquello exactamente. Ninguno de ellos era un gran bebedor y una botella le parecía algo ambicioso.

—No tenemos que bebérnosla toda —respondió Jocelyn dejando la botella sobre la mesa—. No quería que nos interrumpiera un camarero. Pensaba que una botella garantizaría nuestra privacidad —sonrió, pero había seriedad en su mirada—. Parece que tenemos muchas cosas de las que hablar.

—Ya os lo expliqué todo ayer. Seymour tiene por costumbre obtener préstamos sobre propiedades que no son suyas…

—No —le interrumpió Jocelyn—. No hablaba de eso. Pensaba en Alina y en ti. Quiero saber cuáles son tus intenciones. ¿Es un asunto de la agencia o algo más? Si se trata de la agencia, no creo que las mujeres puedan ayudarnos, no sé si me entiendes. Pero, claro, puedes contar con Nick y conmigo.

Channing dio un trago al brandy; sí que lo entendía.

—No se trata de la agencia —le aseguró—. No voy a mentiros. Empezó siendo un asunto de la agencia. Ella contrató a Amery DeHart y él ha estado saliendo con ella por la ciudad desde febrero. Amery tuvo que irse de la ciudad, así que le sustituí sin saber que ella era la cliente.

—Pero ¿ya no es así? —preguntó Nick—. ¿Qué ha cambiado?

¿Cómo podía explicarlo? Había tantos matices en su relación con Alina. De pronto le parecía extraordinariamente complicado. No sabía por dónde empezar.

—No sé si alguna vez ha sido un asunto de negocios con ella.

254

Jocelyn le dirigió una mirada inquisitiva, como si no se lo creyera.

—Creo recordar que ella fue tu cliente en una fiesta de Navidad hace un tiempo.

—Lo fue, pero no volví a verla hasta que surgió el asunto de Amery.

Jocelyn inclinó su copa agarrándola por el tallo mientras pensaba.

—A mí me pareció demasiado enfadada por lo que ocurrió en la fiesta para ser alguien que solo tenía un contrato contigo para volver a introducirla en sociedad —dijo finalmente—. ¿Te importaría explicarlo? Tengo mis sospechas, pero, llegados a este punto, no creo que las sospechas sean suficiente.

Channing soltó una carcajada seca.

—Y todo este tiempo yo pensaba que solo escribías malos poemas —dijo Nick, riéndose también.

Jocelyn sonrió.

—Hago mucho más que eso. Cuando se presentó aquella Navidad, empecé a recordar otras cosas. Recordé que hace varios años te fuiste a París y prolongaste tu estancia. Recordé que aquel verano regresaste. Cuando volviste a casa, fundaste la agencia. Algo en ti había cambiado —Jocelyn se encogió de hombros—. Pero no hubo nada más durante seis largos años. Entonces Alina Marliss se presentó en la fiesta y empecé a ver que las piezas encajaban.

—No necesitas que te lo cuente. Lo has adivinado todo —tal vez pudiera evitar contarles a Nick y a Jocelyn algo más profundo, algo más complicado.

—No estoy de acuerdo. Hay mucho más que contar —intervino Nick—. Es preciosa, es sensual, es el tipo de mujer con la que sueña cualquier hombre, pero eso no puede mantener a un hombre como tú durante siete años, la mayoría de los cuales han sido *in absentia*.

—Espera, ¿un hombre como yo? ¿Qué significa eso exactamente?

Nick se inclinó hacia delante.

—Estás rodeado constantemente de mujeres hermosas. No te hace falta irte a París, si solo se trataba de eso.

Channing se quedó mirando su copa. Los amigos eran criaturas malditas. A veces le comprendían mejor de lo que él se comprendía a sí mismo.

—Si lo sabes, ¿qué quieres que diga?

—Ella es la elegida, ¿verdad? Si vamos a respaldarte y, por extensión, respaldarla a ella con nuestras reputaciones, necesito que lo digas. Una mujer acusada de asesinato no es cosa de broma —Channing advirtió una frustración creciente en el tono de voz de Jocelyn. Su amigo estaba cansado de que se anduviese por las ramas. Bueno, él también estaba cansado. Pero dejar de andarse por las ramas implicaría ciertas confesiones dolorosas que no deseaba hacer. Su respuesta fue más seca de lo que quería.

—No importa que lo sea o no. Me ha rechazado, si eso es lo que me preguntas. Ayer se lo pedí durante el desayuno —sus años de rabia comenzaban a liberarse—. Puedo librarla de este último escándalo, puedo ayudarla a delatar a Seymour, pero al final no se quedará conmigo. Si me preguntas si pienso casarme con ella, la respuesta es no, ella no lo permitirá.

Channing se pasó ambas manos por el pelo y apoyó en ellas la cabeza. Nunca le había dicho aquello a nadie en voz alta. El futuro parecía mucho más sombrío al pronunciar las palabras; la realidad inútil era mucho más tangible al expresarla abiertamente. El hombre que podría tener a cualquier mujer no podría tenerla a ella y no había nada que pudiera hacer, nunca lo había habido.

Miró a Jocelyn y a Nick. La impotencia amenazaba con consumirle y los años comenzaron a esfumarse. No eran hombres adultos, dos de ellos casados y el otro con un negocio de éxito. Eran simplemente amigos, unos chicos jóvenes de nuevo. Channing habría dado cualquier cosa en aquel momento por volver a ser joven y estar bebiendo en Londres con Jocelyn y con Nick. Tenía un nudo en la garganta y le resultaba difícil hablar.

—¿Alguna vez habéis sentido que, hagáis lo que hagáis, vais a perder algo y no podéis hacer nada al respecto?

Se hizo el silencio antes de que Nick hablara.

—Sí —murmuró—. Yo pensaba que iba a perder a Annorah. Al fin y al cabo, ¿por qué iba a desearme? No podía ofrecerle lo que debería ofrecerle un hombre decente; ni dinero ni terrenos —hizo una pausa—. Pensaba que nada volvería a importar si la perdía.

Channing estiró el brazo por encima de la mesa y agarró la mano de su amigo.

—Pero no la perdiste —fue más de lo que le hubiera gustado decir, pero las emociones estaban a flor de piel. Nunca lo habría imaginado. Nick siempre había parecido tener el control de todo, capaz de organizar y dirigir cualquier situación, incluso rodeado de maridos furiosos.

—¿Estás seguro de que no hay esperanza? —preguntó Jocelyn.

Channing negó con la cabeza.

—Nunca ha habido esperanza para nosotros. Nunca ha sido el momento adecuado. Cuando la conocí, estaba casada. Ahora se ha casado con su libertad. Ha luchado mucho por conseguirlo y no quiere renunciar a eso, no quiere ligar a nadie más a sus escándalos.

—No quiere ligarte a ti a sus escándalos —señaló Nick—. A mí eso me parece bastante esperanzador. ¿Has pensado en por qué no desea arriesgarse a arrastrarte a ti con ella? Le importas, Channing. No puedes rendirte aún —Nick le guiñó un ojo—. No ahora que nuestras mujeres están involucradas.

Parecía que el destino estaba decidido a hacerle llorar en White's aquel día. Se vio embargado por la emoción otra vez. Sus amigos no le habían abandonado y aquella era una sensación nueva. Había pasado tanto tiempo cuidando de los demás que resultaba extraño sentir que los demás cuidaran de él. Tardó unos segundos en recomponerse.

—¿Qué planeamos hacer?

Jocelyn se recostó en su asiento.

—Para empezar, las mujeres irán soltando palabras juiciosas aquí y allá para acallar los rumores.

—Bien —Channing asintió—. Eso nos dará tiempo para coordinarnos con los abogados de Alina y empezar a buscar informes de los acuerdos empresariales del sindicato o alias que haya usado Seymour. A lo largo de la semana deberíamos tener resultados.

Jocelyn le dirigió una mirada pensativa.

—Pero he de advertirte de algo. No garantizo que encontremos lo que estamos buscando. Si no, las cosas podrían complicarse. Si yo fuera tú, pensaría bien cuáles han de ser mis próximos movimientos —siendo heredero de un condado, Jocelyn estaba más familiarizado que Nicholas con los estatus sociales. Era un lord. Tenía que pensar antes de actuar. Un título ofrecía un estatus social, pero también limitaba la libertad de formas que no todo el mundo podría comprender. Channing asintió. El apellido de su familia era antiguo y prestigioso. No quería que les relacionaran con un escándalo. Además se sentía abrumado. Era abrumador ser él quien recibía la ayuda.

—Gracias —fue lo único que pudo decir.

—Esto no es lo que esperábamos —los ojos de Hugo Sefton brillaban mientras se dirigía al grupo reunido en torno a la mesa de reuniones. Aquello iba a ir mal, a juzgar por la rabia de Sefton. Roland Seymour cambió de postura en su asiento. ¿Quién habría pensado que se desprenderían tantos problemas de la condesa?—. Ha pasado una semana y los rumores han cesado —prosiguió—. Se suponía que debían haberse avivado. ¿Desde cuándo a la alta sociedad ha dejado de interesarle el asesinato?

—Desde que los amigos de Deveril decidieron involucrarse. Tienen mucha influencia —intervino Eagleton mirando a Seymour con desprecio—. No nos dijiste la verdad sobre la implicación de Deveril y ahora tenemos a un sinfín de nobles del lado de la condesa. Se suponía que los rumores debían privarla de ayuda, pero han servido justo para lo contrario…

—Eso es solo el principio —le interrumpió Sefton—. Hoy he recibido una carta de un bufete de abogados, Birnbaum y Banks, en la que solicitan una reunión para hablar de nuestros acuerdos económicos con la condesa. No son los abogados de la condesa. Son los de Deveril, y no van a limitar la conversación a las escrituras.

—Las cuales son falsas —intervino Seymour—. Parece que se nos olvida que es ella la que miente.

Sefton, el contable del grupo, frunció el ceño.

—No seas ingenuo. Sacarán también el contrato de los Marliss. Las escrituras falsas solo son el señuelo para hacer que la reunión parezca inofensiva. Saben algo. Si han establecido el rastro, podrían presentar cargos por intento de estafa.

—Ella podría presentar cargos —le corrigió Eagleton.

Sefton negó con la cabeza.

—No estoy de humor para medir mis palabras.

De acuerdo, ella puede presentar cargos. Si hay un rastro, nada podrá detenerla.

—Nada salvo un vehículo en marcha en mitad de una calle abarrotada —dijo Eagleton con frialdad.

—¿Qué estás sugiriendo? —Seymour se inclinó hacia delante en su silla, sorprendido al encontrar a un aliado en Eagleton. Había imaginado que el sindicato le dejaría cargar a él solo con el peso de aquel desastre. Sería fácil distanciarse de él. Había pasado casi toda la reunión intentando averiguar cómo chantajear a los miembros para que le apoyaran.

—Estoy sugiriendo que la mejor manera de tratar con Alina Marliss llegados a este punto es silenciarla —respondió Eagleton sin más—. No ha captado nuestras indirectas. Los rumores eran solo una advertencia de lo que podría ocurrir si seguía así. Ha tenido una semana —razonó Eagleton—. Su respuesta no ha sido dar marcha atrás, sino reclutar a un ejército en nuestra contra.

Entonces se detuvo y miró a Seymour.

—No sugiero esto solo por tu beneficio. Es lo que necesitamos si queremos salir de esta. Ninguno de nosotros desea ir a prisión o ser deportado. ¿Estamos de acuerdo? —esperó a que el grupo asintiera. Después continuó—. Anderson, ¿sigues teniendo contactos en los muelles? Farley, ¿sigues teniendo a tus peones en St Giles? Excelente. Esto es lo que vamos a hacer. Debemos planearlo con cuidado, porque solo tenemos una oportunidad. Si fallamos, Deveril sospechará. Escuchad atentamente, elegir el momento oportuno es primordial.

Seymour estuvo encantado de escuchar. En pocos días se solucionarían sus problemas. La próxima vez que la condesa saliese de compras sería la última.

Veinte

Alina se dio cuenta de pronto: empezaba a sentirse a salvo. Cassandra Eisley entrelazó el brazo con el suyo y la arrastró hacia el interior de la tienda diciendo:

—¡Mira qué sombrero más adorable! —era extraño darse cuenta de aquello mientras estaba de compras, pero así era.

Había pasado una semana desde que los amigos de Channing se hicieran cargo de su causa. Los cambios se habían producido en cuestión de días. Las páginas de sociedad habían dejado de especular sobre su persona y ella había acudido a todos los eventos sociales importantes.

El último había sido por la insistencia de Annorah y de Cassandra, que habían asegurado que necesitaba que la gente advirtiese su presencia. No conseguirían nada si la gente pensaba que se había retirado a lamerse las heridas. Había estado rodeada en todo momento por los amigos de Channing. La sociedad vería que contaba con su apoyo.

Alina sonrió mientras veía a Cassandra probarse el sombrero, girando la cabeza a un lado y al otro frente al espejo.

—¿Crees que a Jocelyn le gustará? —preguntó.

—Creo que a Jocelyn le gustarías sin importar lo que llevases puesto —respondió Alina con sinceridad. Era imposible estar en la misma habitación que Jocelyn y Cassandra y no darse cuenta del gran cariño que sentían el uno por el otro.

Cassandra sonrió con descaro.

—Probablemente sea cierto —alcanzó otro sombrero—. ¿Qué me dices de este? Deberías probártelo, es tu color.

Alina se probó el sombrero para complacerla. Se sentía a salvo no solo porque los rumores hubieran cesado o porque los hombres estuvieran tratando de solucionar el asunto de Seymour.

Se sentía a salvo también por cómo la habían recibido en su grupo. Las esposas de los amigos de Channing la habían acogido de corazón, acudían con ella a los eventos, la llevaban de visita con ellas y la invitaban a salir con ellas de compras, como aquel día. A la hora de dejar clara su posición, nadie habría podido decir que sus atenciones eran un puro formalismo. Cualquiera que las observara desde fuera pensaría que sus atenciones eran auténticas.

Tal vez lo fueran. Ese era uno de los pensamientos más peligrosos que había tenido aquella semana. Quizá les cayese bien de verdad a aquellas mujeres. Quizá pudiera pertenecer de verdad a un grupo así. No era como si hubiera nacido en una familia humilde o no tuviese educación. ¿Por qué no iba a poder aspirar a tener amistades así?

Justo al permitirse creer tal cosa, surgieron las razones imposibles. Los rumores siempre estarían allí, siempre la seguirían. Siempre cabía la posibilidad de que se filtrase algo peor. Que Dios se apiadase de ella si aquellas mujeres descubrían cómo había sido su matrimonio, las cosas horribles que se había visto obligada a hacer, o las cosas que había hecho en nombre de la libertad. No querrían a una criatura tan sucia en su grupo, no como esposa. La tolerarían como amante, alguien a quien no tuvieran que ver. De hecho sería perfecta; una viuda cosmopolita. Pero eso pondría fin a todo aquello. Nadie se iba de compras con la amante del amigo de su marido.

Además, Channing no había vuelto a hablar de matrimonio. Era una lógica ridícula. Estaban juntos hasta que se resolviera el asunto de Seymour. La relación con aquellas mujeres terminaría entonces también. Se quitó el sombrero y lo dejó a un lado con gran pesar. En agosto volvería a estar sola.

—¿No te gusta? —preguntó Cassandra—. Voy a llevarme este —hizo una pausa—. Oh, querida, ¿qué sucede? ¿Algo te ha disgustado?

¿Cuándo se había vuelto transparente? Alina sonrió en un intento por recuperarse.

—Estoy bien, solo tengo un poco de hambre. Quizá podamos ir a comer algo.

La excusa fue suficiente para calmar la preocupación de Cassandra y de Annorah, y juntas se dirigieron hacia un lugar situado a pocas manzanas de distancia. Cassandra agitaba la sombrerera que llevaba en la mano. Era un momento muy concurrido del día y las aceras estaban plagadas de compradores. Se cruzaron con gente a la que conocían y se detuvieron en varias ocasiones para conversar.

A medida que se acercaban al salón de té, advirtieron un alboroto delante de ellas. Un hombre corría entre la multitud con un paquete en la mano, seguido de un tendero que blandía una escoba y gritaba:

—¡Detenedlo! ¡Al ladrón! —el hombre era demasiado rápido y el tendero demasiado corpulento. El ladrón corrió hacia ellas con la cabeza agachada, como si fuera un toro. Cassandra soltó un grito y empujó a Annorah hacia la pared de la tienda, pero el hombre chocó directamente con Alina. La fuerza del impacto hizo que se tambaleara hacia la carretera y perdiera el equilibrio.

No podía respirar. Con los nervios, tropezó con el dobladillo del vestido y cayó al suelo. Consiguió aterrizar con las manos y las rodillas; su mundo daba vueltas mientras intentaba respirar. Iba a morir allí, en mitad de la calle, ahogada por su propia incapacidad de tomar aire.

¿Qué le pasaba? Deseaba gritar, pero para eso necesitaba aire. Consiguió dar una bocanada, después otra, y cada aliento le recordaba al aire que le faltaba. El mundo seguía dando vueltas y empezó a ver puntos negros detrás de los ojos.

Fue consciente del ruido y de los gritos en la distancia, pero aquello no le servía de ninguna ayuda.

Oyó la voz de Annorah por encima de las demás.

—¡Alina, levanta! —deseaba hacerlo, pero no podía. El ruido sonaba cada vez más fuerte. Consiguió levantar la mirada y se quedó helada. Un carro corría hacia ella tirado por un enorme caballo. «¡Apártate!», le ordenó su cerebro. «Ya respirarás después, ahora apártate. Gatea hacia Cassandra y Annorah». De algún modo logró arrastrarse unos centímetros y el esfuerzo requirió toda su voluntad. Por el rabillo del ojo vio un objeto que pasaba volando junto a ella a toda velocidad. Oyó el grito de un caballo asustado. El animal dio un respingo y giró hacia el lado izquierdo de la calle.

Fue Cassandra quien corrió hacia ella y la levantó mientras le daba órdenes. La rodeó con un brazo. Cada vez le costaba menos respirar.

—Estás bien, te tengo. Annorah ha pedido que llamen a Channing. Llegará enseguida —murmuró—. Te han dejado sin aire, pero pronto estarás mejor.

Y así fue. Había empezado a jadear e intentó normalizar su respiración. Miró hacia la carretera y vio una caja de rayas aplastada y manchada de barro.

—¡Tu sombrero! —gritó.

Cassandra le dio un abrazo.

—Qué tonta. Mejor mi sombrero que tú. Channing me habría matado si te hubiera ocurrido algo

—soltó una carcajada temblorosa. Empezaba a ponerse nerviosa ahora que la crisis había pasado—. No sabía qué otra cosa hacer. Solo sabía que tenía que detener ese carro —entonces empezó a llorar.

Alina fue consciente de la enormidad de la situación. Había estado a punto de ser la sombrerera aplastada en mitad de la calle.

Si no hubiera sido por la rápida reacción de Cassandra, habría sido ella.

Estaba temblando cuando llegó Channing. Se abrió paso entre la multitud que se había formado a su alrededor, seguido de Nick y de Jocelyn.

Se hizo cargo de la situación inmediatamente, dispersó a los mirones y la envolvió con su chaqueta.

—¿Puedes caminar? El carruaje no está lejos —dijo mientras la rodeaba fuertemente con el brazo.

—Estoy bien, de verdad. Solo un poco desaliñada —intentó reírse, pero la risa le salió como un grito.

—Estás temblando —le dijo Channing.

—¿Dónde están los demás? —Alina intentó mirar a su alrededor.

—No te preocupes por ellos. Enseguida vienen. Jocelyn quiere hacer algunas preguntas.

—Cassandra le ha lanzado la sombrerera al caballo y su sombrero se ha echado a perder —estaba balbuceando cuando llegaron hasta el carruaje.

—Shh. No te preocupes por eso, Jocelyn le comprará otro —Channing la metió en el carruaje y le dio instrucciones al cochero antes de subirse junto a ella. La abrazó y le dio un beso en la coronilla—. Ahora estás a salvo.

—Mmm —dijo ella. Se sentía un poco mareada por la sorpresa y por la adrenalina—. Yo estaba pensando lo mismo —eso era lo que le pasaba por creer que estaba a salvo. Si un carro en mitad de la calle podía acabar con una vida de manera tan repentina, ¿alguien podría estar verdaderamente a salvo?

Channing insistió en ir a Argosy House y en llamar al médico de la familia a pesar de que ella no quisiera. Estaba bien, nada que un buen baño y ropa limpia no pudieran solucionar.

—Cassandra y Annorah querrán verte y asegurarse de que estás bien —Channing había respondido a sus protestas con una sonrisa. En el fondo ella pensaba que deseaba asegurarse él también. Incluso la había llevado arriba hasta una habitación de invitados antes de dejarla con el médico, otro gesto totalmente innecesario.

—Deja que se preocupe —le dijo Annorah más tarde, cuando fueron a verla—. Sin duda Channing se siente culpable por no haber estado allí para protegerte.

—No podía haberlo sabido. Fue un accidente. No puede estar conmigo siempre —respondió Alina, y dejó que Annorah agarrara un cepillo y empezara a peinarle el pelo.

—Bueno, no se puede razonar con un hombre enamorado —dijo Annorah sonriéndole a través del espejo.

Alina le devolvió la sonrisa, porque no deseaba discutir. No podía decirle a Annorah que se equivocaba. Channing Deveril no estaba enamorado de ella; incluso aunque lo estuviera, ella no podía permitirlo.

—Tenemos que creer que Cassandra tiene razón —Jocelyn daba vueltas de un lado a otro del despacho situado en el piso de debajo de Argosy House. Channing se pasó una mano por el pelo mientras pensaba en todo lo que le habían contado sus amigos.

Jocelyn y Nick se habían quedado en el lugar del accidente para interrogar a la gente. La información que le habían llevado era inquietante, pero no necesariamente fiable.

—Cassandra podría estar alterada. No sería raro que se hubiera imaginado lo que ha visto —contestó Channing.

Jocelyn le dirigió una mirada de censura.

—Si Cassandra dice que vio al hombre empujar deliberadamente a Alina, entonces es que lo vio —Jocelyn estaba ciego cuando se trataba de su esposa.

Channing se quedó mirando a su amigo. Jocelyn era un pensador crítico.

—Crees que Seymour está detrás de todo esto —conjeturó Channing. Era una conclusión que no quería considerar simplemente por sus complicaciones; significaba que el juego se había intensificado.

—Así es —respondió Jocelyn con seriedad—. Nick también lo cree. Seymour está asustado. Sabe que sus rumores se han vuelto insignificantes. Sabe que la popularidad de la condesa está creciendo gracias a su relación con nuestras mujeres. Ya no puede enfrentarse a ella. Cuando estaba sola, no suponía una amenaza. No podía aliarse con nadie salvo con sus abogados. Pero ahora, Seymour sabe que la condesa solo tiene que expresar su preocupación y él quedará delatado. Si no ha aireado públicamente la situación es por su discreción, y Seymour lo sabe.

Jocelyn se detuvo entonces y sonrió con suficiencia.

—También sospecha que nosotros estamos causándole más daño en la sombra. Cualquier día encontraremos pruebas sobre su verdadera identidad y sobre lo que hace. Está en una carrera contrarreloj y ha decidido que la mejor manera de ganar es eliminar a Alina.

Channing empezaba a sentirse furioso.

—¿Cuándo tendremos suficientes pruebas para ir tras él? Los abogados ya habrán descubierto algo. Tal vez podamos engañarle para que confiese si le ofrecemos un trato suculento.

—Pronto —afirmó Jocelyn—. No te precipites. Solo tendremos una oportunidad. Tenemos que hacerlo bien. Un hombre como él ya habrá salido airoso de otras situaciones similares. Conocerá todos los tecnicismos. Tiene que ser algo seguro.

Channing golpeó con el puño el reposabrazos de su asiento.

—No puedo quedarme aquí sentado sin hacer nada. No quiero que Seymour piense ni por un momento que toleraré un intento tan descarado de hacer daño a alguien que está bajo mi protección.

Jocelyn se detuvo y acarició un pisapapeles con el dedo.

—¿Bajo tu protección? Esas son palabras muy fuertes, Channing. ¿Qué estás dispuesto a hacer para ofrecerle esa protección?

Channing miró a Jocelyn a los ojos.

—Cualquier cosa. Con mi cuerpo si fuera necesario, con mi nombre. Si hubiera estado allí hoy…

—Con tu nombre —le interrumpió Jocelyn—. No me refiero a lo que estamos haciendo ahora con las chicas. Me refiero a algo más permanente. Tienes que convencerla. Ahora no le queda más remedio.

Convertirla en la señora Alina Deveril, esposa del señor Channing Deveril. Era un sueño que nunca se había permitido contemplar durante demasiado tiempo.

No era desagradable, solo improbable.

—El matrimonio sería algo complicado.

—Todos los matrimonios son complicados a su

manera —respondió Nick con una sonrisa irónica—. Si el amor fuese fácil, todo el mundo lo haría.

—Dejando a un lado que Alina quisiera o no, significaría renunciar a la agencia —dijo Channing lentamente.

Una cosa era saberlo en teoría, pero hacerlo de verdad sería difícil, aunque lo haría por ella. Para ser realmente el señor Deveril, necesitaría una presencia diferente en la sociedad. La agencia podría continuar, pero tendría que desvincularse de ella.

—He estado pensando en retirarme —pero también estaba pensando que tal vez el motivo por el que no se lo había pedido antes fuese el miedo al rechazo. No sabía si diría que sí.

—Yo le formularía la pregunta en términos que pueda entender, como su seguridad —sugirió Jocelyn—. Ya que lo piensas, piénsalo así. Lo de esta tarde no era una advertencia. Era un intento por acabar con su vida y ha salido mal. Ahora pregúntate qué estás dispuesto a hacer. Convéncela para que haga lo mismo.

Cualquier cosa. Las palabras eran como una letanía en su cerebro.

—Se lo preguntaré esta noche.

Necesitaría de todas sus técnicas de seducción, pero estaba dispuesto a renunciar a todo por Alina Marliss, incluso a la agencia. Entendía bien el comentario de Jocelyn.

Alina estaba viva porque alguien había cometido un error o porque Cassandra había tenido muy buena puntería.

¿Quién hubiera pensado que Cassandra Eisley pudiera tener tan buena puntería?

Seymour se puso furioso al recibir la noticia. Eagleton estaba con él.

El intento por matar a la condesa había fallado, la única víctima había sido una sombrerera.

—Envía una carta —le dijo—. Debemos actuar ahora, mientras esté asustada, antes de que pueda pensar con claridad.

Seymour le dirigió una mirada perpleja.

—¿Una carta? ¿Por qué?

—No podemos intentarlo de nuevo. Sería demasiado sospechoso. Estarán alerta si piensan que el accidente de hoy ha sido juego sucio. No podemos amenazarla, pero podemos amenazar a alguien que le importe.

—¿A su hermana? ¿A su familia? —Seymour se acercó al escritorio y sacó el papel y la pluma, pensando que empezaba a entender lo que estaba pensando Eagleton.

—No, idiota. Piénsalo por un momento. ¿Queremos que tenga aliados? No. ¿Tiene aliados? Sí. Esos malditos libertinos de Argosy House han decidido defenderla. Queremos que esté sola, como estaba antes. Sola, no tendrá protección. Debemos separarla de sus aliados. Ahora, dime, ¿a quién eliminamos?

—A Channing Deveril —respondió Seymour—. ¿Vamos a matar al hijo de un noble? —eso parecía impropio del sindicato.

En el fondo eran cobardes y acosaban a quienes no podían defenderse.

—Con suerte no será necesario. Solo tenemos que convencer a la condesa de que, si se relaciona con ella, correrá peligro —Eagleton señaló el papel en blanco—. Ahora escribe. Copia exactamente lo que yo te diga.

Veintiuno

Cuanto peor están las cosas, mejor ha de bailar una. Alina había aprendido es proverbio años atrás en Francia. Daba igual lo que le hiciera el conde porque, al llegar la noche, había que ponerse un bonito vestido, las joyas y bailar como si no ocurriera nada; cuanto más ocurriera, más bonito el vestido, más grandes las joyas. Nadie debía ver más allá de aquella fachada perfecta.

Allí no estaba el conde, pero la lección seguía siendo la misma. Habría preferido estar en Argosy House con Channing y no en el baile de lady Houghton. Cassandra y Annorah habían dicho lo contrario; sería difícil convencer a la gente de que el accidente de la calle Bond no había sido nada si Alina no aparecía en los eventos programados.

Finalmente se puso un vestido azul pálido que aún no había estrenado, le pidió a Celeste que le arreglara el pelo y se marchó, lista para fingir.

Asistir al baile de los Houghton fue una tortura. La gente se había enterado de que había estado a punto de morir y todos estaban ansiosos por que reviviera los detalles. ¿La gente no se daba cuenta de lo horrible que era para la víctima revivir la experiencia una y otra vez? Resultaba más horrible sabiendo que no había sido un accidente. Channing le había contado las sospechas de Jocelyn y la convicción de Cassandra de que la habían empujado.

Seymour quería matarla. Debía de estar muy asustado para llegar a esos extremos. Bueno, ella también estaba asustada. Cuando había empezado con aquel juego, no había pensado que llegase a ese nivel. Ahora temía por su vida, temía por Channing, temía por todos los implicados. Sabía por experiencia que uno no actuaba bien desde el miedo. Aquello tenía que terminar cuanto antes.

La Liga había hecho su parte aquella noche. Había bailado con Amery, con Jocelyn y con Nick. Había bailado también con Channing. Entre los cuatro, habían logrado que en su tarjeta de baile no apareciese nadie que pudiera importunarla con preguntas curiosas sobre el incidente.

También la habían mantenido a salvo. Aquellos hombres se habían convertido en sus protectores, aunque nadie iba a amenazarla en un baile. Ella pensaba que era improbable, pero al parecer Channing no estaba de acuerdo. Aquella noche estaba tenso, su buen humor resultaba forzado, si alguien lo miraba atentamente.

—Voy a ir un momento al tocador —le susurró a Channing al oído cuando el último grupo de visitantes se alejó.

—Llévate a Cassandra contigo, o a Annorah —respondió él.

Alina negó con la cabeza.

—No pasará nada. Necesito unos minutos de privacidad —era cierto. Estaba agotada de fingir que todo iba bien. Necesitaba recomponerse.

Por suerte los servicios estaban vacíos. Faltaba poco para el vals y todos estaban en la pista de baile. Podría tener privacidad. No era que no deseara la protección de Channing. Simplemente no estaba preparada para que tanta gente se preocupara por ella. Era difícil acostumbrarse.

Se sentó frente a un tocador y empezó a retocarse el pelo. No era necesario en realidad. Las horquillas de Celeste siempre aguantaban. Respiró profundamente, cerró los ojos y dejó caer los hombros.

—¿Condesa de Charentes? —preguntó una voz tímida.

Alina abrió los ojos y se enderezó. Probablemente Channing hubiera enviado a una doncella a vigilarla.

La doncella era joven, tal vez no fuera una empleada habitual de lady Houghton y hubiese sido contratada para la ocasión. Le ofreció un sobre e hizo una reverencia.

—Ha llegado esto para vos. Me han ordenado que os la entregara de inmediato.

Alina aceptó el sobre con desconfianza. Aquello no era normal y, dados los acontecimientos del día, solo podía haber una razón.

—Gracias. ¿El mensajero se ha quedado a esperar una respuesta?

—No, milady.

Claro que no. Si el mensajero esperaba, tendría que enfrentarse con Channing y los demás miembros de la Liga. Habría preguntas, suponiendo que ella les hablara de la nota. Le dio permiso a la doncella para retirarse y sacó la nota del sobre.

Era breve y concisa, con un propósito claro. Arrugó el papel con la mano. No iba a contarle a Channing nada de eso. Él nunca toleraría la decisión que tenía que tomar. Había estado en lo cierto al pensar que había que solucionar aquello antes de que fuera a más.

Acarició el papel arrugado. Seymour estaba intentando chantajearla para que dejase el asunto a cambio de que Channing no resultase herido. Bueno, no lo vería como un chantaje, sino como una oportunidad para enfrentarse y acabar con él. Dobló el papel y se lo guardó en el bolso. Estaba cansada de que utilizaran a la gente a la que quería. Su familia había sufrido por ella; su hermana había sufrido por ella; Channing no moriría por ella. No merecía la pena. Tomó aliento. Fueran cuales fueran sus sentimientos hacia él, no podían continuar. Aquello tenía que acabar y ella le pondría fin. Se concedería una noche más y después le diría adiós.

Bailó con Channing cuando regresó al salón de baile. Era el momento del vals y, después, todos irían a cenar.

—¿Tenemos que hacerlo? —le preguntó a Channing—. Seguro que sería aceptable que nos fuéramos. Ya hemos cumplido con nuestro deber.

Él sonrió.

—Quedamos en tu casa dentro de una hora. Hay algo que quiero hablar contigo —Alina pensó en la nota que llevaba en el bolso. Tenía veinticuatro horas para enfrentarse a Seymour antes de que cumpliera su amenaza. Fuera lo que fuera lo que quisiera hablar con ella, aquello sería la despedida. Lo recordaría el resto de su vida, durase lo que durase.

—Solos por fin —Channing aceptó el champán que le ofreció. Después le dio un beso en la mejilla—. Esta noche has estado maravillosa. Sé que no habrá sido fácil —ya se había quitado la chaqueta y la corbata. Tenía la camisa remangada y abierta a la altura del cuello. De pronto se imaginó cómo sería volver a casa con él después de cada baile. Sería así: con champán y a medio vestir.

En el sofá, Channing dejó el champán, le agarró el pie y le quitó el zapato. Deslizó la mano por su piel y le masajeó el talón.

—¿Te gusta?

—Es maravilloso —contestó ella con un suspiro. Demasiado maravilloso. Channing estaba haciendo que fuese difícil abandonarlo, pero ¿qué otra opción tenía? Hacer otra cosa significaría su muerte. No podía protegerle de una bala. Incluso aunque la Liga lograse atrapar a Seymour, no había garantía de seguridad para Channing. De hecho, sería peor. Seymour lo había dejado claro. Él no era el asesino. El asesino era un hombre cualquiera, contratado para disparar si no recibía una señal de Seymour dentro del plazo acordado. Ni siquiera tenía por qué ser algo inmediato, pero ella tenía la oportunidad de ponerle fin de una vez por todas.

—Creo que esto tiene que terminar —murmuró Channing en voz baja.

—Claro que sí. Se ha vuelto demasiado peligroso —respondió Alina, sin estar segura de hacia dónde quería ir Channing. Había dejado de prestar atención durante unos segundos y se había perdido una información clave.

—No me refiero a Seymour —Channing la miró y detuvo la mano—. Me refiero a nosotros, escabulléndonos en bibliotecas, en Argosy House, en tu casa, detrás de los árboles en el parque, en los carruajes.

—Me gusta la excitación —respondió Alina con desconfianza. No sabía qué pensar.

—A mí también me gusta, porque estamos juntos —continuó él, y siguió con le masaje—. He estado pensando mucho en lo de estar juntos y he decidido que quiero estar contigo siempre, sin tener que escabullirnos, sin tener que ser discretos para que nadie lo descubra y lo convierta en un escándalo. Quiero estar contigo de forma legítima. Quiero bailar contigo más de dos veces, quiero llegar contigo a los eventos, marcharme contigo sin necesitar una razón.

—¿Qué estás diciendo? —estaba bastante segura de saberlo, pero quería que él lo dijese con la esperanza de estar equivocada. No quería aquello, no ahora que debía abandonarlo. Pensaba que ya habían zanjado el tema.

—Estoy diciendo que me gustaría casarme contigo. ¿Me harías ese honor? —le dirigió una mirada intensa y penetrante, como si así pudiera obligarle a dar la respuesta adecuada. Pero no coincidían en cuál debía ser la respuesta adecuada.

Alina intentó apartar el pie, pero él lo agarró con fuerza.

—No te alejes, Alina —su voz sonaba rasgada—. Esto no es por Seymour ni por los rumores.

Alina tragó saliva. No quería hacerle daño. ¿Podría comprenderlo? Quizá más tarde. Dudaba que pudiera comprenderlo en aquel momento, pero tenía que intentarlo.

—No quieres casarte conmigo, Channing. Quieres salvarme —le dirigió una sonrisa y negó con la cabeza—. Lo agradezco, pero no necesito que me salven. Puedo salvarme sola —«puedo salvarte a ti también, si me dejas».

—No se trata de salvarte.

—Sí —respondió ella—. Es lo que haces. Mira la agencia. Salvas a jóvenes de la calle y les enseñas un trabajo, les ofreces un futuro respetable. Rescatas a caballeros al borde de la pobreza y les ayudas a crear fortunas. Les das a las mujeres unas horas de placer frente a la soledad de sus vidas. Haces esto porque deseas protegerme. Cuando pase la amenaza, estarás unido a mí y te preguntarás por qué. Reaccionas por miedo debido a lo que ha ocurrido hoy.

—No se trata de salvarte, Alina. Se trata de amarte —dijo Channing con suavidad. Alina apartó el pie y escondió las piernas bajo su falda. Si volvía a tocarla, estaría perdida. Había esperado que gritase, que cuestionase sus decisiones. Había querido enfadarlo, pelearse con él, tal vez incluso lanzar algunas cosas. Había un bonito jarrón sobre la mesa. Era más fácil marcharse estando enfadada. Pero Channing no había jugado limpio. Había dicho la palabra «amor». Era la primera vez que alguno de los dos la usaba.

—No deberías amarme, Channing. No merezco la pena.

—Dame una sola razón —insistió Channing. Alina se dio cuenta entonces de que él había anticipado aquello mejor que ella. Había sabido que se resistiría. Incluso había imaginado qué razones pondría.

—Probablemente se me puedan ocurrir cosas mejores, pero, para empezar está la agencia. Tendrías que renunciar a ella. Un hombre casado no puede formar parte de la Liga de Caballeros Discretos.

—Me retiraré —respondió Channing sin dudar un instante—. De todas formas llevaba tiempo pensándolo. ¿Qué más?

Alina no se había esperado una capitulación tan abyecta.

—La sociedad hablará. Dirán que te has casado

con alguien por debajo de tu nivel. Habrá un escándalo.

—¿Cómo iban a decir eso de ti? Eres una condesa francesa y yo un hijo segundo. Es una unión igualitaria.

Alina se puso en pie y comenzó a dar vueltas de un lado a otro.

—Estás siendo obtuso, Channing. Ya sabes a lo que me refiero.

Channing arqueó las cejas en un gesto de superioridad.

—Hace unos minutos sabías que estaba pidiéndote matrimonio y me has hecho decirlo de todos modos. Ahora te toca a ti. Si vas a rechazarme, tendrás que decirlo abiertamente.

—No es mi título el que no es suficiente. Soy yo. No soy lo suficientemente buena. No soy más que una ramera de clase alta, Channing. He hecho cosas que ninguna dama decente pensaría hacer. He utilizado el sexo para manipular —empezó a quebrársele la voz.

Channing se incorporó también.

—Para, Alina. Es el conde quien habla, eso era lo que él quería que pensaras. Hiciste esas cosas para sobrevivir. No es parte de lo que somos, no es lo que hacemos. Nunca ha sido así.

—Hemos jugado a juegos —le recordó ella—. No puedes decir eso.

—Porque nos gusta, va en nuestra naturaleza. Pero también va en mi naturaleza darme cuenta de cuándo acaba el juego y se convierte en algo más —

Channing la agarró por los hombros—. Jugaba porque era la única manera de tenerte, la única manera de que te entregaras a mí. Te deseo.

Había solo una manera de ganar aquella discusión y era callarle. Le rodeó el cuello con los brazos y le dio un beso en la boca.

—Demuéstramelo, Channing Deveril.

No hizo falta que se lo pidiera dos veces, aunque había estado dispuesta a pedírselo cuantas veces hiciera falta. Channing devoró su boca con besos salvajes mientras rasgaba con las manos la tela de su vestido. Ella le desabrochó el chaleco y le sacó la camisa por fuera de los pantalones.

Entendía que se diesen prisa. Los acontecimientos del día y las emociones de la velada hacían que se sintiesen expuestos y vulnerables. Sus cuerpos buscaban ansiosos cualquier antídoto para los asuntos sin resolver que había entre ellos, incluso aunque el antídoto fuese temporal. Ella también estaba ansiosa por experimentar aquel último recuerdo con un buen hombre. No dudaba de sus palabras. La deseaba, tal vez incluso la amara de verdad. Pero sería su perdición aunque él no se diera cuenta. Tenía que ser fuerte por los dos.

Llevó las manos a la cintura de su pantalón y liberó su falo. Estaba preparado. Sintió su miembro largo y caliente en la mano. Channing le levantó la falda, le bajó el corpiño y devoró uno de sus pechos. Después le mordió un pezón y lo acarició con la lengua. Ella gimió.

—Rodéame con las piernas —le ordenó Channing. Entonces la levantó y la aprisionó contra la pared, pues la cama estaba demasiado lejos. Aquella cópula sería rápida, poderosa, incontenible. No había tiempo para detalles, solo para la pasión desenfrenada. Contra la pared.

Alina sintió la superficie de ladrillo en la espalda. Él la besó al tiempo que la penetraba con un movimiento rápido. Más, necesitaba más. Quería sentir su fuerza en su interior, deseaba que su poder le hiciese olvidar todo lo demás, hasta que lo único que pudiera hacer fuese gritar su nombre.

Veintidós

La cama estaba vacía. Channing se despertó por la mañana y gimió; su cuerpo tardó en reconocer lo que su cerebro ya había reconocido en su subconsciente. Tal vez fuera el vacío en sí mismo lo que le había despertado. Se dio la vuelta y acarició la almohada y las sábanas en busca de su calor. Pero estaban frías.

Se incorporó y miró a su alrededor. Alina no solía levantarse temprano y la noche anterior debería haberle dado razones para dormir hasta tarde. Después del encuentro frenético y explosivo contra la pared, habían pasado al dormitorio para volver a hacerlo, en esa ocasión a un ritmo más tranquilo. Ambos habían quedado exhaustos. Pero, al parecer, ella estaba un poco menos exhausta que él.

—¿Alina? —gritó en vez de ponerse a registrar la casa. ¿Por qué levantarse cuando podía gritar sin más? Se recostó sobre las almohadas, aún cansado. Le habría gustado acurrucarse junto a ella y dormir unas horas más, después hablar de matrimonio cuando ella estuviera más dócil—. ¿Alina? —gritó de nuevo al no obtener respuesta. Aquello era realmente preocupante. Apartó las sábanas y caminó por la habitación desnudo. En la otra habitación tampoco había rastro de ella. ¿Dónde podía estar? ¿Abajo? Agarró una sábana y bajó. Probó con la sala de estar. Sus ojos repararon en la silla donde la noche anterior había habido un chal. Pero la silla estaba vacía. Sintió un nudo en el estómago.

Se dobló hacia delante y apoyó las manos en las rodillas al darse cuenta de la realidad. ¡Alina se había ido! No para desayunar. Se había ido; había desaparecido. Alina le había abandonado mientras él dormía en su cama, en su casa. Tendría que regresar. La proposición, su confesión de amor, ¿habría sido demasiado? ¿De verdad no estaba interesada? ¿Se habría marchado porque él no había aceptado un no por respuesta o habría otra razón?

Volvió a dormitorio y palpó las sábanas. ¿Hacía cuánto tiempo se habría marchado? Las sábanas estaban frías, muy frías. Podría haber sido hacía una hora, o más. Los pensamientos se le agolpaban en la cabeza mientras iba vistiéndose. ¿Dónde podía haber ido? ¿Por qué no habría despertado a su doncella? Llevaría su tiempo contemplar todas las posibilidades. No podía pensar con claridad; la preocupación y el desconcierto reclamaban sus atenciones. Llamó a Celeste.

Una hora más tarde, Channing no había tenido suerte. No le había quedado más opción que interrogar a la pobre doncella. La única suerte que tuvo fue que Alina sí había despertado a Celeste, pero había poco que ella pudiera decirle. La muchacha se lo repitió todo por quinta vez.

—Se ha ido. Ha llenado de papeles una pequeña maleta y se ha ido.

—¿Dónde? —preguntó él pasándose una mano por el pelo. Ya habían repasado aquello. Sabía lo que Celeste le diría antes de decirlo.

—No lo sé. No me lo dijo —aquel hecho era tan inquietante para ella como para él.

—Son las diez de la mañana. ¿Adónde iría a las once? —¿cómo alguien se comportaba misteriosamente a plena luz del día? ¿Cómo podía desaparecer sin más?—. ¿Pensaba regresar? —probó con otra táctica. Tal vez se hubiera centrado demasiado en dónde había ido Alina. Quizá fuese mejor centrarse en el después, en lo que ocurriría cuando hubiese terminado su recado.

—No me lo ha dicho, milord. Sin embargo no ha metido en la maleta nada para un viaje —respondió Celeste—. Todas sus cosas siguen aquí.

Channing sintió el miedo agarrotándole el estómago. ¿Eso sería porque volvería o porque sabía que no lo haría? Y cosas como vestidos y cepillos del pelo no eran necesarias. No se atrevió a expresar aquel pensamiento en voz alta. Celeste ya estaba al borde del llanto. ¿Qué tipo de mujer abandonaba a su amante en la cama y se iba directa a su perdición?

Una mujer como Alina de Charentes. Una mujer muy independiente que no permitiría que nadie más librara sus batallas, que no toleraría que nadie sufriera por ella. Supo entonces adónde había ido.

—Oh, Dios, ha ido a enfrentarse a Seymour —¿en qué estaba pensando? Seymour había demostrado ser peligroso. Seymour había orquestado el «accidente» del día anterior. ¿Acaso Alina pensaba que la luz del día la protegería? Eso no la había protegido el día anterior.

Channing sacó una tarjeta de visita del bolsillo de su chaqueta y escribió algo en la parte de atrás.

—Si hay alguna noticia, o si regresa, házmelo saber —se vistió rápidamente. Tenía que ir a algún lugar a pensar y a planificar. Una vez fuera, paró un coche de alquiler y dio la dirección de Argosy House.

Quería ir tras ella, pero no tenía ni idea de dónde tendría pensado enfrentarse a Seymour. ¿Habrían concertado una cita? Antes de ir a buscarla, necesitaba a su equipo de investigadores. Ellos tendrían al menos una dirección.

Se recostó sobre los cojines del carruaje. La lentitud del vehículo estaba volviéndole loco. Alina estaba en peligro y él estaba atrapado en mitad del tráfico londinense.

Estaba a seis calles de Argosy House. Podría llegar más rápido a pie. Saltó del coche y le lanzó una moneda al conductor. Después comenzó a correr sin importarle las miradas de la gente, sin importarle que sus botas no estuvieran hechas para correr, sino para montar, ni que fuese a tener ampollas después. Era agradable correr, saber que estaba haciendo algo.

Amery estaba esperándolo cuando subió corriendo los escalones de Argosy House.

—Se ha ido. Alina se ha ido —dijo Channing, casi sin aliento, en el recibidor. Sus empleados estaban intentando ignorar aquella imagen de él, sudoroso y desaliñado, con las manos en las rodillas mientras intentaba respirar. No estaban acostumbrados a verlo así, fuera cual fuera la crisis.

Amery le puso una mano en el hombro y le condujo hacia la sala delantera. Pidió que les sirvieran té y sándwiches y cerró la puerta firmemente tras él.

—Estaba esperándote —le dijo, y sacó una carta de su chaqueta—. Han entregado esto a primera hora de la mañana —parecía haber cierto reproche en su tono. «No he podido encontrarte».

—Creo que ha ido a enfrentarse a Seymour. Su doncella ha dicho que se llevó algunos papeles de su casa —explicó Channing. Sus pensamientos comenzaban a calmarse al tiempo que su respiración. Desdobló el papel y leyó. La carta era breve. Había sido escrita con prisa esa misma mañana, supuso. Alina no había tenido tiempo de escribir una misiva larga sin arriesgarse a que la descubriera.

Le entregó la carta a Amery.

—Se ha ido a enfrentarse a Seymour para protegerme —se llevó las manos a la cabeza. ¿Sería esa la razón por la que se había resistido tanto a su pro-

291

posición la noche anterior? ¿Por eso había sentido tanta intensidad cuando hacían el amor? Ella sabía que iba a abandonarlo—. Yo pensaba que lo de anoche sería un nuevo comienzo para nosotros, y ella sabía que era el final. Anoche ya lo sabía. Ya lo había decidido —¿cuándo habría tenido Seymour acceso a ella? Había estado con él toda la noche salvo cuando había ido al tocador. ¿Habría recibido una nota entonces? Probablemente, aunque esos detalles ya no importaban. Lo único que importaba era que había ido a enfrentarse a Seymour ella sola, para protegerle—. ¿Por qué iba a creer tal cosa? ¿Por qué iba a hacer tal cosa?

—Porque te quiere —Amery fue a abrir la puerta para que entraran con la bandeja del té—. Y mucho, además, si se ha tomado tantas molestias para detenerte.

—¿Qué?

—¿Por qué no ha dejado la nota en la casa de Piccadilly? ¿Es por eso por lo que no he podido encontrarte esta mañana? Habría ahorrado mucho tiempo que hubiera dejado la nota sobre una mesa.

Maldición. Le había despistado deliberadamente, sabiendo bien los lugares donde la buscaría, el lugar al que iría si no la encontraba.

Amery le pasó una fuente con sándwiches.

—Come algo. Te ayudará. Te echaré algo más fuerte en el té. Nick y Jocelyn llegarán pronto. He enviado a un chico a buscarlos. Puede que sea mejor decir esto en voz alta antes de que lleguen. Sabes que Seymour no dudará en matarla, ¿verdad? Ya lo ha intentado una vez. Para él es la respuesta más rápida a un problema molesto.

Channing asintió.

—Puede que sea mejor decir esto en voz alta. Alina no morirá por mí.

—Lo comprendo —respondió Amery—. ¿Te ha dicho la doncella qué cosas se ha llevado consigo?

—Papeles —deseaba que la doncella hubiera dicho que Alina se había llevado un arma.

—Los papeles no sirven para detener balas —contestó Amery.

—Debía de pensar que era su mejor opción —dijo Channing, sin querer aceptar el comentario directo de Amery. Pero entonces se dio cuenta. Sintió esperanza por primera vez desde que se despertara aquella mañana—. Se ha llevado los papeles porque tenía un plan. Cree que tiene algo que puede utilizar para detener a Seymour —solo esperaba que también fuese algo que pudiera mantenerla con vida hasta que la encontraran.

Alina tenía un plan. Iba a engañar a Seymour para que obedeciera. De hecho, no era del todo un engaño, simplemente iba a exagerar un poco la verdad. Lo repasó mentalmente una vez más mientras el carruaje atravesaba las calles de Londres, imaginando cómo sería la escena. Siempre era bueno visualizar. ¿Había algún argumento que hubiera olvidado? ¿Un ángulo que no hubiera anticipado?

Hasta el momento todo iba bien. Había logrado

escaparse, aunque no había sido fácil abandonar a Channing. Le había dejado un rastro que le haría perder el tiempo por si acaso la seguía. Tenía que ganarle minutos al reloj. La reunión con Seymour no era hasta la una. Tenía que despistar a Channing el tiempo suficiente para llegar a la reunión y después ser más lista que Seymour. Lo que ocurriera con Channing después de eso estaba aún por ver.

Channing se pondría furioso. Se despertaría y descubriría que se había ido después de haberle pedido matrimonio. Por eso precisamente tenía que hacer aquello. Le había acusado de pedirle matrimonio porque era una solución rápida, pero sabía que no era por eso y eso le daba miedo. Channing la amaba. Había dicho la verdad la noche anterior. Su relación había dejado de ser una sucesión de juegos. Ahora estaba dispuesto a renunciar por ella a todo lo que era importante para él.

A ella nunca la habían amado así. Channing nunca había amado así. Era un hombre que amaría como los lobos que poblaban los bosques de Francia en invierno: con ferocidad, con lealtad y solo una vez. Los lobos se emparejaban de por vida. Se protegían y morían el uno por el otro. El conde había disparado a uno que se había acercado demasiado al castillo en busca de comida a finales de un frío mes de enero. Durante el mes siguiente, cada vez que salía la luna, ella oía el aullido de un lobo solitario en la linde del bosque, llorando por su compañero. Los lobos se habían marchado al llegar la primavera, pero ella no había olvidado la completa desolación de aquel aullido. El llanto le había llegado al corazón. No era solo el llanto de estar solo, sino el llanto de un alma partida en dos, el llanto de un ser que sabía que nunca volvería a estar completo.

Ella no quería que Channing sufriera aquella desolación. Sería mejor ponerle fin antes de que fuera demasiado lejos. Podría salvarle de sí mismo si lograba enfrentarse sola a Seymour y distanciarse de él. Abandonaría Londres y Channing acabaría encontrando a otra mujer, alguien que mereciese su capacidad de amar. Estaba hecho para amar, para ser el líder de una manada. Pero ella no, ella estaba hecha para estar sola.

Entonces no podría herir a nadie con sus escándalos y su pasado sórdido. No significaba que fuese fácil estar sola, pero era lo mejor, aunque se le rompiese el corazón solo de pensarlo. Channing le había ofrecido un sueño que ella anhelaba aceptar; un matrimonio feliz, un matrimonio sin miedo, tal vez incluso una familia en el futuro. «Solo es un sueño. No puedes tener todo eso. ¿Qué pensarían los niños de una madre acusada de asesinato que hizo las cosas que tú hiciste? Lo averiguarán. La sociedad nunca te permitirá olvidar lo que eras». Eso también era cierto. Echaría a perder todo lo que tocara. Era como el lobo que quedaba excluido de la manada por su capacidad para corromper al grupo entero. Le ahorraría a los Deveril la molestia de hacerlo. Se excluiría ella sola antes de que se vieran obligados a hacerlo.

El carruaje se detuvo. Alina tomó aliento y se recordó a sí misma que, hasta el momento, todo iba bien. Channing no la había alcanzado, o quizá no la hubiera seguido después de todo. Quizá ya estuviese arrepintiéndose de su proposición, o quizá sus amigos le hubieran ayudado a entrar en razón; lo habían intentado. Habían cumplido su parte. Si deseaba seguir sola su camino, deberían permitírselo. Lo único que tenía que hacer ahora era entrar en el edificio y enfrentarse a Seymour con su engaño.

Se bajó del carruaje y pagó al cochero. Contempló el edificio y se protegió los ojos de la luz del sol. Estaba cada vez más nerviosa. No era una ingenua. Sabía que dentro se encontraba el peligro, aunque la idea le parecía irreal. Era de día, el edificio de oficinas era como cualquier otro edificio de ladrillo de la calle Fleet, donde se encontraban varios negocios, periódicos e imprentas. Le costaba creer que Seymour fuera a intentar algo violento en esas circunstancias. Todo le parecía normal.

—Condesa —un hombre se acercó a ella vestido con un traje oscuro de empresario, salvo que los empresarios no viajaban con dos secuaces corpulentos. Alina los vio de inmediato, aunque estuvieran un poco más lejos—. ¿Queréis venir conmigo? —señaló hacia el callejón situado a la izquierda del edificio.

Parecía que no iban a entrar después de todo. No sabía si sentirse aliviada o asustada. No le quedaba otra opción. Tenía que ir con ellos, los dos guardias se asegurarían de ello. Eso era lo que había ido a hacer. Debía llevarlo a cabo.

El callejón era estrecho y el brillo de la calle no llegaba hasta allí. El hombre la agarró del brazo sin demasiada delicadeza y la condujo hacia una puerta negra. Estuvo tentada de zafarse, pero, para ser un hombre con aspecto de comadreja, tenía bastante fuerza.

Seymour se encontraba dentro. Estaba solo, pero Alina se sintió en inferioridad numérica debido a los dos matones y a la comadreja. Contando a Seymour, eran cuatro contra una, y a saber qué armas llevarían consigo. Lo único que llevaba ella eran papeles para que su engaño pareciese creíble. La puerta se cerró tras ella con un golpe funesto. No podía ver a los guardias. Debían de estar detrás de ella, vigilando en la entrada, lo que le recordaba que estaba en eso sola. Que comenzara el juego.

—¿Cuatro contra una, Roland? —preguntó con una sonrisa tímida. Sería mejor fingir que estaban solos, construir la ilusión de privacidad y entendimiento—. ¿Es necesario para hablar de negocios con un viejo amigo?

—Tú no eres una vieja amiga y sabes bien lo que has intentado hacer —respondió la comadreja.

Alina lo miró con desprecio.

—¿Quién es este hombre tan impertinente, Roland? No me digas que es amigo, tú puedes aspirar a más —vio el brillo de satisfacción en la mirada de Seymour. Eso era útil. Tal vez Seymour y la comadreja estuvieran en el mismo negocio, pero no se llevaban bien.

—Este es Leonard Eagleton. Se encarga de algunos aspectos de mis asuntos.

Los aspectos sucios, pensaba Alina. Seymour no era de los que hacían su trabajo sucio.

—¡Nada de juegos! —exclamó Eagleton.

Seymour se volvió hacia Eagleton con una carcajada fría.

—Dentro de unos minutos no importará lo que sepa ni a quién conozca.

Aquellas palabras le produjeron un escalofrío. Tenían un significado muy claro. Deseaba que los guardias estuvieran delante de ella. Al menos así lo vería venir. Era muy inquietante pensar que en cualquier momento podrían pegarle un tiro. Un hombre como Seymour, que robaba a los desprevenidos, no dudaría en ordenar un disparo por la espalda. No tenía código de honor alguno. Cuando llegase el final, ¿habría hecho ella lo suficiente por proteger a Channing de la amenaza de la carta? De lo contrario no merecería la pena. Channing era lo único que importaba en aquellos últimos minutos. Channing era lo único que le había importado siempre. Si él estaba a salvo, protegería a su familia, protegería a Annarose. ¿Las cosas siempre aparecían con tanta claridad al final?

No debía mostrarse intimidada o distraída. Debía ser descarada. Enfrentarse a Seymour era como enfrentarse a su marido. Había aprendido que mostrar miedo era un error. Caminó hacia el escritorio contoneando ligeramente las caderas.

—Primero hay algo que creo que deberías saber —deslizó la mano por el cuello de su corpiño y la introdujo debajo. Vio cómo Seymour se relamía los labios, un gesto totalmente involuntario por su parte mientras ella sacaba un trozo de papel—. ¿Sabes lo que es esto? Es una serie de instrucciones que han de llevarse a cabo si no he vuelto a casa a las tres de la tarde de hoy. He dejado instrucciones para que interpreten que, si no he vuelto, significa que he muerto, y la gente actuará en consecuencia.

—¿Y cómo es «en consecuencia»? —preguntó Eagleton.

—Qué pregunta tan interesante —dijo Alina con una sonrisa dirigida solo para él, algo con lo que pudiera deleitarse mientras ella jugaba con Seymour—. He dejado tres papeles con instrucciones en tres lugares diferentes para que entreguen ciertos documentos a *The Times* de inmediato. Esos documentos contienen los nombres de tus anteriores clientes y las cantidades de dinero que obtuviste con sus propiedades. Estos documentos también se harán públicos si Channing Deveril sufre algún daño. Además, si alguna de esas dos cosas que acabo de decir llegara a suceder, hay una orden de arresto contra ti esperando, no solo por fraude y estafa, sino por asesinato.

Alina sonrió con frialdad y acarició el colgante de su cuello para llamar la atención de Seymour sobre su escote. Su voz sonó rasgada cuando habló.

—Si me matas, yo te mataré a ti después. Cuando digo que te veré en el infierno, Seymour, hablo literalmente.

Vio que Seymour miraba a Eagleton. Estaba nervioso. Su amenaza le había afectado.

—Tal vez podamos llegar a un acuerdo.

—Nada de acuerdos —intervino Eagleton—. Está mintiendo. No sabe ni la mitad de lo que dice saber.

Alina apoyó la cadera en la esquina del escritorio y centró sus encantos en Seymour. Era el momento de dividirse y vencer. Deslizó un dedo por la mandíbula de Seymour sin dejar de mirarlo a los ojos mientras hablaba en voz baja, como si Eagleton no estuviese en la habitación.

—Me decepcionas, Roland. ¿Es así como llevas tus negocios? ¿Dejando que otros los lleven por ti? Me habías hecho creer que tú tomabas todas las decisiones.

—Quizá podamos llegar a un acuerdo que nos beneficie a ambos —murmuró Seymour con excitación en la mirada. El peligro y el sexo se combinaban para crear un potente afrodisíaco, y estaba desesperado por salvar su orgullo, por demostrar que él estaba al mando—. Si accedes a no hacer pública esa información, retiraremos la amenaza contra Deveril.

—Necesitaré eso por escrito —Alina se levantó del escritorio y se apartó. El corazón le dio un vuelco victorioso, pero no podía precipitarse en las celebraciones. Aún tenía que salir de la habitación y no podría marcharse sin garantizar el acuerdo.

—Está mintiendo, te lo aseguro. Seymour, no seas tonto. Está jugando contigo —insistió Eagleton.

Alina le dirigió una sonrisa fría y apoyó ligeramente la mano en su cuello mientras jugueteaba con la cadena del colgante.

—¿Creéis que podéis permitiros averiguarlo, señor Eagleton?

Eagleton la miró con odio. Había ido demasiado lejos. Eagleton no se dejaba distraer tan fácilmente como Seymour.

—La verdadera pregunta es, ¿puedes tú? —Algo plateado brillaba en la mano de la comadreja—. Te aseguro que mi pistola no es de mentira.

Con un movimiento rápido y sin previo aviso, Eagleton apuntó con la pistola y disparó. Seymour se desplomó sobre su escritorio con un tiro en la cabeza. Después Eagleton dejó la pistola sobre la mesa.

—¿Qué decías?

Alina intentó contener la bilis que le subía por la garganta y no dejarse impresionar por el horror de lo que acababa de presenciar. Seymour no había recibido advertencia alguna, pero ella sí. Iba a morir sin más, su vida iba a acabar en una fracción de segundo, como si nunca hubiera existido, a no ser que se le ocurriera algo de inmediato. Reunió todo su valor, se inclinó hacia delante y dejó que el corpiño de su vestido cediera un poco.

—Decía, señor Eagleton, que vos y yo vamos a necesitar un nuevo acuerdo —deslizó una mano por su cuello hasta llegar al escote del vestido—. Algo solo entre nosotros. Podemos dejarnos de pretextos.

Eagleton le dirigió una sonrisa empalagosa y sus ojos se llenaron de lujuria.

—La idea de hacer negocios contigo me parece muy seductora.

Alina se apartó del escritorio. Se bajó una de las mangas del vestido y después la otra. Todavía tenía que enfrentarse a los guardias, pero se preocuparía de eso después. Cuando tuviera la pistola en su poder, cambiarían de opinión. Podría hacerlo. Era la condesa de Charentes. Había hecho cosas peores y tenía muchas ganas de vivir.

Veintitrés

Channing oyó el disparo de la pistola, aunque solo levemente. Si no hubiera estado esperando problemas, no habría estado atento. Nadie más lo estaba. La calle Fleet estaba abarrotada de tenderos y empresarios. Los carruajes y los carros circulaban arriba y abajo. Había ruidos por todas partes: los gritos de los hombres, el retumbar de los carros, los relinchos de los caballos. Un disparo pasaría fácilmente inadvertido.

Les hizo un gesto a Nick y a Jocelyn para que se reunieran con él. ¿Llegaría demasiado tarde? Habían entrado en el edificio de oficinas y no habían encontrado nada. La dirección que los abogados habían conseguido como «oficina» del sindicato no era más que una habitación con una mesa y varias sillas. Tal vez se reunieran ocasionalmente, pero no hacían negocios allí.

Channing se había imaginado algo parecido. Habría sido demasiado fácil. Pero se habían visto obligados a comprobarlo, por si acaso, y eso les había llevado tiempo. Demasiado tiempo, a juzgar por el ruido del disparo.

—Venía del callejón.

—Al menos ahora sabemos dónde está —dijo Jocelyn mientras corrían por la calle apartando a la gente. Era un consuelo. Channing había temido no saber dónde buscar después. Si la oficina era una fachada, Seymour podría habérsela llevado a cualquier parte. Entonces habría sido como buscar una aguja en un pajar.

En el callejón, Channing aminoró la velocidad. Su instinto le pedía correr entre los edificios, pero su cerebro le pedía cautela. Si Alina le necesitaba, no le haría ningún favor entrando como un toro.

—Esperad —les dijo a los otros—. Primero vamos a hacer un pequeño reconocimiento. Ver si hay una puerta, si hay alguien en el callejón.

Se unieron a la multitud que pasaba y escudriñaron el callejón con disimulo. Había una puerta, pero nadie en ella. Channing agradeció que solo estuviera esa puerta. Podría haber habido más y eso habría supuesto un tiempo que no tenían. El estómago le dio un vuelco al pensar que Alina pudiera estar tirada en alguna parte, herida, incapaz de defenderse.

Jocelyn le puso una mano en el brazo cuando llegaron a la puerta.

—Mantén la calma. No sabemos qué, quién o cuántos encontraremos al otro lado de esa puerta.

Channing asintió.

—El factor sorpresa será nuestra mejor arma y solo podemos usarla una vez —los tres sacaron sus pistolas. Su entrada inicial sería una demostración de fuerza. En los primeros momentos sería crucial examinar la habitación, ver cuánta gente había allí y quién estaba al mando. Si estaban en inferioridad de condiciones, sería crucial centrar sus esfuerzos en poner en peligro al líder.

Se decidió que Nick y Channing entrarían primero, seguidos de Jocelyn, que protegería la puerta y evitaría que escaparan. Nick y Channing intercambiaron una mirada rápida.

—No tienes que entrar —le dijo Channing. Estaba pensando en Annorah y en el bebé. Tal vez no debiera dejar que Nick se arriesgara.

—No puedes tenerme entre algodones, Channing —contestó Nick con una sonrisa—. Pero gracias por pensarlo.

Juntos atravesaron la puerta y utilizaron el ruido y la sorpresa de su aparición para pillar a los ocupantes de la habitación con la guardia baja. La fuerza de la puerta derribó a uno de los guardias, la pistola de Channing, utilizada como porra, derribó al otro.

—¡Alina! —Channing la encontró de inmediato, pero el hombre con aspecto de comadreja estaba más cerca, fue más rápido y Alina había cometido un error táctico que la situaba a su alcance. En vez de utilizar su entrada para escapar, Alina había empleado la distracción como oportunidad para intentar agarrar la pistola que había sobre el escritorio.

Los reflejos del hombre habían sido excelentes. Alcanzó la pistola y arrastró a Alina hacia él a modo de escudo y de rehén. Tres hombres armados y fuertes frente a una comadreja enclenque de pronto no significaban nada. Podrían haber sido cincuenta contra uno y seguiría sin significar nada mientras la comadreja tuviera a Alina.

—¿Buscabas algo, Deveril? —el hombre se rio y apuntó con la pistola a la sien de Alina.

Fue entonces cuando Channing se fijó en el cuerpo de Seymour tirado sobre el otro escritorio. Obviamente la comadreja estaba sedienta de sangre. Y también sediento de sexo. Habiendo pasado ya la fuerza inicial del ataque, se fijó en los detalles: Alina tenía el vestido descolocado y el pelo suelto. Sus ojos eran dos llamas azules, pero su cara estaba pálida.

—La condesa y yo estábamos llegando a un acuerdo —dijo la comadreja—. Creo, querida, que tendremos que posponerlo —le tiró del pelo a Alina para levantarle la cabeza y que apartara la mirada de Channing. Channing vio su cuello moverse al tragar saliva.

Channing se puso furioso al ver la boca de aquel bastardo en el oído de Alina. Le habría disparado de inmediato si ella no hubiera estado en peligro. No habría dudado, pero no podía correr el riesgo. Empezó a pensar y a repasar todos sus conocimientos sobre la naturaleza humana. Normalmente se le daba bien saber lo que pensaba la gente. Lo había hecho toda su vida, su negocio dependía de su habilidad para hacerlo. Todo el mundo deseaba algo. ¿Qué deseaba aquel hombre?

Volvió a fijarse en el cuerpo de Seymour.

—Veo que eres un hombre de acción —dijo Channing al ocurrírsele una idea.

—Le dispararé a ella también.

—Estoy seguro de que lo harías —contestó él con voz tranquila—. Pero serías corto de miras —comenzó a dar vueltas por la habitación.

—¿Corto de miras? —la comadreja se giró hacia él. Era lo que esperaba. Sería incómodo girarse y mantener a Alina pegada a él. Si ella veía una vía de escape, ¿la aprovecharía? Si el movimiento dejaba expuesto a su captor, Channing actuaría, o quizá Nick. Jocelyn tenía que seguir vigilando a los guardias por si acaso recuperaban la consciencia.

—No estamos aquí por la condesa. Estamos aquí por ti. Solo podrás dispararle una vez y entonces te quedarás sin escudo —dijo Channing—. Entiendo que pensabas usarla como rehén, pero eso solo funciona si hubiéramos venido por ella.

—Estás mintiendo, igual que ella —respondió la comadreja—. No la he creído a ella y no te creo a ti —sujetó a Alina con más fuerza y ella se resistió.

Channing se encogió de hombros y se movió.

—Ella trabaja con nosotros, sí, pero no te equivoques, estábamos aquí por Seymour. Tú nos servirás igual —Channing usaría al hombre como rehén contra sí mismo. El instinto de supervivencia había hecho que la comadreja disparase a Seymour. Haría cualquier cosa que creyera que pudiera servir para salvarse.

Channing llegó al extremo de la habitación.

Tenía que darse la vuelta y la comadreja tendría que hacerlo también. Sería el único punto de la habitación donde sería vulnerable. Habría un ángulo, un momento, en el que Channing tendría su oportunidad.

—Alina, querida, ya sabes lo que has de hacer —dijo con la esperanza de darle algún tipo de advertencia, aunque fuera indirecta—. Sabes cuál es tu papel —eso le daría a la comadreja algo de lo que preocuparse. En el fondo era un cobarde.

Se produjo el giro y Channing lo llevó a cabo con el mismo cuidado con el que haría un paso en un salón de baile, siguiendo cada movimiento de la comadreja. El otro hizo el giro y su movimiento torpe hizo que Alina perdiera el equilibrio. Se tambaleó. Utilizó el peso para dejarse caer y apartarse de la comadreja mientras él intentaba agarrarse a una silla para mantenerse en pie. La mitad izquierda de su cuerpo quedó expuesta por un segundo. Channing disparó. No hubo tiempo para apuntar, solo actuar. Simplemente tenía que impactar. No tenía que matar, solo herir.

A la comadreja debió de ocurrírsele la misma idea. Oyó a Jocelyn gritar, vio algo moverse por el rabillo del ojo, el ruido de la pistola le pareció extremadamente fuerte y cayó al suelo con un terrible dolor en el hombro.

Dejó caer la pistola y se llevó la mano instintivamente a la fuente del dolor. Al apartarla, la vio manchada de rojo. Se le ocurrió una cosa mientras iba perdiendo la fuerza. Tenía que llegar hasta

Alina, apartarla de allí antes de ser incapaz de hacerlo.

—Alina —su voz sonaba rasgada. Intentó hablar más alto, pero no pudo.

Alina estaba junto a él, también Nick y Jocelyn.

—Levántalo, Alina. Salgamos de aquí —dijo Nick—. Ayúdame, Channing. Intenta mover las piernas. Tenemos que llevarte a casa.

—¿Tan grave es? —preguntó él en un intento por bromear, pero se le trabaron las palabras y su mundo quedó a oscuras.

Alina gritó su nombre.

—No morirás por mí, Channing. ¿Me oyes? ¡No morirás!

No, viviría por ella. Lo conseguiría. Pero por el momento tenía que descansar. Alina estaba a salvo, Seymour estaba muerto y él tenía que descansar. Se desplomó en brazos de Nick.

Alina iba a matarlo por darle un susto de muerte. Los últimos tres días habían sido los tres peores días de su vida. Aún se le notaba, pensó mientras se miraba en el espejo. Se había quedado junto a Channing hasta que había recuperado la consciencia y ya no tenía fiebre.

Los médicos habían estado seguros desde el principio de que, si podía evitar la fiebre, la herida se curaría bien. No era tan grave como parecía, había tenido suerte.

Se alisó la falda de su vestido verde manzana. De

pronto estaba nerviosa, aunque era comprensible. Aquella sería la primera vez que vería a Channing después de que ambos se hubieran recuperado por completo.

Le habían dado permiso para permanecer sentado durante unas horas y ella había dormido la noche anterior por primera vez desde el enfrentamiento. El peligro que representaba Seymour había quedado atrás, pero seguía habiendo muchas cosas inciertas entre ellos. Recorrió la escasa distancia entre sus habitaciones y llamó a la puerta antes de abrirla.

Channing ya estaba preparado y, al verlo, una sonrisa se asomó a sus labios. Ni siquiera una herida en el hombro lograba disminuir su atractivo. Llevaba una camisa y un chaleco. La chaqueta habría sido demasiado complicada, pero, por lo demás, estaba como siempre, inmaculado.

Se acercó. Se arrodilló frente a él y le dio la mano; deseaba tocarlo, deseaba asegurarse de que era real.

—Es maravilloso mirarte, Channing Deveril —sonrió, abrumada por el alivio que sentía. Nunca habría pensado que le afectaría tanto verlo sano y salvo. Entonces comenzó a llorar por segunda vez.

—¿Por qué lloras? Todo ha pasado, Alina. Eagleton les contó a Finn y a los abogados todo lo que necesitaban saber. El sindicato ha sido destruido —le acarició el pelo con la mano sana.

—Lo único que quería era que estuvieras a salvo. Iban a matarte —Alina no podía parar de llorar.

—Deberías haberme contado lo de la nota —le dijo Channing con suavidad—. Fuiste muy valiente, pero también muy tonta.

—No podía ponerte en peligro. Nunca podría hacer eso. Tengo que saber que estás en el mundo, en alguna parte, a salvo —le dio un beso en la mano—. Nunca había conocido a nadie como tú. Aquel primer día en París, sentí que me conocías, que, cuando me mirabas, me veías por completo y eso era suficiente. Pero también sabía que no podría tenerte. Tendría que ser suficiente saber solo que estabas ahí, en algún lugar.

—No tiene que ser así. Creo que hay una proposición sobre la mesa.

Alina levantó la mirada.

—¿Estás seguro? No es necesario. La crisis ha pasado, ya no es necesario el sacrificio.

—No es necesario, pero es lo que deseo. Puede que te cueste creerlo, pero casarme contigo no me parece un sacrificio. El único sacrificio es tener que esperar tanto para hacerlo.

Alina sonrió.

—No sé, Channing Deveril, casarte conmigo te exigirá muchas cosas. Puede que el sexo te mate —decir que sí sería lo más valiente que había hecho nunca. Era necesario tener fuerza para alcanzar un sueño, incluso aunque ese sueño estuviese a pocos centímetros de distancia.

Channing se rio.

—Espero que así sea. ¿Eso significa que sí?

—¿A ti qué te parece? —le dirigió una mirada

tímida y le desabrochó los pantalones con un movimiento rápido de la mano.

Channing dejó escapar un gemido de satisfacción.

—A mí me parece que recibir un balazo por ti ha merecido la pena.

Epílogo

El mayor libertino de Londres se había casado espléndidamente. Fue la mejor boda: grandiosa, espectacular, con un novio guapo, una novia preciosa y cotilleos suficientes para hacerla interesante. Entre los invitados estaban los padres de la novia. Su padre la llevó al altar, su madre lloró y su hermana estuvo a su lado con un bonito vestido de primavera. Pero Londres había acudido a ver a otros invitados: Nick D'Arcy y su esposa, Annorah, y Jocelyn Eisley y Cassandra. Sin embargo la presencia de aquellos invitados no había suficiente para desviar la atención del objetivo principal.

Alina le aseguró a Channing que sería mejor que se acostumbrara. Una mujer hermosa y un hombre guapo siempre eran interesantes. Alina había acaparado toda la atención. Se había puesto su color preferido, el azul brillante que realzaba sus ojos, y la gente ya estaba especulando sobre los niños de ojos azules que saldrían fruto de aquella unión. Uno de esos niños llegaría al mundo en poco tiempo, si

Alina estaba en lo cierto. Era un poco pronto para saberlo, pero Channing esperaba que tuviese razón.

Pasarían su luna de miel en la cabaña de caza que los Deveril tenían en Escocia, disfrutando de los colores del otoño rodeados de paz y tranquilidad. Pero tenían una parada que hacer antes de poder dejar atrás Londres.

El carruaje de viaje de Channing se detuvo frente a Argosy House. Él ayudó a Alina a salir.

—¿Qué estamos haciendo aquí? —preguntó ella. Channing se limitó a sonreír y abrió la puerta.

—Ya lo verás —una vez dentro, se desataron los aplausos. Todos se habían reunido en el recibidor, desde los sirvientes hasta los acompañantes, con Nick y Jocelyn a la cabeza. Channing se quedó conmovido—. ¿Esta es vuestra idea de una copa tranquila? —aceptó una copa de champán de una de las bandejas. Nick y Jocelyn les habían pedido que pasaran por allí, pero Channing no se había imaginado aquello. Era la mejor manera de marcharse.

Acercó a Alina hacia él y levantó su copa.

—Un brindis por los nuevos comienzos. Soy el hombre más afortunado del mundo por casarme con la mujer a la que amo. Dejaré la agencia siendo un hombre feliz. Pero aún queda un trabajo por hacer y la Liga tiene que continuar. Dejo la misión al muy capaz Amery DeHart. Salud.

Todos brindaron y felicitaron a Amery. Channing miró a Nick y a Jocelyn para despedirse. Sus viajes habían terminado y eran unos hombres satisfechos. Se inclinó para hablarle a Alina al oído.

—Vámonos. Nos espera el futuro y estoy deseando llegar allí —se montaron en el carruaje y se marcharon con discreción, como era propio de la Liga.

Salvo por un par de ojos. Nada escapaba a la atención de Amery DeHart. Observó alejarse al carruaje por la calle. Tal vez hubiera imaginado que el vehículo se mecía ligeramente, pero no imaginó las risas que llegaron hasta sus oídos. Eso fue real. Alzó su copa y brindó en silencio por su amigo y mentor. Mientras el sol se ponía, Amery DeHart bebió a su salud. Mientras las mujeres siguieran necesitando placer, existiría la Liga de Caballeros Discretos.

BRONWYN SCOTT

Un acompañante de lujo

El acompañante más descarado y popular de la sociedad, Nicholas D'Arcy, era conocido por su absoluta discreción. Así que, cuando se vio acusado por un marido celoso, aceptó a regañadientes un trabajo en el campo… ¡un destino peor que la muerte! Annorah Price-Ellis no era a lo que Nick estaba acostumbrado; inocente, enérgica y definitivamente incómoda con la tensión que había entre ellos. De pronto, el amante más atrevido de Londres se encontraba fuera de su terreno y corría el peligro de dejar ver al hombre real que se escondía bajo su elegante fachada…

Un hombre fuera de su alcance

Corría el rumor de que Channing Deveril, fundador de la Liga de Caballeros Discretos, estaba cansado de calentar la cama de las mujeres. Pero, al encontrarse con la atractiva Alina Marliss se presentó ante él su encargo más ambicioso…

Alina estaba acostumbrada a jugar con el escándalo, de modo que la brillante seducción de Channing era una complicación que no necesitaba. Tal vez anhelara sus caricias diestras, pero no tenía intención de perder la cabeza, y mucho menos el corazón, por el libertino más famoso de Londres.

No. 91

¡YA EN TU PUNTO DE VENTA!

BIANCA.

Impulsado por la venganza...
¿o por un deseo imposible de controlar?

CERCA DE SU ENEMIGO

KATE HEWITT

N.º 3218

Ashley Woodward no entiende por qué la OPA hostil de Nico Galletti hacia su querida empresa parece un ataque personal. La amnesia le ha arrebatado sus recuerdos, pero la atracción que siente por el implacable multimillonario es inmediata... e inexplicable.

Nico jamás olvidará la forma en que Ashley lo abandonó después de que fuera encarcelado injustamente. Y ahora ella actúa como si nunca hubieran compartido un pasado. Eso solo hará que su plan sea aún más delicioso: hacer que Ashley se enamore perdidamente de él... para luego romperle el corazón. Seducir a su enemiga será fácil. Pero una vez que vuelva a despertar su deseo, ¿podrá realmente alejarse?

¡YA EN TU PUNTO DE VENTA!

BIANCA™

**Llevaron su rivalidad…
¡de la sala de juntas al dormitorio!**

NEGOCIOS
ENTRE RIVALES

LOUISE FULLER

N.° 3219

Hennessy Wade, a quien acababan de nombrar codirectora de la empresa de su padre, estaba haciendo lo posible por quitarse de encima su reputación de problemática. Aún no podía creer que su compañero en el cargo fuera a ser nada más y nada menos que el odioso y arrogante multimillonario Renzo Valetti. La cara le ardía cada vez que se acordaba de que lo había besado en Las Vegas, de que había besado al mismísimo diablo. Para Renzo, Hennessy era la viva imagen de la insensatez que había costado la vida a sus padres. Era impulsiva, espontánea… una tentación que estaba más que decidido a rechazar. Pero, tras viajar a Italia por un asunto de negocios, se empezó a cuestionar todo lo que pensaba sobre el escandaloso pasado de Hennessy, y a reconsiderar la fina línea que había entre el desdén y el deseo.

¡YA EN TU PUNTO DE VENTA!